THE

SHAPE

物

OF

WATER

[墨西哥]
吉尔莫·德尔·托罗
[美]
丹尼尔·克劳斯
著

吴华
译

江苏凤凰文艺出版社
JIANGSU PHOENIX LITERATURE AND ART PUBLISHING, LTD

图书在版编目（CIP）数据

水形物语 / (墨) 吉尔莫・德尔・托罗, (美) 丹尼尔・克劳斯 (Daniel Kraus) 著；吴华译. -- 南京：江苏凤凰文艺出版社，2019.6

书名原文：The Shape of Water

ISBN 978-7-5594-3607-8

Ⅰ.①水… Ⅱ.①吉… ②丹… ③吴… Ⅲ.①长篇小说－墨西哥－现代②长篇小说－美国－现代 Ⅳ.①I731.45②I712.45

中国版本图书馆CIP数据核字(2019)第072972号

江苏省版权局著作权合同登记：图字10-2019-154号

书　　名	水形物语
著　　者	[墨西哥] 吉尔莫・德尔・托罗　[美] 丹尼尔・克劳斯
译　　者	吴　华
责任编辑	孙金荣
策划编辑	勾　勾
特约编辑	仰　洁　杜玉华
版权支持	张晓阳
出版统筹	孙小野
出版发行	江苏凤凰文艺出版社
出版社地址	南京市中央路165号，邮编：210009
出版社网址	http://www.jswenyi.com
印　　刷	三河市金元印装有限公司
开　　本	880毫米×1230毫米 1/32
印　　张	11
字　　数	255千字
版　　次	2019年6月第1版　2019年6月第1次印刷
标准书号	ISBN 978-7-5594-3607-8
定　　价	38.00元

（江苏凤凰文艺版图书凡印刷、装订错误可随时向承印厂调换）

致爱

各种方式、各种形态的爱

水坠落，即死亡，

花凋零，叶枯萎，即死亡，

决绝如，一呼一吸；

因而自然，因而决绝，因而吾爱，是为悲伤。

康拉德·艾肯

水冷，水暖，何如

跋涉其中。

皮埃尔·泰亚尔·夏尔丹

目录

一　原基
PRIMORDIUM

I

理查德·斯特里克兰读了霍伊特将军发来的简报，他正在一万一千英尺的高空里飞着。这架双引擎飞机颠簸得厉害，活像挨了拳击手的暴揍。从奥兰多，到加拉加斯，到波哥大，再到皮尤雅——卡在了秘鲁—哥伦比亚—巴西三角地带的紧里面，像卡在了大腿根里的私处。这是最后一程了。简报的确很简短，还夹杂着黑色的屏蔽码。这份断断续续的军方诗篇讲述了一个丛林神祇的传说，巴西人称之为“峡流鳃神”。霍伊特让斯特里克兰护送那些雇佣的猎人，帮他们把那东西——谁知道是什么玩意儿——抓住，然后弄回美国去。

斯特里克兰热切地盼望着赶紧完活儿。这是霍伊特将军派给他的最后一个任务了。他很肯定。霍伊特让他在韩国干的那些事，辖制了他十二年。他们之间是一种勒索与被勒索的关系，而斯特里克兰想要摆脱他，金盆洗手。这迄今为止最庞大的一项任务，他得完成。这样他就有资本从霍伊特的军队中抽身，然后就能回到奥兰多老家去，回到莱妮和孩子们——蒂米和塔米身边了。他又可以当一个丈夫和父亲了，而那是霍伊特的脏活儿决不允许的。他可以成为一个全新的人。他就要自由了。

他把注意力转回到简报上，切换到无情的军方心态中。那些南

美人真没什么好可怜的。他们的贫穷根本就不该归咎于低于正常水平的农业。当然不。是那位“峡流鳃神”不喜欢开垦丛林。双引擎飞机漏水了，弄脏了简报。他把它往裤子上蹭了蹭。美国军方认为，“峡流鳃神”在军事方面有着重要的应用价值。而他的工作呢，就是维护美国的利益，保证全体参与人员的——按霍伊特的说法——积极性。霍伊特的积极性理论，斯特里克兰可是亲身体验过的。

想到莱妮——还是别想了，考虑到自己可能要做的那些事，还是别想她的好。

飞行员的葡萄牙语粗话颇有道理：着陆吓屁了。跑道仿佛是从蛮荒密林里劈出来的一般。斯特里克兰在飞机上颠得七荤八素，他发现热量是可见的，呈青紫色飘浮着。有个哥伦比亚人穿着布鲁克林道奇队T恤和夏威夷短裤，朝他挥手致意。在卡车车厢里，一个小女孩儿往他头上扔了个香蕉，可因为晕机，他恶心得厉害，没法儿做出回应。哥伦比亚人开车把他送到了城里。城里有三个街区，到处都是叮当作响、木头轮子的水果推车和没穿鞋的、肚皮鼓鼓的孩子。斯特里克兰在商店间闲逛，本能地买了一堆东西：打火机、防虫液、密封塑料袋、防汗脚滑石粉。他把比索放在柜台上推过去，在潮湿的台面上划出了湿漉漉的痕迹。

他在飞机上看了一本短语手册，学了几句：“你见过‘峡流鳃神’？”

商人们咯咯地笑了起来，用手拍着脖子。斯特里克兰一丁点儿线索也没有得到。这些人闻起来有一股刺鼻的铁腥味，就像刚被屠宰的牲畜。他走上一条柏油路，脚下的路面正在融化。他看见一只老鼠在黑色的油泥里挣扎。它正在死去，慢慢地死去。它的骨头会变成白色，融到柏油里去。这是斯特里克兰一年半以来见过的最好的一条路了。

2

床头桌上的闹钟响了。埃莉莎闭着眼睛，摸到了冰凉的按钮。她刚刚做了一个深沉、柔软、温暖的梦，想让撩人的它再多待一分钟。可是，像往常一样，梦境回避了清醒的求索。梦里是水，黑色的水——那么多的水啊，她记得。成吨成吨的水，向她压过来，而她没有沉溺。在梦中的水里，她呼吸得更顺畅，比在醒来的生活中——透风的房间、廉价的食物、不稳的电力——呼吸得更顺畅。

楼下传来大号嘟嘟嘟的声音，还有女人的叫声。埃莉莎把头埋进枕头，叹了口气。今天是星期五，楼下日夜无休的华盖影院要放映新影片了，这意味着，如果她想躲开这持续的、让人心慌的惊吓，她的起床仪式就得融入新的对白、音效和配乐。现在是小号。现在是一堆人大喊大叫。她睁开眼睛，首先映入眼帘的是闹钟上的“晚上10：30”，然后是从地板底下钻进来的放映机的光，光像刀片似的，刺穿了一团团积尘，给它们染上光怪陆离的色彩。

她坐起来，缩着肩膀抵御凉意。空气里怎么有一股可可味？奇异的香气里夹杂着令人不快的噪声：帕特森公园东北方向的那辆消防车。埃莉莎把脚踩在冰凉的地板上，看着放映机的光移动闪烁。至少，这部新影片比上一部明亮些。上一部是黑白的，名叫《魂之狂欢》。而此刻浓重的颜色漫过她的双脚，把她拉回了梦境般的幻景：她挣到了钱，很多很多的钱，谨小慎微的店员们匍匐在她脚边，把五颜六色的鞋子一字排开。“您真迷人，小姐。穿上这么一双鞋，瞧瞧，您简直能征服世界。”

然而，是世界征服了她。在车库大卖场里卖旧货，那些华而不实的玩意儿挣不着几个钢镚儿；往墙壁上挂些东西能挡住被白蚁啃

过的木头；为了不再注意那些虫子，她只好开了灯。她选择不去关注——在即将到来的一夜内，在以后的日子，在接下来的生活中，这是她仅有的希望。她走进小厨房，打开计时器，往盛着水的锅里放了三个鸡蛋，然后走进了浴室。

埃莉莎是专门洗这个澡的。水倾泻而下，她脱掉了法兰绒睡衣。那些上白班的女人在自助餐厅的桌子上留下了女性杂志，数不清的文章告诉埃莉莎，她应该关注自己的身体，精确到英寸。但是，臀和胸完全不能和她脖子两侧隆起的粉色疤痕相提并论。她歪了下去，裸露的肩膀挨着了玻璃。每道疤痕都有三英寸长，从颈侧延伸到喉咙。远处，警笛声慢慢靠近。她这一辈子都生活在巴尔的摩，三十三年，只消听一听就知道，消防车正驶在百老汇大街上。脖子上的伤疤也是一张路线图，不是吗？记录的是她怎么想也想不起来的地方。

她把耳朵浸在水里，放大了影片的声音。“为基抹而死，”电影里的女孩儿哭喊着，“即是永生！”埃莉莎不知道自己听得对不对。她用双手抚弄着一小块肥皂，体味着比水更湿润的感觉，太滑了，滑得能钻进水里徜徉，像一条鱼。梦里愉悦的景象压了过来，沉重得犹如男人的身体。突兀而无可抗拒的欲望袭来，沾着肥皂的手指探向了双腿之间。她也去约会、做爱，诸如此类。男人和沉默的女人，前者占尽了优势。从来没有哪一个男人在约会中试着和她交流，没有真正的交流。他们只是抓住、占有她，仿佛她只是一只无声无息的动物——就是一只动物。还是这样更好。梦中的男人，朦朦胧胧的，更好。

但是计时器，那个可憎的打点线圈发出丁零零的尖叫声。埃莉莎扑腾着水站了起来，尽管屋内只有她一人，可还是非常尴尬。她

的胳膊和腿上淌着水，闪闪发光。她裹上浴袍，哆哆嗦嗦地快步走进厨房，关上炉子，并在钟表上读到了坏消息：晚上11：07了。怎么磨蹭了这么久？她随手套上一件内衣，披上一件衬衫，穿上一条裙子。她在梦境里活得有声有色，可现在迟滞下来了，就像盘子里渐渐凉掉的鸡蛋。卧室里也有一面镜子，但她不愿意照，免得预感成真：她卑微得犹如隐形。

3

斯特里克兰在指定位置找到了那艘五十英尺长的船，他立刻用新买的打火机烧掉了霍伊特的简报——标准操作程序。现在，整件事都被抹掉了，他想，整件事都可以被重新编造了。和这里的一切一样，那艘船简直侮辱了他的军标。破烂儿上面钉着破烂儿，烟筒上用捶平的锡板打着补丁，船舷上的橡胶条看着像是漏了气，一张床单绷在四根柱子上，就是整艘船上仅有的遮阳篷。天气会很热。很好。对莱妮的想念、对凉爽整洁的家的想念、对佛罗里达棕榈树沙沙作响的想念折磨着他，而炎热能烧干这一切，能把他的思绪煮开。那种狂暴正是眼下这任务所需要的。

肮脏的、棕色的水从码头的板条间涌出来。船员有白人，有黄种人，有棕种人，有的涂着油彩，有的身上穿着环。他们都拖着湿漉漉的板条箱，走过木板的时候，把木板都压得弯了下去。斯特里克兰跟着这些人，走近了船。船体外壳上漆着“约瑟菲娜”，小小的舷窗预示着最为将就敷衍的下甲板，大小只够容纳一位船长。“船长”这个词让他很是恼火。霍伊特才是这儿唯一的船长呢，他斯特里克兰不过是霍伊特的跟班。他可没心情跟那些自以为手握大权的昏庸

舵手打交道。

他找到了船长。那是个墨西哥人，戴着眼镜，留着白胡子，穿着白衬衫白裤子，戴着白草帽，手势夸张，咋咋呼呼。他叫着“斯特里克兰先生”，而斯特里克兰却感觉自己活像是被塞进了儿子看的卡通片《兔巴哥》里的“斯塔利卡兰先森”[1]！他努力地联想着海地上空的什么地方，好记住船长的名字：劳尔·罗莫·萨瓦拉·恩里克斯。挺合适的，刚刚好克制在浮夸的范围内。

“看！ Escoces 酒和古巴雪茄，都是特意给您准备的。”恩里克斯递过一根雪茄，点燃了自己的那根，然后往两个杯子里倒酒。斯特里克兰接受的训练原本不允许他在工作时喝酒，不过他还是将恩里克斯的款待照单全收了。“致美丽的天使！”他们一饮而尽，斯特里克兰暗自承认，这感觉确实很好。如果没能好好“激励”恩里克斯，对斯特里克兰的未来意味着什么，霍伊特将军若隐若现的身影时刻提醒着这一点。不过，且不管这些吧，哪怕片刻也好。喝着苏格兰威士忌，他体内蒸腾的热量和这片丛林里的热气不相上下。

恩里克斯是那种乐意花时间大吐烟圈的人：烟圈很完美。

“抽吧！喝吧！享受吧！这些奢侈品你也享受不了太久了。幸好您没来迟，斯特里克兰先生。‘约瑟菲娜’号已经不耐烦地想出发了，像亚马孙古陆一样，从不等人。”斯特里克兰不喜欢这话里的暗示。他放下杯子，盯着他。恩里克斯大笑着拍了拍手：“太对了。像我们这样的人，穷乡僻壤的急先锋，是没必要表达出什么兴奋的。那些巴西人用一个词来称赞我们：土包佬。发音挺好听的吧？叫人热血沸腾，嗯？”

1　原文中为“Meester Streekland”，发音与“斯特里克兰先生”（Mr.Strickland）相似，此处在吐槽船长的发音和语调像卡通片那么夸张。——译者注

恩里克斯事无巨细地把他去海洋生物研究所乡野站点的经过说了一遍。他说他摸过——就用他自己的两只手——那个据说很像鳃神的石灰岩化石，科学家们说那化石可以追溯到泥盆纪。“你知道吗？斯特里克兰先生，那是古生代的一部分。这就是吸引着他们这种人来到亚马孙的原因啊，原始的生命就在那里诞生啊，人们可以翻动日历，触摸那不可捉摸的过去啊。”恩里克斯不由悠然吟诵。

斯特里克兰的问题已经憋了一个小时了：“你拿到执照了吗？”

恩里克斯拈着雪茄，皱眉看着舷窗外面。他似乎看到了什么值得一笑的玩意儿，还做了个专横自大的手势。

“您看到他们脸上的纹饰了吗？鼻子上的鼻环？他们跟您那些阿帕奇分族的印第安人可不一样，他们是印第安勇士。亚马孙的每一公里，从内格罗—布朗库河到兴谷河，他们生来就了如指掌。他们来自四个部落。我已经把他们当成向导了！斯特里克兰先生，咱们这趟远征是绝不可能迷路的。”

斯特里克兰又问了一遍：“你拿到执照了吗？”

恩里克斯自顾自地玩儿着帽子：“您的美国同僚给我寄了油印件，好极了！我们的科学考察会尽可能沿着他们的曲折路线来的。然后，斯特里克兰先生，咱们就得步行了！我们查到了位置，原始部落的位置。这些人哪，现代工业给他们造成的损失远超过您的想象。原始丛林埋没了他们的叫声。不过咱们，会和平地进入。咱们会送礼的。如果‘鳃神’真的存在，那么能告诉咱们去哪儿找的人就是他们了。”

用霍伊特将军的话来说，这船长被“激励”了，是斯特里克兰激励了他。不过也有警示的信号。如果说斯特里克兰对未开化地区多少还有点了解，那就是它会把你搞得脏兮兮的，从里到外都是。

你绝不会穿着白色衣服去的，除非你不知道你要干些什么。

4

埃莉莎直到最后一刻也没有靠近卧室的西墙，所以这一看之下就可能给她带来些许灵感。这不是一间很大的屋子，所以墙面也就不大：八英尺见方，每一英寸都摆满了鞋子，都是过去一年来从廉价商店或二手商店买来的。樱桃色的超轻中高跟船鞋；鞋头像园艺铲的双色定制鞋；香槟色缎子露趾高跟鞋，像一堆婚礼上用的雪纺；三英寸高的Town & Countrys，艳红色，穿着它们，你的双脚就仿佛被柔软的玫瑰花包裹着；被撇到边上的是那些脏兮兮的无带穆勒鞋、露跟凉鞋、塑胶乐福鞋，以及仅余怀旧价值的难看的牛巴戈鞋。

每一只鞋都挂在小钉子上，而她，普普通通的租户，并没有权利钉钉子。时间对她来说很紧张，但多少还有一些。她仔仔细细地选了一双小雏菊牌的浅口单鞋，透明的塑料鞋口那儿点缀着蓝色皮革捏成的花——仿佛这选择相当重要。本来就是。雏菊牌的鞋子是她今晚以及每一晚仅有的与现实的抗争。双脚将你与地面联结，而当你贫穷时，地面上没有任何东西属于你。

她坐在床上穿鞋，就像一位骑士把双手插进钢铁袖套。她扭动脚趾，调整鞋子，目光则在那堆旧唱片上面逡巡。它们大多是几年前买的。她几乎所有愉悦的记忆，都随着音乐一起，被压入了这些聚合塑料。

《法兰克·辛纳屈同名专辑》：那天早上，她帮助一位小学路口的辅警从下水道的栅栏底下救出了一窝毛茸茸的棕色小鸡。贝西伯爵的《午时一点跳》：那天她看见了一个棒球——简直就像红脚隼一样

罕见——从纪念体育场飞了出来，砸中了一个消防栓。平·克劳斯贝的《星尘》：那天下午，她和贾尔斯在楼下的剧院里看《今宵难忘》，结果看到了斯坦威克和麦克莫瑞，之后一整天，埃莉莎都躺在床上，心不在焉地想象着，如果她也在这残酷的生活中服刑——就像那个善良的小偷斯坦威克，那么是否也会有人像麦克莫瑞一样，愿意等待她刑满释放。

够了，这没意义。没有人会等她，也没有人等过她，尤其是上班的打卡钟。她穿上外套，端起盛着鸡蛋的盘子。她出了门，走到那条短短的走廊上。走廊上堆满了积灰的胶片罐，里面也不知道装着什么赛璐珞宝藏。那奇怪的可可香气又来了。右边是这里仅有的另一间公寓。她弯起手指敲了两下，进去了。

5

不到一个小时，他们就出发了。“快乐”，那些向导说，就是“旱季”，葡萄牙语念作“弗尔思”，而“悲伤”就是“雨季”，但没人告诉斯特里克兰“雨季”的葡萄牙语怎么说。上一年雨季留下的遗物是大小坑洞、被洪水淹没的蜿蜒捷径，“约瑟菲娜”号都尽可能地解决了。这些牛轭般的U形急弯把亚马孙变成了一只动物。它横冲直撞。它隐匿躲藏。它狼奔豕突。恩里克斯高兴地大呼小叫，发动引擎，绿色幽暗的丛林里便充满了有毒的黑烟。斯特里克兰抓住栏杆，凝视着水面。水是混浊的棕色，泛着白沫，像漂着棉花糖的巧克力牛奶。十五英尺高的象草沿着河岸耸立，仿佛一头正要苏醒的巨大的熊的背。

恩里克斯喜欢把控制台交给大副，这样他就能空出手来去写航

行日志。他自夸地说那是为了出版和成名而写。到时候，所有人都会知道他这个伟大的亚马孙探险家的名字：劳尔·罗莫·萨瓦拉·恩里克斯。他抚摸着航行日志的皮质封面，做梦似的想象着选哪张作者照片才好。斯特里克兰强压下自己的憎恶、恶心以及恐惧。这三者都是障碍。这三者都会出卖你。这是在韩国时霍伊特教给他的。干你的活儿就好。最有益处的感觉是：什么都感觉不到。

然而，丛林之中最隐秘的杀手莫过于单调。日复一日，“约瑟菲娜”号在不断蔓延的漩涡水雾之下沿着无边无尽的水流航行。有一天，斯特里克兰无意间向上瞥了一眼，看见一只黑色的大鸟掠过蓝天，仿佛一块油污。是只秃鹰！一旦注意到了，他就每天都能见到它，看着它懒洋洋地兜着圈子，期待着他死掉。斯特里克兰装备精良：手上有一支 M63 突击步枪，腰上枪套里还有一支 70 型伯莱塔。他心里痒痒的，很想把那只鸟打下来。它就是霍伊特，正监视着自己；它就是莱妮，正和自己告别着。他不知道哪一种才对。

夜间航行很危险，所以船要抛锚。斯特里克兰通常会一个人站在船头，任由那些船员窃窃私语，任由那些印第安勇士瞪着他，好像他是什么美国怪兽似的。在这不寻常的一晚，月亮仿佛一个巨大的洞，割开夜的血肉，露出苍白、闪着冷光的骨头。他没注意到恩里克斯蹭了过来。

“您看见了吗，那片正嬉戏的粉红色？”

斯特里克兰怒不可遏，不是因为船长，而是因为他自己。什么样的战士会把后背露给别人？而且，他看月亮还被人发现了。太娘了。这类事只有莱妮才会做，还会叫他握着她的手。他耸耸肩，希望恩里克斯能走开，但船长却拿着他的航行日志打了个手势。斯特里克兰顺着手势的方向远望，看见有什么东西正蜿蜒起伏，激起银

色的浪花。

“亚马孙河豚，”恩里克斯说，“河里的淡水豚。您说呢？有两米？两米半？只有雄性河豚才是这种粉红色。能看见一只，咱们可真走运。可少见了，雄河豚，单独行动的雄河豚。”

斯特里克兰不知道恩里克斯是不是在玩文字游戏，嘲笑他的不合群。船长摘掉帽子，白头发在月光下闪闪发亮。

“您知道亚马孙河豚的传说吗？应该不知道吧。他们教给您的都是关于枪和子弹的，嗯？许多亚马孙土著认为粉红色的河豚是一位爱神，会变形。在这样的夜晚，他就会变成一个英俊无比的小伙子，走到最近的村庄里去。你看他戴的帽子就能认出他，那帽子是用来遮住喷水孔的。他就扮成这副模样，引诱村里最美丽的女人，把她们带到他河里的家中。等着看吧，今天晚上河边肯定没几个女人，因为她们害怕被爱神掳走。不过我倒觉得这故事充满希望。水下的福地难道不比贫穷、乱伦、暴力的人世更好？”

“它游近了。”斯特里克兰本不想说得这么大声。

“啊！咱们赶紧去找其他人吧。据说看着爱神的眼睛会受诅咒，会让人不停地做噩梦，直到发疯。”

恩里克斯像老朋友似的拍了拍斯特里克兰的背，吹着口哨，慢悠悠地走了。斯特里克兰在栏杆旁边跪了下来。河豚在水中沉潜，犹如一根穿梭编织的针。它可能知道船是什么东西，它可能想吃点鱼片。斯特里克兰抽出了他的伯莱塔，瞄准了他觉得河豚会浮上来的地方。只有梦幻的空想不配活下去。严酷的现实，就是霍伊特所追求的，斯特里克兰要是想活着离开这里，也必须明白这一点。水面之下，河豚的形状渐渐清晰。斯特里克兰等待着，他想看看它的眼睛。他才是那个传递噩梦的人，他才是那个让丛林陷入疯狂的人。

6

在这间公寓里，扑面而来的是一片喜气：明媚的主妇、傻笑的丈夫、狂喜的小孩、自信的青年。不过，他们并不比华盖影院银幕上的那些人真实多少，他们都是广告里的人。尽管这些原画画技高超，却没有一幅被装裱。“易卸妆防水睫毛膏”塞住了漏进冷风的裂缝，“柔亮蜜粉”支开了通风门，“十个女人里九个都有的长袜烦恼”被当成了桌子，上面放着正用着的颜料罐。这种毫无底气的个性让埃莉莎很沮丧，但那五只猫可不这么想。散落的画布堆得高高的，像惊人的高原，猫就在那上面逮老鼠。

一只猫正往一顶假发上蹭着胡子，假发被扣在一个人头骨上，他的名字埃莉莎一时叫不出来。“安杰伊。”画家贾尔斯·冈德森嗞嗞出声。猫跳开了，喵喵叫着，扬言要在猫砂盆里搞一场报复。贾尔斯凑近画架，透过玳瑁眼镜，看着自己的画，还有一副眼镜卡在眉毛上，第三副眼镜顶在光溜溜的脑袋上。

埃莉莎踮起穿着雏菊牌鞋子的脚，越过他的肩膀看向那幅画：一家人呆愣愣的脑袋凑在一起，凝望着一大坨隆起的红色果冻，其中两个孩子张大嘴巴，活像饿疯了的猴子，那个爸爸捏着下巴，以示赞赏，而那个妈妈似乎对自己这疯癫的一家子十分满意。贾尔斯正努力地描绘爸爸的嘴唇。埃莉莎于是知道，那个爸爸的表情让他拿不定主意。她撤回身子，离远点儿看，看到贾尔斯自己的嘴唇也挤成了他想要画的那个模样。真是可爱！埃莉莎忍不住俯下身子，亲了亲这位老人的脸颊。

他惊讶地抬起头，咯咯笑了起来。

“我没听见你进来了！现在几点了？火警吵醒你了是吗？亲爱的，

你可要准备好接受新一波伤感啊。广播说是巧克力工厂着火了，还有比这更可怕的事吗？我敢打赌，所有的孩子都要在睡梦中悱恻了。”

贾尔斯扬起八字胡，笑了，他举起两只手，一只手里是红色的画刷，另一只手里是绿色的。

“悲与喜，”他说，“总是肩并肩呀。”

在贾尔斯身后，有一辆带轮子的手推车，上面放着一个鞋盒子大小的电视机，正播映的深夜电影卡在一个画面上，不停地闪动着——罗宾森一边跳着踢踏舞，一边下楼梯。埃莉莎知道她的朋友喜欢看这个，便赶在罗宾森放慢速度、配合秀兰·邓波儿的舞步之前伸出两个手指，做了个“看”的手势。

贾尔斯照做了。他拍着双手，把红色和绿色的颜料混在一起。罗宾森的表演令人难以置信，也令埃莉莎对膨胀的自我感到羞愧：如果她生在一个全然不同的世界，她完全可以跟上他的舞步，跳得比秀兰·邓波儿还好。她一直渴望跳舞，这就是那些鞋子的来由：它们是潜在的能量，时刻等待着爆发。她眯起眼睛看着电视，数着拍子，不管楼下电影院传来的捣乱的音乐，随着罗宾森跳起了踢踏舞。真不赖。每次罗宾森踢一踢楼梯，埃莉莎就踢一踢离她最近的东西——贾尔斯的凳子，逗得他哈哈大笑。

“你知道还有谁能一边跳踢踏舞一边下楼梯吗？詹姆斯·卡格尼！咱们有没有看过《胜利之歌》？噢，应该看过。卡格尼从楼梯上下来，觉得自己是个大款，然后他就开始甩腿，活像屁股着了火。完全是即兴创作，也确实挺危险的。但是，亲爱的，那才是真正的艺术——危险。”

埃莉莎端过那盘鸡蛋，比画了一下：“吃吧。”贾尔斯咧开嘴苦苦一笑，接过了盘子。

“要是没有你，我肯定就是个饿肚子的画家了，至少可以这么比喻。你回家时顺便来叫醒我，好吗？我要去买东西：我的早饭，你的晚饭。”

埃莉莎点了点头，又严厉地指了指那张叠起来、竖直放着的折叠床。

“当那些黏糊糊的烂果子霉菌想起贾尔斯·冈德森时，它们会叫的！那时候，嘿哟，我保证可以进入梦乡。”

他在那幅“十个女人里九个都有的长袜烦恼”上磕了磕鸡蛋，从三副眼镜里挑了一副戴上。他又开始模仿他刚才画的那个笑容了，不过此刻笑意更浓。埃莉莎高兴了。楼下影院里传来热闹高昂的片尾曲，把她从遐思中拉了回来。她知道接下来会怎样：银幕上会打出“剧终”二字，演员表滚动出现，观众席上方的灯亮起来，你真实的模样再也无所遁形。

7

当地人变异了，完全不受闷热的影响。他们徒步行走，他们攀山越岭，他们砍削开路。斯特里克兰从来没见过这么多的大砍刀，他们称之为“猎鹰”。爱叫什么叫什么。他会继续用他的M63。内陆的跋涉从一条隐秘的路而始，那些被遗忘的英雄便经此闯入雨林。1100小时之后，他们发现犁被攀缘的藤蔓缠死了，座位上冒出了一棵喜林芋。好吧，毕竟他没法儿靠枪子儿开出一条路来。他接过了砍刀。

斯特里克兰本来以为自己很强壮，但到了下午，他的肌肉已经软得像液体了。丛林就像秃鹰，能探出弱点。藤蔓从头上刮掉帽子，尖尖的竹子刺痛了胳膊和腿，手指那么长的黄蜂在蜂巢顶上嗡嗡乱

舞，伺机蜇刺，每个踮着脚尖走过去的人都会松口气。一个人倚在一棵树上，树皮嘎吱嘎吱地塌了下去。不，那不是树皮，是一层又一层的白蚁。它们成群结队地爬上他的衣袖，寻觅着可刨挖的地方。向导根本没有地图，却一直在领路，领路，领路。

几个星期过去了，也许有几个月了。夜晚比白天更惨。他们脱掉的裤子上糊满了干泥巴，沉得像石头，靴子里能倒出好几升的汗，躺在蚊帐里，无助得像婴儿，听着青蛙的叫声和蚊子暗示着疟疾的呻吟。这么大的空间，怎么会让人感觉如此幽闭、恐惧呢？他总能看到霍伊特的脸——在隆起的树瘤里，在亚马孙彩龟龟壳的图案里，在蓝色金刚鹦鹉的飞行队伍里。他一直没有看见莱妮。他几乎感觉不到她了，就像垂死之人的脉搏。这使他警觉。可是能让他警觉的事太多了，一件接着一件，一秒接着一秒。

徒步跋涉了几天之后，他们到达了一处村落。一小块空地，几间茅草屋，树间挂着动物的皮。恩里克斯四下里扫视，叫船员们把砍刀收起来。斯特里克兰照办了，不过这只是为了更好地握紧他的步枪。时刻武装防备，这不就是他的工作吗？几分钟之后，三张脸在夜色中浮现。斯特里克兰打了个寒战。在这么热的天气里，打寒战可不舒服。脸之后是身体，这些土著村民很快就爬过了那块空地，像蜘蛛似的。

斯特里克兰看着这一幕，觉得很恶心。他的步枪抽动着。消灭他们。这念头让他大吃一惊。这是霍伊特式的念头，但是非常诱人，不是吗？完成任务，快刀斩乱麻，然后回家，看看他还是不是当初离开奥兰多的那个男人。

恩里克斯小心翼翼地展示着他的见面礼——烹饪锅，而一名向导正混用各种语言，试图和土著村民们沟通。这时，更多的土著村

民从阴影中走了出来，死盯着他的枪、他的砍刀、他的白色皮肤。斯特里克兰觉得自己像是被剥了个干净，在接下来的庆祝活动里也没感到任何乐趣。水煮的发酸野鸟蛋。半吊子的仪式——在船员的脸上、脖子上涂抹油彩之类的。斯特里克兰等着。恩里克斯会找机会问他们“鳃神”的事的。他最好尽快。昆虫叮咬着斯特里克兰，他只能接受到这一步了，再继续下去，他就要用自己的方式来办事了。

恩里克斯离开火堆，挂起吊床，这时斯特里克兰拦住了他。

“你放弃了。”

“还有别的土著村民呢。我们会找到他们的。”

“在河上走了几个月，你就这么算了？”

“他们认为谈论‘鳃神’会有损它的神力。”

“那就说明不远了。他们在保护它。”

“啊，您这是信以为真了？”

“我信什么并不重要。我来这儿就是要抓住它，然后带回去。”

“这不像一个人保护另一个人那么简单。丛林更加的……在您那儿怎么说来着，闪烁其词？虚实相间？这些土著村民相信自然万物都是彼此相连的。把我们这样的入侵者引进去，就像是放火，会把一切都烧掉。”恩里克斯看了看那把M63，“您握枪握得够紧哪，斯特里克兰先生。”

“我是有家的人。你想一整年都耗在这儿吗？还是两年？你觉得你的船员也能坚持那么久吗？”

斯特里克兰的目光起作用了，恩里克斯还没有强势到能抵抗这种目光的地步。在那身脏兮兮的白色西装底下，他不过是个瘦骷髅架子。他的脖子被蜱虫咬过，起了脓包，并且因为抓挠出了血。斯

特里克兰见过他溜达着离开小路，好甩开手下。他抓住他的航行日志，稳住他发抖的手。斯特里克兰想把那堆没用的破纸片扔到地上，然后再灌上铅，也许那样就能使这位船长得到“激励”了。

“从部落里挑些年轻的吧，”恩里克斯叹了口气，“等那些老的睡着了以后，把他们聚起来。我们可以用斧头和磨刀石交换。他们也许会聊聊。”

确实会聊聊。那些年轻人贪心地想得到财物，将“鳃神”描述了一番，详细得连斯特里克兰都要信了。它不是粉红色河豚那类虚构出来的东西，而是一种活着的生物，是会游泳、会进食、会呼吸的，半鱼半人的生物。那些男孩儿被恩里克斯的地图弄得意乱神迷，终于指着塔帕若斯河的支流区域表示就是那儿。他们好几代人都说“鳃神”进行季节性迁徙时会经过那里，向导这么翻译。斯特里克兰说这没有意义。那里是不是有很多条？向导问。很久以前有，男孩儿们说，但现在只有一位了。这时有几个男孩儿就哭了起来，斯特里克兰对此的解释是，他们担心自己的贪婪已经将“鳃神”置于陷阱之中。的确如此。

8

埃莉莎等车的公交站对面有两家商店。她曾经无数次地凝视它们，但一次也没有在营业时间去过，她知道那样做无异于击碎一个梦。第一家是科希丘什科电器店，今天打折的是“饰以胡桃木纹的大屏幕彩色电视机”。几件样品摆在那儿，个个都带着人造卫星天线，播放的是夜间节目最后的画面。一面美国国旗闪过，接着屏幕上便打出了“测试画面，性能保证”，然后信号就没了。这提醒着埃

莉莎：她要迟到了。她祈祷着公交车能快点儿来。今晚电影里的姑娘是向谁祈祷来着？基抹？或许求基抹比求上帝起效快。

她抬起眼睛，望向第二家商店：朱莉娅鞋店。她不知道这位“朱莉娅”是何许人，但今晚她非常非常嫉妒她，嫉妒得眼睛都被泪水刺痛了。这个勇敢、独立的女人拥有自己的事业，肯定也很美，头发和步伐都充满弹性，而且对自家店铺在菲尔斯角的价值充满自信，连晚上都不关灯，还把聚光灯对准了一双摆在象牙色台子上的鞋。

先声夺人。真是太厉害了。有一天晚上，埃莉莎没迟到，不赶时间，于是穿过马路，把前额抵在橱窗玻璃上，好看得更仔细些。这双鞋不属于巴尔的摩，至于是不是属于巴黎T台，她也不确定。它们刚好是她穿的尺寸，方头，有着舒服的、内倾的鞋跟——这样才不容易从脚上滑下来。它们就像最美的蹄：独角兽的，水仙女宁芙的，空气精灵的。每一寸都镶着闪闪发光的金银线，内衬像镜子一样亮——她真能从这上面照出自己。这双鞋激起了埃莉莎的某种感受，她原本以为从小就被孤儿院磨掉了的感受：她可以去别的地方，她可以成为别样的人，这一切都在可能的范围之内。

基抹回应了她的求告：公交车吭哧吭哧地从山上开下来了。按照惯例，司机不是太老，就是太累，反正没精打采，不能安安全全地驾驶。公交车在东区右转，在百老汇大街右转，然后往北行驶，经过闪动的消防车的灯光和巧克力工厂熔化四溅的热可可。这跃动的、猛烈的毁坏，至少也是生命的一种。埃莉莎扭头看着这一幕，有那么一瞬间，她觉得自己不是坐着车，轰隆隆地经过文明社会的斑斑伤痕，而是在一片狂野的、生机勃勃的丛林里飞奔。

奥卡姆航空航天研究中心前以硫黄照明的长长的车道渐渐近了，

一切遐想都随之萎缩。埃莉莎把凉凉的脸贴在更凉的车窗玻璃上，想看清牌子上那亮着光的钟表：11：55。下车时，她的鞋子踢到了车厢上的台阶。从忙碌的日班切换到冷清的夜班，这之间的转变是一片嘈杂混乱，而这也让埃莉莎跑得更快了。她像瞪羚似的跳下公交车，又像小鹿似的跳上员工通道。在无情的户外泛光灯照射下——奥卡姆的每一盏灯都是无情的，她的鞋子变成了蓝色。

电梯只需要往下走一层，但因为有些实验室像飞机库一样高，所以需要半分钟才能到。电梯门开了，暂存区有两层楼高，支柱引导着员工往窄窄的通道那儿走。距离地面十英尺高的地方有一间树脂玻璃造的观察室，大卫·弗莱明正站在里面。他好像生来就没有左手似的，只有个笔记板。他把它放低，好审视他的臣民。差不多十年前，埃莉莎来这儿应聘时的面试官正是弗莱明，而他也一直供职至今，年复一年，鬣狗般的严苛监视把他送上了可以发号施令的位置。现在，他虽然管理着整栋大楼，却仍然忍不住要插手底层员工的事儿。而同样是将近十年，埃莉莎的晋升之路就和那位门卫差不多：还在原处。

埃莉莎暗自诅咒她的小雏菊牌鞋子。它们太出挑了，关键是，出挑可是把双刃剑啊。她的夜班同事都在前面：安东尼奥、杜安、露西尔、约兰达、塞尔达。前三个迅速地消失在大厅里了，而塞尔达还在寻找她的工卡，活像在看菜单点菜。工卡每天都会插进同一个卡槽，塞尔达其实是在为埃莉莎拖时间。因为约兰达排在塞尔达后面，如果让约兰达顺利打了卡，她就会在打卡钟那儿磨蹭一会儿，硬要让埃莉莎迟到一分钟。

这种恶性竞争其实根本没必要。塞尔达是黑人，很胖；约兰达是墨西哥人，长相普通；安东尼奥是多米尼加人，斗鸡眼；杜安是

混血儿，没有牙齿；露西尔有白化病；埃莉莎是哑巴。对弗莱明来说，她们全都是一样的：干不了别的活儿，因此可以信任。他可能是对的，而这样的念头让埃莉莎感到羞耻。她希望自己能够说话，那样她就可以站在更衣室的长椅上，用一篇“她们应该互相照应”的演讲来鼓动这些同事。但奥卡姆不是这样构建的，而且，就她所知，美国也不是这样构建的。

只有塞尔达除外。她一向维护埃莉莎。此刻，塞尔达正从包里翻出眼镜，而所有人都知道她根本不戴眼镜。约兰达抱怨着时间就要到了，可塞尔达挥挥手，没理她。埃莉莎觉得，自己的勇气必须配得上塞尔达的勇气才行。她想起罗宾森，撒开腿跑了起来，跳曼波舞似的穿过那些打哈欠的人，跳狐步舞似的越过那些扣扣子的人。弗莱明会注意到她那双疾驰的蓝色鞋子，她的所作所为也会被记录在案——在奥卡姆，任何“不”倦怠消沉的东西都值得怀疑。然而，在埃莉莎跑到塞尔达那儿的几秒钟里，这片刻的舞蹈已经将她从一切中解放了出来。她从地面之下升起、飘浮，仿佛从未离开那可爱、温暖的浴缸。

9

抵达圣塔伦西南部时，食物消耗光了。船员们虚弱、饥饿、头晕。兴高采烈、喋喋不休的猴子到处都是，还嘲笑着他们。于是斯特里克兰开始动枪了。猴子们像秘鲁赤潮似的倒了下去，而人们则惊恐得直喘大气。这惹恼了斯特里克兰。他走近一只被射中的猴子，举起了砍刀。那软乎乎、毛茸茸的动物可怜巴巴地蜷成了一个球，两只爪子按着脸，哭恹恹的。它就像一个小孩儿，就像蒂米和塔米。

他一晃神，仿佛回到了韩国，那些孩子、那些女人。他就要变成这个德行了吗？那只幸存的猴子悲哀地尖叫着，叫声刺痛着他的头骨。他掉转方向，朝着一棵树抡起了砍刀，直砍得树干露出了白色的木茬。

其他人却把那些猴子尸体敛了起来，扔进沸水里去煮。他们没听见猴子的尖叫声吗？斯特里克兰挖出苔藓，堵住了耳朵。没有用。尖叫声还在，一直在。晚餐是富有弹性的、灰色的、烂成一团的猴子的软骨。他不配享用，但他最终还是吃了。尖叫声还在，一直在。

雨季——管他葡萄牙语怎么说——盯上他们了。暴雨是热的，犹如污水飞溅。恩里克斯懒得去擦眼镜片上的水汽了，就那么瞎着往前走。他的确够瞎，斯特里克兰想，瞎到竟然会相信自己能领导这次探险。从来没打过仗的恩里克斯。听不得猴子惨叫的恩里克斯。斯特里克兰发现，这尖叫声很像韩国的那些平民发出来的。尽管这种声音很可怕，但它还是告诉斯特里克兰该怎么办。

煽动政变是没必要的，自然损耗就足矣。一条寄生鲇被大雨搅得烦躁，趁大副往河里撒尿时钻进了他的尿道。三个人带着他去了最近的镇子，然后就一去不返了。第二天，秘鲁轮机长醒来时，发现身上有紫色的小洞。是吸血蝙蝠干的。他和他的一个朋友很迷信，于是也离开了。几个星期之后，一位印第安勇士因为蚊帐破了口，身上爬满了 tracuá 蚂蚁，被咬死了。最后，恩里克斯最好的朋友，那位墨西哥水手长，被一条鲜绿色的鹦鹉蛇咬中了喉咙。几秒钟之后，他就开始七窍流血，没救了。霍伊特将军教过斯特里克兰应该怎么用那支伯莱塔——对准水手长的颅底，这样他还能死得干脆些。

现在只剩下五个人了，加上向导一共七个。恩里克斯躲在甲板底下，用白日里发生的种种事情填满他的航行日志。他的草帽曾经

那么崭新、光鲜，如今却沦落成便盆。斯特里克兰来看他时，他正古怪地嘟哝着什么。斯特里克兰哈哈大笑起来。

“你被‘激励’了吗？”斯特里克兰问他，“你被‘激励’了吗？”

没有人问过斯特里克兰，“激励”他的是什么。直到现在，他自己也没有答案，但肯定不是什么“鳃神”，肯定不是。这世界上，已经没有什么他想要的东西了。“鳃神”对他做了些什么，以他认为无可逆转的方式改变了他。他会抓住它的，和“约瑟菲娜”号仅剩的船员一起抓住它——现在他们也成了“遗存”，不是吗？然后，还有家，回家，无论如何那都是值得一搏的。炎热的暴雨里，跨在一窝小蛇上方，他一边手淫，一边想象着和莱妮安静、清洁地交媾：两具干燥的躯体，像两块木头一般，在平整的、洁白的、一望无际的床单上动着。他会回去的。一定能。他会按照猴子们说的去做，然后一切就都结束了。

10

埃莉莎通常会在更衣室里脱掉好看的鞋子，换上一双运动鞋，那感觉就像脚被砍断了似的，而斧子就是她自己的手。“你不能穿高跟鞋。”——入职那天，这句话就出现在弗莱明的规定里了。“我们不能允许任何打滑和跌倒发生。黑色高跟鞋也不行，因为有的实验室地板上有科学标记，不能破坏它们。”这类陈词滥调，弗莱明能说出一千种来。不过，这几天，他的注意力都在别的地方，穿高跟鞋带来的不适反而安慰了埃莉莎，让她可以保持警醒，感觉敏锐，哪怕仅有一点点儿也好。

一间长久废弃的淋浴房被用作了清洁间。塞尔达推上了她惯用

的那辆推车，埃莉莎也推上了自己的。她们会预领出够三个月用的清洁用品存在架子上，然后每天往推车上装。就这样，两辆手推车的八个轮子，再加上八个拖把桶，轰隆隆地在奥卡姆长长的白色走廊里游走，犹如一列慢悠悠行进的火车，什么地方也去不了。

她们必须时时刻刻保持专业，有一些穿白大褂的人会在实验室里逗留到凌晨两三点。奥卡姆的科学家是一种奇异的雄性亚种，他们的工作会使他们陷入完全的错乱。弗莱明教导过杂役们，要是他们一旦发现实验室里有人，就要赶快回避，而这种情况颇为常见。当两个科学家最终一起出来时，他们会斜着眼睛，难以置信地看着对方的手表，咯咯笑着感叹，说这下可又要挨老婆的罚了，倒不如在情人那儿倒下睡死算了。

这种议论，他们在经过塞尔达和埃莉莎的时候也不会少说几句。杂役们接受的训练，让他们只能看见奥卡姆的肮脏与污秽；而科学家们接受的训练，让他们只会展示自己的才能。很久以前，埃莉莎还幻想过工作场合的浪漫邂逅，幻想会在这里遇见那个在她梦境中起舞的男人。那真是年轻姑娘的愚蠢念头啊！身为门卫、女工，或是任何一种杂役，你就只能是——游走，谁也看不到，就像水里的鱼。

11

秃鹰不再盘旋了。斯特里克兰让仅剩的两个印第安勇士中的一个把它抓住了。他不知道那人是怎么办到的，他也不想知道。他在“约瑟菲娜”号的船尾楔入了一根长钉，把那只秃鹰拴在上面，然后当着它的面享用自己的晚餐——水虎鱼干。水虎鱼的刺真多。他把鱼刺吐出来，但没有一根近得可以让秃鹰吃到。秃鹰的脸涨成了紫

色，嘴巴憋得通红，脖子上的毛都奓了起来。它张开了宽大的翅膀，但也只能抖动两下而已。

“现在换我看你挨饿了，”他说，“看看你喜不喜欢。”

他们把恩里克斯留在船上，又回到了丛林里。现在要按斯特里克兰的方式来办了。没有礼物。有枪。斯特里克兰追踪着那些土著村民，就像霍伊特将军本人站在现场发号施令一样。他教其他人军事手势，他们学得很快。他们包围了一个村子，包围圈渐渐缩小，行动同步，十分完美。斯特里克兰打死了他看到的第一个土著村民，以此来表示自己的态度。土著村民们慌不迭地吐出了关于泥土和鱼油的秘密。他们最近一次看到“鳃神”时的景象，以及其精确的行动轨迹。

翻译告诉斯特里克兰，这些村民认为他是域外神祇的化身——砍头魔。这倒引起了斯特里克兰的兴趣，因为这不像是皮萨罗或索托那种外国来的掠夺者，而更像是产自丛林的玩意儿。他的皮肤是食人鲳的那种白，他的油油的头发泛着刺豚鼠皮毛的那种油光，他的牙齿像矛头蛇的毒牙，他的四肢就跟水蟒差不多。他快成丛林之神了，就像“鳃神”是“峡流之神”一样。他甚至连自己下达的最后一道命令都听不见了，因为猴子的尖叫声实在太响了。不过船员们听到了，于是他们砍掉了所有村民的脑袋。

他都能闻到“鳃神”的气息了，像河底淤泥的气味，像百香果的气味，像结了硬壳的盐水的气味。要是他不用睡觉就好了。那些印第安勇士怎么就不累呢？他借着月光靠近他们，看到他们在举行某种神秘仪式。树皮似的什么东西被磨成粉，搓成黏糊糊的、灰白色的一坨，放在树叶上面。其中一个跪下来，睁着眼。其他人就转动叶子，把那黏黏的东西滴到他的两只眼球上。跪着的那个人攥起

拳头，捶打泥地。这种痛苦的景象吸引了斯特里克兰。他走了出来，跪倒在那个站着的男人面前，抬起了自己的眼皮。那人犹豫了，他说那是玻化岩，并且做了个谨慎的手势，但斯特里克兰一动不动。最终，那人还是挤了叶片。一撮白色的玻化岩，蒙住了斯特里克兰的整个世界。

那是种说不出来的疼。斯特里克兰扭着身子，踢打着，号叫着。但他没事。灼烧的感觉渐渐退去，他坐起来，抹掉眼泪，眯起眼睛看着向导们毫无表情的脸。他看见他们了。不仅如此，他还看懂他们了，循着他们皱纹的曲折沟壑，深深探入他们茂密的头发。太阳升起来了，斯特里克兰发现了一个深不可测、色彩斑斓的亚马孙。他的身体充满活力，犹如在歌唱。他的双腿仿佛行走的树，拥有五十几条强健树根般的筋脉。他扯掉了衣服，他不再需要衣服了。雨水打在他的身上，就像落在岩石上那样弹了起来。

“峡流之神”知道，“丛林之神”是拦不住的，后者的枪弹能把“约瑟菲娜”号坚硬的外壳轰进水里。“鳃神”撤回到一片沼泽的河口，船在那儿抛锚了。船底的水泵被粘住了，船长的舱房进了水，但恩里克斯仍然拒绝动弹一下。玻利维亚人拿出了工具，巴西人拖出了鱼叉枪、水肺和渔网，厄瓜多尔人推了一大桶鱼藤酮出来，那是一种从豆薯藤里提炼出的农药，据说能把“鳃神”逼到水面上来。“很好。”斯特里克兰说。他站在船头，赤裸着身子，张开双臂，在雨的驱策下震颤着，呼叫着。要这样持续多久？无从知晓。也许几天，也许几个星期。

最终，“鳃神”浮上了浅滩。血色的太阳——古老的日食之眼劈开了塞伦盖蒂，大海冲开了新世界，贪得无厌的冰川水沫飞溅，细菌啃噬，单细胞沸腾，万物唾弃，河流的血管伸向心脏，山峦坚挺

地勃起，插入摇曳如大腿的向日葵，覆着灰苔的坏疽，嫩粉色的溃烂，脐带蜿蜒，将我们捆绑，退回原基。它是这一切，又不只这一切。

印第安勇士们跪下了，乞求着饶恕，用砍刀割向了自己的喉咙。那生物野性的、不受控制的美也让斯特里克兰颤抖起来。他的膀胱、肠子和胃都失控了。被遗忘的、纯然高洁的炼狱中响起了莱妮的牧师的《圣经》诗文。已行的事，后必再行。太阳底下并无新事。漫长世纪只是一瞬，所有人死，只“峡流之神”与“丛林之神”生。

斯特里克兰的崩溃转瞬即逝，他会尽力把刚才的一切忘掉。一个星期之后，当他乘着倾斜四十度、半浮半沉的“约瑟菲娜”号抵达贝伦时，他身上穿的是翻译的衣服。那个人知道得太多了，非死不可。而这时，恩里克斯已经康复了，他抱着船上的主梁，眨巴着眼睛凝望着蒸腾的水汽，喉头上下跳动着吞下斯特里克兰灌给他的幻象：恩里克斯是个好船长，恩里克斯抓住那家伙了，一切都进行得很顺利。恩里克斯翻查着他的航行日志，想得到佐证，但什么也查不到。斯特里克兰把日志喂给了那只秃鹰，看着它窒息、痉挛，然后死去。

他给霍伊特将军打了电话，证实了这一切。斯特里克兰没被这通电话折磨死，完全是靠吃一种绿色的硬糖来转移注意力。这绿糖商标平平无奇，香精是人工合成的，但味道之浓能使人感到刺痛，就跟触电的感觉差不多。他把贝伦的所有商店搜了个遍，备足了上百包这种糖，才打了那个电话。嚼糖果的声音嘎吱嘎吱的，很响。虽然隔着几千英里的电话线，霍伊特将军的声音反而更洪亮了，仿佛他一直就在丛林里，在浓密树叶的背后，或蚊帐的外面，监视着斯特里克兰。

斯特里克兰最担心的事情，就是对霍伊特将军撒谎，但当他去

回忆抓捕“鳃神”的那些细节时，却发觉想不起来了。他相信鱼藤酮——在某种意义上说——被倒进水里了。他能记起那烫人的水沫，能记起那支M63，以及敷在灼伤的肩膀上的那块冰。而其他的一切，都犹如一场梦——那生物悠然地滑入深水，像跳着芭蕾舞，在它藏身的洞穴等着斯特里克兰，完全没有反抗。礁石上回荡着猴子的尖叫声。斯特里克兰用鱼叉瞄准之前，它就先靠近了他。“峡流之神”“丛林之神”，他们可以是一样的，他们可以是自由的。

他紧紧地闭着眼睛，想要杀死这些记忆。关于抓捕的整个过程，霍伊特要么是买了他的账，要么就是压根儿不在乎。希望在斯特里克兰的手里震颤着，震得话筒咔咔作响。让我回家吧！他祈祷着，哪怕他已经想象不出家的模样。然而，霍伊特将军并不是那种愿意回应祈祷的人。他要求斯特里克兰将任务执行到底：把那重要的东西护送到奥卡姆航空航天研究中心去，在科学家工作的过程中保证其安全、机密。斯特里克兰吞下硬糖碎片，尝到了血的味道。他听到了自己服从的声音。这是最后一程了，然后就了结了。他得搬到巴尔的摩定居，可能这也不赖，举家北上，坐在清洁、安静的办公室里，面前是整齐的办公桌。这是个重新开始的机会，斯特里克兰知道，只要自己能找到回去的路就行。

二　没受过教育的女人

UNEDUCATED WOMEN

I

“我要勒死他。上个礼拜他跟我发誓说会把厕所修好，不会再乱响了，好让我睡个好觉，可等我回了家，厕所却稀里哗啦地整整响了八个小时！他说既然我是杂役，那干吗不能修一下呢？这不是重点，这不是重点啊。我回到家，脚都冻僵了，脚指头肿得跟球儿似的，你以为我乐意把手伸进马桶水箱的凉水里玩儿？我要把他的脑袋塞进水箱！”

塞尔达正在抱怨的是布鲁斯特。布鲁斯特是她的丈夫，人不太好。埃莉莎已经不记得布鲁斯特干过的那些奇怪工作了，反正他被解雇的方式花样繁多，有一阵子，他抑郁得缩在他的苏丹式躺椅里，一待就是几个星期。细节无所谓啦。反正埃莉莎很感激他们总能带来各种各样的惊叹号。埃莉莎来的那天，塞尔达就开始学习手语了，这份情谊她觉得自己有生之年绝对还不上。

“我也跟你说过吧，厨房的水池子漏水，就还是原来那样儿！布鲁斯特说是因为连接螺母坏了。爱说啥说啥吧，‘阿尔伯特·爱因斯坦！要是你算完了你的相对论，能不能到五金店走一趟？’你知道他怎么说？他竟然说我应该趁上班时顺走一个螺母！他知不知道我在什么地方上班啊？知不知道这儿到处都是安保摄像机啊？我老实跟你说吧，亲爱的，我告诉你我未来的计划是什么。我要把这个

男人勒死，大卸八块，然后冲进马桶，这样当它又把我吵醒的时候，我至少能想起布鲁斯特回了他的老家下水道！”埃莉莎笑着打了个哈欠，比画着说，在塞尔达所有谋杀亲夫的计划里，这算是比较好的一个。

“所以呀，今天晚上我就起床来上班了，因为厨房简直成了切萨皮克湾，而我得让家里那个人买得起连接螺母这种奢侈品。我还没买勒死他的绳子呢！于是我径直回了卧室，叫醒布鲁斯特，说眼下这种情况，我们得上挪亚方舟啦。结果他说好啊，巴尔的摩不会一直下雨的。他竟然以为我在跟他说下雨的事儿。”

埃莉莎看了看她的品质控制检查表。弗莱明要是调整了上面的内容，是不会告诉她们的，他就是用这种办法来保证他的手下始终小心翼翼的。三联式复写纸上列出了实验室、大厅、休息室、门厅、走廊，以及分配给各个门卫的楼梯间，每个位置都标着代表不同工作内容的数字。灯具、饮水器、护壁板。埃莉莎又打了个哈欠。升降台、隔墙、栅栏。她的眼睛不停地眨。

“于是我就把他拽进厨房，他的袜子都湿了。你猜他说什么？他又开始聊起澳大利亚了。他说他听到新闻讲，澳大利亚每年要漂移两英寸，所以所有的管道都会开始松动。所有的大陆，他告诉我，最初都是连在一起的。他说，如果整个世界都是这样漂着的，那么有朝一日，所有的管道都会开始松动，那就没理由为此而烦恼啊。”

埃莉莎听到塞尔达的声音开始发颤，就知道接下来她要说什么了。

“哼，亲爱的，我呀，我本来可以抓住那家伙的脑袋，把他按在那两英寸深的水里，一直按到半夜。可是你见过这种人吗？从死睡中醒来还能胡说八道？他真是把我搞糊涂了。有好几个星期我们都不能往桌上放吃的了，然后我家这个男人说什么‘澳大利亚’，突然

就感动我了。布鲁斯特·富勒就是我的冤家对头。但是我跟你说，我看透这个男人了。然后，刹那间我什么都看透了。奥卡姆算什么，会过去的，肯定的。巴尔的摩的老西区也会过去的。我家厨房里的切萨皮克湾？也会过去的。”

左侧的那间实验室里传出一阵骚动。她们推起车子，厕所刷子摇来晃去。几个星期以来，这扇门背后总是响起隆隆隆的声音，但这也没什么特别的。这屋子不在你的工作单上，你就不用理它。但是，今晚，这扇门——先前从未有过任何标记——上面却挂了个金属牌子：F-1。埃莉莎和塞尔达从来没见过F标。上半夜时她们俩总是在一起干活儿打扫的，她们皱着眉头，查了查品质控制检查表。确实有它，F-1，就在她们的表格上，像颗炸弹似的。

两个女人把耳朵凑到门口：说话声、脚步声、咔嗒咔嗒的噪声。塞尔达忧心忡忡地望着埃莉莎。看到她的朋友像Yakkity似的那么轻易就表露出情绪，埃莉莎觉得有点儿难受。该轮到她了，埃莉莎暗自想道，该是她充当那个胆大的了。她硬装出一副自信的笑容，打了个“走吧”的手势。塞尔达深吸了一口气，拿起她的门卡，插进了锁孔；铰链松动，门开了。在扑面而来的清冽空气里，一种直觉不知打哪儿冒了出来。埃莉莎觉得，她刚刚肯定犯了一个灾难性的错误。

2

莱妮·斯特里克兰看着她那崭新的西屋牌蒸汽喷雾电熨斗，笑了。西屋电气造出了能为第一代北极星潜艇提供原料的原子能发动机，这就很能说明问题了，不是吗？请注意，不仅仅是一件产品，

而是整家公司。她坐在那台弗莱迪后面，用那个粉色的头盔式塑料烘发器烘自己的蜂窝头。正起兴的时候，她停了下来，想起一件重要的事：在一个叫“湄公河三角洲”的地方，有个“越共”组织射下了五架美国直升机，杀死了三十个美国人，他们都是她家理查德那样的大兵。于是，她继续浏览起那整页整页的广告来，那上面描绘的是一艘潜艇下潜时，在海中劈开的白色波浪。真是些勇敢的男孩儿！水里本来就很危险，他们会死吗？他们的生死可全靠西屋电气了。

这张照片引起了她的共鸣。她要问问理查德，“北极星”到底是什么牌子的潜艇。理查德的军龄有十九年了，任何关于他工作的问题，他都以沉默回应。所以，她得等他吃饱了，等电视剧《火枪手》里面乒乒乓乓的声音静下来之后，才能问。要是打扰了他满怀赞许地凝视查克·康纳斯左右开弓的枪法，那他就只会耸耸肩啥也不说。

“‘北极星’不是个商标牌子，跟你早餐吃的麦片不是一回事。”

“麦片”这个词突然叫醒了盯着电视发呆的蒂米。他转过身，乱蓬蓬的地毯和他的灯芯绒裤子擦出了静电，噼啪作响，嘴里重复连说了两天的那句话：“妈妈，咱们吃点儿糖爆玉米花行吗？”

“还有果脆圈！”塔米补充道，“求你了，妈妈！”

理查德一向脾气很大，他就是这样。不过，在去亚马孙之前，他不是这样的。他不会把她扔在无知的悬崖上自生自灭，看着她被两相夹击，却一点儿帮忙的意思也没有。莱妮不知道该如何做出正确的反应，于是就选择嘲笑自己。这时，电视里的查克·康纳斯不在了，换上了一个长得有点儿像莱妮的女演员，手里拿着一把带吸力调节功能的电气自动吸尘器。理查德咬着嘴唇，低头看着自己的膝盖，可能是有点儿不忍心。

“‘北极星’是一种导弹，”他说，“可携带核武器的弹道导弹。”

“噢！”她想安慰安慰他，“听起来很危险啊！”

“射程更远，我估计。精确度也更好，据说是。”

“我在杂志上看到这个了，于是我就想，‘理查德肯定全都知道。’我想得没错。”

“我并不知道。这是海军那边的玩意儿。那帮浑蛋我是能躲就躲的。”

“是啊，是这样的。你跟我说过很多次了。”

“潜艇。我告诉你，我绝对不会掺和那种死亡游戏的。”

他看着她，笑了笑。理查德，这个可怜的、强壮的男人，并不知道自己这笑容里表达出的痛苦，而莱妮感受得到。她看过太多次了，在韩国、在亚马孙。有些东西是他永远也不会跟她分享的，这对她来说是一种仁慈，她告诉自己，尽管这让她觉得自己像个孤零零的、一直飘在半空的氦气气球。

在南美洲的丛林里待上十七个月，任谁也无法简简单单地重新适应普通人的生活。莱妮明白这一点，所以尽可能地表现出耐心，但这真是个挑战。那十七个月也改变了她。一夜之间，理查德就被那个坏蛋霍伊特将军偷偷地扔到了一个没有电话也没有邮箱的地方。家里的大事小情都要她来做决定，简直像是每时每刻都在万箭齐发；汽车抛锚了要到哪儿去修；后院里的臭鼬尸体要怎么处理；如何对付水管工、银行家以及所有觉得女人单独行动就很好骗的男人。与此同时，她还要照顾两个因为父亲突然消失而困惑、伤心的孩子。

而她做得不错。是的，头两个月的大部分时间里，她都是在盈盈的泪光里想象自己以后的日子：一位丧偶的母亲养出了两个恐怖分子，他们的童年就是撕碎窗帘、用蜡笔在墙上乱画，而她则大口大口地灌着雪莉酒。不过，很快，她就从每晚的崩溃中感受到了令

人满足的疲惫。渐渐地，她试探着在自己心灵的角落里制订了一个计划：如果理查德被宣布在行动中失踪，然后军方不再寄送支票，她该怎么办？她在火柴盒上、蒂米的成绩单上、自己的手背上写下数字，估算着工资和开销的情况。她知道自己能找到一份工作，这听起来甚至还挺叫人兴奋的。她也因此觉得自己是世界上最糟糕的妻子，竟然能在丈夫的离世中找到一丝激情。但是，如果理查德不在了，反而会有一种平静降临，不是吗？他不是一向都有点儿严苛，有点儿冷漠吗？

再胡思乱想也是徒劳的。毕竟，理查德终究还是回家了，不是吗？他们久别重逢已经整整一个星期了，难道他不该拥有他曾经抛在身后的那个妻子？莱妮笑了起来，笑得自己也相信了这一切。如果那些潜水艇里的人信任西屋电气造的核什么玩意儿，哼，那么她也应该骄傲地站在自家客厅里，用着她的蒸汽喷雾电熨斗。这是她在巴尔的摩买的第一件东西。理查德应该打扮得漂漂亮亮的，到他的新岗位去——那个叫“奥卡姆”的地方，所以熨衣服也就成了优先事项。搬家打包的衣服都还没收拾好，孩子们的衣服也要熨啊。蒂米穿着皱巴巴的运动服显得很没教养，塔米最喜欢的那件棉绒套头衫也压得像块洗碗布似的那么薄。一个家庭主妇，她跟自己强调，可是有很多有趣的、重要的事情要做的。

3

这些假发都是用真发制成的。贾尔斯·冈德森的假发和他耳朵上面新长出来的发楂儿根本不相配。他自己的头发是棕色的，但要是你离得够近，就会看出金色和橘色的发绺——反正这些年来也没

人靠近。要是他知道自己三十岁时就能变成“地中海”，那他肯定会提前几十年开始囤积头发。每个年轻男人都该这么做，保健课上就该教教这些。他想象着自己童年时代的衣橱，想象着自己往那里面塞垃圾袋，袋子里鼓鼓囊囊的都是头发。他得把它们从父母家拖出来，拖到他的第一间公寓，甚至更远的地方去。他笑出了声。不，诸位，这没什么可奇怪的。

贾尔斯把一副眼镜装进口袋里，又把第二副眼镜从额头上挪下来戴上，然后裹紧他的绒面革外套，从那辆奶油色的贝德福德牌小货车里下来。华盖影院的老板阿佐尼安先生允许他把车停在影院后面。车子的推拉门满是锈迹，内饰水渍斑斑，扁平的前灯和车头，埃莉莎给它起了个外号：哈巴狗。巴尔的摩已经几个月没下过一滴雨了，但风却像是九尾鞭。贾尔斯觉得头皮上的假发开始松动了，他连忙用手掌压住脑袋，好把里面的双面胶压实，然后绕过“哈巴狗”，低下头顶着风走。

这姿势原本挺彪悍的，但他却感觉相反，觉得自己脆弱且自负。他一边和小货车的车门搏斗，一边放下了他那个配有黄铜扣的红色皮革文件箱。拿着这箱子能让他觉得自己很重要。他三十多岁时，奋斗了整整一年才买下它，直到现在，这仍然是他唯一的职场装备，在他心里能跟那些曼哈顿大亨的东西并驾齐驱。他径直走向人行道，一阵大风猛地扑了过来。举着文件箱和门周旋可是个相当复杂的过程，等他好不容易进去了，屋里的所有人都会议论起这位拿着巨大皮箱的文雅绅士吧。

贾尔斯有一种熟悉的、怀疑的刺痛感。他需要暂时放下自我，而这挺可悲的，尤其是在这样的娱乐场所。没有人注意到他的出现。贾尔斯把身子挺得更直，带着一种自我保护的意味。这些食客就算

分一下心又怎么了，会受责备？迪克西·道格馅饼店装潢得挺有意思，从放着塑料馅饼模型的旋转台，到带有自动唱机和镀铬滚边的冷藏陈列柜，到处都是彩灯，到处反着光。

贾尔斯在排队的人群中挤迷糊了。今天是工作日，下午三点左右，是吃馅饼的热门时间，他排在第二个。他喜欢待在这儿，他告诉自己。这儿舒服、暖和，还散发着肉桂和糖的气味。他没看收银员，自己太老了，不适合感受这种紧张。他转而去研究那个五英尺高的玻璃塔，研究每一层摆着的不同甜点：双层馅饼像百货公司的礼帽盒；雕花馅饼像大提琴的琴板；夹馅泡芙像女人的胸部那么蓬松。这里容纳着各种各样的甜点，各种各样的人。

4

F-1有埃莉莎公寓的六倍大，这在奥卡姆的实验室中很常见。墙壁是白色的，干净的水泥地面把它衬得华美灿烂。一排排银色的桌子被推到墙边，塑料包装还没拆掉的四轮椅子挤在垃圾桶周围，活像无家可归的人。编织电缆从天花板上垂下来，医用灯架在摇杆上，俯视着空无一物的屋子。东侧的墙边摆着一排米色的机器，埃莉莎听说那叫“计算机”。杂役是不允许碰这些威风凛凛的开关和按钮的，不过她们得在每个月的最后一个星期五用压缩空气喷雾器把那上面的灰尘清掉。

F-1吸引着埃莉莎从迟疑的塞尔达身边走过去的特别之处是一个水池。她们之前听到的咔嗒咔嗒的声音，就是一根工业水管喷水的声音。水流进筑在地上的一个不锈钢池子，池边有一圈及膝高的平台，上面站着三个工人。他们都是巴尔的摩的蓝领工人，明显对这

份工作要求的保密性感到不太自在。他们看着工头拿出笔和写字板，递给一个戴着眼镜、棕色发际线略微后退的男人——奥卡姆的一位科学家，肯定是，不过埃莉莎从来没见过他。他将近五十岁，但蹲在池边的样子活像个极度兴奋的男孩儿。他没搭理工头，自顾自地对照着自己的笔记和探入池子里的三个仪表。

“太热了！”他叫道，“太烫了！你们想烫死它吗？”

这人说话有点儿口音，埃莉莎听不出来是哪一种，不过这提醒了她：这些人她一个都不认识。六个工人、五个科学家，她从来没见过这么多人，这么晚还待在奥卡姆。塞尔达拽了拽埃莉莎的胳膊肘，把她从遐想中拉了回来。这时，一个熟悉的声音——刻在骨髓里的那种熟悉——响了起来。

“注意了！所有人，注意！货物已经在装载平台卸车了！重复：货物已经在装卸区卸车了，并且正在运送中。敬请所有施工人员暂停手里的工作，从你们右侧的门离开实验室……”

大卫·弗莱明的白色衬衫和淡色休闲裤让他和计算机融为一体了。埃莉莎现在才看见他，他交叉着胳膊，朝她和塞尔达后面的那扇门比画着，就像在训斥小孩子。屋子里所有的脑袋都转了过来。这些男人，所有的男人，都盯着她们，盯着这两个闯进来的女人。埃莉莎两颊发烧，她觉得自己身上这身沾着污物的、灰色的奥卡姆工作服，每一寸都丑得要命。

“很抱歉，诸位，这两位女士不该出现在这里。”弗莱明压低了声音，就像一个愤愤不平的丈夫，“塞尔达、埃莉莎，我要跟你们说多少次才行？如果屋里有人在工作……”

塞尔达像一个惯于承受打击的人那样往后缩了缩，而埃莉莎却向旁边跨了一步，站到了她的前面——埃莉莎自己也吃了一惊，但

就是有一种想要保护的本能，让她挡在了一个冲过来的男人和塞尔达之间。埃莉莎吸了口气，绷直了肩膀。体罚，那是她从少年时代就习惯的东西，早在十五年前，在来到奥卡姆之前，就有人对她下过狠手了。她正清理一把快散架的办公椅上的蜘蛛网，而弗莱明一把把她拽起来；一个生物学家从她手里打翻了纸杯，那里面装的不是喝剩的咖啡，而是某种样品；在去电梯的路上，一个保安狠狠地打了她一顿。

“别走。”是那个有口音的男人。他白色的实验服下摆蹭到了水池，洇成了灰色，正装鞋的鞋带系了一半，鞋舌都被溅湿了。他手掌向上，水滴滴答答地流下来。他转向弗莱明：“这两个女孩儿也要回避吗？”

“她们是清洁工。是的，她们也得回避，她们只负责打扫。”

“既然得回避，那她们也不应该偷听，不是吗？”

“恕我冒昧，博士，您是新来的，而奥卡姆有它的规矩。”

“那她们能不能不要老是来打扫这间实验室？”

“可以，但她们只直接听令于我。”

弗莱明的视线从科学家身上撤回来，投向埃莉莎，是他过于着急地把 F-1 添加到品质控制检查表上，而她见证了这一点。埃莉莎连忙低下头，看着她的推车，看着那些安全的硬壳瓶子和罐子，但现在想找补已经来不及了：弗莱明的尊严被刺中了，她和塞尔达额外的工作反而将给她们带来惩罚。那个有口音的科学家完全没看出来这些，他仍然微笑着，觉得自己挺仁慈的。像埃莉莎见过的大多数存有善意的特权人士一样，他根本不懂用人里的三六九等，而她们只不过想要安然无恙地交个班。

“很好，”那个科学家说，“所有人都应该明白这件货物的重要性，

这样才不会出差错。”

弗莱明噘着嘴，等施工人员退出去。埃莉莎和塞尔达在那些男人品头论足的目光里缩成一团。那个科学家完全无视埃莉莎的不自在，竟然伸出手想要和她握手。埃莉莎惊恐万状地看着他修剪整齐的指甲、干净的手掌、浆过的衬衫袖口。弗莱明会如何看待这种没规矩的行为呢？可是，和真的握手相比，不搭理他更糟吧。于是她尽可能平静地伸出了自己的手。这个男人的手掌是湿的，但抓握是实实在在的。

“我是鲍勃·奥夫斯泰特博士，”他笑着说，“你穿着这样的鞋子怎么干活儿？”

埃莉莎向后挪了几英寸，好让推车挡住弗莱明的视线。弗莱明不会容忍她第二次闹出鞋子问题的。如果连这一点点儿自由都被他剥夺，那她肯定坚持不下去了。奥夫斯泰特注意到了她的退缩，好奇地歪了歪头，显然是在等她回答。于是，埃莉莎只好红着脸笑了笑，指了指自己的名牌。奥夫斯泰特的眉目间充满了理解和同情。

“最智慧的造物，”他柔声说，“总是最沉默寡言。”

他又笑了，然后走向右边，同样跟塞尔达做了自我介绍。这样的关注让埃莉莎觉得窘迫，她缩着肩膀，让自己显得更渺小，但同时也感到了一丝阴郁的刺痛：在奥卡姆工作的这些年里，奥夫斯泰特博士的笑容是她所见过的最温暖的。

5

这熨斗真不错，毫无疑问。完全不用管那些烦琐的除盐器配件，直接灌上自来水，在一个刻度盘上完成所有设置，这简直太惬意了。

而且，还随机附赠一副壁挂座，等她的熨衣板固定好，那就更方便了。目前，她就在客厅里电视机的前面熨衣服，那些奥兰多的军嫂就是这样做家务的。莱妮本来有些抗拒，但有一次，正是在理查德去亚马孙执行任务期间，她试着一边熨衣服，一边听收音机里的《青年医生玛隆》和《梅森探案》，发现这样转移注意力的效果很好。她熨完了一整篮衣服，却没什么印象，而这让她很烦。看看你每天的家务活儿有多没劲啊，莱妮，就是重复而已。

但昨晚躺在床上，失眠酝酿出了一个明确且令人振奋的念头：频道，她可以换频道啊！她用不着非得像其他主妇一样，看《我爱露西，指路明灯》和《密码》，她可以看《今日美国》《全美新闻》《美国新闻午间报道》。这是个全新的念头，令她激动不已。到目前为止，巴尔的摩的一切都令她激动。

早上起来，穿上衣服——嚯，她穿得好像要去参加知识分子办的一个鸡尾酒会。她先整理好蜂窝头，然后打开熨衣板，她的太阳穴开始疼了，不过她相信自己能坚持住。然而，第一条新闻才播了十分钟，她的注意力就跑了：赫鲁晓夫正在柏林墙参观访问。单是“赫鲁晓夫”这个词就让她涨红了脸：三年前，在一次华盛顿要人集聚的宴会上，她把这个词读错了，理查德尴尬得下巴直抖。还有柏林墙。为什么她知道《袋鼠船长》里所有角色的名字，却对柏林墙一无所知？

莱妮切换着熨斗转盘上的按钮，不知道哪个才能更好地熨平褶皱。有没有可能，是西屋电气给了她以及所有美国女人太多选择？她检视着熨斗的面板，数出了十七个通风口，每一个都像是理查德在亚马孙度过的一个月。她喷出蒸汽，把脸埋了进去，想象着这就是丛林里的湿热。

理查德从巴西给她打电话时，他四周应该就是这种湿热，那简直像是听见了鬼说话。前一秒钟，她正往下切花生酱三明治的外皮，伸手去拿响起来的电话，而下一秒钟，刀就掉了，同时迸发出一阵尖叫。她泪水涟涟，跟他说这一定是个奇迹。她本来应该忍住眼泪的，不是吗？但谁又能责怪她？她实在震惊。理查德说，他很想念她，但他的声音里有一种死气沉沉的感觉。他说得很慢，干巴巴的，好像忘记了英语该怎么说。还有嘎吱嘎吱的声音，好像正嚼着什么。十七个月来第一次给自己的妻子打电话，他怎么能一边讲话一边吃东西呢？

要替他找借口也很容易：也许他在热带雨林里饿疯了。他告诉她，他们得搬到巴尔的摩去。她还没来得及提问，他就把他回奥兰多的航班号告诉了她，然后挂断了电话，但嘎吱嘎吱的声音一直也没停。莱妮坐下来，打量着这个家，一年半以来，它已经变得舒服、实用了。可现在看来，它却像一个属于单身汉的灾难：所有东西不管怎么喷怎么擦都没法儿光洁如新了，熨斗八个月以前就坏了，她一直也没换新的。噢，接下来的两天里，她是怎么清扫的呀！她用力擦洗，胶皮手套都破了，拖地拖得手上都起了水疱，关节都僵硬流血了。这时，一个来自华盛顿的电话拯救了她：理查德改由海路前往巴尔的摩了。两周后，他将在政府选的房子里与她见面。

莱妮几乎每个小时都在回想理查德第一次走进巴尔的摩那所房子时的情景。他身上那件衬衫扣紧扣子，松松垮垮，活像一顶德鲁伊教的斗篷。他的体重轻了不少，肌肉隆起，紧紧绷绷的，姿态既谨慎又粗俗。他的胡子全刮了，脸颊和下巴光溜溜的，像橡胶似的闪着光、泛着白——因为在丛林里时没法刮胡子，所以晒不到，其他地方都成了古铜色。有好长一段时间，他们就那样盯着对方看。

他眯起眼睛，好像不认识她似的；而她的指尖则摸着自己的卷发、唇膏、指甲。是不是太过分了？太花哨了？因为他这么长时间以来都只见过原始的、脏兮兮的人？

之后，理查德轻轻地把包放在地上，肩膀一阵轻颤，两颗小小的泪珠从双眼里滚出来，滚下他光滑的脸颊。莱妮从来没见过丈夫哭，甚至还怀疑过他是不是压根儿不会哭，不得不说，眼前这一幕吓坏了她。不过，她知道，这证明自己是有意义的，那些眼泪也是有意义的。于是她跑向他，用胳膊搂住他，把自己的泪眼紧贴在他僵硬的衬衫皱褶里。好几秒钟之后，她感觉到他的双手按在自己的背上，但那个触碰是小心翼翼的，仿佛他只是本能地想要把这附着在他身上的生物甩开。“我……对不起。”他说。

莱妮不懂这句话的意思。因为离开，所以对不起？因为哭泣，所以对不起？因为他不能像个正常男人那样拥抱她，所以对不起？

“不用对不起。”她说，“你在这儿呢。你回来了，一切都会好起来的。”

“你好像……你觉得……”

她也一直不明白这句话的意思。她的样子奇怪吗？像他十七个月前第一次看到南美洲的动物一样？她的柔软是不是那种泥巴的柔软？野猪尸体的柔软？别的什么她想象不出的雨林腐物的柔软？所以她拦住了他，让他不要说话了，只要抱着她就好。这是她很后悔的事，因为到了第二天，那两滴眼泪所暗含的失落与情感，不论她怎样温情地刺探，都已经被牢牢地包裹起来了。这是理查德自我保护的本能，也许是为了不在城市中眩晕迷失吧。

一直到蒂米和塔米从楼梯上奔下来冲向爸爸的时候，莱妮才从理查德怀里退开，转过身，打量起这间空荡荡的、连件家具也没有

的房子。她心里涌起一股恐惧的怀疑，膝盖直发抖：如果理查德的眼泪与自己无关呢？如果是这完美、干净、几近无声的屋子打动了他呢？

她把理查德那天穿的衬衫挂在熨衣板的挂钩上。最好还是不要想这些了，最好还是想一想该如何当一个更好的妻子吧。也许不至于登上《今日美国》，但理查德在奥卡姆的新工作还是很重要啊。想想看，要是她在他的衬衫上烫出个印子会怎样？那可能会暗示他家里出了问题。可根本没问题。她的工作是帮理查德处理掉执行任务的痕迹——不管那任务怎样伤害了他，清理掉灰尘、油污、炸药、汗渍，也许还会有唇膏，然后把它重新熨烫整洁。这是为了她的丈夫和家庭而做的，当然，同时也是为了国家而做。

6

他工牌上的名字是“布拉德”，但贾尔斯也见过他偶尔戴着“约翰”那张，有一回甚至还戴过“洛蕾塔”。贾尔斯猜想，第二个可能是拿错了，第三个肯定是闹着玩儿，但这样弄错名字带来了太多不确定性，所以贾尔斯哪一个都不愿意用了。他和布拉德很相像：都是六英尺一英寸高，如果他使劲儿挺一挺的话，能到六英尺二英寸；周正匀称的脸，又直又宽的大牙像马的牙似的，一绺绺金色的头发像发泡的奶油，蓬蓬的。他的眼睛是柔和的棕色，看向他的时候就会亮起来，犹如着火的巧克力工厂里那些熔化的巧克力。贾尔斯发誓，肯定是这样的。

“嘿，伙计，你来啦。”

布拉德的声音有一种空旷感，泛泛听来有南方口音，糖浆似的

让贾尔斯陷了进去。对毛发的担忧笼罩着他：假发的倾斜度，胡子的修剪方式，耳朵和眉毛之间的距离。贾尔斯喘着气，猛地点了点头。

“哇哦，下午好啊。”太公事公办了，算了。“伙计，你一个人啊。”他以为他是谁？小学生吗？“很高兴见到你啊，真的。”三句废话般的问候，正合适。

布拉德一只手搭在柜台上，倚在上面。

“打算吃点儿什么呢？”

“太难选了。”贾尔斯挤出几个字，“唔，我能不能请你……请你私下推荐一款？”

布拉德用手指头敲了敲台面，他的关节有些擦痕。贾尔斯想象着他在郁郁葱葱的后院里扔木柴，木头的碎片落在潮湿的、淡淡的擦痕上，就像金色的蝴蝶。

“酸橙派怎么样？我们有一种酸橙，能把你直接带回纽瓦克。那边有一个，塔的最上层。”

“噢哟，是鲜绿色的啊。”

“可不是嘛！我给你弄一块又大又香的，怎么样？”

“这撩人的颜色我怎么能拒绝呢？”

布拉德匆匆写下单子，咯咯笑了起来：“你总会挑最合适的词儿。”

贾尔斯觉得自己的脖子上涌起一阵热流，他连忙用脑海里跳出来的第一个念头把它往下压。

“‘撩人的’这个词是从希腊语来的。宙斯有个儿子叫坦塔罗斯，无疑是个爱惹祸的孩子。他把他的这个儿子当作祭品献给了其他的神，就和切馅饼没什么两样。不过我们现在纪念的是他所遭受的惩罚。他受到诅咒，要站在水池里挨饿受渴，每次刚要够到果子，果子就被拿走，每次跪下来喝水，水就会流走。”

“你刚才说，他把他的孩子切了？”

“是的，不过我想，重点是，坦塔罗斯不能死。他的命运就是要受这种折磨：想要的东西近在咫尺，却永远也得不到。”

布拉德琢磨着这些话，贾尔斯觉得脖子上的热流开始往上蔓延了。他常常惊叹于一幅安静的画可以对很多人讲出很多话，可当讲述者变成人，他讲得越多，听众却越发要掉转方向，将这些字眼擘肌分理了。不过布拉德似乎选择放弃分析古典词汇了，这让他如释重负，他把他点的单戳在锭子上。

“我看到你那个画袋了，”他说，“画出什么好东西了吗？”

贾尔斯知道，这个那个的不过是用来套近乎的问题，假装自己即将功成名就地激动一番，那不过是老头子的胡言乱语。他六十四岁了，而布拉德不超过三十五。好吧，那又怎么样？因为这个，贾尔斯就不能愉快地跟人家聊天了吗？他就得自惭形秽，因为日常生活里很少这样做？他举起自己的画集，好像此刻才注意到它似的。

“噢，这个呀，没什么的。只不过是又推出了一种新食品而已，就算是有人委托我负责一个产品的广告吧。我正要去公司开会呢，刚好。”

“你不是开玩笑吧！是什么食品啊？”

贾尔斯张了张嘴，可“果冻”这个词念起来竟显得如此软弱无力。

“我可能不该说出去吧。保密协议之类的，你懂。”

“是吗？老天，听起来很厉害啊。绘画艺术，保密协议。跟你说吧，这可比切馅饼带劲儿多了。”

“但食物是最原始的艺术！我一直都想问呢，你就是迪克西·道格本人吗？”

布拉德一阵狂笑，活像爆炸了似的，冲击波撕扯着贾尔斯假发上的刘海。

“我倒希望我是，那样就能坐拥一大堆钞票了。跟你说吧，不只有一个迪克西·道格馅饼店，一共有十二个呢，这玩意儿叫‘特许经营权’。他们发给你这本小册子，看，这上面有开店的全过程。油漆的颜色啊，装潢啊，还有这个吉祥物——迪克西的小狗，甚至连菜单都是统一的呢。他们会做研究，算出人们喜欢什么样的馅饼，很科学。他们开着车把馅饼送到全国各地，而我们就负责把馅饼端上桌。”

“真是迷人。”贾尔斯说。

布拉德看了看四周，往前凑了凑：“想知道个秘密吗？”

贾尔斯求之不得。他心怀秘密，已经受够了，而他知道从别人那里知晓一个秘密，会神奇地同时减轻两个人的重负。

“听到我的口音了吗？连这个都不是真的，我是从渥太华来的。我这辈子都没听过南方口音，除了电影里的。”

贾尔斯心里一沉，犹如冰块儿倒进了玻璃杯。他可能连“布拉德”这个名字也没搞对，不过他今天还是收获不菲。总有一天，布拉德会跟他分享他真正的口音的，那带着异国情调的、轻快的加拿大口音，然后——嗯，那一定意味着什么，不是吗？贾尔斯自豪地抱着他的文件箱，等着他那份鲜绿色的馅饼，觉得自己终于又是这世界的一部分了，而他已经很久很久没有过这种感觉了。

7

“大多数人应该不需要我重申，我们当中一些最优秀的人付出了巨大的努力才有了如此成就，而并非所有人都能回来一起分享荣光。”弗莱明说，“我想我有责任强调：我很高兴，真的，我的清洁女工们也来听我说了。毫无疑问，这是奥卡姆航空航天公司有史以来

最为敏感的货物，它的确需要这样特殊对待。我知道你们都在表格上签了字，但请允许我再说一遍：绝密数据不可以告诉妻子，不可以告诉孩子，不可以告诉你从小就认识的朋友。这是国家机密，是自由世界的命运。总统先生都知晓你们的名字，我希望你们因此能守住——”

埃莉莎浑身紧绷，注意力落在一把密码钥匙插入锁孔时咔嚓咔嚓的响声上面，而那把锁甚至都不是她身后的。F-1的另一侧有一扇十英尺高的双开门，连接着通往装卸区的走廊。门开了，两侧各冲进来一个戴着头盔、穿着军装的男人，守住了门。他们也像奥卡姆的警卫一样全副武装，但那可不是不起眼的枪套和神神秘秘的手枪，而是大大的、上了刺刀的黑色步枪。

又有两个士兵护送着一辆轿车那么长的、装着橡胶轮子的拖车进入了实验室。最初几秒钟里，埃莉莎觉得那上面装的是一副铁肺。小儿麻痹症是孤儿院甩不开的恶魔，所有被迫静坐聆听冗长、枯燥的说教的小孩，都能听懂永远困在棺材里会有多恐怖。这个东西有点儿像豆荚，但是要比豆荚大上很多很多倍，用钢铁铆接，密封压缩，还配有橡胶接头和压力表。埃莉莎觉得，无论是谁在里面，要是必须把头放进水箱里，那必定是得了很重的病。弗莱明忙着把拖车引向水池旁边的空地。这时，埃莉莎才反应过来，觉得自己真傻：生病的小男孩哪儿用得着四个带枪的大兵护送？

最后一个走进双开门的男人留着圆寸头，胳膊像大猩猩似的那么壮，笨重的步态令人怀疑室内空间不足。他穿着一件粗牛仔布外套，内搭冷灰色的斜纹布衬衫，甚至这些衣服也像在束缚着他。他绕着那个大“豆荚”转悠，咕哝着方向什么的，指示说轮子要锁定，旋钮要调整。他没用手指去指，他的手腕上缠着一条橘色的、磨损

了的生牛皮带子，带子连着警棍，警棍两端带有金属尖角。埃莉莎不确定那是什么，觉得可能是一根电牛棒。

弗莱明和鲍勃·奥夫斯泰特博士都伸出右手，迎着那个人走过去，但他却皱着眉头，目光从他俩身边一闪而过，穿过整个实验室，直接落到了埃莉莎和塞尔达身上。额头上的两条静脉凸起来，像皮肤之下的犄角。

“她们在这儿干什么？”

拖车上的水箱剧烈地摇晃起来，里面发出台风般尖锐的咆哮声，仿佛在回答他的疑问。水花四溅，大兵们吓坏了，骂着脏话，举起了步枪。

一个像手一样的东西——但肯定不是手，因为它太大了——拍打着水箱的窥视窗。玻璃竟然没有碎，埃莉莎简直不敢相信，但它的确没碎。水箱摇晃起来，大兵们排成半圆形，弗莱明冲向两个清洁工，大吼大叫，奥夫斯泰特则因为没能护住她俩而微微瑟缩。塞尔达两只手攥住埃莉莎的工作服，把她连人带车一起拖到了走廊上。那个拎着电牛棒的男人又愤怒地瞪了她们一眼，然后就垂下头，把脸转向了那个被困住的、尖叫的生物。

8

从佛罗里达州送来的那些箱子是个大问题。莱妮很清楚这一点，她信誓旦旦地保证，一有机会就把它们打开整理——这是命令！她回忆起和理查德共度的珍贵时光，那是很多年前的事了。当时，他的高潮给她壮了胆，她竟然开起了闺房玩笑，叫他“立正”。最近这几年，这种过火的行为会让他有些厌恶，但那一次他咯咯地笑了

出来，听话地检查了一下“军姿”：脚跟并拢，收腹提气，胳膊下垂，压在裤缝线上，不准笑。这正是她应该好好效仿的高效。她有开箱用的美工刀、布里乐钢丝肥皂棉、阿贾克斯即时氯漂剂、布鲁斯清蜡剂、汰渍洗衣粉、柯梅氯醇，全都装弹上膛，就等开干了。

只要打起精神来，她就能在两天之内开箱收拾好，可她做不到。她一撕扯打包胶带，就觉得像是在用刀子割开母鹿的肚子。这些箱子里装的是全然不同的、十七个月的日子。她还是个小女孩儿的时候，就已经准备好走这条路了：约会，结婚，生子，做家务。而这十七个月的日子，把她从这条路上撞开了。从这些箱子里往外拿出一件件东西，就像是从另一个她的身上掏出一个个器官。那个她，野心勃勃，精力充沛，前途无量。这些念头可太蠢了，她知道。她会熬过去的，肯定会。

但唯一的难点是，这里是巴尔的摩。它就在这儿，就在窗外。把孩子们送去上学之后，就完全没有抵抗可言了。每一次都是如此。她穿上高跟鞋——是为理查德穿的，因为他看到她光着脚会生气。莱妮把这也归咎于亚马孙：也许是哪个不穿鞋的部落让他觉得恶心。等理查德出门去奥卡姆上班了，莱妮就甩掉鞋子，让脚趾深深地踩进地毯里。没勇气干活儿，真的，没有。只有一点儿面包屑而已。现在已经挺干净的了，肯定的。她穿好衣服，出门，上了公交车。

一开始，她假装是要找教堂。这不是撒谎，不完全是。一个家庭是需要礼拜场所的。理查德不在身边的那些日子里，奥兰多的教堂简直就是上帝恩赐的场所，让她找到了自己的立足之地。现在，她需要重新寻找了。问题是，巴尔的摩的每个街区都有教堂。她是浸信会教友吗？他们在弗吉尼亚时去的就是浸信会教堂。也许是……圣公会。她不太确定这个词究竟是什么意思。路德教会、卫

理公会、长老会，这些字眼听起来都很安全，不夸张。她在车上找了个座位坐下，一本正经地端着姿势，双手交叉，放在包上，嘴里念念有词地读着每一所教堂的名字。万圣。三一。新生。她笑了起来，车窗玻璃蒙上了一层雾气，外面的城市看不清了。除了“新生”，她还有什么好选的？

9

职场女性是不会在被骂的时候冲回家里，把头埋在枕头里哭的。你要用颤抖的手握住工具，回到你的工作岗位上去。埃莉莎想聊聊她刚才的所见所闻——拍打水箱窗户的大手、动物般的咆哮。然而，埃莉莎刚做出震惊手势就明白了，塞尔达并没有看见那只手，咆哮声也只是被她当作又一次令人厌恶的动物实验，而这只会让她更不愿意去想。于是埃莉莎就把念头藏进了心里：也许塞尔达是对的，而她搞错了整件事。

今晚最该做的就是把脑海里的画面全抹掉，而这恰好是埃莉莎擅长的。在东北边那间男厕所的隔间里，她进进出出，用拖把在马桶圈底下戳来戳去。塞尔达擦完了地，在洗手池里浸湿浮石，冲着她常年对付的脏兮兮的小便池隔板皱起了眉头，搜寻着抱怨的新词儿，好振奋振奋两个人的精神。埃莉莎不怎么相信别人，但她相信塞尔达：她会找到抱怨的词句，那些句子会很有意思，把她们从那些平日里对她们评头论足的男人们留下的黏糊糊的污渍中拖出来。

“他们告诉我们，全国最优秀的人才都聚在奥卡姆了，而这儿的天花板上却沾着尿渍。你知道，布鲁斯特可不是男人里面最棒的，但就连他也能有 75% 的命中率。真不知道我是该为此沮丧，还是该

给吉尼斯世界纪录打个电话。也许他们能给我一笔手续费哩。”

埃莉莎点点头，比画道：“去打电话吧！”她选了一种老式的分体电话机来比画，想描述出一群挂着记者证、头戴软呢帽的《纽约时报》记者。塞尔达明白了她的意思，咧开嘴笑了。这一幕真让埃莉莎松了口气。她把玩笑继续开了下去：晃动着手指，表示是在电传打印机上打字，然后又假装放鸽子寄出一封信。塞尔达大笑起来，指了指天花板。

“我都闹不清这个角度——你懂我的意思吧？我可不是想说什么下流话，但要是你想想物理之类的呢？园艺软管的角度、喷头的方向……”

埃莉莎无声无息地笑了起来，有些害羞却又很开心。

“我唯一能想到的是：比赛。奥林匹克运动会那种？看谁高，看谁远，如果摇摆得好，还能加上风格分。想想吧，这么多年了，我们还以为这些科学家没有运动技能呢。”

埃莉莎没发出一点儿声音，却狂笑着，整个儿倚在了栏杆上，塞尔达描绘的色色的场景冲淡了刚才发生的特殊事件。

“嘿，这儿有两个小便池，”塞尔达咯咯笑道，“我认为同步小便也不是不可能的……”

有人进来了。埃莉莎连忙背过身去，塞尔达也背对着便池回避。他本来不在，可现在在了，女人们都忘了该怎么反应。塑料牌子上写着“清洁中，关闭”，这是唯一能保护女性清洁工免受男性侵扰的东西，通常这就够用了。塞尔达想指指塑料牌，但她的胳膊抬起来又垂下去了。在这儿，面对一个地位更高的男人，轮不到一个清洁工来指点什么东西在或不在。而且，她们刚刚对男人们在卫生间里种种行为的嘲讽，似乎还回荡着，在每一根水管里、每一颗螺母间、

每一个池底锁孔盖上回荡着。埃莉莎觉得很丢脸，而这丢脸的感觉又让她感到羞耻。她和塞尔达打扫过这间屋子几千次了，只有这个人让她们觉得自己很下流。

那个人冷冷地走到厕所中央。

右手里拿着一根橘色的电牛棒。

10

克莱因 & 桑德斯广告公司的旋转门张扬地招展着。街边，在一群群拿着公文包、准备去开会的大忙人中间，贾尔斯茫然无措，古旧而无用武之地。旋转门仓里上演着各种变形记，玻璃转门折射出万千可能和更好的自我。当贾尔斯被簇拥着踏上大厅的大理石地面时，他已经是个全新的人了。他手上拿着的是艺术品，艺术品是有人要的，他很重要。

从他记事起便是如此。艺术的产生过程，只不过是“拥有”快感的前奏，是他用心赋予的具象物体。除此之外，他的一切就像他那间废弃的公寓——到头来还是租出去了。他生命中的第一件艺术品，是他父亲打扑克牌时赢来的一副头骨，名叫“安杰伊”，是那个输牌的波兰人的名字。它是贾尔斯的第一个学习对象；他画过它几百次，在信封边上，在报纸封面上，在他自己的手背上。

二十年后，他是如何从骷髅画手变成克莱因 & 桑德斯广告公司的上班族的，他已经想不起来了。他的第一份工作是在汉普顿－伍德贝里纺织厂当工人，和他父亲一样，鼻子被棉纤维弄得发痒，已经习惯了，手上因为打包而磨出了老茧，每次处理密西西比来的棉花时，都要先剥掉一层柔软的红黏土。晚上，有时是一整夜，他会在

上班时偷来的废纸上画画，和食物相比，愤怒的肖像更能支撑住他，当然，他无疑是饿极了。他用胳膊上的密西西比黏土来搅拌橘色颜料，让它起泡。几十年后，这仍然是他的秘籍。

两年后，他离开了纺织厂和糊涂的父亲，到赫兹勒百货公司美工部找了份工作。又过了几年，他就换到克莱因 & 桑德斯广告公司上班了，并在此度过了大部分职业生涯。他很骄傲，但并不满足。他喋喋不休的不满都与艺术有关。真正的艺术。他曾经给这个词下过定义，不是吗？像“安杰伊”那样的抽象事物，那些带着棉包磨出来的老茧、粘着比洛克西泥土的男性裸体。贾尔斯渐渐感觉到，他为克莱因 & 桑德斯广告公司画的每一个假笑，都会从别人身上吸掉真正的愉悦，因为他们会用那些广告（宣传）里不可能达成的“快乐标准”来衡量自己。他每天都有这种感觉。

与克莱因 & 桑德斯广告公司打交道的都是些很知名的客户，因此接待室里配有德国设计、风格鲜明的鲜红色椅子，以及专由黑兹尔——那个比贾尔斯还老派的、可怕的接待员负责的饮料推车。不过，今天黑兹尔不在，只有那位马屁精秘书在忙，被十几位不耐烦的高管们使唤来使唤去。她惊恐的脸上突然露出了笑容。贾尔斯看着她在为一盘子的半成品饮料发愁，还不小心切断了一通来电。他根据缭绕的烟雾来判断出屋子里的气氛：不像米开朗琪罗笔下的亚当那样悠然而卧，而是在火车头般的吞吐之间四散开来。秘书好一会儿才注意到他。他原谅她了。

“贾尔斯·冈德森，画家，”他通报道，“我和伯纳德·克莱先生有约，2 点 15 分。”

她按下按钮，冲着话筒说话，还把他的名字念错了。贾尔斯不知道这消息有没有传出去，可也不忍心让这可怜虫再重来一遍。他

面向人群。真是让人难以置信，他想，时隔二十年，他竟然还是有点儿想加入这群高视阔步、大声嚷嚷的家伙中。

他想到了那位秘书，想到了饮料推车。他叹了口气，走到推车后面，拍拍手想引起那些人的注意。

“先生们，”他叫道，“今天下午我们自己调饮料怎么样？”

这样的插话理所当然地引起了他们的不满，所有人都高高地挑起了眉毛。贾尔斯知道这种感觉——愠怒转向怀疑的感觉。这么长时间了，他还是不懂，人们怎么能这么快就发现他的不同之处。他觉得，要是假发的带子开始松掉，那他肯定会有所感觉。要说这一刻有什么问题，他的假发肯定是最小的麻烦。

“这么做的好处是，”他继续说，“巴尔的摩有多干燥，我们就能多滋润。谁要来杯马天尼？”

他赌赢了。下午三四点钟的商人，内心其实就像刚学会走路的孩子——脱水、暴躁。其中一位听见了，另一位赶紧表示赞同，贾尔斯立刻就接管了酒水，表演了快速倒酒，又在联谊会般的欢呼声中给柠檬雕花。在这放纵的片刻里，他示意所有人都站到一边，好让他摇晃一瓶白兰地亚历山大，像奥斯卡颁奖似的把酒瓶颁给那位秘书。大家鼓起掌来，那姑娘脸都红了。阳光掠过鸡尾酒顶端的泡沫，就像夏威夷的海平线，一时间，贾尔斯觉得，他的世界似乎又一次充满了可能与希望。

11

塞尔达知道该怎么办。这种随机应变她已经做过上千次了，当然，是在上班的时候，不过，受男人压迫这种事，却是贯穿一生的。

离开他的视线，要快！她换上仆从那种超然的微笑，拽过推车，要把它推走。但地板上都是肥皂沫，推车滑得太远，撞到了垃圾桶，把它撞了个底朝天。谢天谢地，垃圾桶是空的，但她慌忙冲过去，把它扶了起来。她双膝跪地，展示着自己的体重，静候着嘲讽讥笑。她想尽快完成这一切。跪下的时候，她听见了一阵沙沙的声音。她抬起头，看见那个男人拿着一样她完全没想到的东西——“电棒”的反义词：一袋绿色的硬糖。

“别别，别走，你们不是聊得挺开心的吗。女人的悄悄话，那没什么不对的。你们照旧，我马上就完事儿。”

他的口音不像南方人，但是尾音非常有力。他继续往前走，像是要往埃莉莎那边的隔间走。塞尔达只觉得脑子里一闪：埃莉莎是不是在 F–1 看见了什么，而她没注意到？埃莉莎对人们的大喊大叫总是很敏感，但她从 F–1 出来之后的反应不太对劲——像是吓呆了。这个男人是要把埃莉莎带走吗？塞尔达站起身来，又是个不太雅观的动作，然后手从推车那儿划过，拿了武器——马桶刷和橡胶刮板。她知道打架是怎么回事，布鲁斯特身上的伤痕比她多，但她自己也有份。这个男人要是敢伤害埃莉莎，她就敢拔刀相助，虽然那会毁了她的整个生活，可她没有别的选择。

然而，这个男人又换了方向，把电牛棒和糖果放在水池边，然后走到小便池那儿，开始拉拉链。

现在轮到塞尔达使眼色向埃莉莎求助了。如果塞尔达在 F–1 漏看了什么，那么或许她在这儿也不能依赖自己的眼睛了。一个男人，当着她们的面，就要把他的“好东西”掏出来？而埃莉莎为了做出合适的反应，正上下左右地摇晃着脑袋。有一件事是肯定的：塞尔达不能看他。在这儿，男厕所，看他，毫无疑问是一种会惹事儿的

冒犯。这个男人只要跟弗莱明举报这些下流的清洁工，她们就可以成为奥卡姆的历史了。塞尔达只好干瞪着地板，目光都要穿透瓷砖了。

小便哗哗哗地溅到便池里。

“斯特里克兰，”那人说，“我负责安保。”

塞尔达咽了口唾沫，只能说了句“哦”。

她告诉自己，眼睛不要乱看，但它们还是偏离了方向，看到一股小便喷到了地上。斯特里克兰咯咯咯地笑了起来。

“哈。还好你们有拖把。”

12

理查德一定会说她这些偷偷摸摸的观光是在浪费时间，他肯定是对的。但她自己惊叹的喘息让她忘记了内疚。橄榄球后卫般高壮的大厦，群山层峦般的广告牌，机器人般的加油站，还有切达奶酪那种颜色的有轨电车！她觉得自己的身体里有个结，这个结渐渐磨损，仿佛有一把美工刀在上面划过。公交车快速地驶过各种招牌，它们即便在白天里也亮着灯：安装消声器，一元杂货店，体育用品，空军征兵。她按了铃，在当地人称“大道”的西 36 街商业区下了车，任由各种店铺洗劫她的钱包。

她试着和所有擦身而过的人打招呼，尤其是女人们。和了解这个城市秘密的朋友一起探索岂不是很棒？讽刺涨得离谱的物价，聊聊海风对头发会有什么影响，诸如此类？谁能从莱妮身上知往鉴今，欣赏她在那十七个月里独自感受到的特殊而神秘的活力呢？但巴尔的摩的女人们却被这样的问候吓着了，几乎连个笑脸都没给。如此

这般一个小时之后，莱妮感到一阵孤独，觉得自己注定要成为局外边缘人了。她又回到了公交车上。一个男人在走道上溜达，误以为她是游客，想要卖给她一份旅行指南。她的心又绞成了一团。是发型的问题吗？在佛罗里达，蜂窝头是很流行的，但在这儿就不是了。她突然特别不开心。可能确实需要旅行指南吧，于是她买了一份。

旅行指南是这样责备她的：巴尔的摩拥有可以满足美国家庭的一切。既然如此，那么她的问题症结到底是什么？塔米会喜欢美术馆，蒂米会喜欢历史博物馆。城市西边是森林公园，有着童话书般的迷人吸引力。照片上展示着城堡和树木、公主与女巫。夏天，孩子们可以在这儿举办生日宴会。很完美，只有那个名叫“丛林地带”的公园除外。单单是“丛林”这个词就足以让理查德扔下报纸，或转换电视频道了。散步的时候小心些就行了，很简单。

有一回她曾经信步漫游到了菲尔斯角的码头。她一直想要努力忘记那次散步，但每天早晨，蒸汽淋浴都会从她身上蒸出真相，她不知道亚马孙是不是也把理查德煮熟剥开、露出了最原始的模样。那是个阴沉沉的下午，船有节奏地撞击着码头。她踮起脚尖，竖起衣领，沿着帕塔普斯科河走。为了到那儿去，她先是在挤满了衣衫褴褛的流浪汉的车站下了车，然后又穿过了她所见过的最丑陋的街区，绕过了那些碎瓶子。这儿还有个电影院。为了躲避那些色眯眯的家伙，她差点儿就要买票逃进去了，但电影院的遮篷上少了几个灯泡，让她觉得很别扭，而且，电影听起来一点儿也不让人开心——好像是鬼魂在演马戏。

那是个冷清的地方，如果说话也没人会听到。于是她冲着拍打着的冰冷的水撒了谎，因为也实在没有别的人可以倾诉了。她说，她很高兴，因为她的丈夫回来了。她很满足。她对未来充满乐观。

她相信理查德塞给她的那些关于巴尔的摩的小广告，上面的数据说，在巴尔的摩，只有两成家庭拥有私家车。而理查德向她发誓，说他们很快就会拥有两辆。他讨厌那辆要坏不坏的雷鸟，他说，而且他也不想在自己出去拯救世界的时候，还让妻子坐什么公共交通工具。

在回公交车站的路上，在那个她不喜欢的街区里，她绕过了正往人行道上喷水的工人。多好啊，她说，这个城市的市民以自我维护为傲呢。她假装那些待洗的衣服上没有狗尿的气味、烂鱼的气味、腐叶的气味、凝固的污水的气味、水洼里的盐的气味、烧焦的石油的气味、身体分泌物的气味。回家前再撒一个谎，就像又熨平了一道褶。

13

贾尔斯很希望到会议室去，但伯尔尼带他去的却是一间空办公室，里面随便摆着一张桌子、两把椅子。伯尔尼没坐下，于是贾尔斯也就没坐。在接待室里的一番欢笑和握手之后，此刻显得有点儿冷清。不过贾尔斯提醒自己，如果说自己在这儿还有朋友的话，那肯定就是伯尔尼·克莱了，可不是刚才大厅里那些咕噜咕噜喝着他调的混合饮料的有钱老头儿。没错，二十年前，把贾尔斯踢出公司时，伯尔尼也有份，但他不是故意的。贾尔斯想起了徒劳的殉道——伯尔尼的家人也得吃饭啊，不是吗？

回忆起那次事件就令贾尔斯沮丧，主要是因为平庸无奇、皆可预测，而所有艺术家都讨厌陈词滥调。芒特弗农的某个酒吧里，警察们举着警徽冲进来了。当天他是在牢里过的夜，想的事情只有一件：警察的流水账可一直都是他父亲最喜欢的报纸内容。贾尔斯希

望老人家的视力也像自己的一样，糟到看不清小字号的警察流水账。可后来，贾尔斯就再也没有父亲的音讯了，于是他就知道，父亲看到了。被解雇一个星期之后，贾尔斯养了第一只猫。

假装和伯尔尼开会已经成了他工作的很大一部分。他又有什么可抱怨的呢？公司里的其他人——包括克莱因先生和桑德斯先生，全都不赞成贾尔斯从事自由职业。贾尔斯露出了大大的、热情的笑容，就像新画好的广告上那个爸爸的笑容。多来点儿广告吧，他想，这次是为了自己。

“那个黑兹尔到底是怎么了？我真不知道她竟然能旷工一天。”

伯尔尼松了松领带：“你不会相信的，老贾，有个阔老头儿竟然对看饮料的青眼有加，把她弄到洛杉矶去了。当然了，账得记在他们头上。”

“噢，她这样可真不错啊，是吧。”

“但我们这儿就糟了，一切都乱了套。所以对不住，没有房间了，都安排不开了。你认识好女孩儿吗？认识的话要告诉我，好吗？”

贾尔斯的确认识好女孩儿，事实上，就是那个在极权主义研究机构上了好多年班也无处可去的姑娘。要是埃莉莎擅长接电话该多好。贾尔斯静默沉思的几秒钟让伯尔尼很是不安，也让他所剩无几的精神头儿沉了下去。伯尔尼已经知道了结果，而贾尔斯却急切地想要就旧式广告大谈特谈。他不想成为这个男人苦恼的源头。

“唔，这样，我先给你看看作品……”

“我真的只有几个……”

两个人都很感谢转移注意力和消解尴尬的卡扣叮当声和皮革噼啪声。贾尔斯把画布放在桌上，一副自豪的样子，但他真实的感觉却是：恐慌。头顶上的灯是不是有什么毛病？他画的这家人，骨骼

结构怎么这么明显？皮肤像是损耗掉了，跟光溜溜的“安杰伊”似的。他真的只画了四个脑袋，没画身体吗？他竟然没觉得他们像鬼一样吓人？就连颜色也……除了果冻还行……其他的颜色也都不好看。果冻的红色是他花了一整夜才调出来的，堪称典范的火山岩红。

“这个红色。”伯尔尼叹了口气。

“太红了，”贾尔斯说，“我画得太投入了。”

“不是那个。虽说这个爸爸的嘴唇有点儿太……血淋淋了。是颜色整体有问题。红色不流行了，我们都不做红色的装饰品了。我没告诉你吗？也许没有吧。我刚才说了，一切都乱糟糟的。红色都被砍掉了。新流行色是——你准备好了吗？新的时尚是绿色。”

“绿色？”

“自行车、电吉他、早餐麦片、眼影……绿色突然就成了未来色了，甚至新口味也全是绿色的。苹果、甜瓜、青葡萄、香蒜酱、开心果、薄荷……”

贾尔斯极力回避着极具嘲讽意味的四个头骨，转而仔细审视他们所渴望的那块果冻。他觉得自己太蠢了，太盲目了。关键并不在于伯尔尼之前有没有提过颜色。如果贾尔斯还有点儿判断力，那他肯定自己能想明白。这样一块红色的果冻，只能引起食人魔的食欲吧？它看起来就像刚从一颗跳动的心脏上切下来似的。

“这不怪我，老贾，”伯尔尼说，“都怪照片。今天，每一个从那扇门走进来的客户都说想要照片——漂亮姑娘拿着汉堡包，或者百科全书，或者别的什么玩意儿。他们还想参与试镜，看看有没有合适的人选。这家公司现在只有我还在跟那些老板推销真画了。伟大的艺术品就是伟大的艺术品，我就是这么跟他们说的。而你，贾尔斯，就是伟大的画家。嘿，这些天你有空忙自己的事儿吗？”

这幅画就像迪克西·道格馅饼店里没了耀眼灯光陪衬的酸橙派——平平无奇。贾尔斯把它塞回了自己的文件箱。在回家的路上，箱子的重量不再像来时那样给他带来安慰了。自己的事儿？没有，伯尔尼。很多年都没有了。他在忙着一遍又一遍地画果冻呢。可无论未来色是什么颜色，都没人想要他的画。

14

斯特里克兰其实羞愧难当。小便在倾斜的地板上淌着，太多了。他只是想吓唬吓唬清洁工，他打算把今晚看到那件货物的所有人都吓唬一番。这是他在东京执行任务时从霍伊特将军那儿学来的小把戏。第一次和下级见面时，要让他们明白自己有多微不足道。当他看到那个黑人清洁工，那个白人清洁工弯着的背，那个小便池，就方寸大乱了。可是太恶心了。尿在地上，他只有在亚马孙才会那么干。他现在最渴望的就是清洁，可他却在这儿撒尿——字面意义，并非修辞。

他转过头，仔细地看了看那个小个子。她素面朝天，莱妮脸上的那些黏糊糊的玩意儿她都没有，而这让他感觉更糟了。他催促着自己赶紧把膀胱排干净，四下乱看，想找些话来说。电牛棒！毫无疑问，那两个女人都盯着它看呢，那是他离开巴西前，从一个农民那儿讨价还价买的。有些农民几乎不会讲英语，却管这电牛棒叫“亚拉巴马－侬好”。当那“东西”需要些激励来进出水池的时候，这东西确实挺管用。两个铜尖角，有一个上面沾着浓稠的、殷红色的血迹。血迹在白色的瓷砖上慢慢流淌。又要脏乱一团糟了。

他提高嗓门，好不再去想自己有多恶心。“这家伙是1954年生产的农场主－重30型，不是那种新奇但不中用的玻璃纤维什么的，钢

轴，橡木把手，可调电压500—10000伏。你们可以看看，女士们，但是别摸。”

他的脸一阵发烫，好像正在聊的是自己的小丁丁。恶心！恶心！要是蒂米听到他这样说话会怎样？塔米呢？他爱他的孩子们，尽管他不敢碰他们，怕伤害到他们。他们只能凭借他说出口的话来评判他。他不由对这两个女人怒不可遏，因为她们目睹了自己的丑态。当然，她们在这儿也不是她们的错，但她们就不该干这份工作，不是吗？怎么能将自己置于这种位置？最后一滴尿落下去了，他想起了沾在“亚拉巴马－侬好”上面的圆鼓鼓的血珠。

斯特里克兰晃了晃胯，合上裤子，拉起拉链，发出哇哦一声。两个女人看向了别处。裤子上有没有溅上小便？他现在已经不是在丛林里了，他必须时时刻刻考虑这种事。他想逃出这明亮的房间，想逃离自己弄出的乱摊子。赶紧把这事儿了结，他对自己说。

“你们都听见实验室里那个人说的话了，应该不用我再重复了吧？”

“我们明白。”那个黑人说。

“我知道你们明白。我要检查一下。”

“好的，先生。”

“我的工作就是检查。”

“对不起，先生。”

这女人怎么把这事儿变得这么难呢？另外那个，那个漂亮得多的，看起来也温和得多的，怎么不说几句？房间里的空气很潮湿，肯定是他自己想象出来的，肯定是。他的心怦怦直跳，伸手摸了摸腰际，但那儿已经没有砍刀了，而是“亚拉巴马－侬好”。它是个很不错的替代品，他渴望用手指握住它。他绷紧下巴，挤出一个笑容。

“哎，我可不是拥护乔治·华莱士的家伙。我认为黑人应该有自

己的地位，真的。工作、上学，都应该拥有和白人一样的权利，但是你们真得多学学单词。你听到自己说的话了吗？你一直都在重复同样的词。在朝鲜时，我曾经和一个黑人并肩作战，结果他因为一件莫须有的事儿受到了军事法庭的审判，因为法官想听听事情的来龙去脉，可他却只会说‘是的先生’‘不是的先生’。所以，监狱里的黑人才会很多啊。我可不是瞎说的。我听说他们下个月要关闭联邦监狱了，那里面就几乎没有黑人。那可都是这个国家最恶劣的罪犯啊。这是你们种族的荣耀啊，你该自豪才是。”

他在说什么玩意儿？联邦监狱？这些清洁工肯定会认为他是个傻子，他一出这个门，厕所里就会爆出她们的大笑。他的脸上淌着汗，屋子仿佛越缩越小，一定有三百度了。他点点头，看见了那袋糖，便一把抓过来，掏了掏里面。他没洗手。偏偏是清洁工，她们肯定注意到了。恶心！恶心！他把绿色的小球扔进嘴里，最后看了一眼那两个目瞪口呆的女人。

“女士们，想不想吃糖？”

那绿色的糖球就像马似的咬了他一口，他自己都听不懂自己刚才问了些什么。噢，她们会笑话他的，随便吧。该死的清洁工。该死的所有人。他得对那些科学家严厉些，不能像这次这样搞砸了。奥卡姆和“约瑟菲娜”号并无不同，他要确保每个人都清楚，管事儿的是他斯特里克兰，不是那个五角大楼的奴才大卫·弗莱明，也不是那个好脾气的生物学家鲍勃·奥夫斯泰特。他转过身，地上很滑。他希望那是肥皂水，而不是小便。他咬碎了硬糖，这样就听不见自己湿哒哒的脚步声了。他从水池边抓起“亚拉巴马－侬好”，那些血珠可能滴下去了，清洁工会擦掉的，但她们也会记得这一幕，记得他。恶心！恶心！

15

斯特里克兰的糖果给这令人作呕的场面增添了几分病态的甜蜜。在大多数孩子都玩儿命渴求糖果的时候，埃莉莎就失去了对它的兴趣，即便是贾尔斯在迪克西·道格馅饼店硬给她点的甜饼，也会让她喉咙发腻。她以畏缩的心态来回忆自己不喜欢糖果这件事的根源，那时的她呆望着蛇发女妖般的成年人，那种神秘莫测的感觉就和斯特里克兰没两样。在她那些早期的看护者眼里，埃莉莎并不是残疾人，而是个蠢笨、顽固的家伙。那家孤儿院有个可爱的名字，叫“巴尔的摩小流浪者之家”，但住在那儿的孩子只将它简称为“之家”。而且讽刺的是，故事书似乎总与“家”息息相关：稳定，安全，舒适，欢乐，秋千，沙坑，拥抱。

年纪大一些的孩子可以带你到外屋去，给你看那些用来打钢印的设备，设备打出的字样是“之家”以前的名字：芬茨勒智障学校。埃莉莎被送到那儿的时候，档案将孩子们称为“先天愚型”“疯子”“身心残障”，入校的原因是“智力迟钝”“发育缓慢”“遗弃”。与附近的犹太教、天主教孤儿院不同，“之家”的任务只是让你好歹活下去罢了，所以当你到了十八岁这个门槛，就得去找一份卑微的工作，为上等人服务。

“之家”的孩子们应该联合起来，正如奥卡姆的杂役们也应该联合起来。然而，食物和亲情的缺乏，像咳嗽似的残忍传播着，每个孩子都知道对手的痛点。你被判归“之家”是因为你的家人住在贫民窟？那你就是饿鬼贝蒂。你的父母死了？那你就是坟地吉尔伯特。你是移民？那你就是红种罗莎、野人哈罗德。以至于很多孩子成年了、被赶出门去了，埃莉莎都不知道他们的真名到底是什么。

埃莉莎的绰号是“哑巴”，不过舍监更愿意叫她“22”。在这个满是不受欢迎的小孩的不整洁的世界里，数字能让一切显得整洁，所以每个孩子都有一个编号，所有分配给你的东西上面都标着你的编号，这样当你的东西出现在不该出现的地方，就能轻易地知道是谁犯了错。像“哑巴”这样受排斥的小孩更倒霉，对手们只要用他们的外套包住毯子，扔到外面的泥地里，标着“22”的标签就能被认出来——“哑巴”犯错了。

惩罚可以委托给随便哪个舍监，但女总管常常愿意自己出手。“之家”并不是她的，但她所有的也仅此而已。早在三岁时，埃莉莎就凭直觉发现，女总管把这群没规矩的孩子看作自己精神不稳定的体现，让孩子们遵守秩序，就等于让她自己保持理智。但这一点儿用都没有。她狂声大笑，把年纪最小的孩子都吓哭了，然后大笑变成了愤怒的抽泣，让孩子们更加惊惧。她随身带着抽打腿和背的树条鞭，手指间夹着戒尺，还有一瓶蓖麻油，用来强迫孩子们生吞。

诡异的是，女总管也带着糖果，因为她太依赖诸如恳求、哭鼻子一类的反馈，所以最喜欢发不出声音的“哑巴”。“不可救药的小怪物”，她这样叫她。一种秘密的心照不宣。更糟的是女总管一反常态的日子，她把灰白色的头发扎成难看的马尾辫，逼问埃莉莎到底想不想玩洋娃娃。当女总管问有没有哪个坏女孩儿又尿床了，埃莉莎就只能害怕地装装样子。这时候，她就拿出了糖果。“把秘密告诉我，没关系的，”女总管这么说，“只要指出来到底是谁，我就能修理她们了。”埃莉莎觉得，这像个陷阱。就是个陷阱。和揉弄玻璃纸的斯特里克兰先生一样。这样或那样的糖果，其实都是毒药。

埃莉莎渐渐长大，十二岁，十三岁，十四岁。她独自坐在饮水器旁边，躲着其他女孩儿，偷听她们聊喝酒的事儿，她杯子里的水

喝起来有一股肥皂味。她听她们聊舞蹈课。她用冰激凌碗把手冻僵，这样就不会想跳舞了。她听她们聊接吻，一个女孩儿说："他让我觉得自己很重要。"埃莉莎想这句话想了好几个月，"觉得自己很重要"到底是个什么感觉？突然间，自己不仅存在于自己的世界里了，还存在于另一个人的世界，是吗？

她跟在其他女孩儿后面到处走，其中一个地方名叫"华盖影院"，她从来没去过里面。她买了一张票，等着有人来轰自己走。她花了五分钟挑选座位，仿佛在选人生道路。也许的确是人生道路：那部电影是《鹿苑长春》。尽管多年后，她和贾尔斯会拿电视播映画面里的伤感风开玩笑，但那确实是她从未有过的宗教体验，和坐在教堂长凳上的那种感觉全然不同。这是一个幻象胜过现实的地方。这里漆黑一片，看不到伤疤，沉默不但是被接受的东西，而且还是引座员手持探照灯要求所有人执行的。在这两小时零八分钟里，她是完整的。

她看的第二部电影是《邮差总按两遍铃》。那是一种肉欲的、性与暴力的狂热泡沫，虚无主义，是在"之家"的图书室里绝不会出现的东西，是大人们从没有告诉过她的东西，女孩儿们的八卦闲聊也没能让她准备好接受它的冲击。"二战"刚刚结束，巴尔的摩的街道上挤满了衣冠楚楚的士兵，回家的路上，她换了一种眼光看他们，而他们，她想，也用不同的眼光看着她。然而，她与他们的互动失败了，那些年轻人对手指传递出的情意没什么耐心。

据她自己统计，在"之家"生活的最后三年里，她曾偷偷溜进华盖影院一百五十多次。那时候，影院的生意还不错，灰泥还没有从天花板上往下掉，阿佐尼安先生还没有绝望地开始7×24小时不间断地放映影片。这是她受教的过程——真正的教育。《美人计》里，

加里·格兰特和英格丽·褒曼贪婪地吮吸着对方的气息；《蛇穴》里，奥利维娅·德哈维兰挣扎着逃离那些疯女人；《红河》里，蒙哥马利·克利夫特在层层尘幕中徘徊。终于，埃莉莎在偷偷溜进去看《对不起，打错了》时被引座员抓住了，不过那不重要了。还有两个星期就到“之家”为她选定的生日了，她马上就要到十八岁了，她会被赶出去，被迫找个地方，自己想办法生活。想来可怕，却又令人向往：她可以自己花钱买票，寻找可以与之吸吮气息、或惊惶逃离、或仅是行走其间的人。

那位女总管和埃莉莎进行了离校面谈，她抽着烟在办公室里踱来踱去，对埃莉莎竟然能活到十八岁感到愤慨。当地的一个妇女组织为“之家”的毕业生提供了一个月的房租和一只装满二手衣服的手提箱。埃莉莎穿了她最喜欢的那件带口袋衬裙的深绿色羊毛连衣裙，而她最最需要的是一条可以遮住伤疤的围巾。她在心里那已然满满当当的需求清单上又加了一条：买围巾。

“到圣诞节的时候你就变成妓女了。”女总管信誓旦旦地说。

埃莉莎瑟瑟发抖，但这威胁吓不到她。为什么呢？她看了太多好莱坞电影，知道所有妓女都有金子般的心灵，迟早有一天，克拉克·盖博、克里夫·布洛克，或是莱斯利·霍华德会注意到这光芒的。当天晚些时候，她没去妇女之家，而是去了这个世界上她最喜欢的地方：华盖影院。或许正是那种沉思把她带到那儿去的。她没钱看英格丽·褒曼主演的《圣女贞德》，却一心想沉迷在海报上说的“演员上千，阵容宏大”之中——就像她现在身处的庞大的巴尔的摩，只不过前者被安全地限制在银幕里。

她觉得从钱包里摸出四毛钱实在是太任性了，于是低下了头，刚好看到了那个不起眼的牌子，上面写着：吉屋出租，入内洽询。

没什么可犹豫的。几个星期之后，她收到了房租账单，眼看就保不住这个地方了，又刚好看到了一则广告：奥卡姆航空航天研究中心招聘清洁工。她写了应聘信，约了面试时间，花了一整个早晨熨烫那件深绿色的连衣裙，还研究了公交车时刻表。但就在她要出发前的一个小时，悲剧发生了：大雨滂沱而至，而她没有雨伞。她惊慌失措，努力地忍着没哭，这时她听到华盖影院的另一间公寓里传出轰隆隆的声音。她从来没见过那个男人，尽管他总是在附近出没，似乎有点儿宅。现在她没资格拥有“谨慎”这种奢侈品了，于是她敲响了那扇门。

她原本以为开门的会是个矮胖、多毛、没刮胡子，还会不怀好意地瞥来瞥去的家伙，但没想到，那人身上竟然有一种贵族气质，夹克、毛衣、背心、衬衫，一层层像信封一般塞得平平整整，他五十多岁，但眼镜后面闪着光。他眨眨眼睛，心不在焉地摸了摸光溜溜的脑袋，好像忘了戴帽子似的，然后他注意到了她难过的表情，便温和地笑了笑。

“唔，你好啊，嗯。很荣幸见到你，但，怎么称呼？”

埃莉莎抱歉地摸了摸自己的脖子，然后凭直觉做了个“雨伞”的手势。那个男人发现她不能讲话，只惊讶了几秒钟。

“雨伞！当然！快进来，小家伙，让我把它找出来，就像从石堆里拔出神剑那样。”

他进了屋。埃莉莎有些迟疑。她从来没有进过“之家”以外的人家。她向右歪了歪身子，看见了暗暗的、巴洛克式的家具轮廓，上面影影绰绰有猫的身姿。

“这么说新来的房客就是你了。我没按规矩早点儿带着一盘小饼干去拜访，真是太不友好了。我唯一的借口恐怕就是，截稿日期太

紧，把我给钉在桌子边了。”

他说的桌子一点儿也不像个“桌子”，而是一张可以用铰链调节角度的桌面。这个人应该是艺术家吧。埃莉莎感到了一种风吹的刺痛。桌子中间放着一幅画了一半的女人肖像，搭在她肩膀上的鬈发尤为引人注目，在肖像的底下有一行文字：秀发不再单调。

“虽说我马马虎虎的，但要是你需要什么，就尽管告诉我。不过还是建议你自己准备一把伞啊。我注意到你那儿有公交车时刻表，哎，走到车站可比想象中要远。你肯定已经发现了，华盖影院的公寓有很多不太理想的地方，但是要自得其乐嘛，还有那些美好的东西。我敢肯定你是很好相处的。”

他本来在画布堆里翻来翻去的，这会儿停下来看着埃莉莎，等她回答。她原本以为，人们一旦开始说话，往往就会忘记他们交谈的对象是个残疾人。然而，这个男人却笑了，细长的棕色胡子仿佛张开的双臂。

“你看，我一直都想学手语来着，你真是给了我一个超级棒的机会啊。”

几个星期以来，埃莉莎一直忧心忡忡地忍着眼泪，此刻它就要变成感激的热泪涌出来了。不过她忍住了：现在可没时间重新化妆。在接下来的几分钟里，事情变得更加难办了，这个男人——他夸张地介绍说自己叫贾尔斯·冈德森——找到了雨伞，决定亲自开车送她，并且拒绝了她比画的“婉拒”。一路上，贾尔斯闲扯着“清洁工”这个词是从“雅努斯”——守门的罗马两面神——演变来的，转移了她的注意力。他一直唠叨到奥卡姆的大门口，直到门卫指出他的名字不在名单上，这才停住。门卫示意埃莉莎下车，冒着雨走进去。

“‘无论去哪儿，皆好运 / 一双旧鞋，抛身后’，”他冲着她喊道，

“是阿尔弗雷德·洛德·丁尼生的诗！”

鞋，她重复着这个词，眼睛盯着自己那双难看的、施舍来的高跟鞋在雨中的人行道上溅起水花。如果能得到这份工作，我要给自己买一双漂亮的鞋子。

16

斯特里克兰的神秘出现使他取代了布鲁斯特，成为最热门的话题。埃莉莎无法不去想水箱里的那个东西，但还是没和塞尔达说——那种记忆中的印象一天天地越发荒谬。不过，塞尔达用取笑其他事情的方式缓解了紧张的气氛，这让埃莉莎很是感激。比如说，她们注意到弗莱明一直管斯特里克兰带来的那些带枪的大兵叫“宪兵”而不是“保安”。这个称谓似乎更为贴切：沉默，严苛，没有任何独自行动的倾向。至少，对女人们来说，保安更容易辨认、回避，因为他们走起路来整齐划一、叮当作响，而那些笨拙的科学家可没这本事。现在，埃莉莎和塞尔达就听到了这种声音，于是她们躲开了，拐到一间大厅里去，这间大厅通常是留到后面打扫的。

“就算那些保安没有雄赳赳地准备上战场，我也知道他们在哪儿，”塞尔达说，“他们是一起呼吸的，你注意到了吗？就像空气从通风口里一下子喷出来似的——呼！我跟你说吧，这儿多了这么多人，却还是和以前一样安静。这肯定不正常。”

埃莉莎还没来得及比画着回答，刚刚塞尔达提到的“安静”——十年都没变过的安静就裂成了两半。如果是在埃莉莎居住的地方，这样的声音可能会让她以为一辆车的引擎着火了，冲向了隔离带，然后担忧起那些有关犯罪组织的传闻。但这里是奥卡姆，那爆炸声

如此惊人，简直像一艘宇宙飞船坠毁了。塞尔达连忙躲到了推车后面，好像那些廉价的塑料瓶和腐蚀性的清洁剂能救她一命似的。

紧接着又是一声巨响。然后第三声。响声并不闷，绝不是什么东西掉在地上的声音。那是机械引起的声音，由扳机触发，埃莉莎只好猜测——事实上也的确是——枪声。接着是喊叫声，震得人心慌的脚步声，而这些声音都被最近的那扇门——是 F-1，当然是 F-1——遮住了一些。

“趴下！”塞尔达打着手势。埃莉莎发现自己简直太爱她了。她这才发现自己竟然还站着呢。门开了，撞得墙轰轰响，和第四枪的声音一样大。塞尔达像挨了子弹似的往后猛退几步，一屁股坐在地上，胳膊交叉着挡在脸上。埃莉莎整个身子抖了一下，然后就僵在了原地。

弗莱明冲在最前面。他那一脸苦相，和他发现厕所堵塞、走廊泡水时一样，所有见过那场面的人都很熟悉。但不同的是，他的两只袖子上都沾着血迹。第三个跑出来的是鲍勃·奥夫斯泰特，他是所有人当中最慌乱的，眼镜歪着，稀薄的头发乱糟糟地竖着，活像茅草屋顶。他拿着一块浸透了鲜血的布，可能是毛巾、工作服、汗衫之类的。他的眼神还是那么和气，迅速看向了埃莉莎。

“快叫救护车！”他那平时很优雅的声音，在混乱之中也变得沙哑了。

夹在这两个中等身材的人中间的是斯特里克兰，他那双深深凹陷的眼睛像火焰似的闪着光，嘴巴向后咧着，用止血带紧紧地勒住了左手的手腕，手腕的前端不是正常的手，而是角度诡异、拢起来的手指，鲜血正汩汩地从松开的皮肉间涌出来。血滴砸到地板上，像滚珠轴承掉下去似的那么大声。埃莉莎屏住呼吸瞪着它，那些股

红的血珠得由她清理干净。

保安冲了出来，踏烂了血珠。他们从斯特里克兰两旁绕过来，朝着埃莉莎和塞尔达所在的方向跑，步枪像拐杖似的一伸一缩。这是人员控制。这是清理现场。埃莉莎抓过推车，拽着它一转，推车摇摇晃晃地偏离了方向，而她就此知道，后轮已经完全磨秃了。

17

第一个到达自助餐厅询问大家是否安好的，是安东尼奥。他的斗鸡眼带着疑问看向埃莉莎和塞尔达，而塞尔达知道必须做出回应的是自己。杂役们一直以来都不太愿意学习新东西，包括手语字母表。可塞尔达已经厌倦了，她不想管事儿，在这儿、在家，或是任何地方。太难了！看她的手，还发抖呢。于是她假装没看见，转过身去，面对着自动售货机，打量着那些几何形状的三明治和重口味的水果，好像这只是一个普通的凌晨三点、一个普通的加餐时间。

杜安第二个到了，没有牙齿，像蝾螈似的，尖尖的声音也像。约兰达就没这么胆怯了，她一阵风似的冲进来，粗声大气地嚷嚷，说这动静像是有人抽大麻被逮住了似的，她可没法儿这样干活儿，都心不在焉了，诸如此类。塞尔达无视这一切，只盯着自动售货机的投币口，觉得每个小口都像是《爱丽丝梦游仙境》里的小门。如果能变小，她真想从其中一个小门里钻进去，离开这鬼地方。

可是，F–1门前那血淋淋的一幕却在她的脑海里一遍又一遍地上演。她试着唤起对斯特里克兰先生的同情：他下次再去厕所的时候，还能自己解开拉链吗？这样勉强的同情，哪怕只是试一试，都像是用自己的手去打破僵局。一个黑人女人，是如何被一个手拿电牛棒

的白人男人逼得走投无路的，那个人绝不会明白这种感受。塞尔达抬起头，看见了露西尔，她患了白化病的皮肤和自助餐厅的墙壁融为一体了。

“看呀，就连露西尔都慌了，”约兰达叫道，“怎么了呀？”

塞尔达转过身来。她一直躲着，现在她不想去看埃莉莎。她非常爱这个瘦瘦小小的女孩儿，可又不能不承认，这都是她的错，是她坚持要按照那张有问题的品质控制检查表进入 F-1 的，结果她们就目睹了斯特里克兰恶劣的那一面。塞尔达忍不住觉得，埃莉莎今晚是故意在 F-1 外面逗留的，这才让她们在枪声大作的时候处于最糟糕的境地。

埃莉莎坐在椅子上，蔫蔫的，好像知道塞尔达在生她的气。塞尔达明明感觉很糟，却告诉自己不要这样想。埃莉莎是个好人，但她无法理解这一点。她怎么可能明白呢？奥卡姆出了乱子，也不该怪到一个白人女人头上啊。天，埃莉莎常常四处溜达，顺手顺走实验室里扔着的零钱。这会是个陷阱吗？埃莉莎从来没想过这种事情。万一是科学家故意把零钱扔在那儿，考验清洁工的呢？如果钱没了，他们就告诉弗莱明，然后看看是谁该上断头台？

埃莉莎活在自己建造的世界里。这很明显，从她的鞋子上就能看出来。塞尔达把埃莉莎的种种感受想象成博物馆里的那种立体模型：完美的小王国，脆弱易碎，你只能轻轻地从旁边经过。那不是塞尔达的世界。她一打开电视就会看见黑人游行，愤怒的空气中，标语此起彼伏。布鲁斯特看到那样的镜头就会换台，塞尔达心里其实挺感激的，哪怕还是会觉得他有些没骨气。在美国的任何地方，白人之外的任何种族都会遭到歧视，每天早上打卡时向她投来的那些表情简直就像刽子手。全国上下，像大卫·弗莱明那样的男人都在

找碴儿挑刺，为难塞尔达·富勒这样的女人。

她还能找什么样的工作呢？她自打出生起就住在巴尔的摩的老西区，排屋从来就没有过什么改善。如今，这个社区更加拥挤，更加孤立了。塞尔达知道“街区房地产欺诈”“白人大迁移”这样的概念，却一点儿也不在乎。她梦想着搬到郊外去，那样她就能呼吸新鲜的空气，像松树的气味、橘子酱的气味，把在奥卡姆淤积的毒气全排出去了。等她搬到那儿去住时，就不会再在奥卡姆上班了，因为太远了。她会自己做点儿清洁方面的小生意。她跟埃莉莎说过上百遍了：她会带她一起走，再雇上几个聪明的女人，付给她们应得的报酬，男人们是不会给她们开那么多工资的。她一直在等着埃莉莎认真考虑，可她从来没仔细想过，而她也实在没法儿怪埃莉莎。塞尔达要怎样才能养活三天打鱼两天晒网的布鲁斯特呢？哪家银行会跟一个黑人女人签署《商业贷款协议》呢？

塞尔达想象着自助餐厅在白天时的样子，它该是白人男人的天堂，可以嬉戏、享受。可到了夜晚，它开始变得荒凉，像山洞似的，只能听见回声。附近的大厅里响起了脚步声，脚步声越来越近，是弗莱明。他的每一次晋升都表现为坚定的步子。塞尔达看了看埃莉莎——她最好的朋友，她潜在的毁灭者，她觉得自己的梦想好像离开了巴尔的摩老西区，离开了奥卡姆，开始坠落，就像斯特里克兰电牛棒的尖角上滴下来的血珠。

18

“咱们自己也有麻烦了，姑娘们，真正是一团糟。”

犯罪现场的种种仍然在痛苦中震颤。没等人要求，埃莉莎就把

拖把浸在肥皂水里，用压杆拧干，准备去清理血迹了。与此同时，弗莱明向塞尔达下了命令。他一向如此。至少，塞尔达可以用语言表达她是否理解了。

“你们两个到 F-1 去，立刻。”弗莱明继续说，“应急工作。不要多问，干活儿就好。要做得好，但是要快。时间不多。”

“想让我们干什么呢？”塞尔达问。

“塞尔达，要是你安静听下去，就能快得多。地板上有些……生物物质，也许桌上也有。检查一下吧。我不需要跟你们具体解释，你们知道该怎么干活儿，弄干净就行了。”

埃莉莎瞥了一眼大门，门把手上有血。

“可是……我们是否应该……”

“塞尔达，我刚才说什么了？如果不是绝对安全，我是不会派你们去的。离那个水箱远点儿，就是斯特里克兰先生运进去的那个金属物。别靠近水箱，你们俩都没有必要靠近那儿。明白了吗，塞尔达？埃莉莎？”

“明白了，先生。”塞尔达说。埃莉莎点点头。

弗莱明又说了些别的，然后看了看手表。临别的几句很简短，说明他的伶牙俐齿也不顶用了，这真叫人忧心。

“十五分钟弄干净，怎么干你们自己决定。”

这间实验室不再是空旷的、井井有条的了，水泥地面上竖着金属杆和栅栏杆，每根上面都连着一个铁圈，可以把什么东西——或什么活物拴在上面。一台台看起来像是医疗设备的推车从米色的计算机那里伸出来，犹如一坨坨高科技肿瘤。实验室中央放着一张桌子，四个轮子分别朝向不同的方向。外科手术器械四处散落着，就像被打掉了的牙齿。抽屉开着，水槽是满的，香烟仍然冒着烟，还

有一根在地板上闷烧着。地板，像以往一样，正是最难办的。

到处都是血。望着这些血，埃莉莎想起了杂志上的航拍照片里，那些被洪水淹没的洼地。晃眼的灯光之下，有一摊轮毂盖大小的血正在凝固。更小的血洼、血迹、血痕一路散落着，勾勒出斯特里克兰先生冲向门口的轨迹。塞尔达推着推车，轧过一处血洼，对着塑料车轮拖出来的一串血迹做了个鬼脸。埃莉莎别无选择，只有照着做。她太震惊了，根本想不出什么更谨慎的办法。

十五分钟。埃莉莎把水倒在地板上，水流淌着，撞击着血块，便撞出一道道风车般的粉色条痕。在“之家”、在生活的每个领域，人们都是这么教她的：冲淡生命中的神秘、迷恋、欲望、恐惧，直到你再也不会发出任何质疑。她把拖把头抛到那黏糊糊的血块中间，就这么拖来拖去，直到纱线膨胀、变黑。这很正常，那个声音也很正常——潮湿的气息，潮湿的吸吮。她心无二用地擦着。水泥地面上的那些烧焦的煤烟，可能是保安开枪时落下的。擦掉它。那是电牛棒，好像足有一百万磅那么沉，吓人。拿不动，绕过它，擦干净。

埃莉莎告诉自己，不要朝水箱那儿看。别看水箱，埃莉莎。埃莉莎看着它。尽管它被摆在大水池旁边，离她足有三十英尺，可还是显得庞然，仿佛有头恐龙正蜷伏其中，等待着。水箱用四个基座拴住固定，一架木头梯子搭在上面，直通顶部的箱门。弗莱明有一件事说得对：这四周一点儿血也没有。没理由靠近它。埃莉莎告诉自己别看。看别处，埃莉莎。可埃莉莎没法儿去看别处。

两个拖着拖把的清洁工在血迹交混的地方碰头。塞尔达看了看手表，蹭掉鼻子上的汗，扶稳水桶，准备最后再冲一次水。她朝着埃莉莎点点头，示意她把地上的那些古怪的玩意儿收起来，免得被水冲走。埃莉莎跪下来收拾。一把钳子、一把刀刃断了的解剖刀、

一支针头弯了的注射器，显然是奥夫斯泰特博士的工具。不过她就是不相信那个男人会伤害别的人或物，他从实验室冲出去时的样子似乎很沮丧。她站起来，像个酒店服务员似的，把那些东西一件件地平放在桌子上。她听到塞尔达的水桶里的水哗哗作响，余光看到了细长如卷须般的水流。塞尔达咯咯笑了起来。

“你看见了吗？清洁工得偷偷溜到装货区去抽根烟，而他们却在这里吸雪茄，就好像——”

塞尔达不是那种喜欢屏息惊叹的人。埃莉莎转过身，看到塞尔达的拖把倒着，木棍朝前，她的双手举在胸前，拿着两个小东西，是从桌子底下被水冲出来的，她以为那是雪茄。她的手狂抖着，一甩，那东西掉了，其中一个无声无息地落到了地上，另一个则发出叮当一声，掉落下一枚银色的婚戒。

19

塞尔达找人求助去了。埃莉莎听到她的护士平底鞋在走廊上嗒嗒响着，渐渐远去。她留在原地，凝视着斯特里克兰的手指：小指、无名指。粗糙的指甲，尖尖竖起的、关节上的汗毛。无名指的根部颜色很浅，大概因为多年来被婚戒阻隔了阳光。埃莉莎的思绪回到了斯特里克兰从实验室门口冲出来时的情景，他确实攥着自己的左手。那两根手指，伸进皱巴巴的玻璃纸袋去摸绿色硬糖的手指。

她不能把它们扔在这儿，断指还可以接上。她看到过的。也许奥夫斯泰特博士就知道该怎么接。她做了个鬼脸，四下看看。F-1是一间实验室，应该有容器、烧杯什么的。然而，奥卡姆的实验室却无情嘲讽着她这样的人：它们装配着种种神秘工具，是不可能让她

搞明白的。她沮丧地垂下眼睛，却在垃圾桶旁边看到了属于她专业领域的东西：一只加衬牛皮纸袋。她走过去，打开它，把手指伸进油腻腻的纸袋里，像操纵木偶似的撑着它。掉在地上的并不是人的手指，只是需要清掉的垃圾。

埃莉莎跪下来，想把它们归拢起来。它们好像是两块鸡肉，又软又碎，很难抓起来。它们一次、两次地落下，鲜血四溅，就像贾尔斯扔掉画刷、溅出颜料。她屏住呼吸，咬紧牙齿，用自己的手捡起了那两根断指。它们的温度说高不高说低不低，就像冷漠的握手。她把它们装进纸袋，叠起了封口。她把自己的手往制服上蹭了蹭，这时看见了那枚婚戒。这个也不能丢在这儿，可她绝对不想再打开纸袋了。她抄起戒指，扔进了围裙口袋。她站在那儿，试着恢复正常的呼吸。纸袋轻飘飘的，像空的一样，仿佛那两根断指已经像虫子似的爬走了。

埃莉莎独自一人，待在寂静中。但，真的是寂静吗？她感觉到一种微弱的喘息，就像空气穿过通风口。她看了看实验室，目光再次落到水箱上。一个更加令人不安的问题蓦地跳了出来：她，真的是，独自一人吗？弗莱明警告过她和塞尔达，不要靠近水箱。是很诚恳的劝告。不要靠近水箱，埃莉莎跟自己强调。她亮丽的鞋子正踏过擦洗过的地板，她正一点点地靠近水箱。

尽管被各种各样的先进设备包围着，埃莉莎却觉得自己像卡通片里的穴居人，向着发出咆哮声的灌木丛前进。两百万年以前的鲁莽行为，放在今天同样鲁莽。但她的脉搏并没有像靠近斯特里克兰的断指时那样加速跳动，可能是因为弗莱明保证过，她待在这儿是安全的。也可能是因为，她夜夜都梦见漆黑的水，而它就在那儿，在圆柱形水箱舷窗的另一边——黑暗，水。

F-1太亮了，而水箱里面太黑了，她的眼睛没法儿看清。于是她放下牛皮纸袋，双手拢成一个圆筒，抵在舷窗上。折射的光线让她一阵眩晕，好一会儿才反应过来，窗子的另一边是水。她把鼻子贴在玻璃上，抬眼向上望——她的脉搏终于狂跳起来，就像从前在铁肺噩梦里那样。

漆黑的漩涡里隐隐有着微光。埃莉莎的呼吸仿佛停止了：就像远处的萤火虫。她用手掌按着窗户，想要再靠近一点儿。一种生理上的需要。那东西旋转着、弯曲着、舞动着，就像一条阿拉伯面纱。光点之间，形状显露出来了。只是漂浮的小东西，埃莉莎极力告诉自己，仅此而已。这时，一束光射向一双可感知光的眼睛，它们闪动着，犹如黑水中的黄金。

玻璃爆裂开来——至少听起来是这样的。实际上，撞击声是实验室的门被轰然打开，碎裂声是几双脚冲了进来，咯吱咯吱的声音则是她自己用手捡起了纸袋。她的确是一个穴居人，正从野蛮的威胁中抽身，跑向文明的中心——弗莱明、保安、奥夫斯泰特博士像捧起战利品似的举起了装着断指的纸袋。那是她的战利品，因为她凝望过令人沉迷的毁灭之眼，并且全身而退。她活下来了，并且因此晕眩、窒息，几乎要哭出来，几乎要放声大笑。

20

好几间办公室都任由斯特里克兰挑选。一层的房间视野开阔，可以俯瞰一望无际的草坪，可他拒绝了弗莱明慷慨的安排，并且还享受其中。他坚持要用那间没窗户的监控室，然后让弗莱明添了一张桌子、一个柜子、一个垃圾桶以及两部电话——一部白色，一部

红色。房间不大，整洁、安静、完美。他的眼睛扫过那面四行乘四排的黑白显示器挂网：交错的走廊、零星冒出来的几个夜班工人。视线被丛林遮蔽已久，如今能一次看清全貌，真让人舒心。

他仔细地盯着屏幕，有两个清洁工正坐在他的正后方。上次见到她们还是在男厕所，他尿了一地，脸都红了，而她们一直憋着笑等他离开。现在可全都不一样了，不是吗？一个重建良好关系的机会。他可以垂下左手，好让那两个清洁工“刚好”能看到他的绷带，以及重接起来的手指的形状，让她们想象绷带之下是个什么模样。他可以告诉她们，那模样简直糟透了，手指和手根本配不到一起，它们的颜色像泥巴，僵硬得像塑料，缝合的黑线像狼蛛的腿那么粗。

斯特里克兰唯一担心的是，灯光昏暗，她们看不清楚。搬进监控室之后，他削减了日常杂项的开支，更愿意让那十六块屏幕散发出的灰蒙蒙的光线填满办公室。见识过丛林里恣意的篝火，他觉得明亮的光线就和吵闹的噪声一样烦人。F-1让人难以忍受。因为那生物的缘故，奥夫斯泰特已经开始在夜间调暗实验室的灯光了，但那只有更糟。他想和那生物共享同样的光线，这念头激怒了斯特里克兰。他不是动物，他已经把他的动物意识抛在亚马孙了，只要他还有希望成为一个好丈夫、好父亲，那他就必须这么做。

为了确保她们能看得清楚，他扭了扭缝合好的断指，血喷了出来。监视器模糊了。斯特里克兰眨着眼睛，极力保持清醒。疼痛，是另一种东西。医生给了他止疼片。药瓶就放在桌上。难道医生不懂，忍受疼痛也有意义吗？它会把你磨砺得更坚硬、更锋利。不，谢了，医生，有硬糖就行。

想到那浓重、刺激、可以分散注意力的味道，他终于转过身来。莱妮一直都没有收拾搬家时的箱子，他不得不自己从里面翻出那些

从巴西买的糖块。这么做是值得的。他拿起袋子，袋子发出哗啦哗啦的声音，就像一条干净的乡野小溪。透明的绿色小球咬在牙齿间。感觉好多了，真的好多了。他张着嘴吸气，糖调皮地刺激着舌头。他倒在椅子里。

他应该感谢那两位清洁工，因为她们找到了他的断指。这是弗莱明的请求，他本可以让弗莱明代劳，可他实在无聊。整天坐在桌子后面，人怎么受得了这个？擤个鼻涕都要签字授权五十次，擦屁股之前要一百次。出事的时候竟然没有一个白痴保安朝那东西开上一枪，真是丢人。他应该假装无心地拿起他的“亚拉巴马－依好”，走进 F–1，把那东西修理一顿，然后剩半条命给他们做研究。一旦“峡流之神”的事儿了结了，他就能从霍伊特将军的控制中脱身，回到妻儿的生活中。他想要那种生活，不是吗？他觉得他想。

再说，他也不能入睡，因为手疼。所以，好吧，他就向那些愚蠢的清洁工流露出几分感激之情吧。不过，他要按自己的方式来办，他得让她们知道，他不是个控制不住自己、非要在地板上撒尿的大儿童。反正他也不急着回家，他受不了莱妮看他的样子，好像那两根手指头还比不上丛林从他身上扒掉的东西，比不上他急于修补重建的东西。他一直在努力啊，她看不出来吗？

他从两份档案中抽出一份。

“塞尔达·D. 富勒。”

“是的，先生。”她答道。

“已婚，这上面写着，但你丈夫的姓怎么跟你的不一样？就算你离婚了或者分居了，也应该写在这里。”

“布鲁斯特是他的名字，先生。”

“我听着像个姓。”

“是的，先生。但不是，先生。”

“是的，但不是。是的，但不是。”他用右手拇指紧抵着前额，因为剧痛正沿着他的左臂蔓延。“这样的回答可以翻来覆去地持续一整夜。现在是二十三点，我本来可以等到中午再把你们俩叫来，那样我能轻松得多，但我没那么做。你们最好领我的情，好让我能从这儿离开，上床睡觉，明早和孩子们一起吃早饭。这听起来不错吧，布鲁斯特太太？你肯定也有孩子吧？”

“我没有，先生。”

“没孩子？为什么？”

“我不知道，先生。就是……没生。”

“听到这话真是遗憾，布鲁斯特太太。”

“我是富勒太太，先生。布鲁斯特是我丈夫。”

“布鲁斯特。这竟然是个名字，真让我吃了一惊。好吧，那你肯定有兄弟姐妹吧。我希望你知道跟孩子们相处是怎么回事。”

“我没有兄弟姐妹，先生。抱歉。”

“这可太惊人了吧。你不觉得不正常吗？你们黑人都这样？”

“我母亲难产去世了。”

“噢，”斯特里克兰翻了一页，“在这儿呢，还有第二页。那可太糟了。不过她是死于难产，你也就不会想念她了吧。”

“我不知道，先生。”

“希望尚在啊，我只能这么说。”

“也许是，先生。”

也许。这个词就像两只盛着酸性物质的气球，在他的太阳穴里膨胀。也许它们会爆裂开来。也许他脸上的皮肉会被腐蚀掉，让这两个女人看到他咆哮的头骨。他用一根手指按着那页纸，眼神犹豫

着在上面盘桓。母亲的早逝、暗指的流产、怪异的婚姻，这没什么用，文字是无用的。看看霍伊特将军那份关于“峡流之神”的简报吧。的确，它是解释了一项任务，但它有没有提及丛林将会如何侵入你的身体？有没有提及藤蔓会趁你睡觉时刺入你的蚊帐，滑过你的嘴唇，穿透你的食道，扼住你的心？

在某个地方肯定也有一份关于 F-1 的官方简报，而且肯定也是扯淡。那水箱里的东西，你根本无法用语言勾勒，你需要动用所有的感官。他曾在亚马孙生龙活虎——在愤怒和玻化岩的驱动下，而回到美国令他变得迟钝。巴尔的摩更让他陷入了昏迷。也许被扯掉两根手指能让他苏醒过来。因为，看看他吧。在这儿，在死寂的夜里，两个低薪的夜班清洁工正站在他面前。她们之所以来干这份活儿，就是因为她们是迟钝缓慢、没受过教育的女人，而她们就这样当着他的面告诉他：也许。

21

“D 是什么意思？”他问。

塞尔达这一辈子都被有权有势的男人压迫。一个炼钢工人尾随她来到游乐场，告诉她，她爸爸在伯利恒抢了一个白人的工作，所以要被绞死；道格拉斯高中的老师们认为，让黑人女孩儿受教育，只会让她们开始垂涎自己从未拥有过的东西；麦克亨利堡的一位导游计算了内战中联邦士兵的伤亡人数，然后问塞尔达想不想跟她的白人同学说句“谢谢”。然而，在奥卡姆，威胁只来自弗莱明，而她已经学会了如何应付。她知道要前前后后地看清品质控制检查表，知道要做出不合群的样子，知道要平庸。

但斯特里克兰先生不一样。塞尔达不了解他，而且也意识到，就算了解也无济于事。他有一双狮子般的眼睛，就像她在动物园里看到的那样，你完全无法通过观察他的眼神来判断他的攻击性。算了，别再猜她和埃莉莎为什么会被叫到这间满是监视器的屋子来了，反正不会是什么好事。

“D？先生？”她试探着问。

“塞尔达·D. 富勒。”

这个问题是有答案的。她脱口而出，掉以轻心了。

“黛利拉。您知道，源自《圣经》。”

“黛利拉？过世的母亲给你取的？”

她知道该如何忍下这一击。

“是我父亲告诉我的，先生。她确实准备了女孩儿的名字。”

斯特里克兰咬了一口硬糖。他这样也像头狮子，下颌长得很大。塞尔达一看就知道那是种便宜的硬糖，事实上，她就是靠着这种糖长大的，不过这种“便宜”是另一种层面的。硬糖裂开了，她看见糖的碎片嵌进了那个男人的脸颊内侧和牙龈。她看见了血，被唾液稀释的血。她几乎能尝到那个味道，冰冷、钝钝的，像红映衬绿那样，和糖的甜味形成了强烈的对比。

“真是位有趣的女士，这位过世的母亲。”斯特里克兰说，“你知道黛利拉干过什么吧，是吗？”

塞尔达进入了应对弗莱明责骂的状态，准备转移话题，因为通常他所谓的清洁工偷了东西都只是那些心不在焉的科学家乱摆乱放罢了。她从来没有仔细研究过《圣经》中的人物。

“我……在教堂里，他们——”

“我太太经常去做礼拜，所以大部分故事我都知道。我记得是

说，上帝给了参孙很大的力气，使他仅用一根驴腮骨就击退了整支军队，诸如此类吧。而黛利拉呢，是个妓女，哄着参孙说出了他的秘密。于是黛利拉就打发仆人，剪掉参孙的头发，叫来了她的朋友非利士人。非利士人挖出参孙的眼睛，把他截肢，弄得几乎没了人样。他成了他们折磨的对象。那就是黛利拉，女性的、真实的、忠诚。我只能说，这真是个古怪的名字。”

对话不该是这样的：这不公平。塞尔达也知道这个故事，但她的身体出卖了她，让她变成了斯特里克兰期待看到的那种丑角。她能感觉到自己的眼睛瞪大了，嘴唇颤抖着。斯特里克兰扫视着档案，塞尔达能听到他那种无声的啧啧声。当斯特里克兰把目光转向埃莉莎时，塞尔达松了口气，但她却为此感到羞愧，她仍然能听到他在想什么。严格意义上说，懒惰并不是黑人的问题，不是的，先生。底层阶级就是底层阶级，因为他们别无依靠。就拿这个白人女人来说好了，脸蛋儿不错，身段儿也不错，如果她还有一点儿上进心，就会在整洁的房子里替人看孩子，而不是像夜行性动物似的上什么大夜班。

斯特里克兰嚼着硬糖，拿起第二份档案。

“埃莉莎·埃斯波西托，”斯特里克兰说，“埃斯——波——西——托，你是有墨西哥血统还是什么？”

塞尔达瞥了一眼埃莉莎，她朋友的脸上露出了那种紧绷绷的焦虑。通常，人们还不知道她是哑巴时，她就会这样。塞尔达清了清嗓子，插话了：

“是意大利语，先生。他们给孤儿都用这个姓。人们是在河边发现她的，当时她还是个婴儿，名字是那些人取的。”

斯特里克兰冲塞尔达皱了皱眉头。她知道那种表情是什么意思：

他不乐意听到她说话。他确信创作自我膨胀的神话是普通人的另一个缺陷。这个女孩儿是在河边被人发现的，这个男孩儿生下来时裹着胎衣。悲情的故事吟唱着，仿佛预示着某种神性。

“你们俩认识多久了？”他咕哝道。

“自打埃莉莎来这儿就认识了，先生，有十四年了？”

“很好。这就是说，你们俩都很清楚这儿的行事规矩，知道该怎么待下去。想必找到那两根断指的就是你们了？”他抓了抓头。他开始出汗了，看起来很难受。“这是个问句，你们可以回答。”

“是的，先生。”

“感谢你的回答，我要继续说了。”他说，“我们认为它们已经接上了——我们认为怎样并不重要。现在我再看到那个纸袋倒不怎么兴奋了，似乎应该有比袋子更好的选择，医生说湿抹布就和冷藏的效果一样好。他们说因为花了太多时间来消毒，才能给神经什么的做标记。我并不是要为这个责备你们，但是，现在，我们还是不知道以后会怎么样。就像黛利拉刚才说的生孩子的事儿一样，手指可能能接上，也可能接不上。好了，就这样吧，我就说这些。”

“很抱歉，先生。”塞尔达说，“我们尽力了。”

赶在你觉得难过之前先表达最真诚的歉意，这是塞尔达的方式。斯特里克兰点了点头，但接着麻烦就来了。他转向埃莉莎，等待着同样的表示，不耐烦让他疲惫、痛苦的脸更显阴沉。而埃莉莎的沉默此刻犹如无礼，这是避无可避的了。塞尔达暗自祷告，又向“狮笼”靠近了一步。

“埃莉莎不会说话，先生。”

22

军事工作会使某些假设根深蒂固。不说话的人是可疑的，他们是好战的，他们隐藏着秘密。这两个女人看起来不怎么精明，不像会耍花招的样子，但事无绝对。毕竟，下层社会就是出社会主义者、工会会员的地方，那都是些没什么可失去的家伙。

“她不会说话？”斯特里克兰问，“还是故意的？”

“确实不会说，先生。”塞尔达说。

胳膊里面的跳痛感渐渐淡化。有意思。这就能解释埃莉莎·埃斯波西托为什么非得干这份破工作了。不是因为固执，而是有局限。也许档案的第二页上都写着呢。但他却合上了文件夹，长长地盯了她一眼。她能听见，这是肯定的。她身上有一种令人惊讶的专注。她的眼睛紧盯着他的嘴唇，而这种方式在大多数女人看来是很不礼貌的。他更仔细地看着她，希望这会儿也有玻化岩来帮忙。他看到了她衬衫领子之下隆起的疤痕。

“是做了什么手术？”

“他们也不知道，先生，”塞尔达回答道，“可能是她父母弄的，或是孤儿院的人弄的。”

“怎么会有人对婴儿做那种事？”

“婴儿会哭，”塞尔达说，“也许就因为这个。”

斯特里克兰想起了蒂米和塔米的婴儿时期。他每次从华盛顿回到佛罗里达，都会被莱妮的样子惊到——精疲力竭，四肢瘫软，给孩子洗完澡、换完尿布，手指都皱皮了。想想看，要是在孤儿院工作会是什么样？那儿可不止有一两个婴儿，而是几十个。他读过有关剥夺睡眠的军方研究，知道危险的念头会变成看似理智的模样。

他想让埃莉莎伸长脖子，这样他就能借着显示器的灰光看清那些光滑的隆起。埃莉莎眼神里的攻击性让她显得疯狂，可伤疤却暗含着驯服的意味，这种混合十分吸引人。她在他的注视下坐立不安，跷起了二郎腿。好吧，就这样吧，毕竟只是个普通的姑娘。除了某些他预料之外的东西。她没穿那些清洁工都会穿的胶鞋，她这双鞋是珊瑚粉色的。在日本时他经常能看到这种鞋，漆在轰炸机的侧面，穿在人形模特脚上。然而，在现实生活中，几乎没人会穿。

埃莉莎·埃斯波西托也像另外两人一样，盯着自己交握的双手。这时，她好像突然想起了什么，手把伸进围裙的口袋里掏了掏，掏出一个小小的、亮亮的东西，然后递了过来。她的神情很忧郁，另一只手像猴子似的比画显得很古怪。她握住拳头，拇指朝上，在胸前晃了一圈。她可真是个合格的疯子，他想。这时那个黑人大声提醒他，那是手语。

“她的意思是‘很抱歉’。”塞尔达说。

埃莉莎拿着的是他的婚戒，他还以为这戒指也被那标本吞下去了呢。莱妮看见这个会很高兴的，不过他嘛，对这东西没什么感情。他端详着埃莉莎的脸，但是没看出一点儿不诚恳。戒指不是她偷的，不是那么回事，她的表情是真诚的。她用手在胸前打圈子的模样不再那么像猴子了，反而更感性了些。他突然有了一种奇异的领悟。他对光线和噪声的厌恶是新的，而这个女人的构成却符合他希望的规格参数。一个在暗夜里工作的女人，一个连吭一声都不会的女人。

他拢起左手，让她把戒指放在上面，犹如一场仪式，一场倒置的婚礼。

“还不能戴上，”他说，“不过，谢谢。”

那女孩儿耸耸肩，点点头。她的眼睛仍然盯着他的眼睛。该死，

这几乎让人觉得不安了。他讨厌这种感觉，某种层面上，又有点儿喜欢。他看向别处，这可不寻常，看着她粉色的鞋子，在半空中腾挪。他的胳膊没来由地疼起来了。他咬紧牙齿，想伸手去拿那袋硬糖，结果却拉开了抽屉。那瓶止疼片就在抽屉里，在一堆黑鹰武士铅笔里闪着白光。汗从前额的毛孔里往外渗，他尽量不去擦。擦汗可不是个主导性的姿态。

“这是第一件事，”他说，“第二件事，F-1。”

那个黑女人张开了嘴。斯特里克兰挥了一下手，让她闭嘴。

“我知道，你们都签了那张纸，那玩意儿就是狗屎，我也不在乎。我的工作是确保你们理解这个签名的分量。你们在这儿干了十四年了？很好，也许明年还能得到一块蛋糕呢。你们知道我听见‘十四年’的时候想到了什么？十四年的时间，这么长，足以让人变得懒惰。现在，弗莱明先生告诉你们，只有他下令了，你们才能去打扫F-1，但还有你们不知道的事呢。你们违反了命令，你们不是在和弗莱明打交道，是和我打交道。而我代表谁？美国政府。我们经手的不是地方问题，是联邦政府的事项。明白了？”

埃莉莎放平了两条腿。这是个积极的、表示顺从的信号，尽管这样就看不到鞋子了，让他有点儿遗憾。这时，电话响了。这声音炸裂了他太阳穴里的盛着酸性物质的气球，液体顺着他的左臂往下流，向他手掌上托着的婚戒底下汇集。这么晚了还打电话？他弯起受伤的手，希望能止住疼痛。

“让我把话说完。你们或许看见了什么东西，不要管它。”

他也正看着什么，看着一串串殷红的、混浊的血色直冲向眼球。红色，是那部红色的电话在响。华盛顿。也许是霍伊特将军。他得把这两个女人从办公室弄出去了。毫不气馁，他与“峡流之神”的

恩怨，源自沼泽、流沙和苦难的黑暗深处。红色的电话，红色的血，红色的亚马孙血月。

“最后几句。现在，听着，只听着就行。不需要拥有什么天分就能知道，我们正在处理的是一件活的标本。这无所谓，完全无所谓。你们只要知道这个就够了。F–1 里的那东西？它或许能用两条腿站立，但我们才是按上帝形象塑造的，只有我们才是。对吗，黛利拉？”

那个卑微的女人只能勉强鼓起勇气轻声说道：“我不知道上帝是什么模样，先生。”

终于真切地感觉到疼痛了，他能感觉到每一条神经末梢，好像身体里有个开关打开了似的。好吧，他会吃止疼片的。他已经抓住药瓶了，他会一边接电话一边鼓着腮帮子嚼药片的。毕竟，人造药物是文明人才能吃的，而他就是文明人，或者即将成为文明人，很快就能成了。这个电话都能变成检验场。要做出关于那件标本的决定，要提出建议，说他需要控制权限。他用拇指挑开了止疼药瓶的盖子。

“上帝就是人的模样，黛利拉。他看起来就像我，也像你。”他冲着门口努努嘴，“不过诚实点儿说，他更像我。”

23

埃莉莎的梦境开始变得不那么混沌了。她斜倚在河底，一切都像翡翠般晶莹。她把脚趾从长满青苔的石头中伸出来，滑过轻柔抚弄的水草，推开沉没的大树上软软的枝丫。她所能认知的物体渐渐显现。她的煮蛋计时器缓缓地翻着筋斗，那些鸡蛋就像旋转着的小

卫星。她的鞋子滚来滚去，犹如笨拙的鱼，而唱片封面悠然落下，仿佛黄貂鱼。

两根人类的手指浮现显形，埃莉莎醒了。

理查德·斯特里克兰的种种作为都令埃莉莎难过，但他那两根断指始终萦绕不去。这样的梦一连做了好几天，有一天夜里，她突然明白了。她用自己的手指与世界互动。这一点儿也不可笑，她想，就是被一个可能失去手指的男人吓着了。她想象着这种“失去”发生在会说话的人身上会是什么样。很可怕：斯特里克兰的嘴唇撕裂，牙齿脱落，他变成一个再也不能，或者也不愿意再去讨论什么的男人。

她也有不想讨论的事。那是后半夜，她和塞尔达分开之后。埃莉莎用耳朵紧贴着 F-1 冰凉的大门。她屏住呼吸，凝神静听。通常实验室的门里总会传出些声音，但今晚没有。她回过头，瞥了一眼推车，她把它停在走廊中段另一间实验室的门前了，如果塞尔达比预期时间提前来跟她会合，那么但愿这样能把她糊弄过去，只带了这么少的东西，就一个牛皮纸午餐袋和钥匙卡，埃莉莎觉得自己没遮没掩的。她把卡插进锁孔，希望开锁的声音轻一些。

奥卡姆的常态就是绝不让步的明亮。灯永远都不关。埃莉莎从来没碰过任何一个开关，也不知道它们在哪儿。所以 F-1 的昏暗反而像着火了似的令人惊异。一进屋，埃莉莎就关上门，用背倚住，惊慌失措地觉得肯定哪里不对劲。但这显然是故意的：墙壁上装着一圈灯，从天花板那里散发出蜂蜜般的柔光。

这样的光线足以让她看清四周，但还有些声音，让她还是不敢离开门口。吱——嚓——啾——嘻——唰——咕噜——嘎啦——埃莉莎这辈子一直都生活在城市里，但她仍然能辨认出这是属于自然界的声音，绝不是这水泥仓库发出来的。这声音在 F-1 下班后的沉

闷中占了上风，让每一张桌子、每一把椅子、每一个柜子都沉浸在猎食者的威胁中。实验室中如同有怪兽悠游。

埃莉莎的理智从恐惧中挣脱出来。鸟儿的咏叹调，青蛙的挽歌，都来自同一个方向：右边。是录音，和华盖影院的那些影片没什么不同——黯淡的灯光，扬声器里的音轨。奥卡姆的某些科学家设计的这种环境，可能就是贾尔斯所说的“布景”，银幕上的幻象就在其中展开。她猜这些应该是鲍勃·奥夫斯泰特做的，如果这个研究所还有谁拥有这种艺术效果所需的同情心，那就只有他了。

她走过斯特里克兰的断指掉落的地方，脚步声很大，她暗骂自己健忘。她原本想穿那双胶底运动鞋的，或是那双紫色的高跟鞋，那双鞋一直被她当作潜意识的灵感来源。右边传来一阵嗞嗞嗞的声音。是一条被丛林咒语吸引来的蟒蛇吗？不是，是一台实时录音机转动的声音，它的不锈钢表面像月光照耀下的河面，闪闪发亮。埃莉莎走近了些，才看清那上面跳动的音量电平表。屋里到处堆着磁带盒子：马拉尼翁 – 场域 –5、托坎廷斯 – 场域 –3、兴谷河 – 未知场域 –1。还有其他音频设备，堆得像座小山，除了一台普通的唱机，其他的她全都不认识。

埃莉莎围着水箱绕圈子，有种不祥之兆：水箱顶部的盖子打开了。她以为脖子上和手臂上的汗毛会因为害怕而竖起来，可是并没有。她又向水池走去，毕竟，占据了她全部心思的，是这座水池。每次洗澡时，她都会浸入这座水池，或者假装如此。这种假扮的想象贯穿了她的整个日常生活：鸡蛋在开水中上下浮动；计时器咔咔作响；鞋子带来的希望；密纹唱片带来的失望；贾尔斯放下画刷向她比画出“晚上好”，完全不知道她脑子里的这些奇异念头。

距离水池底部一英尺远的地面上画着一条红线，再靠近就不那

么安全了。可她为什么这么在意呢？因为被斯特里克兰先生拖到这里来的那个东西，被保安用枪指着的东西，让鲍勃·奥夫斯泰特博士全心钻研的东西，一直在她脑海里挥之不去。她知道自己以前也是水中物。她无声无息，男人们占有她，并不问她想要什么。她可以是更好的人。她可以平衡生活的天平。那些男人从未在她身上尝试过的事——沟通，她其实可以的。

她继续往前走，直到大腿贴住了那两英尺高的水池边缘。水面很平静，但并不是彻彻底底的平静。你只需要去看，真正地看，看水的呼吸。埃莉莎深深吸气，深深呼气，然后把午餐袋放在水池边。午餐袋发出嘎吱嘎吱的声音，响得就像把铲子戳进土里。她看着水面，等待回应。没有回应。她把手伸进袋子里，可一听到沙沙声就顿住了。什么都没有发生。她摸到了她要的东西，把它拿出来，让它在柔和的光线里微微闪烁。一只水煮蛋。

一连几天，每天晚上，她都大着胆子在给贾尔斯准备的三个鸡蛋之外再多煮一个。现在，她剥掉了蛋壳，她的手指颤抖着，这是她这辈子剥得最丑的一个鸡蛋。白色的蛋壳碎片落到了水池边，蛋终于完全露了出来——还有什么东西比蛋更和谐、更原始吗？埃莉莎把它托在手心，犹如托着一件有魔法的东西。

水有了回应。

24

黑暗的水下，某处蓦地一抽，就像一只正在打盹儿的狗抽了抽腿，水池中央突然喷出一股水，差不多有一英尺高。水落下去，在水面上推开层层精致的同心圆，接着，实验室里柔和的杂音被金属

齿轮转动的声音淹没。水面裂成了一个 X 形，四条一端固定在池角的、十五英尺长的铁链，像鲨鱼鳍似的浮出了水面，搅动出泡沫和汩汩水声，它们缚着的东西就这样露了出来。

开裂的水面，折射的虹彩，蝙蝠翅膀一般的荫翳——埃莉莎无法理解眼前所见。就在那里，她之前在水箱里看见的，金币般的眼睛的反光，犹如太阳和月亮。角度变了，光芒退去。她看见真正的眼睛。蓝色的。不！绿色的，褐色的，不！灰色的，红色的，黄色的。令人难以置信、变幻无穷的色彩啊！它靠近了，水仿佛也听从它的吩咐，几乎没显出波纹。它的鼻子很小，像爬行动物。它的下颌是多关节的，但线条笔直、雅致。它靠近了，抬起来了，仿佛不是在游动，而是在行走。它就是斯特里克兰提到过的“上帝的形象”：它像人一样行走。可是，为什么埃莉莎觉得，曾经存在过的每一种动物都像它呢？它颈部两侧的鳃翕动着，犹如蝴蝶。它的脖颈被一只金属项圈勒得血肉模糊，而项圈就连接着那四条铁链。它靠近了，它有着游泳运动员的体格，肩膀结实得像紧握的拳头，但躯干却像芭蕾舞者那样修长。它的身上覆盖着细小的鳞片，闪耀如钻石，光滑若丝绸。它的全身布满了细细的凹槽，凹槽构成了精致的、螺旋的对称图案。它不动了，停在了五英尺之外，就连从它身上流下来的水也没发出任何声音。

它看了看那只蛋，又看了看她。它的眼睛闪着光。

埃莉莎一屁股坐在地上，心脏怦怦狂跳。她把剥了壳的鸡蛋放到水池边，然后抓起午餐袋，退回了红线之后。她的姿态是防御性的，那生物随即做出了反应：它沉了下去，水面上只能看到它光滑的头顶。它不安地盯着她的眼睛看了一会儿，然后又看向那只鸡蛋。从这个角度看，那双眼睛变成了蓝色的。它向左歪了歪，好像期待

鸡蛋也会跟着自己一起动似的。

他什么也不相信。埃莉莎想，随后就惊讶地意识到，自己确信那生物是雄性的。不知道为什么，她就是如此肯定，大概是因为他愣愣的举动和直接的目光。埃莉莎有个很不自在的念头：如果她知道他是雄性的，那么他也肯定知道她是雌性的。她命令自己保持淡定，这也许是她遇见的第一个比她自己更欠缺能力的雄性生物。她朝他点点头，催他向前靠，拿走鸡蛋。

他在铁链允许的范围内尽量往前凑，直凑到距离池边两英尺的地方。埃莉莎正在思忖那红线是不是把安全距离卡得太过谨慎了，这时，那生物张开嘴巴，次生颌像拳头似的，猛地向外一击。鸡蛋瞬间就不见了，他的次生颌也缩了回去。水面还是平静如初，仿佛什么都没发生过一样。埃莉莎甚至都来不及惊叹，她想象得出斯特里克兰的手指掉在地上的情景。

水的表面震颤着，仿佛有千万根针在轻刺，而埃莉莎将它解读为“快乐”。那生物看着她，眼睛如此明亮，亮得犹如白色。她张开自己单关节的、无力的嘴巴，稳稳地吸了口气，引导自己继续，继续，继续下去。她颤抖的手再次伸进了纸袋，而他以为武器要出现了，立刻耸起肩膀自保，甩得铁链叮当作响。她懂了，他以为奥卡姆里只有武器。

但那只不过是另一只鸡蛋，最后一只了。她举起鸡蛋，好让他看清楚，然后用另一只手的关节敲开蛋壳，剥掉一点点。小心，现在，小心——她伸出胳膊，那只鸡蛋就躺在她的手掌上，她的姿态犹如神话中的女神。那生灵并不相信，他从水中拱起上半身，发出咝咝声。他的鳃抖动着，露出血红色，发出警告。埃莉莎垂下脸，表达着温顺，那并非仅是表演。她等待着。他的嘴巴一张一合地空

咬着，但他的鳃不再抖了。埃莉莎紧闭双唇，仍然伸着胳膊。她动了动鸡蛋，用手指尖捏住它，就像球座托着球那样。

他的嘴巴和胳膊够不着她，埃莉莎希望如此。她抬起另一只手，直抬到鸡蛋那么高。她没法儿一边举着鸡蛋一边比画出它的手语，所以她比画了字母：E-G-G。他没反应。她又比画了一遍：三个手指横过来，E；弯起手指点一点，G。她不知道这样的手势会让他想到什么。狼？箭？电牛棒？她晃晃鸡蛋，然后比画字母。她拼了命地想让他明白。要是他不能明白，那么这个几乎是从她梦境中直接掉出来的生物，就不是真实存在的了。鸡蛋，手势。鸡蛋，手势。鸡蛋，手势。

她的手开始抽筋了，而他终于有了反应。一旦决定行动，他就毫不迟疑。他潜向池边，在铁链所允许的最近的地方，抬起了胳膊，既没有溅出水来，也没有发出声响。他的胳膊上长着刺，像鱼的背鳍，他的手指上包覆着半透明的蹼，指尖连着弯曲的爪子。这让他的手看起来很大，而当手指弯起来的时候，也很难想象它们除了捏碎猎物之外还能有什么别的用途。

他的手指是从第二个关节那里弯曲的，拇指弯过来可以横跨整个苍白的、长着鳞片的手掌。透明的蹼折叠着，宛若精致的皮革。这是个“E”，笨拙的“E”。但埃莉莎相信，这头生物习惯做更大的动作：整个身体在波涛汹涌的海中颠簸；迅速地攻击；在热带的阳光里伸展全身。埃莉莎觉得自己也像是身处水下，而那生物把鳃没入水里，就像是在提醒着她：要呼吸。

他的手掌从“E”的动作中松弛下来，犹犹豫豫地张开，像把扇子。埃莉莎点点头，做了个“G”的手势，又指了指左侧，这是表示“好”的。那生物毕竟是初学者，他的中指、无名指和小指弯过去

抵住掌根，食指直接指向了埃莉莎。她的眼前一片眩晕，胸膛猛烈地起伏，狂喜，一种痛苦般的狂喜。他懂她，他不像奥卡姆的男人们那样打量她，也不像巴尔的摩的女人们那样无视她。这美丽的生灵——无论他怎样伤害过那些先动手的人——正指着她，只指着她。

她放下比画的手，往前走，紫色的高跟鞋毫无畏惧地越过了红线。那生物划着水，等待着，他的眼睛——此刻是蓝色的——仔仔细细地打量着她的身体，让她感觉自己犹如赤身裸体。她举着鸡蛋，让它越过了水池边的平台，让它进入了危险地带，但她不再害怕曾发生在斯特里克兰身上的那种事了。那生物站了起来，所有谨慎防备的姿态都消失了：鳃轻拍着，胸膛展开了，水从宝石般的鳞片上滚落。那些丛林声响的录音所暗示的，原来就是他：纯粹的生灵。

她难过地看着锁在他脖子和胸前的笨重钢铁，而后注意到了他身体左侧的又一处异常：四只手术缝合金属钳夹住了一道从下肋骨延伸至腹外斜肌的伤口。血盘旋着在水中绽开，就像一朵朵沉溺的康乃馨。就在她对着那可怕的伤口皱眉时，那生物以毒蛇般的速度向她出手了。鸡蛋不见了，埃莉莎只感觉到他蹼状手指扫过来的微风和鳞片的凉意，然后他就潜入水中，一个猛子游回了水池中央。她握紧了刚才拿鸡蛋的手，手在发抖。那生物又浮出了水面，大概离她有一百英尺之遥，用鼻子嗅了嗅蛋壳。他用爪子抓着它，仿佛在思考人类是如何剥掉它的外壳的。

最终，他还是用爪子和牙齿直接享用了鸡蛋。蛋壳的碎片凝住了黯淡的微光，犹如破碎的镜子。埃莉莎实在忍不住了，无声的笑从她的肺里扑了出来。如果真有“嚼”这个过程，那也是相当短暂的，那生物转向她，金币似的眼睛转动着，仿佛认定了她能造出奇迹。埃莉莎从来都没有体验过这样的目光，她飘飘欲仙起来，即便

她的紫色高跟鞋像是钉在地板上一样。

丛林中的叮叮当当戛然而止，震耳欲聋的声音冲击着实验室，简直像是音爆。那生物立刻潜入水中，连一丝涟漪都没有。埃莉莎浑身一紧，以为有人发现了她，直到听到一声轻轻的啪嗒：原来是实时录音机的磁带用完了，卷带轴正在空转。这肯定对机器不好，会有人来关掉它，或是重新播放。她需要尽快从 F-1 脱身，而今天的收获让她开心。太开心了，心跳太猛烈了，等到了明天，胸膛会被它捶得一片青肿吧。

25

鸡蛋已经够糟的了，煎蛋卷更糟。煎蛋卷需要刀叉，莱妮应该想到这一点的。哪位太太想不到？斯特里克兰用右手拿了叉子，至于刀，就没那么简单了——用这几个手指头。他瞥了她一眼，她对他真是漠不关心，简直没法儿忍。他在亚马孙搏命的一年半里，她都在干什么？擦掉溢出来的果汁？妻子应该能预计到丈夫的需要：保持一切清洁整齐，在他生活的各个方面。

看看这地方。他们已经搬来巴尔的摩几个星期了，这房子却仍然荒凉得很，活像塔帕若斯河流域的什么玩意儿。湿漉漉的胸罩和长筒袜从淋浴杆上垂下来，跟烂掉的藤蔓似的。屋里已经热得和丛林雨季差不多了。电视机发出种种虫子般的声音，蒂米和塔米乱冲乱撞，就像长着獠牙的野猪。还有那些该死的没收拾的箱子。每当他想试着放松一下，那些箱子就像安第斯山脉一样涌上来，把他拖回去，他的脚又陷在软绵绵的泥巴里了（其实是乱蓬蓬的地毯），在热腾腾的雾气（其实是空气清新剂）里喘不过气，最终瘫倒在追扑

上来的美洲虎爪下（其实是吸尘器）。

在自己家里待着却活像猎物，男人绝对不喜欢这种感觉。他在奥卡姆越待越晚，哪怕无所事事。一台家用电视机怎么比得上十六屏监视器？“你根本不着家了。”莱妮愠怒地说。他的同情心越来越少。她觉得搬家令人兴致高昂，可他却因此讨厌她，因为他无法与她共享，除非那件标本的事儿了结，除非他不再有把柄握在霍伊特手里。也许她只要打扫一下这地方，他的心脏就不会跳得那么快，他也就能在这儿落脚了。

家庭早餐，这就是他只睡四个小时就要起床的原因，可餐桌旁怎么只有他一个人？莱妮喊孩子们来，可他们不听。于是她大笑起来，好像孩子们这种行为也没什么不可以的。她去追他们，又是光着脚。这是某种波希米亚时尚吗？光着脚，像个穷人似的？他们可一点儿都不穷。他想象着埃莉莎·埃斯波西托那双珊瑚粉色的鞋子，想象着她露出来的脚趾，似乎更粉一些。女人都该是那个样子才对。事实上，埃莉莎打动他的，正是那种雌性物种自然进化出的特质：干净、多彩、沉默。斯特里克兰厌恶地把目光从妻子的脚上移开，再次看向自己的盘子，看着那份他没法儿吃的煎蛋卷。

上次换绷带的时候，他把婚戒重新戴在了肿胀、没血色的无名指上。他以为莱妮会喜欢，但他错了。现在也不能再把戒指摘掉了。他努力地想用手指抓住刀子，可剧痛就像麻绳穿过动脉一样，他的脸上开始冒汗。这座房子也太热了，他搜寻着凉一些的东西。牛奶瓶。他拿起瓶子，啧啧出声地喝着，喝完却哽住了。他瞥见莱妮站在厨房里，冲他皱眉。因为他对着瓶子喝牛奶？去年他还吃过丛林里就地屠宰的美洲狮呢。但他仍然有些内疚。他放下瓶子，怅然若失，犹如一个陌生人。他就是那根渐渐烂掉的手指，而巴尔的摩则

是拒绝他重新就位的身体。

他拿起叉子，费力地用左手攥住了刀子。

刀子切向奶酪，刀柄碰撞婚戒，叮当作响。疼痛突然沸腾。他暗自嘀咕着脏话，却发现塔米正坐在对面，盯着自己。小女孩已经习惯父亲奋力忍痛的样子了，这让他觉得自己弱爆了。他可担不起这个，更何况，霍伊特将军还要掌握奥卡姆每天的新情况。如果想让霍伊特将军相信他残忍果断、速战速决的路线最适用于那标本，而不是奥夫斯泰特循序渐进、和风细雨的那套，那么他就更不能显露出任何虚弱的迹象。那天夜深人静时，霍伊特将军拨通了他办公桌上的那部红色电话，而此前他最后一次听到将军的声音，还是在贝伦的时候。这让他很慌乱，他更愿意装作霍伊特已经不在了，和那艘坏掉的“约瑟菲娜”号一样，被抛在身后了。

塔米还没碰麦片，麦片都泡得涨开了。

“吃吧。”他说。她照做了。

霍伊特的声音像以往一样，对斯特里克兰产生着影响，就好像他是个金属战士，被霍伊特击中了。他会唯他马首是瞻，他会在奥卡姆加倍努力地贯彻军事原则。他隐隐地感到一种忧郁。他在家里取得的这一点点进展，后续仍然会推进得很慢。他笨拙地和孩子们恢复关系，他强迫自己对莱妮的购物单和照看孩子的日程表产生兴趣。他突然意识到，霍伊特和那件标本其实并无不同，他们都是不可知的，都莫名地大于自身的物理形状。斯特里克兰只是从霍伊特颅骨里弹出来的次生颌，他还得继续撕咬，再这么继续几个星期。

刀子一碰到奶酪就掉了，刀柄砰的一声从他缠着绷带的手指上擦了过去，手指就像插进插座里面狠拧似的那么疼。斯特里克兰用右手狠击桌子，银餐具震得跳了起来，塔米的勺子掉进了碗里。他

感觉到眼泪——那种他无法接受的、表达脆弱的东西漫上了他的眼睛。不，不能当着女儿的面。他从口袋里摸出装止疼片的药瓶，咬开瓶盖，重重地晃动瓶子。白色的小球在桌面上翩翩起舞，然后被黏糊糊的东西粘住。为什么桌子黏糊糊的？这叫什么家务活儿？他捏起两片，然后三片，然后，该死的，四片，最后一股脑塞进嘴里，抓过牛奶瓶痛饮——去他妈的细菌。药片和牛奶混合成一片糊糊，他咕噜咕噜地囫囵吞下。太苦了，太苦了。这座房子，这片街区，这个城市，这种生活。

26

莱妮很清楚她嫁的是什么样的男人。有一回，他在安装塔米的婴儿床时割伤了手，就用强力胶包起来，然后继续。还有一回，他完成了一项在弗吉尼亚的军事演习，回家时脑门上有道伤口，是用强力胶贴住的。断指重接，只是另一种不同程度的损伤，她明白。可是，每次看到他狼吞虎咽地吃止疼片，还是会让她心里轰隆隆地泛起恐惧。即便是在斯特里克兰去亚马孙之前，她也有点儿怕他。她认为这不算少见，因为她曾注意到，奥兰多的那些朋友也时不时地会磕青胳膊。可现在这种恐惧不一样。最最可怕的是：不可预见。没什么可担心的。只是因为用药，所以才让理查德在正常的、日常的生活里变得钝感漠然了——好吧，正是这念头让她忧心。只是吞下几颗药片，就让他变得像个铁石心肠的猎人了，好像摧毁什么都在所不惜。塔米那个会哭的娃娃，哭声很可疑。她从五金店拿回家的 Kem 色调的墙面装饰样品，斯特拉特福式的绿色太像丛林了，豆沙玫瑰色太像血了。

莱妮快步上了楼，并不是为了躲避理查德的晦涩怒视，而是去找蒂米。只有他没对一家之主表示出恐惧——不，是尊敬，她纠正自己。这有点儿让人烦心，但更让人烦心的是理查德的放纵。有时候，理查德似乎在鼓励蒂米贬低他的姐姐，挑战他的母亲，好像八岁大的蒂米已经可以凌驾于家里的女性之上了。

“蒂米，”她叫道，“吃早餐了，小伙子。”

一个好妻子是不该有这些念头的，既不该这么想她的丈夫，也不该这么想她的儿子。她明白使用药物是怎么回事。理查德消失在亚马孙六个星期之后，她遭遇了一场灾难：脸因为睡眠不足而肿胀，喉咙因为哭泣而刺痛。她非要给华盛顿的一位秘书打电话，边哭边诉，而秘书只是催促她去看家庭医生。她垂头盯着自己的膝盖，问医生是不是真的有哪种药可以让孤独的妻子不再哭泣。医生被她的抽抽搭搭弄得烦不胜烦，扔下刚点上的香烟就赶紧开药：眠尔通，他称之为“妈妈们的小助手”“医治精神疾病的盘尼西林”。他拍拍她的手，让她放心。所有女性的精神都是脆弱的。

眠尔通起作用了。噢，真是太好用了！每天的恐惧像雪球般越滚越大，而它们在药物的安抚下变成了昏昏欲睡的不安，下午喝上一两杯鸡尾酒，不安就更趋于平静了。她自己发现了些迹象，知道可能做得有些过头了，但她在邮箱旁或杂货店里见到其他的军嫂时，发现她们说起话来也是迷迷糊糊的，手上的动作也是笨拙的。不过，随后莱妮就振作起来，把镇静剂扔进了厕所。她走向蒂米的房间，在门把手上、花瓶上、相框里瞥见了自己欢欣鼓舞的倒影。奥兰多那个有主见的莱妮一去不返了吗？

莱妮看到蒂米背对着门口，坐在桌边，松了口气。她总愿意把他想象成坐在办公桌旁的理查德的小复制品。她倚着门框，责备自

己竟然会疑心这个小天使。他是他爸爸的儿子，但他也是他妈妈的宝贝呀。他是个聪明的孩子，对生活有着各种各样的渴望，拥有他真是她的幸运。

“当当当！”她说。

他没听见，而她忍不住笑了。蒂米像他爸爸一样，做什么都全神贯注。莱妮向前走了几步，光着脚踩在地毯上，没发出一点儿声音。她觉得自己就像一位从天而降、探访世间圣徒的天使，直到她走到他身后，越过他的身体，看到了四脚被固定在桌面上的蜥蜴。它还扭动着，肚子上被剖开了一道口子，而蒂米正用刀子在里面探索。

27

那生物身体一侧的伤口渐渐愈合。埃莉莎每次如履薄冰地去看他，都会看到随着他在水池里沉潜浮动的血块越来越小。他只露出眼睛，像灯塔将强光洒在黑暗的海面上似的。他游到了她的正前方，这可是个进步：至少他不再躲藏在水面之下了。她的脉搏狂跳起来。她需要这个，她需要他记得她、信任她。她换了只手来拎沉重的垃圾袋。袋子里不会有别的东西，而清洁工拿着这玩意儿也没什么好奇怪的。

“为基抹而死即是永生！”电影中含混的哭喊曾是她的第二个闹钟，但现在她用不着了。她早早地醒了，想着他，想着那无论多沉重的铁链也抹杀不掉的华美。唯一能让她转换心神的就只有朱莉娅鞋店里那双银色的鞋子了。这些天来，她一直都没有误过公交车，所以有足够的时间横穿马路，把手掌按在橱窗玻璃上。过去她常常觉得四周的玻璃都是看不见的墙，墙组成了迷宫，而她就被困在里面。现在却不是了：她确信自己看到了一条可以走出迷宫的路，那

条路通向 F–1。

今天没有播放广播——她已经足够了解实验室里各项活动的时刻表了，还把它用小标记标在了品质控制检查表底部。所以她知道，这意味着今晚没有科学家来换磁带，上夜班。奥卡姆空荡荡的，塞尔达正忙着在设备间穿梭，埃莉莎越过红线，拿出今晚的第一个鸡蛋。

那生物耸起身子，游近了。埃莉莎必须忍住笑意——在他努力拿到他想要的东西时才能给他笑容。她稳稳地站着，笔直地举着鸡蛋。那生物像会魔法似的浮了上来，即使他真的踢水了，她也完全没看见。他的大手慢慢地从水池里伸了出来，水从他前臂上的棘刺间滑落，淌向他胸前蚀刻般的图案。他的五个手指微微弯曲，犹如五条臂膀将她紧紧拥抱：E-G-G，鸡蛋。

她咧开嘴，笑得上气不接下气。她把鸡蛋放在水池边，看着他去拿——不像上个星期那样野蛮地一把扫走，而是像在杂货店里挑剔地拣选。她原本还想看他剥蛋壳，也不知道他在这方面有没有进步，但沉甸甸的垃圾袋让她没了耐心。为了尽可能多地保持眼神的交会，她倒着往后退，屁股撞到了摆放音频设备的那张桌子。她把实时录音机推到后面，把收音机挪到旁边，打开了唱机的盖子。

埃莉莎能肯定，唱机出现在这儿是个偶然。它很像是从某位科学家的衣橱里翻出来的，电线都绞在一起，乱糟糟地缠着。她从袋子里拿出那尘封的年少时光的爱物，她偷偷藏在储物柜里好几天了：唱片集。这些专辑都是她当年虚度光阴时听的，她原本以为自己再也没理由去重温了呢。她带了太多张，有十张或十五张，可她也没法儿事先就知道这一刻需要什么样的音乐呀。

艾拉·费兹杰拉的《低婉之歌》——他会不会觉得低沉的哼唱很难听？《切特·贝克歌集》——节奏是不是太像鲨鱼了？“The

Chordettes”组合的《唱你所求》——也许会让他以为屋子突然多了好多别的女人？有歌词的突然都显得不太好了。她选了手边碰到的第一张纯音乐专辑——格兰·米勒的《爱人小夜曲》，把它从封套里抽出来，放进了唱机。她回头看了看那生物，用手语比画道：唱片。然后她打开开关，放下唱针，这才发现机器没插电。她找到电线和插座，把它们插起来。

乐队开始演奏，低沉的铜管切分音惊得埃莉莎一个趔趄。钢琴、鼓、弦乐和大号的声音此起彼伏，绕梁婉转，踩着拍子，这时小号的声音出来了，压过了其他乐器，跃动着，就像一只飞舞的鸽子。她看看水池，以为那生物肯定会觉得中了埋伏、被她出卖了。可他却静静地待在那儿，静得仿佛水都结冰了。只剥了一半的鸡蛋浮在水面上，向外漂着——这是他不断增加的敬畏的有形表现。

埃莉莎跌跌撞撞地走回桌子旁边，从旋转的唱片上面拿开唱针。咯吱一声，小号声戛然而止。她挤出一个微笑，告诉那生物：一切都很好，什么事也没发生。本来就是一切都好，而且比“好”还要更好：他那覆着鳞片的皮肤上，细槽闪闪发光。她想起了一篇关于生物发光现象的新闻片段，里面提到某些鱼类会发出化学光。她原本将那种光想象成萤火虫的光，遥远的夜色中，柔和的半明半灭，可不是眼前这种浸透整座水池的光。这光仿佛从他的身体中心喷薄而出，将墨黑色的池水照得犹如灿烂的夏日晴空。他在聆听音乐，是的，但他也在感受着它、折射反映着它。他映出的音乐，是埃莉莎从未听到过、感受过的。格兰·米勒的音乐有颜色、有形状、有触感，她以前怎么完全没注意到？

可是，他身上的闪光渐渐暗了。她无法想象没有光的水，于是抓起唱臂，又放下了唱针。在管弦乐队轻快的嘈嘈切切中，一段萨

克斯风独奏缭绕其上。这一次，她的眼睛牢牢地盯住了那生物，而他发出的光不仅仅照亮了这片水面，还向其中注入了活力，绿松石色的光像液体的火焰，从实验室的墙壁上汩汩而下。埃莉莎恍恍惚惚地靠近水池，桌子和唱机的实体从她的意识中纷纷滑落，她的皮肤被映成了蓝色，血也成了蓝色的。她就是知道，无论这生物究竟来自哪里，他肯定没听过这样的音乐：许多种不同的乐音如此和谐地交织在一起。他四周的水开始变化：黄色、粉色、绿色、紫色。他仰望着半空，仿佛习惯了声音必有来源似的，伸出了一只手，像是要抓住一件隐形的仪器仔细察看，想闻闻它的魔力，尝尝它的奇绝，然后把它扔回空中，让它飞走。

28

男孩儿来到了餐桌前。他和他姐姐不一样，他不会偷偷靠近你。他重重地倒在椅子里，咳嗽时也不捂住嘴，抓起银餐具也是丁零当啷的。他会直视你，像个男人那样。在阵阵剧痛之中，斯特里克兰感到一阵骄傲。抚养孩子是妈妈的活儿，然而充当勇气的榜样就是他能做的了。他冲蒂米笑了笑。那本来是极其微小的肌肉的拉动，但他的脸一动，脖子就跟着一起扯紧了，然后是胳膊，然后是手，最后是手指。他的笑容卡壳了。

“疼吗，爸爸？”蒂米问。

孩子手上有一股肥皂味儿。除非莱妮硬要他洗手，否则他是不会主动洗的。这就意味着，蒂米刚刚做的事让他妈妈觉得讨厌了。很好，测试底线是很重要的。他已经放弃了，不想跟莱妮解释这些了。她永远也不会明白，细菌和受伤其实是一回事，两者都是形成

疤痕组织的必需品。

“有点儿疼。”止疼片开始减轻痛感了。

莱妮也来了。她没动食物，而是点了根香烟。斯特里克兰粗粗地扫了她一眼。他一向喜欢她的头发，她说那种发型叫“蜂窝头”，挑战地心引力般的起伏发卷，颇需要些技巧来维持。但是最近，他时常从奥卡姆晚归，疲惫不堪，或不得不吃药，看见莱妮睡在枕上，那个发型活像丛林里的什么玩意儿——像蜘蛛的卵囊，膨胀着，把一层层的幼虫往外挤。在亚马孙时，他们有办法对付这东西。汽油加火柴，除非你想感染。那是个骇人的画面。他爱他的妻子。现在只是一段艰难的日子。那些画面会消失的。

斯特里克兰又拿起了刀叉，眼睛却一直盯着莱妮，而莱妮正在琢磨她那不听话的儿子。她会表现出对这孩子成长前景的恐惧吗？还是说她会试图控制他？他发现这种挣扎很有意思，和那件标本挣扎着在实验室环境下存活一样有趣。换句话说，这两者都是徒劳的。在这场儿子与妈妈的对决里，最终获胜的一定是儿子。永远都是这样的。

莱妮从嘴角挤出烟雾，选择了回避。斯特里克兰从他的审讯经验中得知，这是一种战术。

“把你跟我说的事儿也告诉你爸爸怎么样？”

“噢，好啊，”蒂米说，“你猜是什么？我们正在做时间胶囊呢。沃特斯小姐说，我们得把对未来的猜想装进去。”

“时间胶囊，”斯特里克兰重复道，“是个盒子对吧？你们把它埋进土里，以后再挖出来。”

“蒂米，”莱妮催他，“你之前问我什么，也问问你爸爸。”

“妈妈说你做的工作和未来有关系，所以我应该问问你，装什么进去才好。阿杰说我们会有火箭背包，我跟他说我们会有章鱼潜艇，

但我不希望阿杰说得对，我说得不对。你觉得呢，爸爸？你觉得我们以后会有火箭背包还是章鱼潜艇？”

斯特里克兰只觉得六只眼睛齐齐望着自己，任何一个身经百战的军人都很懂这种感觉。他暂时停下手里的“煎蛋卷解剖术”，从鼻孔里呼了口气，一个、一个、一个地打量着他们的脸：蒂米不安地期待着，塔米的小圆脸没精打采，莱妮焦躁地咬着嘴唇。他本想交叠起双手，但想到那样会引起疼痛，便把它们平放在桌上。

“会有火箭背包。嗯，会有的，只待解决工程技术问题而已。如何使推力最大化、如何降温。十年，最多十五年。等你到了我现在的年纪，你就能有个火箭背包了，一定得比阿杰的好，我会留意的。唔，章鱼潜艇嘛，我不太确定那到底是个什么东西。如果你是指我们用来探测海底的潜水器，那还是会有的。我们在抗压性和水流动性方面取得了很大进展。就现在，我上班的时候，就在做水陆两用方面的实验。”

“真的吗，爸爸？我要告诉阿杰去！”

可能是药物的作用。温热的感觉犹如植物卷须，缠绕着他的肌肉，就像蛇缠绕田鼠那样，勒紧了他的疼痛。看到孩子脸上这种肃然起敬的表情，感觉可真好啊，就连莱妮也突然变得好看了似的。她的身材还很好，紧紧地包在围裙里，围裙熨得很平整——那可是用西屋电气的那种高级货熨的。他想象着围裙的带子在她背后、腰胯那里打成一个紧紧的、硬硬的结。她看懂了他的表情，而他担心她会撇着嘴唇，像嫌弃蒂米那样嫌弃他。但是她没有。她半闭起眼睛，就像她以往觉得性感时那样。他深深地、满意地吸了口气，而这一次，报复般的疼痛没有再次袭来。

“那还用说，小子。这里是美国，这些是美国人才能干的。只要

是能让我们的国家一直伟大下去的事，我们都必须去做，你爸爸上班就是干这个的。有朝一日，你也会这样的。相信未来吧，儿子，未来会来的。等着瞧好了。”

29

自己多长时间要去一次菲尔斯角的码头，莱妮不愿意多去关注。当她觉得生活太沉重、无法承受、想要一了百了时，就会去一趟。可因为缺少降雨，码头的水位很低，跳下去也只会摔断脖子。然后呢？坐在轮椅上，困在电视机前，推着那台蒸汽喷雾电熨斗，直到再也忍不下去，烫烂理查德的衬衫，烫烂熨衣板，烫烂自己，把这一堆乱七八糟烫化，熔成色彩柔和的胶泥坑，让理查德非得请专业人员用蒸汽清洗不可。

她认为蒂米折腾的那只蜥蜴一定是条石龙子。如果她看见门廊上有石龙子，肯定会用扫帚把那讨厌的爬虫扫到灌木丛里去。如果她看见屋里有一条，那她就会把它踩死。她努力地说服自己，蒂米的做法和自己并无不同。可是，不是那么回事啊。大多数孩子都会对死亡感到好奇，但当大人发现他们在摆弄尸体，就会本能地羞愧。然而，蒂米当时却是很生气地看着她，就像理查德被她追问工作上的事时那样。她不得不鼓起勇气，快刀斩乱麻地要求他把那玩意儿从马桶里冲走，洗手，然后去吃早餐。

他走了之后，她又回到浴室，仔细检查，确保那条石龙子不会再爬出来、爬到碗里去才算完。接着，她花了一分钟来检视镜子里的自己。她拍拍富有弹性的头发，用小拇指涂了唇膏，又拽了拽珍珠项链，让最大的那颗刚好卡在颈窝里。这些天来，理查德都没仔

细看过她，但要是他看了，会看穿她的秘密吗？就连蒂米，她想，离得这么近，也得提防。

那一次，莱妮在码头边出神地待了会儿，然后沿着泊锚区慢慢地走了段路，往北经过帕特森公园，又向东折，到了巴尔的摩大街。在高楼大厦之间，她觉得自己很渺小，就像乘着独木舟在它们之间漂流似的。她在眼前最大的一座建筑外面停住了，那是一幢黑色和金色相间的、极具二十世纪二十年代风格的城堡式大楼。旋转门转啊，转啊，随风送来皮革和墨水的气味。

莱妮把每天早晨看新闻当作脑力体操，出于同样的原因，她也勇敢地迎向了旋转门。旋转门把她推到大厅的棋盘格地板上，整个大厅像是由坚实的黑曜石雕刻而成的，高层的剖面图乍看上去像是自治之城。在这儿工作的人拥有自己的邮局、餐馆、咖啡车、街角小店、报刊亭、手表修理店、保安部，穿着时髦的女人和拿着公文包的男人在大厅里熙来攘往，个个衣冠笔挺，显得举足轻重。

在这个自给自足的小世界里，没有理查德·斯特里克兰，没有蒂米·斯特里克兰或塔米·斯特里克兰，也没有莱妮·斯特里克兰，她就是被留在奥兰多的那个自己。她想徜徉在这种氛围中，于是乘上电梯，来到一家小烘焙坊，细细察看柜台里的陈列。她决定做一件能取悦自己的事，仅此一次也好。店员看向她时，她说："柠檬黄油圈，谢谢。"但店员并不是在看她。一个常客——从他的袖口就能看出来——也同时开口道："给我个柠檬黄油圈，杰里。"她道了歉，而那个男人咯咯咯地笑了起来，让她买。她却坚持说自己绝不该一个人独享整个黄油圈，然后他就说她应该吃啊，因为杰里比别人做得都好。

那个男人是在调情，但并不傲慢。再说，在这个半空世界里，她干什么都行。所以当那人发出恭维她的声音时，她便装出对这种

轻浮见惯不怪的样子，一笑置之。

“我是说真的呢，”他说，“你有一种强有力的、抚慰人心的声音，耐心都流淌出来了。”

在伪装出来的冷静之下，她的心跳开始加速。

“流淌，”她说，“所有女人都想听到这个字眼呢。”

那男人冷哼了一声：“那么，在这地方，你为谁工作？”

“噢，没有谁。”

“啊，那就是你丈夫在这儿工作了。在哪儿呢？”

“不，也不是那样。”

他打了个响指：“那你是来逛玫琳凯的吧。楼上的姑娘都对那个很着迷呢。”

“抱歉。我只是进来——好吧，只是进来看看。”

“是吗？嘿，那可能有点儿唐突了，不过你需要找工作吗？我在楼上的一家小广告公司上班，我们正在招接待员呢。我叫伯尔尼，伯尔尼·克莱。”

伯尔尼伸出手，想要握手。莱妮还没来得及把柠檬黄油圈放下，和他握手的瞬间就明白，一切都改变了。在接下来的一个小时里，她声称自己名叫伊莱恩，而不是莱妮，之后和伯尔尼上了闪闪发光的自动扶梯，跟着他穿过一间摆着时髦红色椅子的接待室，然后在他的办公室里坐下。几十个光鲜宜人的男人和秘书从周围经过，纷纷向她投来目光，没什么敌意，但也说不上友好，他们好像只是在思量，这个顶着蜂窝头的女人是不是真有本事。

莱妮知道整件事都是自己做的，却只能想起一点儿片段。她记得最清楚的是，自己飞快地盘算了一番孩子和丈夫的日程安排，因为这些都必须在跟伯尔尼讨论工作机会之前计算好。她简直不敢相

信，那种爱接受不接受的语气竟然是从自己嘴里吐出来的，说什么她还有自己的兼职，说她这已经是尽力了。

她听见了蒂米用自己的椅子撞饭桌的砰砰声，听见了塔米的勺子碰着碗的断断续续的叮当声。莱妮转动着脑袋，看着自己映在陶瓷柜玻璃门上的倒影，思忖着蜂窝头最初究竟是怎么流行起来的。克莱因 & 桑德斯广告公司里秘书们的发型都是油光水滑的，尽管莱妮只跟他们一起工作了几天，却也忍不住开始想象，如果自己也换成这种发型，会是什么感觉。

30

埃莉莎怀疑自己再也不会拥有这样神奇、愉悦的夜晚了。F-1的那次邂逅实在太奇妙了，很难全面地抓住所有细节。她尽己所能地重温那一幕幕，重温那些屏息凝神的瞬间，把它们放大，就像华盖影院的那张五十英尺的大银幕，而不是贾尔斯的那台小电视。她进入实验室时，整个水池是如何瞬间变成了电光蓝色。那生物在水下潜行划出的 V 形水流。鸡蛋温热、光滑，犹如婴儿的皮肤。他把头露出水面，眼睛已经不总是金黄色了，而是更柔和、更像人类眼睛的颜色，眼睛里的光也是莹莹闪烁的，不再是猛闪狂射的了。应急灯暖洋洋的，橙色的灯光就像马槽里的晨光。那生物大大的、带刃的、武器般的手，以一种轻柔得足以抚摸小鹅的动作比画着“鸡蛋”。她忘了自己当时还能有什么表情：金属手术台反射着咬住嘴唇的兴奋，水池里的波光折射出睁大眼睛的期待，那生物闪亮的眼睛里反映着不经意的笑。每日做清洁工作的疲累，来看他之前那些令人沮丧的准备，那一刻全都沐浴在他的光辉里。早餐鸡蛋不再是随

随便便地滚进锅里，而是雀跃着跳下。她也不再半醒不醒地拖着脚，从这屋走到那屋：她是厨房里的罗宾森，是卧室里的卡格尼。她选择的鞋子一天比一天漂亮，闪闪发光地走过华盖影院的消防通道，仿佛栏杆上裹着金箔银丝。她轻舞着踏过奥卡姆刚刚擦过的地板，看着鞋子艳丽的色彩犹如冉冉上升的朝阳。塞尔达被她生气勃勃的好心情逗得咯咯直笑，还回忆说，这就和她当年初遇布鲁斯特时一模一样。这评价让埃莉莎赶紧转移了话题，但她同时也发疯似的很想知道，塞尔达说得到底对不对。那张磨损了的、像猫咪皮毛般的密纹唱片封套，十二英尺见方，就是快乐的精准尺寸。她走向水池时，那生物比出了“唱片”的手势，他从池边站起，露出上半身，胸前的鳞片像一整屉珠宝似的璀璨夺目。从唱机的唱针上拂掉灰尘，就像从她的眼睛里拂去一滴泪。迈尔斯、弗兰克、汉克、比利、帕齐、尼娜、纳特、法特、埃尔维斯、罗伊、雷、巴迪、杰瑞·李……通通化身为天使唱诗班。他们唱的每一个字，都蕴含着那生物渴望了解的历史。他发出的光亮，那动人心魄的光亮，是交响诗般的回应：紫色的光晕应答浅吟低唱，蓝色的脉冲呼应摇滚歌曲，昏暗的黄色回答乡村民谣，明媚的橘色应和爵士音乐。他从她手掌上拿过鸡蛋时，手的触碰虽然很轻很微小，却依然使人震动。有一次，她大着胆子什么也没拿，而他仍旧伸出了手，轻轻拉住了她的手腕，弯起手指缩进了她的手掌，仿佛很享受这出“假装有鸡蛋”的游戏。他任由她收拢手指，握住了他的手。这一刻，他们不再是现在与过去，不再是人类与野兽，而只是女人与男人。

31

在雨林中，性的信号是公然显露的：痛苦的啼吠，张成扇形的褶边，膨胀的生殖器，斑斓的色彩。莱妮给的信号也很明显：眼帘垂落，嘴唇微翘，胸部高挺。当她在围裙外面搭上一件外套，赶孩子们去乘公交车时，他们竟然没有皱起鼻子去闻费洛蒙的味儿，这也真够神奇的了。她回来时，像电影里演的那样，把外套甩到地毯上，跷起手指摸摸楼梯的扶手：“你有时间吗？”他的脑袋正被止疼片闷得死死的，像从防风地窖里听龙卷风呼啸似的，什么字眼都透不进去。她的手指定在扶手上，身体往楼梯上爬，屁股扭着，活像一只大摇大摆的金刚鹦鹉的尾羽。

斯特里克兰把盘子拿到水池边，把煎蛋卷扔进了下水道，然后打开了垃圾处理器的开关。这是他们第一次用上垃圾处理器，刀刃像食人鱼一般呼呼响着，鸡蛋的碎屑溅落在不锈钢上。他关上处理器，听见头顶上方的地板嘎嘎响，床垫弹簧吱吱吱的。他有饭可吃，有性可享，有清晨的温暖阳光可沐浴其中，他还想要什么？但他不喜欢妻子的厚颜无耻，同样不喜欢自己靠在水槽上“打飞机”。诱惑的游戏只属于亚马孙，不属于这个精致有序的美国社区。他怎么就控制不了自己呢？他怎么什么都控制不了了？

他上楼了，他也说不清自己是怎么上去的。莱妮坐在床边，实用的粗厚围裙已经被透明的睡衣取代。而他看到这一幕颇感遗憾。她收拢肩膀，并膝坐着，一条腿搭到床下。这个姿势，也是她从电影里学来的，可是，女明星的脚底板有这么脏吗？斯特里克兰心中有些遗憾，继续朝她走去，每走一步都在责备自己。接受女人的引诱就和上了敌人的圈套一个样。莱妮很狡猾：她等待着，精明地耸

了下肩膀，让一根肩带滑了下来。他站在她面前，虚弱而无谓。

“我喜欢在这儿做。”她说。

脱下来的衣服扔在地板上，像虫子似的缩着。香水瓶散落在昆虫般的闹闹哄哄中。百叶窗歪斜着，像是被地震震裂了。事实上，他并不喜欢在这儿做，也不相信这里。这座城市里的一切都是对文明的精心矫饰，是人类这一物种在安全上的优势的虚张声势。

“巴尔的摩，”她解释道，“这儿的人都很好，没有一个假惺惺的南方佬。孩子们很喜欢大大的后院，也很喜欢学校。商店很吸引人。你也挺喜欢你的工作。我知道你想不到这桩桩件件的小事儿，但女人就说得出来。那些加班和晚归。你付出了很多。他们一定很讨你喜欢，你会在那儿干得很棒的。一切都向着美好发展。”

他绑着绷带的左手被她握住了。他也不知道是怎么回事儿。他希望是药物的缘故，要不然就是身体充满了对即将到来的性爱的醉意，于是背叛了他。她把他的手指放在自己的胸上，深吸一口气，让它们鼓胀起来，然后伸长了脖子。他检视着她无瑕的皮肤，仿佛看到了埃莉莎·埃斯波西托那两道隆起的伤疤。埃莉莎、伊莱恩，很相近的两个名字。他发觉自己正用手指抚摸着想象出来的伤疤。莱妮用脖子蹭了蹭他的手，斯特里克兰心里一阵难过：她根本不知道他脑袋里在想什么，不知道他瞬间的思绪，比如说，他更想把她撕成碎片，就像水槽里隐藏的食人鱼那样。

“这样疼吗？”她把他冰凉的、缝着线的手指放在她滚烫的乳房上，就在她心脏的正上方，“有感觉吗？”

32

莱妮从他身上看出了一股野性，内心十分喜欢。长久以来，他最蓬勃的精力都花在雨林那件事上了，但在巴尔的摩的生活，却比执行军事任务更岌岌可危。她需要时常提醒他这一点。蒂米关于时间胶囊的问题把理查德撞出了日常轨道，而他回答得非常棒，还像个父亲那样给了些建议。莱妮知道，她要做的就是给他时间而已。用不了多久，他就能做好准备，跟儿子聊聊那条石龙子的事儿，告诉他该怎样做个好人，因为理查德自己就是个好人——除开他的工作，除开他对霍伊特将军的忠诚，除开一切。她几乎可以肯定。

进步的女性杂志教导她不要用自己的身体作为奖励，可她们知道什么？那些作者和编辑里面，可曾有谁的丈夫被扔进双重地狱还能活着回来？可以如何，可以这样，她希望他们的性生活能告诉他这个。我们可以幸福，可以正常。身处其中时，也许她也能如此说服自己。也许她在克莱因 & 桑德斯广告公司上班这件事用不着保密多久。也许，如果进展顺利，当他紧紧抱她，自己意乱神迷、头脑发热，她就会立刻坦白一切。也许他还会为她感到骄傲。

然而，他的狂野并没有持续多一会儿。理查德觉得自己的身体不雅时，就很容易尴尬，从衣服重重剥落，到笨拙地压上她的身体，他已经又变回了眉头紧锁、令人生畏的样子——自从他从亚马孙回来就一直这样。她故意做出意态凌乱的样子，睡衣半敞着，一只手插在乱蓬蓬的头发里，另一只手抓着被单。可他却像是一副肉身活塞、一件办事儿用的工具，像注射器似的直筒筒地进入她的身体。他干巴巴地推进，从开始就是中等匀速，一点儿变化都没有。

可还是有什么不同，肯定有。她用双脚攀上他的背，手指紧捏

住他的上臂，然后挺起自己的上身。这不是因为感觉有多好，而是为了让两个人的身体都动起来。其实她只要不骗自己，就仍然有机会换个新角度思考，明白眼下这件事以及他们婚姻中更大的问题，都尚待解决。

这需要精力和投入，她有点分神，直到她感觉到了理查德放在她脖子上的手的温度。她小心翼翼地慢慢睁开眼睛，免得吓到他。他的脸红红的、湿湿的，他的眼睛也湿湿的、红红的。他盯着她的脖子，拇指从两侧抚向颈窝。她想不通这是为什么，但想要鼓励他。

“真好，”她轻声说，“再摸摸。”

他的手向上滑，滑过她的下巴，以一种她无法理解的平静松弛覆上了她的嘴。她觉得有湿漉漉的东西顺着自己的脖子往下流。嘴巴被压着，关节很硬，她能感觉到绷带裹着的结婚戒指。她告诉自己要冷静，他并不想伤害她，他并不想捂死她。那湿漉漉的东西在她的嘴唇上聚成了小小的一洼，她尝出了味道。她不敢相信，又尝了一下，然后猛地摆头，从他的手掌下挣脱。

“宝贝，”她喘息着，“你的手流血了——”

但他湿乎乎的手又捂住了她的嘴，这就是他想要的——他要她噤声。他加快了速度，床垫里面的弹簧发出刺耳的声音，床头板以出人意料的节奏砰砰撞响。她抿住嘴唇，不让血流进去，她用鼻子呼吸，暗暗跟自己说能坚持到他完事。这就是她想要的野性，而且还是更高层次的野性。有的女人就喜欢这种。她看过很多冒险杂志，封面上都是无助的女人，穿得破破烂烂的，被那些人猿泰山似的男人扔来扔去。也许她也能学着喜欢这一款。

他的身体开始急推猛拉，手滑开了，莱妮强迫自己抬起了头。理查德不再去看他在她脖子上弄出来的那两道血迹了，他的头向后

扭，看向衣橱，脖子上的肌肉绷得紧紧的。她感觉到他的大腿抵着自己的大腿，颤抖着。她的头又落回枕头上，脖子两侧的血滴答滴答地往下流。这真是太奇怪了，衣橱里有什么好看的呢？根本没有，只有几双皱巴巴的旧高跟鞋而已。

33

埃莉莎并不是每天晚上都能想办法进入实验室。而这些天，她进去了，手上拿着鸡蛋，却发现那生物不在水池里，被转入水箱了。她觉得心都碎了。这一幕让她从自私的兴奋中清醒过来，提醒她，F-1里根本没有快乐，真正的快乐。是，水池比水箱好，但什么比水池好？什么都比这更好啊。世界上有的是池塘和湖、小溪和河流、海和大洋。这些夜晚，她站在水箱前，思索着，自己是不是比那些抓捕他的大兵、关押他的科学家要好一点儿。

她能确定的一点是，那生物能感知到她的所思所想，哪怕是隔着金属与玻璃。他身体发出的光亮溢满了水箱，那些颜色如此浓烈，看上去他仿佛在熔岩或铁水或黄色火焰中游弋。埃莉莎担心这样的情感预示着重重严峻的形势，她是不是让他活得更艰难了？在往舷窗里看之前，她先止住了沉重的泪水，然后用最平静的笑容掩盖住了颤抖的嘴唇。

他在等她，在舷窗另一边兜着圈子。他一看见她就又是扭动又是翻滚，比画出他最喜欢的词——你好、埃——莉——莎、唱片，手指间跃出了一串串水泡。她不知道他被锁在水箱里还能不能听到声音，破碎的心简直被这念头碾成了粉末。他想让她放唱片，他听不见，但那样能让她快乐，而他也就快乐了。

于是她走向摆放音频设备的桌子，因为离开了他的视线而松了口气：这样他就看不见她颤抖着抽泣了，也看不见她用胳膊擦掉眼泪的样子。她放上一张唱片，深深吸了口气，然后才回到水箱的舷窗边。他敏锐地眨了眨眼睛，检查真假似的打量着她，然后一跃从水箱的这边游到那边，仿佛要让她好好看看他有多英勇。

埃莉莎笑了起来，给了他最想要的回应：一只手平举到肩膀那么高，另一只手只抬到腰部，用鸡蛋代替舞伴，随着音乐跳起华尔兹。她绕过拴着钢铁脚镣的水泥柱子，绕过摆放锋利器具的桌子，好像它们都不如那些笨手笨脚的舞者跳得烂。他很开心，因为水箱里散发出了淡淡的紫色。过了一会儿，她已经熟悉了舞池，于是闭上眼睛，想象自己握住的是他冰凉、长着爪子的手，和他强壮、覆着鳞片的腰。

34

埃莉莎没注意到有人进了实验室，也许是因为《星尘》这首曲子的节奏很迷人，之前她觉得不安，还把音量调得比往常更大了。不过，更主要的原因是，她的耳朵已经习惯了深夜里种种具体威胁的声音：科学家在口袋里翻找钥匙时呆板的咔嗒声，或走廊里经过一队保安的脚步声，而这种声音是她没听过、没防备的——一个了解那生物高度敏感的视觉和听觉的人。埃莉莎迈着舞步，徜徉着，跳着华尔兹，而那生物身上的光芒渐渐暗了下去，变成了忧虑、粗糙的黑色。他向埃莉莎发出了警告，可埃莉莎正幸福地闭着眼睛，完全没有留意到。

三　有灵性的标本

CREATIVE TAXIDERMY

I

眼泪的温热让他意识到了蔓延的冷意：F-1的大门紧抵着他的背；走廊像地下墓穴似的拂过阵阵阴风；冰凉的手指捂住嘴巴，犹如僵硬的尸体。如果没哭，他肯定会大笑出来。当然了，让这神圣一幕显灵的导体竟然是一只鸡蛋。他这辈子把太多时间都献给了研究所谓的“进化”——他更愿意称之为“突变”：蠕虫和水母的无性繁殖；受精卵的胚胎形态；不会随着人类毁灭掉一切纯粹与美好而终结的、理论上行得通的无穷的生命进程路径。

他以前也是这么告诉学生们的。宇宙沿着隐秘的轴线折叠，一代推进一代，但真正重塑生命的，是那些细小的皱褶和彻底的撕裂。由突发事件引起的变化可能绵延数千年，影响我们所有人。他说这些是为了迎合那些年轻的思想，不过他可能才是教室里唯一一位首代移民，其他人——每个学生都很有异国气质，都是神奇的基因突变的后代。

噢，那时候他躲进小楼成一统，舒舒服服地缩在讲台后面，徜徉在粉笔灰里，是多么大胆啊。现在他身处旷野，来到了现实世界。可是，为什么，在这儿的每天反而更像幻觉呢？他的妈妈过去常管他的白日梦叫“leniviy mozg”，意思是“懒脑瓜”。当然了，这肯定是正话反说：让他成为知名科学家的正是他那过于活跃的脑瓜儿。

那些文凭、缎带和荣誉在现实世界里还有多少价值，他不再确定了。他本来可以把那个清洁工从水箱前拉开，帮她避开危险，可是他，这个象牙塔里的懦夫，却从屋里逃出来了。

他经常会在深夜里返回奥卡姆，他非得检查水池和水箱的仪表四五遍才能睡得着。他确信，在这种人造环境里，那生物坚持不了太久。总有哪天早上，他们会发现它肚皮朝上，像金鱼似的翻白，死了。斯特里克兰先生会欢呼着到处拍大家的后背，而他呢，则会极力忍住汹涌的泪水。然而今晚，在这里，他终于明白了那生物得以活下去的谜底。这个女人，这个清洁工，延续了它的生命，不是借助血清或溶液，而是依靠心灵的力量。此刻把她从实验室里拽出来，可能就和在那生物的心上扎匕首一样。

而另有些匕首正扎着他柔软的、可怜的、粉色的人类手掌。那是一只结实的厚纸板文件夹，片刻之前还是相当重要的东西，但现在已经被揉搓出了锋利的皱褶。他松开拳头，把它抚平。他今晚并不是来 F-1 检查仪表的，当然也不是为了让一个跳舞的清洁工打破自己最根本的信念。他今晚来这儿，是为了核实之前收集的数据。在这个厚纸板文件夹里，有一份情况报告，是他冒着极大的个人风险整理的，必须在明天赴约前完成。

《星尘》的微弱旋律仍然撞击着实验室的大门，仍然在他的脑海里轰鸣。他拔脚离开，踉踉跄跄地沿着走廊走了。他更用力地攥紧了文件夹，无论手被硌得有多疼，都要让它提醒自己是谁，为什么在这儿。他是鲍勃·奥夫斯泰特博士，原名德米特里·奥夫斯泰特，出生于俄罗斯明斯克，人们会从简历中推断出他是个彻头彻尾的科学家，不过这也情有可原。他真正的职业、他所拥有过的唯一的事业，用术语说起来可要比“那件货物”真诚多了。他是一个内应，

一个密探，一个特勤，一个线人，一个破坏分子，一个间谍。

2

到奥夫斯泰特在莱克星顿街租的房子里看一看，就知道他肯定是那种会按长度来摆放脚指甲屑的书呆子。这房子其实根本不住人，只是备用的。壁橱和衣柜都是空的，敞开着。不容易坏的食物仍然装在购物袋里没拿出来，而购物袋就放在厨房中央的一张折叠桌上。容易坏的食物呢，也还在袋子里，存在冰箱里。卧室里没有梳妆台，简单朴素的衣服就直接摞在另一张桌子上。他睡在钢框架和帆布搭成的行军床上。他的药箱空空如也，药瓶里装着行军路线，放在马桶的水箱上。他唯一的垃圾桶每天晚上都得清空，每个星期都得擦得一干二净。所有的灯都只有光秃秃的灯泡，灯罩都被他挪到地下室的一个箱子里去了。光线因此很刺眼，以至于他搬来几个月之后都还会被自己的影子吓一跳——他老是觉得会有克格勃特工偷偷摸摸地靠近，企图结束他超长的任务。

保持住所整洁有序，会使安装窃听设备、寻找漏洞，以及其他见不得人的黑箱作业变得复杂。其实他没理由认为自己被中央情报局盯上了，但每个星期六，当其他男人打开啤酒、看体育比赛时，他都会在抽屉缝、窗户边、通风口、门框和沙发周围抹上油灰，像其他男人准备家庭野餐似的，来一项特别活动：拆卸和重装电话。电视机和收音机是他不需要的负担，他默不作声地把电话大卸八块，停下来时就读读从图书馆借来的书，反正不管读得完读不完，星期日都得还。那一幕很刺眼，那个清洁工——打卡钟的记录显示她名叫埃莉莎·埃斯波西托——在那件样本前面跳舞的一幕，那迫人心目

的光彩让奥夫斯泰特为自己惯常的孤独感到由衷的悲哀。

然而，今天，他照常把走廊上的一块地板拆下来时，却突然觉得很糟——比危险还糟。不对劲。这是一种让人讨厌的感觉。“不对劲”是家长、女教师和教士们该有的，科学家没必要有这种东西，但这种感觉却像鱼刺似的卡在他的喉咙里：他确信昨晚看到的一幕会改变一切。如果那件样本能感受到快乐、喜欢、在乎——他在它的颜色变化中看到了这三种情感，那么无论任何国家，出于任何原因，都不可以像对待本生灯上的标本那样玩弄它。事后再看，即便是在他自己的实验室里，有医生的精心照料，也仍然不对劲。奥夫斯泰特很想知道，在华盛顿，在奥卡姆，在他自己心里，那标本激起的情感中，何以竟然没有一种叫作“羞耻”？

地板下面的洞里放着一本护照、一个装着现金的信封，还有那个皱巴巴的厚纸板文件夹。奥夫斯泰特拿起文件夹，听到了出租车嘟嘟嘟的声音，便把地板装回了原位。事情总是一样的：先是接到一个没礼貌的电话，被人告知具体时间和暗语，然后扔下手边的一切，然后给大卫·弗莱明那儿编个迟到的借口，然后他就焦急地熬着，熬到那个时间，叫辆出租车，把司机的名字记在笔记本上——这是为了确保不会有同一个司机多次送他到会面地点。今天的这个司机名叫罗伯特·纳塔涅尔·德·卡斯特罗，奥夫斯泰特敢打赌，司机的朋友肯定都叫他“鲍勃”——还有哪个美国名字像它这样，既不冒犯人，又不容易记?

过了机场，过了熊溪大桥，伯利恒钢铁厂那片阴影下的船坞就近了。工业园区可不是西服革履的人通常会下车的地方。奥夫斯泰特只有西服可穿，他唯一的伪装是温和。他收敛起专家博士的孔雀羽毛，用没劲的闲聊和不值一提的小费烦够了那个罗伯特·纳塔涅

尔·德·卡斯特罗。他走向一座仓库，等到出租车开走，才转向货柜船，从其中穿过去，然后经过一座临建棚，翻过铁轨，再折回去，绕过一座三十英尺高的沙堆，以确保没有人尾随。

等待的时候，他喜欢坐在某块特定的混凝土块上面。他抖着脚，就像当年明斯克的那个百无聊赖的小男孩儿。不久之后，空中暴土扬尘，活像飞过一条巨龙，轮胎嘎吱作响，仿佛谁的骨头被咬碎了。一辆巨大的克莱斯勒映入眼帘，黑得犹如一条裂缝，排气管像液态的水银，尾翼刺破了浮起的尘土。这头野兽在打着旋儿的沙砾间咕噜咕噜叫。奥夫斯泰特从混凝土块上滑下来，站到了它的前面——他爸爸会管这东西叫作“脏玩意儿”的。驾驶室的门开了，出来的还是同一个男人。他扯了扯自己野牛般壮硕身体上的剪裁考究的西服。

“麻雀在窗台上筑巢。”奥夫斯泰特说。

“老鹰——”俄罗斯口音很重，“老鹰……”

奥夫斯泰特伸手去拉银色的车门。“老鹰抓住了猎物，”他厉声说，“要是你每次都记不住暗语，那它还有什么意义？”

3

那辆阴森的克莱斯勒载着他，一路又回到了城里。正如奥夫斯泰特所想，“野牛”从不走最短的路线。今天，他从霍拉伯德兵营西边兜了一圈，绕过巴尔的摩市医院，作势要阶梯状北上北大街墓园，结果却像铁砧似的直插巴尔的摩东区。奥夫斯泰特的懒脑瓜在巴尔的摩脏兮兮、灰蒙蒙的纵横街巷里找到了论据，可以证明“宇宙组织存在于任何事物”。从最微小的细胞，到最不可触摸的星系团，一切皆然。因此，他也只是一个无足轻重的小人物，在历史中的作用

同样无足轻重。至少，他祈祷如此。

他们直接把车停在了黑海俄罗斯餐厅的正前方，这在他看来毫无意义。神秘电话、密码暗语、没完没了绕圈子，这些都有什么意义？最后都还是要来到这个鹤立鸡群、金碧辉煌、大红窗框、孔雀石桌面上摆着金银丝套娃的餐厅啊。“野牛”拉开车门，跟在他后面进了餐厅。

时间还很早，黑海俄罗斯餐厅还没营业。厨房里有哗啦哗啦的声音，但没什么人说话。服务员坐在桌子旁边抽烟，背诵着特色菜什么的。三个小提琴手正为演奏《黑眼睛》调音。红酒醋的辛辣气味混合着刚出炉的姜饼的甜味。奥夫斯泰特经过洗手间，那儿挂着一幅J. 埃德加·胡佛的海报，引导移民们举报“间谍、破坏和颠覆活动”，这是个内部人才懂的笑话。在餐厅紧里面拐角处的最末一个包间里，爬满大龙虾的水箱背光亮着，列奥·米哈尔科夫就在那儿等着。

“鲍勃。”他招呼道。

米哈尔科夫喜欢跟奥夫斯泰特讲英语，这样可以练练谈话技巧，但听到自己的美国化名从一位特工嘴里吐出来，奥夫斯泰特感觉像被人搜了身。米哈尔科夫把这个名字念作“鲍勃”可不是小事。奥夫斯泰特很想知道这是不是也跟那张中情局海报一样，是个反讽。就在这时，乐手们像职业打手似的冲进了包间，点点头，开始演奏。黑海俄罗斯餐厅有优势的一点是，这儿不容易遭人窃听，震耳欲聋的乐曲声更证实了这一点。奥夫斯泰特不得不提高嗓门。

“我再次请求你，列奥，请叫我德米特里。”

这可以称之为懦弱，但对奥夫斯泰特来说，区分开两个角色要容易些。米哈尔科夫往薄饼上放了烟熏鲑鱼、法式鲜奶油、鱼子酱，然后伸出舌头一嘬，细细品尝起来。奥夫斯泰特发觉自己正在压平

手里的那个厚纸板文件夹。这个俄罗斯畜生，只说了一个瞧不起人的词，这么快就又把他踩到了胆怯乞求者的地位。

列奥·米哈尔科夫是他接触的第四位情报联络员。从莫斯科罗蒙诺索夫大学毕业的第二天，奥夫斯泰特就不情不愿地卷入了间谍活动。当时，斯大林的内务人民委员部特工就那么出现了，就像干涸的湖泊中露出的沉船残骸。他们请他—— 一个年轻的、饥饿的学者吃了一顿有醋渍番茄、开胃拼盘、俄式牛柳丝和伏特加的晚餐。随餐附赠的甜点是政府的机密：团队正致力于将卫星送入太空，高级化学战试验，渗透进美国原子计划的苏联人。这无异于请他吃了顿毒药，要是找不到解药，奥夫斯泰特必死无疑，而解药就是——永远是——对总书记斯大林的绝对忠诚。那些特工说，战争结束后，美国将在欧亚大陆披沙拣金，而他们会找到谁呢？德米特里·奥夫斯泰特，就是他。他的任务是心甘情愿地叛国投敌，变成个美国人。这不会太难的，他们承诺道。他的生活里不会有什么手枪消音器和藏在嘴里的自杀药丸，他可以自由自在地按他的专业偏好来，只要在特工们联系他时，献上唾手可得的绝对机密就行了。奥夫斯泰特没去问如果不接受会怎么样。那些人特意提起了他的爸爸和亲爱的妈妈，这足够了：毫无疑问，内务人民委员部可以轻而易举地把他们攥在手里。

听到奥夫斯泰特的请求，米哈尔科夫只是耸了耸肩。他不是个体格魁梧的人，事实上，他似乎还挺喜欢坐在龙虾水箱的蓝色景观前，让自己显得更矮小。这样一来，米哈尔科夫就成了一把弹簧刀，穿着舒服的西装，纽扣孔上别着玫瑰花，灰色的头发理得短短的，看似瘦弱无害，可一旦他被激怒，锋利的部分就会一下子弹起来。他吞下鱼子酱，伸出手来接，背后的甲壳动物好像要从他的耳朵上

爬过似的。奥夫斯泰特递过文件夹，很为上面的那些皱褶焦虑，就像一位母亲担心孩子去教堂穿的衣服没熨好。

米哈尔科夫拆开绑带，磕出里面的文件，细细翻阅起来。

“这是什么，德米特里？”

“图纸。都在这儿了。奥卡姆所有的门、窗、通风管道。”

“Otlichno。啊，要用英语，很好。委员部会感兴趣的。”

他又拈起一张薄饼，这时他注意到了奥夫斯泰特紧张的表情。

“喝了这杯伏特加吧，德米特里。四次蒸馏的，明斯克外交小箱子运来的。你的老家，对吧？”

这是十年来值得参考的最新暗示：有刀子抵在他父母的颈静脉上呢。要是不想听见噩耗，奥夫斯泰特就得一直在这些偏执狂的海洋中漂流，就得沉入深深的海底，深得看不见海面上的全貌。他抽出一张餐巾，擦了擦汗。小提琴手们只能听见琴箱抵住下巴的震动，别的什么都听不见。但奥夫斯泰特还是往前凑了凑，压低了声音。

“我窃取这些图纸是有原因的。我需要你授权拔除。咱们必须把那生物从那儿带走。”

4

在威斯康星教书几年的记忆，就像那个州冬季的景色：交给列奥·米哈尔科夫的报告像丑陋的黑色烂泥，弄脏了中西部生活的明媚爽直；那家伙穿着貂皮大衣，戴着护耳毛帽，从暴风雪中现身，活像德莫洛兹——森林爷爷，妈妈们的圣诞故事里的人物。奥夫斯泰特试图用偷来的实体材料喂饱米哈尔科夫：实验电器、电离箱、辐射侦测–盖格计数器……但他似乎永远喂不饱。米哈尔科夫挤了又

挤，奥夫斯泰特就像海绵似的，把那些绝密档案渗了出去：用皮癣擦拭弱智儿童的头皮以观测效果的美国项目；用登革热、霍乱、黄热病和蚊子一起培育，传播给反战主义囚犯的昆虫武器计划。最近又有一项提议，说要让美国军人接触一种名叫“橙剂”的新型除草二噁英。奥夫斯泰特为苏联特工搜罗传递的每一项实验成果，都像是一种病毒，腐蚀了他原本快乐生活的内里。

他悲哀不已地意识到，任何与他交往过密的人都可能成为苏联用来敲诈自己的工具。他别无选择。他和他一直追求的那个可爱的女人断绝了关系，也不再主持大学的鸡尾酒会了，因为亲切友善的知性主义会使他沉醉。他从那幢大学分给他的房子里搬走了大部分家具，拆掉了所有的灯，清空了抽屉和衣橱。如此一番折腾之后，第一个夜晚，他独自坐在光秃秃的地板中央，反复地念叨着“Ya Russkiy”——“我是俄罗斯人”，直到湿漉漉的雪盖住了窗户，他才在黑暗中相信了这句话。

自杀是唯一的出路。他实在太了解镇静药物了，所以无法依靠它们来办成这件事。麦迪逊没有足够高的楼可以跳。操着俄罗斯口音去买枪可能会引起不必要的怀疑。于是他买了一盒吉列蓝刀，放在浴缸边上，但不管他把洗澡水调得多热，他都无法忘记妈妈的警告，关于 Nečistajasila——不洁力量，所有自杀者都会被收入恶魔军团。奥夫斯泰特在浴缸里哭了，光着身子，中年谢顶，皮肤苍白，肌肉松弛，像婴儿似的哭得打战。他误入歧途，走得太远了，实在是太远太远了。

奥卡姆航空航天研究中心邀请他加入团队，研究一种“新发现的生命形态”。这件事救了他。这并非夸张。前一天，剃刀还摆在浴缸边，后一天，就被当作垃圾扔掉了。还有好消息，米哈尔科夫传

话给他，说这将是他的最后一项任务。完成了在奥卡姆的活儿，他就能回家，回明斯克，回到他十八年未曾见面的父母怀中。

奥夫斯泰特立刻就着手开始了。他签署了他所看到的每一份表格，并且初步接触了部分打了码的但仍然非常令人震惊的华盛顿电函。他以老掉牙的“个人理由”辞去了大学里的工作，然后在巴尔的摩安顿下来。“新发现的生命形态。”这个短语使他冰冷干涸的身体里又充满了青春的希望。他自己的内心，也是“新发现的生命形态”，而这一次，他不是要用它去毁灭什么，而是要用它来了解什么。

然后他就看见了它。这个词不对，是“遇见”了它。那生物从水箱的舷窗里往外看，看着奥夫斯泰特，那种对他的认知方式，是人类和灵长类动物所特有的。几秒钟之内，奥夫斯泰特二十多年来形成的科学盔甲就被剥得一干二净：这不是某种应该被研究的基因突变的鱼，而是一种应该与之分享感觉、思想、认识的生物。这一认识正好以奥夫斯泰特——前不久还辞职想死的人所需要的方式释放出来。他做好了一切准备。他没做好任何准备。

那生物本身也是个矛盾体，它自身的生物结构与泥盆纪的历史证据相符。奥夫斯泰特开始管它叫“泥盆君”，并且对它与水的深刻关系最为感兴趣。他先是提出，是“泥盆君”强制使水环绕在自己周围，但这太武断了，因为另一方面，水似乎是与那生物互相作用的，通过拍打、涌动或像沙子般的静止来反映它的情绪。通常，昆虫会被静止的水吸引，但那些能钻进 F-1 的昆虫都被“泥盆君”收服了，每当奥夫斯泰特做出攻击性的动作时，它们就会在他上方疾飞、进攻，声势浩大，蔚为壮观。

他的脑袋里塞满了各种难以置信的假设，但他自私地保密起来，只把一些容易理解的事实写进了第一份关于奥卡姆的报告。“泥

盆君”，他写道，是一种两侧对称的、脊椎清晰、属于脊索动物门的双足两栖动物；有中空的神经管和由心脏供能的封闭血液系统，至于是像人类一样四心室还是像两栖动物一样三心室，奥夫斯泰特尚不清楚；鳃裂明显，但带有血管蒂的肺部上方的胸腔扩张也很明显。这就说明“泥盆君”可能在某种程度上存在于两种不同陆界。他疯了似的打字，称科学界从中可能获得的关于水下呼吸的认知，将是无限的。

奥夫斯泰特的“新发现的生命形态”有个缺陷，那就是一种“新的天真”。奥卡姆对揭开原始生物的秘密毫无兴趣，他们想要的和列奥·米哈尔科夫想要的一样：军事及航空应用。一夜之间，奥夫斯泰特的工作就变成了“找碴儿碍事”：拨弄旋钮，调整阀门、宣称设备不安全、数据受损了，总之任何能为他争取时间以研究“泥盆君”的事他都干。这需要创造力和胆量，以及他曾任由米哈尔科夫压制的第三种个人特质：同情心。所以才有了他安装的那些接近自然光线的灯泡，才有了亚马孙丛林里的现场录音。

这些努力需要时间，但理查德·斯特里克兰却把“时间”变成了一种像“泥盆君”一样濒临灭绝的物种。学术界充满竞争，奥夫斯泰特看得出微笑打招呼和欣然握手背后的刀子。斯特里克兰是另一种对手，他并不掩饰对科学家的反感，直接当面骂人，让他们脸红、结巴、说不出话。斯特里克兰大骂奥夫斯泰特，说他的种种拖延借口全是胡扯。“你要是想研究那玩意儿，”斯特里克兰变着法儿说过好多次，“你就不能只是挠着下巴逗它玩儿，你得把它切开，看看它到底是怎么流血的。”

奥夫斯泰特本能地也想因恐惧而退缩，然而，他不能退缩，这一次不能，因为赌注太大了，不仅是为了“泥盆君”，也是为了他自

己的灵魂。他告诉自己，F-1是未被驯服的新宇宙的奇点，想在其中生存，他必须创造出第三人，不是德米特里，不是鲍勃，而是一个英雄。当无辜的生物沦为两个无情的国家的实验牺牲品，这个英雄可以以沉默为自己赎罪。想要成功，他就得把自己曾教给学生的基本经验应用到实际中去：宇宙是通过不断升级的暴力冲突形成的，当新的栖息地突然出现时，当地生物分类单元的成员就会为争夺资源而战，而结果通常都是死亡。

5

“拔除，”米哈尔科夫沉吟道，“这是美国人看牙医时用的词，是个混乱的过程。你的围兜里全是骨头和血。不，计划里没有‘拔除’这一项。”

奥夫斯泰特并不确定自己的想法是不是合理。谁知道苏联会不会比美国更恶劣地折磨“泥盆君”呢？但是在两个都很糟糕的选项中，选不确定的那个总要好一点儿。奥夫斯泰特张开嘴巴想要讲话，但小提琴手们刚好演奏完一首曲子，于是他只好憋住了。只见他们的胳膊肘一甩，又拉开了，琴弓上的马鬃摇晃着，像断掉的蜘蛛网。是肖斯塔科维奇的曲子：慷慨激昂，足以掩盖任何程度的危险谈话。

“按我的这些计划，”奥夫斯泰特坚持道，“咱可以在十分钟之内就把它从奥卡姆弄出来。只要给我两个训练有素的特工就行。”

“这已经是你的最后一项任务了，德米特里，何必要把它搞得那么复杂呢？最幸福的返乡归家可等着你呢。同志，听我一句劝。你不是那种爱冒险的人，就干你擅长干的事儿吧，像个好姑娘一样跟在美国人后面扫起灰尘，然后把簸箕交给我们。”

奥夫斯泰特明白这是一种贬低，但是这种刺戳不痛不痒。最近，他开始觉得姑娘们，尤其是清洁工，比地球上的任何人都更懂秘密。

“它能交流，”他说，“我看见了。”

“狗、也、能。可那阻止我们向太空发射小莱卡了吗？”

“它不是仅仅能够感受到疼痛，还能够理解疼痛，就像你和我一样。”

“美国人迟迟才承认这一点，我倒不惊讶。他们认为黑人不能像白人一样感受到痛苦，那都有多久了。”

“它能理解手语，它能理解音乐。”

米哈尔科夫喝了口伏特加，叹了口气。

“生活就应该像切分红公鹿，德米特里。你剥皮、撕肉，就行了，简单干脆。我多怀念30年代啊，把微缩胶卷藏在女士们的化妆品里。我们传递的都是可以触摸和感觉的东西，而且知道只要带回去就能使我们的人民受益。维生素D浓缩液，工业溶剂。可如今我们的工作更像是从肚子上的洞往外掏肠子。我们打交道的都是些摸不着的玩意儿：信息，概念。难怪你会用感情来迷惑他们。”

“感情。”奥夫斯泰特想起了埃莉莎在“泥盆君”的亮光里播放管弦乐的场景。

“可是感情有什么不对的？”他问，“你读过阿道司·赫胥黎的书吗？”

“刚才是音乐，现在又是文学？你可真是多才多艺啊，德米特里。是啊，我读过赫胥黎的书，但那只是因为斯特拉文斯基对他评价很高。你知道他最新的作品是献给赫胥黎的吗？”他朝小提琴手点点头，“要是这些新手也会拉就好了。”

“那你应该读过《美丽新世界》了，赫胥黎就无菌婴儿室和大规模调节生物节律发出了警告。如果我们不受人性本善的指引，那不就是我们发展的后果吗？”

“从奥卡姆的那条鱼聊到未来的反乌托邦可真是又累人又漫长。你绝不能这么心软。如果你喜欢流行小说，那我推荐赫伯特·乔治·威尔斯，怎么样？让我来告诉你，威尔斯笔下的莫洛博士怎么说：‘研究自然，将使人最终和自然一样无情。’”

“显然你不是在为莫洛博士辩护。”

“文明人总喜欢把莫洛博士当作恶魔，不过这儿是黑海餐厅，德米特里，就咱们俩，可以彼此诚实点儿。莫洛博士明白，你不能两样都占着。如果你相信自然是美好的，那么也必须接受它的残酷。至于你如此看重那个生物？它根本感觉不到你。它无情，你也得无义。”

“人应该比恶魔好。”

“哈，但谁才是恶魔？纳粹？日本帝国？我们？我们不都是做些恶魔般的事儿，来阻止恶魔般的后果吗？我喜欢把世界想象成用两根棍子高高支起来的瓷盘，一根棍子是美国，另一根是苏联。如果一根变长了，那么另一根也得变长，否则盘子就会摔个稀烂。我以前认识个人，化名范登堡。他也深植在美国，像你一样。他也有些荒唐的念头，像你一样。他没能办到，德米特里。他沉进一片水里了，具体的我也不方便多说。”

装龙虾的水箱里咕噜噜地冒着气泡，仿佛这些水，所有的水，都参与了吞没范登堡的行动。音乐的旋律起了微妙的变化。小提琴手们让开地方，一名服务员走了过来，腼腆地鞠了一躬，然后把一盘龙虾和牛排放到了米哈尔科夫面前。这位特工咧嘴一笑，把餐巾塞到衣领里，拿起了刀叉。奥夫斯泰特很乐于看到这样转移注意力的小插曲，他已经乱了阵脚，但鉴于那个范登堡的遭遇，还是别让米哈尔科夫看出来比较明智。

“我很乐意为总书记服务，”奥夫斯泰特说，“我请求拔除那件货

物，是为了确保只有我们知道它的秘密。”

米哈尔科夫敲碎龙虾壳，把雪白的虾肉浸入黄油，慢慢咀嚼。

“看在你忠心耿耿这么久的分上，”他边嚼边说，“我就行这一次方便。我会去问问拔除的事儿，看看有什么可能性。”他吞下食物，用刀子指着奥夫斯泰特的餐具，“你有空跟我一起吃吗？美国人给这道菜起了个有趣的名字，叫‘海陆大餐’。看看我后面，挑只龙虾。要是你愿意，我们可以把它送到厨房，你自己看着它是怎么被煮的。它们会嘎吱嘎吱地叫唤，这是真的，但它们的肉很嫩，很鲜美。”

6

春天到了。灰蒙蒙的冬霾掀开了，露出了天空。一堆堆陈年旧雪，像颤巍巍的兔子，归拢入阴影之中，消失了。在那些清净的地方，孤单的鸟儿啾啾喳喳地叫着，心急的男孩子们已经在沙地上玩起了棒球。码头上汹涌的河水不再如镰刀般凌厉。就连人们的菜单也换了——你可以从几个月来刚敞开的窗子里闻见。但也并非事事都好。雨还是没下，草叶像晨起的头发似的皱巴巴的，黄得像小便。花园的水管子不堪重负。树枝握着拳头，把嫩芽闷在里面。排水隔栅那一排排干涸、锈蚀、脏兮兮的牙齿正对着大太阳。

埃莉莎也有同感。她内心的激流也卡在海湾里了。她已经三天没有进过 F-1 了——如果算上周末，那就是五天——这数字她可是每时每刻都记在脑袋里的。实验室里一直有人。保安比以前更多了，巡逻也更勤了。拖一遍地，还没干，他们的靴子就又踏过来了。埃莉莎来上班时，发现负责交接班的并不是只有弗莱明，还有斯特里克兰。她把目光移向别处，并不希望看见他对自己笑。

洗衣机搬走五年了，可洗衣房里还是很熏眼睛。当年埃莉莎发现露西尔在漂白剂的烟雾中晕倒，便连忙把她抬上一辆四轮洗衣车，把她推到自助餐厅，让她呼吸新鲜空气，然后还给医院打了电话——塞尔达可喜欢在午餐时间一遍遍地讲述这番英勇壮举了。而奥卡姆不喜欢惹人注意，所以所有清洗工作都外包给了米莉森特洗衣店，所幸埃莉莎和露西尔保住了饭碗。

只有分拣工作还留在洗衣房。塞尔达和埃莉莎把脏毛巾、工作服和实验服分开，放在大桌子上，趁这当儿塞尔达又讲了一个新的关于布鲁斯特的故事。前一天晚上，塞尔达想看《迪士尼的奇妙色彩世界》，但布鲁斯特坚持要看《杰森一家》。俩人的争吵愈演愈烈，最后塞尔达把她丈夫从躺椅上踢了下去，就像从垃圾桶里甩掉垃圾似的。而布鲁斯特为了报一箭之仇，在塞尔达看节目时一直用最大的嗓门高唱《杰森一家》的主题曲。

埃莉莎知道，塞尔达讲这些是为了逗她开心——她那不愿明说的忧郁是难以隐藏的。她心里很感激，每次把东西扔进推车之前，都尽己所能地鼓起最大的热情来写标签。分拣完毕之后，她们推着推车上了走廊。埃莉莎的那辆推车嘎吱嘎吱响，惹得一个头戴钢盔的保安从走廊尽头探出头来，评估了一番危险系数。她们要去的地方正好要经过 F-1。埃莉莎努力地想听见些能透露蛛丝马迹的声音，但同时又不让“听”的样子太明显。

她们向左拐弯，沿着一条黑漆漆的走廊往前走。这条走廊上没有窗子，但有一扇双开门用木头支开，停车场的橘色灯光就从那里微微地透了进来。塞尔达把推车拖在身后，推开了一扇门，然后扶住门，让埃莉莎也进去。她们像往常一样和其他当班的夜猫子们碰了面。他们像铁丝上的鸟儿似的站成一排，抽着烟吞云吐雾。科学

家们敢炫耀自己打破了奥卡姆的禁烟令，杂役们可不敢。他们每天夜里都会在装卸区碰几次面，为了抽几口烟也暂停了吵嘴。这是在冒险：可以在大厅里休息，但在这儿，离无菌实验室这么近的地方，不行。

“你得给轮子上油了，”约兰达说，“你在一英里之外时我就听见嘎嘎响了。”

“别听她的，埃莉莎，”安东尼奥说，“有那个工夫不如替我梳梳头。”

“你那头发？”约兰达嘲笑道，“我还以为那是从碗里掉出来的一坨呢。”

“埃莉莎小姐，塞尔达小姐，”杜安叫道，“你们怎么从来不跟我们一起抽烟呢？”

埃莉莎耸耸肩，指了指自己脖子上的伤疤。关于抽烟的试验做一次就够了：她在“之家”后面的工棚里试过一口，然后就一直咳嗽，咳出的血都把地弄脏了。她推着嘎吱作响的车子走下斜坡，朝着米莉森特洗衣店的面包车后视镜跟司机招了招手。车后门开着，她便把推车里的东西一件件地扔到车内的篮子里。塞尔达把她的推车停在埃莉莎旁边，然后转过身跟其他人说话。

“噢，见鬼，”塞尔达说，“我还真有点儿怀念那味儿了。给我支烟。”

塞尔达往回走上斜坡，加入他们，大家都欢呼起来。她从露西尔手里接过一支“长好彩”，点上，吸了一口，然后用拿着烟的那只胳膊肘去碰另一只手的手掌。这姿势让埃莉莎放飞了想象，她仿佛看见贝斯轰鸣的舞厅里，有个年轻、轻盈的塞尔达，正被一位穿着祖特装的男子追求示好——也许是布鲁斯特。埃莉莎的目光跟着塞尔达吐出的烟雾向上升，看着它在钠光灯下闪烁，在安保摄像机前面盘桓。

“别担心，亲爱的。”

她吓了一跳，收回视线，看着安东尼奥。他眨了眨他的斗鸡眼，抄起一把倚在墙边的扫帚。他举着扫帚，高高抬起手，用扫帚头顶住了摄像机底板。摄像机底板上积攒的灰尘透露出杂役们的秘密，每个夜晚都是如此：顶着它向上扬，完事儿之后再把它压回原位。

“这几分钟就让咱们待在盲点里吧。多聪明啊，是吧？”

埃莉莎愣了一会儿才发觉，自己扔衣服的动作停了。米莉森特洗衣店的司机按着喇叭，但她没反应过来。杜安想开个玩笑让她清醒一下，于是就问她，为什么午饭要带这么多煮鸡蛋，明明一个人吃不完。她也没做出什么反应。塞尔达掐灭了香烟，示意司机别再按了，然后快步走下斜坡，开始帮忙装车。

“你没事吧，亲爱的？”

埃莉莎点点头。她听见自己脖子上的骨头咔吧咔吧响，但她还是目不转睛地看着那些抽烟的人，看着他们把还冒着烟的烟头扔向钟表，然后让安东尼奥把摄像机压回原先的位置。她几乎没听见塞尔达关上车门，砰地一敲，告诉司机可以走了。盲点：埃莉莎一头扎进了这个词里，她探索它，研究它，觉得很熟悉它，甚至还有点儿晕晕乎乎。除了塞尔达和贾尔斯，她的整个生活就是个“盲点”，被全世界遗忘。如果用这种“不可见”吓他们一跳，她想，那岂不是很了不起？

7

换班的人纷纷走进了更衣室。塞尔达看了看那些自己多年来培训过的人。多可笑啊，她们都升职了，她却还是原样。她们装作看

钟表，或忙着整理皮包，但就是不去接塞尔达的眼神。好啊，这些面孔塞尔达全都不会忘的。在这些臭美的白班杂役中，有好些就是以前上大夜班时最喜欢造谣的人。桑德拉有一回就说她在B-5亲眼所见，飞行计划是为了给平民注射镇静剂；阿尔伯特说A-12的柜子里藏着人的脑子，都装在绿色的黏糊糊的液体里——据他分析，可能是总统们的大脑；罗斯玛丽发誓说她看过一份废弃的文件，里面写着有个代号“芬奇”的年轻人，可以长生不老。

造谣磨坊就是这样工作的：慢工细磨，添油加醋。所以塞尔达对关于F–1的流言蜚语不以为然。水箱里有什么奇怪的东西吗？绝对有，它咬掉了斯特里克兰先生的两根手指头，但“奇怪”正是奥卡姆的常态，在这儿待过一阵子的人都知道用不着大惊小怪。

埃莉莎也理应如此，但塞尔达这位朋友近来的表现，却让她心里七上八下的。噢，她们推着洗衣车经过F–1时，埃莉莎的样子她可全看见了，车轮子嘎吱嘎吱的响声就像那姑娘心里的哀号。塞尔达觉得这都会过去的，什么人都可能让她突然对政府的阴谋热心起来。反正，她得尽最大努力，可不能耸耸肩就这么算了。在奥卡姆，只有埃莉莎简简单单地看待塞尔达：一个好人，一个非常非常努力干活儿的人。如果埃莉莎因此被炒了鱿鱼，塞尔达可不知道自己能不能受得了。自私，也许有点儿，但也是真心的。她的关节很疼，不是因为拿拖把什么的，而是因为手指是与埃莉莎交谈的工具。失去这些日常的交流、日常的肯定，她，塞尔达·富勒，很在意。这很让人伤心啊。

关于F–1，有一件事是可以确定的，那就是那里的高层大官儿，对服务人员的要求比以往的任何实验室都严苛。埃莉莎一直在那儿转来转去的，绝对是玩火。塞尔达换好衣服，坐在长凳上，叹了口

气，回味着那根“长好彩”的辛辣气味。她从口袋里掏出品质控制检查表，展开，又看了一眼。弗莱明不停地变动各种细节，想把她们绕迷糊；如果她是埃莉莎，她可能会怀疑弗莱明这么做是为了让她们忙得无暇多想什么。塞尔达揉揉疲惫的眼睛，继续看着表格，每一行，每一列，直到那些白班杂役都砰砰关门出去了。品质控制检查表里全是空白的、待填的格子，就像她的人生一样。像她从未拥有过的东西和她从未去过的地方。

更衣室是女人扎堆儿的地方。塞尔达环顾四周，目光穿过那些抬起的大腿、散开的衣架、调来调去的内衣带子。她留在这儿不走并不是为了看品质控制检查表，而是在等埃莉莎，这样她们就可以一起去等公交车了——为了等而等，这就是她人生的剧本。承认这一点让她觉得自己很可悲。这些天来，埃莉莎最想不起来的人就是塞尔达了。品质控制检查表在塞尔达眼前渐渐模糊：当晚最大的一个没填好的表格是埃莉莎这个人啊。她在哪儿？她没换下制服，说明她还在奥卡姆。塞尔达站了起来，品质控制检查表滑落到地上。

老天爷，这姑娘在搞什么鬼！

8

女总管的声音在她的脑海里回荡：“愚蠢的小女孩儿。”埃莉莎放慢脚步，等着两个嚼舌根的白班杂役出来，慢慢地走到走廊的尽头。“你从来都不听指挥，难怪所有的女孩儿都讨厌你。”好了，只剩她自己了。她快速跑到 F–1 门前，把钥匙卡插了进去。“总有一天我会抓到你撒谎，或者偷东西，我要把你扔到外面去挨冻。”门锁开

了，她猛地推开门——这个动作在此刻堪称胆大妄为。“除了出卖你的身体，你没别的可选了，丢人，可耻。”埃莉莎溜进去，关上门，背倚着它，静听外面的脚步声。她惊惧的心思里出现了噩梦般的画面：女总管把小哑巴扔下了台阶，而大卫·弗莱明刚好接住了她。

白天上班的人挤满了奥卡姆。这个时间来探视，实在是太危险了，但埃莉莎忍不住。她必须看到他，确定他好不好。然而，这太难了，根本什么都看不见：F-1灯光大亮，就像那生物在水箱里大放异彩的夜晚。埃莉莎眯着眼睛，踉踉跄跄地往前走，不管四周如何，脸上都带着微笑。她只想快点见到他，让他知道，她没有忘记他，用手语告诉他，她很想念他；看他比画“埃——莉——莎”，感受光芒和暖意，用一只鸡蛋帮他振作。她从口袋里掏出鸡蛋，往前猛冲，她的双腿开始记起了舞蹈的感觉。

在看见他之前，她先听见了他。像鲸类的鲸歌，高频的声音拂过她的耳朵，像金属丝一般紧紧地勒住了她的胸膛。埃莉莎停住了，彻彻底底地停住了：她的身体，她的呼吸，她的心。鸡蛋从她手里滑了出来，软软地落在脚边，摇摇晃晃地滚过了一场争斗遗留的水洼。那生物既不在水池里，也不在水箱里，而是跪在实验室中央，被金属链子捆在水泥柱子上。可调节支架上连着一盏医用灯，高瓦数的灯泡炙烤着他，她都能闻见咸咸的、干涸的气味，就像扔在码头上、等着腐烂的鱼的气味。他原本闪烁的鳞片变得黯淡发灰，他优雅的水中姿态变成强迫下跪的生硬弯曲。他的胸腔像老头子似的咔咔作响，他的鳃犹如背负了重物般一开一合，所有的鳃裂都透出冷冷的血色。

那生物转过头，竭力呼吸的嘴巴里淌出了口水。他看着她。他的眼睛也像他的鳞片一样，覆上了一层晦暗的铜绿色，让人难以看

清他目光里的神采。尽管如此，他用缚着锁链的双手比画出来的意思却是明明白白的：两只食指，急切地指向大门。埃莉莎很清楚这个手势的意思：快走。

而这个手势，或有意或无心地把她的目光引向了水泥柱子旁边的凳子。她不知道自己刚才怎么会没发现，在这单调的实验室里，只有它的色彩是这么艳丽：凳子上竖放着一袋打开了的绿色硬糖。

9

在奥卡姆工作了这么多年，塞尔达从未穿着日常的衣服踏上这里的走廊。事实证明，她的工作服是一件有魔法的神奇斗篷，没有了它，她就会被人注意到。打哈欠的科学家和陆续就位的服务人员，他们看着她的方式先是让她意外地感到一种温暖，而这温暖很快被恐惧的冰柱刺穿了。如果是在别的地方，那她的印花裙子其实挺有品位，可在这里，这个满是白大褂和灰制服的空间里，却似乎有些不雅观了。她尽量用皮包挡住裙子往前跑。换班的混乱会持续个几分钟，足够找到埃莉莎，然后用力把她摇清醒了。

她急匆匆地转过拐角，正看见斯特里克兰从他那挂满安保摄像机屏幕的办公室里出来。他摇摇晃晃的，好像刚从一艘船上下来似的。塞尔达知道这种两腿交叉、摇来晃去的走法儿是怎么回事，布鲁斯特在戒酒之前总这么走路，她爸爸老年痴呆症发作时也是，她叔叔看着自家房子付之一炬时也是。斯特里克兰纠正了步子，揉揉半开半合的眼睛。他是睡在这儿吗？他费劲地从办公室往外走，金属拖在地板上发出的铿锵声让塞尔达一阵瑟缩。是那根橙色的电牛棒。斯特里克兰把它拖在身后，活像个史前野人。

他没看见她。她怀疑他可能什么都没看见。他笨拙地朝另一个方向走，塞尔达知道他要去哪儿，不巧的是，她也要去同一个地方。她在心里盘算着奥卡姆的布局路线：地下一层是方形的，所以肯定有一条反方向的路也能通到F-1，但距离要多出两倍，她不可能赶在他前面到那儿。斯特里克兰晃晃悠悠的，一只手撑着墙壁来稳住自己，手指疼得他咝咝吸气。他走得很慢。也许她能赶在他前头。要是她能把淤积在肺里的恐惧咳出来，让两只脚恢复正常就好了。

她用力摆着胳膊，开始往前走。她经过一间餐厅，闻到的不是自动加热的方便食品，而是真真正正煮出来的早餐的香味。她瞥见一个白人女人戴了发网，所受到的“严厉训斥”就是几声“啧啧啧”而已。秘书们听见了她的脚步声，纷纷从复印室里探出头来。接着，麻烦来了：奥卡姆的这半边有个难过的关卡，因为夜里很少开放，所以她刚才盘算路线时忘了把这个房间也算进去。科学家们鱼贯而入，也许是去看什么解剖吧。不过塞尔达老觉得那就跟看恐怖电影一个样，可能就是她正在参演的这一部：穿白大褂的怪兽聚在一起，斜着眼睛打量她的大块头和亮闪闪的汗。

他们给她制造了困难，不是一向如此吗？她不得不用肩膀顶开他们突然愣住的迟钝身体，说着“抱歉”“劳驾”，一直挤到人群的另一边。她继续往前跑，尽量不去管那些冲着自己背影迸出的嘲笑声。她确实该说声“抱歉”，而这个地方没有“没关系”可言。她的心脏怦怦直跳，她就要喘不过气来了。多亏了这股嘲笑的冲劲儿，她才能转过第二个拐角，结果却看见远远的走廊尽头，步履沉重地挡在她的去路上的，正是斯特里克兰。

他看见塞尔达了。此刻转身逃跑就等于承认自己犯了错。还能怎么办？她朝着他走了过去，这是她做过的最勇敢的事了。她的心

脏拍击着胸腔，就像手球似的。她还能呼吸，这可真是个谜，肯定是某种神秘的肌肉在控制。他像幽灵似的打量着她，拿起了电牛棒——是个糟糕的信号，不过至少它不再咔嗒咔嗒地在地砖上面拖着了。

两个人刚好停在F-1前面。塞尔达提着气，勉强挤出了打招呼的话。

“噢，你好啊，斯特里克兰先生。”

他目光炯炯地扫视她，虽然之前见过两面，可此刻丝毫没有认出她的意思。他的脸憔悴、苍白，下唇上沾着一种颗粒状的粉末。他轻蔑地哼了一声，不再端详她了。

“你的制服呢？”

他是那种知道怎么下刀的人：抢先出手，深深切下。绝望之中的塞尔达迸发出一丝灵感，她抓紧手上仅有的一件东西说：

“我忘了拿包。”

斯特里克兰斜着眼睛看她：“布鲁斯特太太。”

“是我，先生。不过是富勒太太。”

他点点头，但似乎并不信服。事实上，他是有点儿茫然。塞尔达以前在白人身上看到过这种情况，他们单独和黑人在一起时就会这样：他不知道该看她什么地方，仿佛她的存在就是某种令人尴尬的事儿。他因此咕哝了一声，很低，F-1里面是听不到的。如果塞尔达想给埃莉莎发出警告的信号，那么她就得好好利用斯特里克兰的不自在，尽可能久地拖住他，弄出尽可能响的声音。

“那个，斯特里克兰先生，”塞尔达提高声调，好掩饰声音里的颤抖，“你的手指怎么样了？”

他皱了皱眉，然后看了看绑着绷带的左手：“不知道。”

“他们给你止疼药了吗？我们家布鲁斯特有一回在伯利恒钢铁厂

弄伤了手腕，大夫给他医得还不错。”

斯特里克兰做了个鬼脸，这是有道理的：她在大喊大叫。塞尔达根本不在乎他的反应，虽然他舌头干涸地舔了舔自己嘴唇上沾着的白色粉末，足以说明止疼片的事了。无论是处方药还是安慰剂，他都是干吞的。他挺直了腰，呆滞迷茫的目光突然凝聚，令人惊恐。

“塞尔达 · D. 富勒，”他粗声粗气地说，“D 是黛利拉的缩写。”

塞尔达耸了耸肩。“您的……”她突然间无法思考了，“您的太太怎么样，斯特里克兰先生？”她根本不知道自己在说些什么，“您的太太是否很开心——”

“你是上夜班的，”他低声怒道，仿佛上夜班是最最糟糕的事，比她身上其他不言而喻的东西更糟，“拿着你的包，回家。”

他像抽匕首似的从后兜抽出钥匙卡，把它插进了锁孔。塞尔达鼓励自己继续问完问题，说完那些关于他太太的七零八碎，说完那些连理查德 · 斯特里克兰都不得不回应的寒暄话。但他已经恢复了看待她——这个几乎没有存在感的女人的自然状态。他走进了 F-1 的大门，电牛棒撞到了门把手，这是最后一声警告了。至少塞尔达希望埃莉莎能听懂，无论她在哪儿。

10

真亮！简直像把别针戳进眼珠子。他很想赶紧冲回那间黑暗的办公室，躲在安保摄像监视器的柔软灰影底下，闭上眼睛。那是胆小鬼的本能。他来这儿是有原因的。是时候走进这实验室，面对“峡流之神”，逼奥夫斯泰特完成实验了。不，不是“峡流之神”。是标本，仅此而已。他怎么又开始把它当成“峡流之神”了？可不能

再那么想了。这好使的老伙计，“亚拉巴马 - 侬好”，农场主 - 重 30 型电牛棒，又长又直，就握在他的手掌中，仿佛一柄扶手，引着他从迷离混沌回到现实世界。

只是叫两名保安帮忙，把那家伙从水箱里弄出来，用链子绑在柱子上，他一根手指头都不会丢的。保安不会说“妈的”。他是他们的上司。完事之后他就把他们打发走了，却发现那根“亚拉巴马 - 侬好”落在办公室里了，他的办公室——桌子、抽屉和止疼药片。只是个巧合罢了。他才不是故意把电牛棒落在那儿的。绝对不是。

他想起莱妮心烦意乱地跟他汇报，说她发现蒂米把一只蜥蜴给开膛破肚了，可斯特里克兰根本不以为意。见鬼，他甚至还骄傲着呢。他应该从儿子身上学到点儿什么。上一次他单独和这只“蜥蜴”待在一起是什么时候？他得退回去，回到亚马孙去，去回荡着猴子尖叫声的阴暗山洞里抓起那支渔枪。“峡流之神”——标本——身上沾着鱼藤酮，朝他张开双臂，好像他们是一样的。它的傲慢，是种侮辱。

可现在再看看它。它受折磨的美丽画面，被他清清楚楚地尽收眼底。长久地负重，使那跪在地上的血淋淋的双膝已达极限。手术缝合线被直接拽开，血从针孔中渗了出来。令人厌恶的解剖切片，因为缺少空气而颤抖、搏动着。斯特里克兰举起“亚拉巴马 - 侬好”晃了晃，“峡流之神”耸起了带蹼的脊刺。“噢，”斯特里克兰说，“你还记得？”

他绕着柱子转圈，享受着鞋子后跟踩在地上的咔嗒声。酷刑之前的时刻总是有种别样的美感。恐惧在膨胀。不可避免的冲突之前，两个身体蓄势待发的疼痛。斯特里克兰有的是耐心，做出更有创意的动作，让受刑者的想象愈演愈烈，直至郁郁葱葱。莱妮就永远不

能理解这种前戏，但所有感受过热血沸腾的战士都会懂。他的脑海中浮现出莱妮血迹斑斑的脖子。真是个美好的、充满活力的画面。他从袋子里拿出一颗绿色硬糖，嘬进嘴里，假装那强烈的酸味是血的味道。

一咬东西，那嘎吱嘎吱的声音就震荡着他的耳鼓膜。埃莉莎·埃斯波西托一定是世界上仅余的一个静寂点了。他自己的那个静寂点已经被再次出现的猴子吃掉了。安保监视器后面都是窃窃私语，办公桌底下都是呼呼呼的声音，还有尖叫声。当然，尖叫声！在他想要思考的时候、在他想要入睡的时候、在他想要配合家人单调乏味的日常生活的时候，那些猴子就会让他重登丛林之神的宝座。要是办不到，它们就会一直尖叫下去。

于是他让步了。只是一点点。只是看看，它们会不会变温和些。只是个 V 形记号。那根“亚拉巴马－侬好”？得了，那根本不是电牛棒，那是印第安勇士的大砍刀。猴子“叽叽”笑了，它们喜欢这一套。斯特里克兰发现，自己也喜欢这一套。他摇晃着他的大砍刀，刀像钟摆似的。他想象着自己正在砍一棵木棉树的板状根。“峡流之神”激烈地做出了回应，猛拽铁链，就像一条鱼死前的回光返照。它张开了鳃，一个头显得足有两倍大。动物的花招在人类面前不起作用，在神面前也是。

斯特里克兰拨开开关，手中的砍刀响起了电流的嗡鸣。

11

四肢蜷着卡在坚硬的金属箱子里，头发被铰链卷住，膝盖擦伤了、流着血，可是埃莉莎却感觉不到疼痛。只有恐惧，像猛烈的沙

尘在她心里旋转而起，还有愤怒，闷雷般将她的头骨塑造成新的形状：又厚又宽的额头，长而卷曲的犄角。她要冲出这个箱子，踏着她新生出来的兽蹄冲向那个恐怖的男人，就算在半路上被他杀死也无所谓，只要能救下她挚爱的那条生命。

一开始，埃莉莎还无法辨别这些声音，但在F-1，所有人类的音色都意味着麻烦。她浑身紧绷得像个无赖，只想赶紧找个洞钻进去。门打开时，她看见的不是斯特里克兰，而是塞尔达，她的日常便装就像婚纱似的那么红，红得惹眼。塞尔达是要给埃莉莎发警报，而埃莉莎真得给她这番冒险记上一功。她一头扎进了药柜，膝盖被狠狠一撞，疼得她眼泪直流。像F-1的其他设备一样，药柜也是带轮子的，一撞之下便滑动起来。她只好伸出一只手，撑在地上，当作刹车。

可斯特里克兰来了，就在十英尺之外来回踱着步子，太近了，近得她没法儿关上咔咔作响的柜门。她使劲儿地缩紧全身，躲在阴影里面，同时屏住呼吸。她把胸部和左耳都贴在柜子的底板上，能感觉到锡板传递着心脏的跳动。“别动。”她对自己说，“跑啊，出击啊。”

斯特里克兰像个棒球手似的，闲闲地晃着那根电牛棒，突然一个横扫，击中了那生物的腋窝。两道金光一闪，那生物的身体抖动着，肌肉绷紧，鳞片一层层地翻了起来，他扭动挣扎着，尽可能地远离斯特里克兰，但也只能挪动几英寸。埃莉莎只是因为发不出声音，所以才没有哭喊出来，可她还是捂住了自己的嘴巴，指尖抠进了脸颊的肉里。人人都感受过某种形式的电击，但是她无法想象那生物也曾被电过。他会以为那是黑魔法，是复仇之神射出的第一箭。

斯特里克兰一脸挫败和绝望。他拖着沉甸甸的步子，绕到柱子后面，避开了那生物的视线。他脱掉外套，以一个从不需要亲自动手收拾衣服的男人的笨拙把它叠好，然后放到了糖袋旁边，就像蛇

蜕皮一样。埃莉莎吓得喘不过气来。外套之下的白衬衫上沾着脏兮兮的斑点，看上去像是陈旧的食物污渍。这衣服应该有好一阵子没熨过了。

“我有话跟你说。”他咕哝道。

他像台球玩家似的，把电牛棒架到受伤的左手上，对准了那生物的脖颈。埃莉莎的手在黑暗中比画着：“停，停。”斯特里克兰动手了，火星飞溅，那生物的头一下撞到了水泥柱子上。他的头向后仰着，额头上的鳞片撞得粉碎，血光闪闪。在埃莉莎看来，这一幕也是美的，就像沾着红色墨水的银币。他的鳃起伏波动，突如其来的电击吓得他呆住了，发出了一声海豚鸣叫般的呜咽。斯特里克兰嫌弃地摇了摇头。

“为什么你就非得搞出这么多麻烦呢？非得让我们到地狱去走一遭。你明知道我们到那儿去了。你能闻见我们，肯定的，就像我们能闻见你一样。十七个月。奥夫斯泰特说你已经很老了。也许对你来说，十七个月不过是沧海一粟。但是，好，让我告诉你，就是那十七个月，毁掉了我。我的老婆看着我的脸，好像根本不认识我一样。我回家了，小女儿却躲到一边去了。我努力了，我尽力了，可是——”

他猛踢柜子。那柜子就和埃莉莎藏身的药柜一样，柜门上被踢凹进去的位置，刚好和她脸的高度相当。他掀翻了桌子，医疗器械滚了遍地。埃莉莎更紧地缩成了一个球。斯特里克兰用左手蹭了蹭脸，绷带松开了。埃莉莎看见绷带底下是一圈圈变成褐色的血迹和黄色的斑点。还有一枚发暗的戒指，是她还给他的婚戒。他硬是把它戴了回去，戴回了接合的断指上。埃莉莎只觉得比恶心更恶心。

“我把你从雨林里弄出来，就像从我自己的胳膊上拔出一根毒刺。现在你有了热水浴缸和游泳池，我又得到了什么？一幢比丛林

好不了多少的房子？一个比村子里的土著村民友善不了多少的家？这是你的错，这全是你的错。”

斯特里克兰扬起电牛棒，像挥剑似的向前刺，对着那生物身上的缝合伤口放出了电流，然后往回一甩，又击中了他。埃莉莎看见有一处伤口已经裂开了，带着鳞片的血肉片片剥落，烟味和烧焦的血的气味塞满了实验室。埃莉莎用肘弯压住嘴巴，免得胃痉挛的时候吐出来。她没有看见被踢翻的第二个柜子，只听见哗啦哗啦的声音，就像一整套鼓乐器被扔下楼梯似的。这时她意识到，自己藏身的这个柜子，将是斯特里克兰毁灭性发泄的下一个目标。

她偷偷地从药柜里往外瞥，几乎可以闻见失眠症患者身上那种特殊的气味；她看见了斯特里克兰双腿的背面，裤子上的鼓包褶皱显然是没脱衣服睡觉压出来的，上面还沾着旧的咖啡渍和新的血迹。如果手里有一把刀，她疯狂地想，她一定要劈向他的阿喀琉斯之踵，或者刺向他的小腿动脉——这都是她从来不曾想过的邪恶行径。她这是怎么了？其实她心里知道，虽然这是个黑暗的讽刺：发生在她身上的，是爱。

“你要为此付出代价，”斯特里克兰低吼着，“一切代价。”

“亚拉巴马－侬好”嗡嗡低鸣，发热的金属冒出臭气，他猛地向后一退，击中了埃莉莎藏身的药柜。撞击虽是无意的，但撞出的巨响却震耳欲聋。埃莉莎紧紧咬住牙齿，吓得浑身僵硬，看着斯特里克兰像举起长矛似的举起电牛棒，直刺向那生物的眼睛。那曾经灯塔般闪耀着金光的双目，如今已经变成空洞的、塑料般的浓白色。虽然柜子在晃动，但埃莉莎心里的画面很清晰：电牛棒刺中了一只眼睛，电流击穿了那生物的大脑，他神奇的生命就此终结，而她，就像女总管诅咒的一样，慢吞吞的，什么都没有做。

斯特里克兰的脚碰到了一个小东西，它嘲讽似的滚出了一道弧线。他磕磕绊绊地迈着步子，差点儿绊倒自己。他停住了，看着那小东西也停住了。他嘴里咕咕哝哝的，弯下身子，把它捡了起来。那是一只煮鸡蛋，是埃莉莎看到那生物被铁链捆住时掉下的。脆弱柔嫩的小东西，蕴藏着原子般的潜能。

12

提出建议的是弗莱明，他提议大家去 F-1 找一找，看看溜号的斯特里克兰是不是在那儿。奥夫斯泰特一开始还笑话他，说斯特里克兰不可能去 F-1，但当他跟着弗莱明进入实验室，看到斯特里克兰的人形轮廓在屋子中央踱来踱去时，几秒钟间，他只觉得自己和刚到巴尔的摩时一样天真。眼前的一幕就像缩影，映照出一个与世隔绝的教授——他被这个只要觉得合算就抛弃规则的真实世界愚弄了。“泥盆君”已经倒在地上了。它被移出水箱这件事，并没有人告诉奥夫斯泰特，而他这个信奉规则的笨蛋，竟然还以为这是不可能的。

就连继续往前走着的弗莱明，也敏锐地猜疑起斯特里克兰行为的正当性了。

“早上好，理查德，”他说，“我不记得日程表上有这一项……”

斯特里克兰手一松，手里的东西滑落到了地上。弗莱明难道看不见吗？那是电牛棒，是那个恶棍选择的武器。奥夫斯泰特的心跳加快了，他像个小孩子似的踮起脚尖，想看看那生物是不是还安然无恙。斯特里克兰受伤的那只手里还拿着一样东西，不过很小，一只手就可以握住。奥夫斯泰特之前还只是不安，但现在他开始害怕了，他从来没有见过斯特里克兰这样极度自我、冲动原始、行为无

法预测的人。

“常规流程，”斯特里克兰说，“纪律惩戒。”

奥夫斯泰特快走几步，越过了弗莱明，他的脸颊因斯特里克兰的冷笑而发烫。纪律惩戒？可能算是吧，这人毕竟被咬掉了两根手指，但是，“常规”？这根本毫无“常规”可言。“泥盆君”的情况糟透了，被鱼叉所伤的伤口原本已经缝合了，现在又裂开了，它浑身都在流血，腋窝、脖子后面、前额。灰白色的嘴唇上淌着黏稠的唾液，都快垂落到地上的血洼、盐水和下跪双膝的鳞片上了。奥夫斯泰特跪在它的旁边，一点儿也不觉得怕。它被锁链绑着呢，几乎连喘气的力气都没了，更不用说张一张次生颌了。奥夫斯泰特用手掌捂住它的伤口，黏稠淤黑的血从他的指缝间渗了出来。他需要纱布，需要绷带，需要帮助——很多很多的帮助。

弗莱明清了清嗓子。奥夫斯泰特想：对啊，快说吧，快走过来啊，求你制止他吧，他不会听我的话的。可从弗莱明口中吐出来的，却并不是奥夫斯泰特以为的那种批评和谴责。

“我们可不是故意要打扰你吃早餐的。”

这种荒谬透顶的话让奥夫斯泰特把目光从那几乎残废了的生物身上移开。只见斯特里克兰低下头，活像一个跑去偷糖果的小孩，他摊开左手，露出了一只白白的鸡蛋。他似乎是在思索，思索它可能蕴含的意义。然而在奥夫斯泰特看来，鸡蛋太脆弱了，有着孕育的暗示和生命的微妙的象征意味，这些都不是斯特里克兰这种怪物能理解的。斯特里克兰耸耸肩，把鸡蛋扔进了垃圾桶。对他来说，鸡蛋是无关紧要的。

但对奥夫斯泰特来说，情形正相反。他还记得，也永远不会忘记，那个沉默的清洁工在“泥盆君”的水箱前跳华尔兹的情景。那

时她就拿着这么一只鸡蛋。奥夫斯泰特慢慢地转过头，好像只是随便打量打量 F-1 似的。

他的颈骨咔咔响，颇有暴露目的的危险。他的眼睛瞥向每一处可能藏身的地方：桌子底下，水箱后面，甚至水池里面。十秒钟后，他发现了埃莉莎·埃斯波西托——大睁双眼，紧咬牙关，身子顶开着药柜门，一下就能被人看见了。

奥夫斯泰特只觉得“嗡”的一下血流奔涌，几乎堵死了喉咙。他仍然看着她，保持着目光交流，然后闭了一下眼睛。这是世界通用的信号——或者说他希望是——冷静，尽管他也知道，此时此刻，惊慌失措才是正常反应。这个女人被抓住会怎么样，谁也说不好。这可不是偷公司厕纸那么简单。像她这样上大夜班的女人，斯特里克兰那种男人能理解？她可能会直接消失。

在延续“泥盆君”生命这件事上，埃莉莎开始变得重要了。在它受了这么重的伤之后，可能更是如此。奥夫斯泰特必须把斯特里克兰的注意力引开。他又转向“泥盆君”。清洁工即将受到的伤害暂且还是理论上的，而这种神奇生物遭受的伤害却已然是实实在在的，而且非常严重，要是不能马上把它送回水箱或水池中抢救，它很可能会就此一命归西。

“你怎么能这么做！”奥夫斯泰特大叫道。

斯特里克兰和弗莱明已经开始聊天了，这时他俩都顿住了。实验室里一片寂静，只有“泥盆君”竭力的喘气声。奥夫斯泰特抬眼瞪着斯特里克兰，而后者似乎还对自己的傲慢和暴虐颇为得意。

“它就是只动物，不是吗？”斯特里克兰咕哝道，“驯服它就得了。”

奥夫斯泰特知道什么是真正的恐惧，就是每次把机密文件传递给苏联特工时的感觉。但那从来不是愤怒，和此刻不同。关于“泥

盆君”，他所做过、说过、感受过的一切都是肤浅的，甚至是轻率的。他跟米哈尔科夫讨价还价，争论这生物是不是比狗聪明，还把威尔斯和赫胥黎拉来做比较。这一切都太肤浅了。他突然觉得，F-1实验室里的这只生物，从某种角度上说，就是个天使，他纡尊降贵来到我们的世界，本是为了布施恩惠，却即刻被击落，被钉在十字架上，被错认为魔鬼。奥夫斯泰特也置身于围观的人群中，他的灵魂可能因此永远无法复原。

奥夫斯泰特猛地站起身来，面对面地冲着斯特里克兰站着。他的眼镜滑下来了，露出一脸滑腻腻的汗，可这也阻止不了他咧开嘴唇，像个无视老爸的小杂种。他不能把斯特里克兰怎么样，永远没戏，但弗莱明那儿有新的消息。奥夫斯泰特有一种预感：这个消息可能正是他所需要的，可以制约斯特里克兰的工具。他暗自祈祷埃莉莎能坚持住，再有几分钟就够了。

“告诉他吧，弗莱明先生，”奥夫斯泰特说，“跟他说说霍伊特将军的事儿。”

只是只言片语就起了作用。奥夫斯泰特看到了前所未见的场面，而这让他感到了小小的满足。他看见斯特里克兰脸上出现了一道迷惑的凹痕：前额皱起来了，眉毛拧起来了，嘴唇撇下去了。斯特里克兰从奥夫斯泰特身边退后了几步，他的脚后跟踩到了之前掉落的东西，他低下头看着，好像刚刚才发觉那倾覆的桌子和满地的用具——这一团糟就是他干的，无可掩盖。斯特里克兰清了清嗓子，冲着那些乱七八糟的东西含糊地挥了下手，再开口时，声音变得像青春期的男孩儿那样频频破音了。

“那些……清洁工，她们得……打扫干净些。”

而弗莱明也清了清嗓子：“我不想让您感到难堪，斯特里克兰

先生。但奥夫斯泰特博士说得没错，霍伊特将军今天早上给我打电话了，直接从华盛顿打来的。他让我为他准备一份文件，厘清你们的——你知道——你和奥夫斯泰特博士对标本的不同态度。”

“他……”斯特里克兰整张脸都垮了，“……给你打电话？”

弗莱明紧绷的脸微微一笑，里面有不自在，但同时也有骄傲。

“不带偏见的记录，”他继续说，“就是他要的东西。我只是收集这些信息，然后把它们交给霍伊特将军，以便他做出明智的决定，选择他需要的那种态度。”

斯特里克兰似乎很难受，他脸色苍白，嘴唇发紫，头慢慢地垂了下去，仿佛锈死了。随后他瞪着弗莱明的写字板，好像那是随时都要飞转起来的锯条。奥夫斯泰特不知道霍伊特是怎样控制斯特里克兰的，他也不在乎这些。但这是有好处的，对他、对“泥盆君”、对埃莉莎来说都是。他欣然接受。

“首先，大卫，你可以告诉将军，我，身为一个科学家，身为一个人道主义者，请求他明确禁止这种单方面决定的、毫无道理的、伤害标本的行为。我们的研究才刚刚起步！这种生物身上有太多值得我们学习的东西，可现在呢，它竟然被打得半死，快要窒息了，而我们就只能干看着。我们得赶快把它送回水箱里去。”

弗莱明举着写字板，钢笔在纸页上唰唰唰地画来画去。奥夫斯泰特的反对意见就这样记下来了，用永久性墨水写下来了。得胜的感觉让他胸膛发热，他甚至又望向埃莉莎，对她眨了眨眼睛，告诉她一切都会没事的，然后转过头看着斯特里克兰。这个当兵的盯着弗莱明字迹潦草的记录，下巴颤抖着，眼睛眨巴着，里面全是惶然和恐惧。

“那……”斯特里克兰脱口而出，却只流露出不成词句的不安。

奥夫斯泰特精神起来了，支持他的正是他过去在大学里讲课时

所依赖的能量。他反应很快，抢在斯特里克兰恢复理智之前跪在了那生物的旁边，指着那颤动的鳃和起伏的胸腔说：

“大卫，如果可以的话，也请你把这些记下来。看看它是怎么切换的——完美地、无暇地在两种完全不同的呼吸系统之间切换。这太复杂了，我们实在无法指望在实验室环境中复制它所有的两栖功能——脂质分泌和表皮空气交换。但是，呼吸辅助乳剂呢？请告诉霍伊特将军，我确定，只要有足够的时间，我们就能配制出含氧代用品，模仿出相应的渗透调节功能。”

“胡说！”斯特里克兰开口了，“这些全是胡说的……”但弗莱明正做着他最擅长的事——做记录，所以奥夫斯泰特抓住了他的全部注意力。

“想想吧，大卫，如果我们也能像这生物一样，在压强和密度都高得惊人的大气中呼吸，那会是什么样。太空旅行，这就容易多了，不是吗？再也不用管苏联人弄的什么单一轨道了。想想吧，他们可要在轨道上待几个星期、几个月、几年啊！而且这还只是开始呢。放射性碳年代测定法表明，这种生物可能已经几百岁了。简直让人脑洞大开，心神激荡！”

奥夫斯泰特满是自信地挺起胸膛，但内心却被羞耻感刺痛了。他说的是实话，但这些话是毒药。二十亿年来，世界都很平静，只是在性别出现后——尤其是雄性，那些尾巴狂扇、犄角猛叉、胸口猛捶的雄性出现后，地球才开始滑向自我灭失的趋势。也许这正好可以解释埃德温·哈勃的发现：所有已知的星系都在远离地球，仿佛这就是一个有毒的行星。奥夫斯泰特安慰自己，这个早上，所有的自卑自贬都是值得的。在米哈尔科夫弄到“拔除授权”之前，奥卡姆的狗得有骨头可咬才行。

"……屁话。"斯特里克兰费劲地说完了刚才的句子，"胡说的屁话。你可以告诉霍伊特将军，奥夫斯泰特博士——鲍勃，现在跟亚马孙野人站在一边了。他们都把这玩意儿当神灵。也许俄罗斯人就那样。把这些也写下来，弗莱明。也许俄罗斯人的神跟我们的不一样。"

奥夫斯泰特警觉起来，喉咙闷住了，但他硬是把这坚硬的滞涩吞了下去。理查德·斯特里克兰不是第一个用血统来诋毁他的同事，但他可能是第一个有办法揭开真相的人。奥夫斯泰特没见过霍伊特将军，连照片也没看过，可他觉得自己能在 F-1 天花板的映衬下看到这个人的身形：仿佛一个巨大的木偶师，他乐于观看两个木偶对抗，然后看看哪一边更值得相助。奥夫斯泰特低下头，看着那奄奄一息的生物，以此来掩饰自己的不安。他的职业的确要求以自我为中心，而这种关注是他绝不想要的。

然而，这也是他绝不能放弃的斗争。如果他希望"泥盆君"活下去，希望埃莉莎·埃斯波西托活下去，希望他自己活下去，那么他就一定不能放弃。医用灯下，奥夫斯泰特蹲在那垂死的生物身边，他望着渐渐凝固的血迹，突然冒出一个念头："泥盆君"与自然的融合始于亚马孙河，而它的死亡可能意味着新生的消亡，进化的停滞，以及我们的一切的终结。

"钥匙。"他坚定地朝着斯特里克兰伸出手，"我们必须立即把它送回水里。"

13

最近他失眠了。可能睡着了，却又开始做噩梦。凌晨三点钟，他大喘着气，哽咽着，莱妮替他揉搓着后背，好像他是个小孩子。

可他不是小孩儿了，脸上的那些东西也绝不是泪水。他推开她的手，而她仍然嘘嘘地哄着，问他是不是因为手疼，要不要再请大夫检查检查。但这跟手指没关系。于是她又开始唠叨，说一定是因为打仗，说自己在杂志上看到过有人被战争记忆纠缠的事。这个女人怎么可能理解战争？怎么可能理解它是如何吞噬你，也被你反噬的？她又懂什么记忆？她这一辈子就是跟熨衣板和脏盘子打交道，怎么可能锻造出烙在斯特里克兰脑子里的那种记忆？

在梦里，他又回到了“约瑟菲娜”号。在迷雾重重、刀光剑影中航行，船员的鲜血从甲板上淌下，唯一的声音是柔软泥浆发出的沙沙声。他把船开进一个崎岖的洞穴，弯曲盘绕的水道就像海螺的花纹，密密麻麻的昆虫像帘子似的往两边分开，真容显现了，但那不是“峡流之神”，而是霍伊特将军。他一丝不挂，粉粉嫩嫩，仿佛橡胶一般闪闪发光。他举着一把卡巴刀，就像在韩国时那样指向了他，抛出了同样严苛的价码。

他可以很清楚地看到霍伊特。他站在那儿，一只手摸着胸前的军功章，一只手搭在大肚子上。他的眼睛半闭着，但不怎么眨眼，圆圆的脸上还带着戏谑的笑意。但他听不见他，他对霍伊特的记忆——所有的命令，所有的嘉奖，所有狡猾的诱导——的声音全都抹掉了。不是静默，不是像埃莉莎那样哑了，而是声音被掩蔽了。正如在霍伊特那封关于“峡流之神”的简报里，被保密编辑过之后，有些字迹被黑色方块掩蔽了。它们听起来像是长而刺耳的尖叫，看起来像是删改过的：

即便在这儿，在实验室里，他也不相信弗莱明怎么能理解霍伊特这种无意义的尖叫。斯特里克兰有一种虚弱感，而这种感觉自打他经历过韩国的炎热，甚至是亚马孙的湿热之后，就再也没有过了。

或许霍伊特听说了他重接断指的事。也许霍伊特认为斯特里克兰失去了掌控局面的能力。而如果斯特里克兰失去了霍伊特的信任，那么他还有什么筹码可以用来切断与他的联系而重获自由？他使劲儿眨了眨眼睛，环顾四周，仿佛看见绿色的藤蔓在通风格栅间盘绕，绿色的花蕾从插座孔里探出头来。是止疼片的作用，还是真实的？如果他不能终结这项实验，那么“峡流之神”肯定会赢得胜利，然后把整座城市变成另一个亚马孙丛林。斯特里克兰，他的家人，巴尔的摩的一切，全都会被绞入其中，卡死。

他明知会如何，却还是握紧了拳头。疼痛仿佛浓稠发烫的糖浆，从他感染发炎的手指流向他的胳膊，继而汇入心脏。他的视野变得模糊，然后又像点了玻化岩似的突然清晰地聚焦。奥夫斯泰特仍然向上摊开手掌，等着他的钥匙。他也仍然喋喋不休地讲着专业灯具、现场录音的优点。他答应弗莱明，会尽快给他提供图表和数据，好让他转给霍伊特将军——只要赶紧把那可怜的小动物弄回舒适的水箱里就行。斯特里克兰被压制住了。他必须强硬起来，现在就得强硬起来。

他大笑起来，笑声刺耳，足以打断奥夫斯泰特。

“数据，”斯特里克兰说，“就是你往一页纸上打点儿什么字，然后它就变成真的了，是那玩意儿对吧？”

奥夫斯泰特的喉咙又堵住了，那个既粗糙又脆弱的东西随着他的讲话摇晃着。他的手垂下去了。这让斯特里克兰很高兴，这个动作向他体内注入了温暖，以及希望。他听到的那些就是屏蔽码遮盖掉的部分吗？霍伊特就是为这个兴奋？它们似乎是电脑的散热口发出的微弱的啸叫声：████████████ 奥夫斯泰特肯定也听见了。他匆匆忙忙地跑到水箱那儿，指着一个烦人的仪表说：

“已经二十八分钟了。这只精密计时器记录的是水箱从最近一次被打开到此刻的时间。标本在水外存活的时长上限只有三十分钟。霍伊特将军的报告我们可以以后再谈。给我钥匙吧，斯特里克兰先生，就别让我求你了。”

但斯特里克兰想要听到的就是恳求。他在奥夫斯泰特刚才蹲过的地方俯下身来——这是个很自得的姿态，尽管“峡流之神”剧烈地颤抖着，而他的衬衫上也沾满了污渍。斯特里克兰觉得自己就像个牛仔，正在查看被击中倒地的牲畜，牲畜口吐白沫，需要仁慈的一枪，死个痛快。他用手指摸索着“峡流之神”起伏的、伤痕累累的胸膛。

“把这个也记下来告诉将军吧，弗莱明先生。这不是数据，是你用自己的手可以触摸到的东西。顺着肋骨下来，看见了吗，是关节软骨。指关节也是这样连接的。目前的理论是，它将两组肺分开，原生的和次生的。”他提高声音，“我说得对吗，鲍勃？”

“二十九分钟了，”奥夫斯泰特说，“钥匙。”

“然而这软骨太厚了，我们无法拍到清晰的X光照片。上帝知道我们已经尽力了。鲍勃肯定告诉你我们试过多少次了，但是霍伊特将军需要知道一条底线：如果我们想知道这东西是怎么动的，那么就没必要讨论来讨论去的。我们只要把它劈开就行了。”

“看在上帝的分上。”奥夫斯泰特的声音恢复了原样，邈远，单薄。

“苏联人现在可能正在南美洲，也想从河里弄一条这玩意儿呢。”

“也弄一条？再也没有了，全世界都没有了！我可以跟你担保！”

“你又没跟我上那条船，不是吗，鲍勃？读几本关于河流的书，和亲眼看到它的每一寸是不一样的。那里面有万事万物，比你的计算机能数出来的都多。我向你保证。”

计算机发出了加密文档的快活的啸叫：斯特里克兰惊讶于其他人都听不到。然后那声音又响了。其他人都没有军事背景。斯特里克兰不能理解那尖声啸叫的细微之处，但他能感受到它就在自己的身体里，自己的心里。他以前——曾几何时——就像霍伊特的儿子，不是吗？看到自己的孩子成长为这样的汉子，霍伊特一定很骄傲，而斯特里克兰自己却得挣扎着不要骄傲。他揉了揉眼睛，确定自己的眼眶是干的。也许他应该接受霍伊特的帮助，接受一点点。但是他不会再受霍伊特的钳制了，决不能。

“三十分钟了，”奥夫斯泰特说，“求你了。我现在恳求你。”

斯特里克兰碾动脚后跟，转过身子。只听到奥夫斯泰特求饶是不够的，他想死死盯住他，让他记住这一刻。奥夫斯泰特却没有看他，他正望着实验室对面，牙齿露着，额头拧着，似乎暗示着，屋子里还有第四个人。斯特里克兰想起了那只鸡蛋，他也不知道为什么会想起来。刚才地板上有一只鸡蛋，对吧？他开始循着奥夫斯泰特的目光，往实验室的另一边看。

那生物身上突然爆发出一阵咔咔巨响。斯特里克兰连忙低头去看，便忘记了鸡蛋的事。“峡流之神”像癫痫发作似的抽搐起来了，数不清的鳞片正在脱落，灰白色的黏液从它的嘴里往外冒。它完全缩成了一团，像是被“亚拉巴马-侬好”或是砍刀，或是随便什么武器击中了。然后它晕过去了。所有的重量都压在了锁链上。小便从它的身下涌出，把白色的黏液和红色的血染成了橙色。斯特里克兰不得不站起来，让出地方。他听见弗莱明的笔又动了，希望他不会记下这一幕。这太恶心了，太恶心了，不适合让霍伊特知道。不过，霍伊特还没开口表态就让“峡流之神”先死了，也是不合适的。斯特里克兰从口袋里掏出钥匙，朝后递给奥夫斯泰特。科学家就是这

样：不懂协作。在尖声啸叫中，斯特里克兰听到了钥匙落地的声音。

14

晨雾，烟气，疲惫的眼睛，透过这层层叠叠，贾尔斯看见了半个街区之外的她。没有人像埃莉莎那样走路。他把烟灰弹在防火梯上，两只胳膊交叉着抱紧了栏杆。在狂风的轰击之下，埃莉莎不像一柄利刃，而像一只拳头，笨重的上半身撞开幽灵般的敌人，胳膊像被看不见的橄榄球员军团缠住。然而她的双脚，却仿佛在另一个不同的平面上活动，迈着大大的、轻快的、舞者般的步子，脚上的那双鞋亮丽极了，足以给这死气沉沉的灰暗社区带来生气。贾尔斯意识到，鞋子之于埃莉莎，就像文件箱之于他自己。

他捻灭香烟，回到了屋里。他起得很早，淋浴完毕，吃过早餐，准备踏上至关重要的、再次前往克莱因 & 桑德斯广告公司的旅程。他把猫从“安杰伊”上面哄走，取下假发。他站在浴室的镜子前面，戴上假发，挪动挪动，梳了又梳。它不像以前那样以假乱真了。假发还是假发，是他变了。像他这么大年纪的人，头发还这么茂盛，就不太顺眼了，但他现在怎么能弃之不用呢？那样的话，外面都会以为他被剥了头皮。另外，什么是“外面”？他凝视着镜中憔悴衰老的自己，思索着他是如何陷入这种矛盾陷阱的：一个没人看的老头子在担忧自己的外貌。

敲门声吓了他一跳。他一边急匆匆地穿过公寓，一边看了看手表。他昨天提醒过埃莉莎，今天上午他要出门办事，但她当时没做出回应。最近她总是晃神、发呆。贾尔斯突然沮丧起来，害怕她隐瞒了什么可怕的、无法治愈的大病。敲门声真的很重。

他还没走到房门那儿，埃莉莎就自己进来了，从头上摘下针织帽，静电吸得头发像螺旋桨似的都竖了起来。贾尔斯放松了些。推门而入是他们一向的传统。尽管囿于大夜班的时辰表和低收入者的贫乏食物，埃莉莎的脸颊还是红扑扑的，让他不禁心生羡慕。要是也处于相同的境遇下，他的脸可能就会变得像裹尸布一般煞白了。

“今天早上咱们真是精力充沛啊，是吧？”他说。

她从他身边走过去，差点儿撞到墙上，她莽撞地比画着，一堆堆旧画都跟着摇晃起来了。贾尔斯伸出一根手指，让她耐心些，然后关上门，挡住外面的寒风。他转过身来时，发现她还在比画。她扭动着右手。“鱼”？他想。她把两肩向内缩紧。“壁炉”？他想，不对，“骨架”？不对，“生物”？接下来的动作和刚才的近似，但身体蜷成了球形。“陷阱”？他想，或者诸如此类吧，他想得可能不对，因为她说得太快了。他举起两只手。

“请安静片刻，好吗？”

埃莉莎耷拉着肩膀，瞪着眼睛，像个挨批的孩子，然后攥着两个拳头发抖：不是手语，是通用手势——恼怒。

“先说最重要的吧，”他说，“你遇到麻烦了？你受伤了？”

她比画了一个字，就像捏碎个虫子似的：“不。”

“很好。我请你吃玉米片怎么样？我只吃了半碗。我恐怕是有点儿紧张。”

埃莉莎皱着眉毛，冷冰冰地比画着：“鱼。”

“亲爱的，我昨天晚上跟你说了，今天我有事啊。我正要出门呢。突然想吃鱼是怎么回事？可别告诉我你怀孕了。”

埃莉莎把脸埋进双手，贾尔斯的胸口一下子绷紧了。自从他们相识，这个姑娘还从没有哭过，是不是都怪他的俏皮话？她的背抖

动着，但那是无声的笑意。她抬起头时，目光仍然热切，她摇着头，仿佛不能相信这种荒谬：他竟然还没明白她的话？她深深吸气，让自己冷静，摇晃着两只手，好像它们正在火里烤着似的，然后终于能静下来看着贾尔斯了。可一秒钟之后，她就向右努了努嘴。贾尔斯哀怨起来。

“我嘴里的食物？”他猜道，“不是，是假发，是吗？我把它戴歪了。当时你正在咣咣砸门嘛，我都没来得及——”

埃莉莎伸出手，把风吹沾在他绒面外套和毛衣上的山毛榉叶子拿下来，然后把他的领结转了一百八十度，最后轻轻拍了拍他的两额，让真发和假发混合起来。这更像是关爱的举动，而不是纠正。随后她退后几步，用手语比画道：“帅。”贾尔斯叹了口气：这个女孩儿连最不加掩饰的一句真心话都说不出来。

“虽然我也很想当一只礼尚往来的猴子，替你择择毛里的虱子，但我有事先约好的事情要办。在我出发之前，你是不是想告诉我些什么？”

埃莉莎神情严肃地看着他，举起双手示意，她要开始打手语说话了。贾尔斯挺直了后背，活像个参加口语考试的小孩儿。他觉得埃莉莎现在肯定不喜欢看到他咧嘴大笑，于是就把笑意藏进了胡子里面。随着时间的推移，他越来越担心自己这个身心俱疲、一无所成的所谓艺术家，以及这群潦倒的猫，会成为压抑埃莉莎潜能的罪魁祸首。他只要简简单单地搬出去，找到些平淡无聊的老人家，加入他们的桥牌小组，就能改善她的生活。那样的话，埃莉莎就得出去寻找那些可能帮她扩展世界的人，而不是像现在这样被约束住。要是他受得了失去她的悲伤就好了。

她的手势缓慢，从容，不带情感。“鱼。”“人。”“笼子。”“奥——

卡——姆。”

“矫枉过正了，”贾尔斯说，“你可以再快点儿。”

接下来的陈述，就像一位害羞的幼儿园小朋友做了一段弥尔顿式的独白，那样令人吃惊。埃莉莎已经不再纠结于寻找最完美的字眼了。她的双手变得异常敏捷，而通常这种敏捷仅限于她的双脚；她的叙述犹如交响乐般清晰流畅，甚至带有即兴发挥的热诚。客观地说，这很令人惊艳，就像任何一个巧妙的故事一样，让人爱读。然而，每一个情节转折都将故事推向了更黑暗的方向，比贾尔斯偏爱的艺术流派还要黑暗许多。有那么一会儿工夫，他甚至觉得她是在编小说，但细节实在是太丰富，太精准了。至少埃莉莎自己，每一个字都相信。

一条人鱼，被关在奥卡姆，遭受折磨，性命垂危，需要救援。

15

熨衣服这种乏味、潮湿、令人抽筋的苦差事，已经成了双重生活的完美掩饰。理查德从来没有自己熨过衣服，他对这项工作没有一点儿概念，比如说应该花半小时，还是半天。天还没亮时莱妮就起来了，尽可能快地做完尽可能多的家务，把孩子们哄到学校去，然后在腾腾蒸汽中看早间新闻，把这活儿一直拖到理查德出门。她和伯尔尼·克莱讨价还价后定下的时间段是十点到下午三点，这让她有足够的时间去上班，也有足够的时间返回家里，用平淡无奇的香水掩盖住办公室里新纸的异香。

理查德开着车走了，那辆老雷鸟叮当作响，莱妮折起了熨衣板——她原本假装要用上二三十分钟呢。对丈夫撒谎，是婚姻中的

病毒，她深知这一点，但她一直没找到坦白的合适方式。她有多久没感受过这种兴奋和期待了？从被理查德追求开始？也许吧，那时候他是个刚从韩战中走出来的光鲜大兵。就是最初示好的那些日子吧，反正，约会了几个月之后，订婚就躲不掉了，而那时候，她已经觉得脚下的砾石开始松散塌陷了。

莱妮没有让自己沉溺于过去。如今的日子里有很多让她感到刺激、有趣和满足的部分，而这都只是源自一身备在衣橱最里面、可以快速换上的工作时装。为上班而打扮，这是一项新挑战。她把秘书们的着装要点记在小纸条上，然后去了三趟西尔斯百货。要正式，不要休闲；要帅气，不要漂亮；要低调，不要繁复。自相矛盾，但这就是女人。她选了带有紧身胸衣和腰带的、花瓣形或圆弧形衣领的、修身的法兰绒连衣裙。

乘坐公交车去上班也同样让人开心。她已经掌握了公共交通的身态礼仪：自己独占一个座位，怀里抱着仿佛装有跳伞装置的手提包，而最最重要的是，与其他职业女性之间漫不经心却温柔宠溺的眼神交流。她们独自坐车，但她们是一起的。

克莱因 & 桑德斯广告公司的男人们，唔，的确都是男人。上班的第一个星期，她每天都要被人捏一次屁股，每次都是不同的男人，他们的动作就像在自助餐厅挑选肥虾似的那么自鸣得意。第一次，她叫了起来。第二次，她保持沉默。到了第五次，她已经知道职业女性这种时候只要皱皱眉就够了，而侵犯者会无辜地耸耸肩，作为回应。最近那个捏她屁股的人，她瞪了好久，看着他回到了嘻嘻哈哈、勾肩搭背的一群人里。她的屁股被捏得生疼。那一整个星期都充满了大二学生才会有的那种争强斗勇。

所以她决心非赢不可，证明自己不是只有好捏的屁股而已。毫

无疑问，这也是公司里打字员和秘书们的共同目标，或者也是公交车上那些女士们的，或者也是给理查德的实验室擦地板的女人们的。无论心情如何，莱妮都高高地昂着头。她趁午饭时间反复练习操作电话系统。她让自己的声音显露出自信，渐渐地，她也相信了这种自信。捏屁股的情况减少了，他们对她很和气。而更棒的是，他们连和气也不再有了。他们依赖她；他们在她搞砸的时候厉声训斥她；在维护了他们的面子之后，他们还会买卡片和鲜花感谢她。

就这样，莱妮变得轻车熟路。引导挤满大厅的各色人等，既是科学也是艺术：高管大亨，拍电视广告的花花公子，初出茅庐的模特。为了打动客户，她学会了拨打不通的电话和即兴瞎编胡扯。“嗨，拉里，百事可乐得改期到星期四了。”莱妮凭直觉就知道什么时候该这么做，这就像找理查德要钱得先观察他的情绪一样。当然，这些日子她没要钱；她有自己的钱了。她为此感到自豪，渴望和丈夫分享这一切。但他不会懂的，他会把这当作对他的侮辱。

伯尔尼也得到了消息，说他一时冲动雇的人很不错。上周，他请她吃了午餐。头半个小时，他也和其他男人没两样，游说她来一杯成人饮料，虽然被婉言谢绝了，却还是点了一杯金利克。她抿了一口，算是一点儿让步的表示，可他却会错了意，伸出手越过桌子，抚住了她的手。她能感觉到他手上的结婚戒指。她把手抽走，保持着克制冷淡的微笑。

就好像她通过了一场两个人都没意识到的考试似的。伯尔尼喝了一小口自己的曼哈顿，似乎是酒精把好色变成了一种轻巧、简单的情感。莱妮很想知道，身为一个男人，如此轻率地改变自己的意图而不去担心后果，那是什么样的感觉？

“你看，”他说，“我邀请你共进午餐，是因为有个工作机会给你。”

“但我已经有工作了。”

“是，有工作——兼职。我说的是正儿八经的事业，全职职位，一天八小时，一周四十小时，有福利金，有退休金，该有的全都有。”

“噢，伯尔尼，谢谢你，但是我告诉过你了——”

“我知道你要说什么，孩子、上学。你认识会计室的梅琳达吧？还有查克那边的巴布拉？我们这桩生意目前需要六七位女性。大厦里面就有日托所，你大可以一清早就带着他们来上班，然后让公交车把他们送到学校，就像送包裹似的那么简单。费用由克莱因 & 桑德斯广告公司承担。”

“可是，为什么——”她把金利克握在手里，好让慌张的手指头静下来，甚至还想喝上一大口，让脉搏也平静下来，“为什么是我？”

“噢，见鬼，伊莱恩。在这个行当里，你碰上了不错的人，就想把她锁定下来啊，否则她就会在阿诺德、卡森、亚当斯那些公司那儿泄露我们所有的商业秘密了。”伯尔尼耸了耸肩，“现在是六十年代了，再过几年，世界可就是女人的了。男人拥有的机会，你们也会一样不差地拥有。我的建议就是做好准备，找准自己的位置。到一楼看看吧，今天的接待员，也许明天就是经理了？谁知道呢？沿着这条路走下去，没准儿还是未来的合作伙伴呢。你应该明白了，伊莱恩。你比这座大厦里一半的傻瓜都聪明。”

她是不是不知不觉地喝了酒？她的视野模糊了。为了稳住眼神，她望向一堆堆的番茄酱、芥末酱、牛排酱，望向了窗外。她看见一个妈妈手上提着购物袋，推着摇摇晃晃的婴儿车，费劲地走着。莱妮又向反方向看去，看到餐厅的暗处里，衣着光鲜的骗子们对着自己的情妇龇牙咧嘴，而那些女人们则祈求着他们饥渴的表情里能有几分超越吃与被吃的东西。

在空中刻下了形状。他想看向别处，但她冲过去挡在了他的眼前，她的手语犹如拳头，仿佛在攥住他的衣领摇晃。

“不行，”他说，“我们不能做。”

手语，手语。

“因为那样是违法的，仅此而已！我们可能连说起这件事都是违法的！”

手语，手语。

“它孤独，那又怎么了？我们都孤独啊！”

这个真相太过残酷，说出来令人难以承受。贾尔斯转身要走，但埃莉莎冲过去拦住了他。他们的肩膀撞在一起。他感觉自己的牙齿在震，脚下踉跄，不得不用一只手撑住屋门才稳住。毫无疑问，这是他们两人经历的最糟糕的时刻，就和挨了一巴掌无异。他的心脏猛跳，他的脸涨红了，他的假发好像也不太对劲。他拍了拍脑袋，好确认一下它是不是还在原位，而这却让他更加难堪了。突然之间，他很想哭。事情怎么这么快就糟成这样了？他听见她呼哧呼哧地喘气，也意识到自己正呼哧呼哧地喘气。他不想看她，但他还是看了。

埃莉莎已经哭了，但手语仍然没有停下。贾尔斯忍不住把她的手势读了出来。

“‘它是我见过的最孤独的东西。’”他叹气道，“你见过的？这可是你自己说的。它是件东西，一个畸形怪物。”

她的手势变得又凶又猛。他仿佛流血了，瘀青了。

“‘那我是什么？我也是个畸形怪物吗？’噢，行了，埃莉莎！没有人那么说啊！对不起，亲爱的，可我必须得走了！”

手语还在继续。（“他不在乎我的缺陷！”）但贾尔斯拒绝再念一遍了。他颤抖着手摸到了把手，拉开了门。冷风将他两只眼角没

落下来的眼泪冻得晶莹剔透。他走进漏风的走廊，瞥见了另一个句子。（“要么我救他，要么他就得死。”）但他提醒自己，在这座城市的某个地方有一座大厦，大厦里面有一本预约簿，那上面有他的名字。那可不是幻想，是事实。他又往前走了一步，然后停住了，不得不提高嗓门，发出声音。

“它连人都不是。”

这是一句丧气灰心的、渴望平静度日的老人说出来的话。他正要把文件箱从自己身前挪开，好让开地方，让自己能从防火梯逃出去，却在转身的时候看见了她用手语说出的回答。他觉得这句手语仿佛印在了自己的背上，透过外套、毛衣、衬衫、肌肉、骨骼，深深地刺痛了他，像一道新鲜的伤口，一路疼到了克莱因 & 桑德斯广告公司，而后刺痒的溃破愈合成了伤疤，在他的余生里都将一直存在——“我们也不是”。

17

华盛顿发来的消息说，这件标本要被催眠，然后像切牛排一样被切成小块，分装之后运往全国各地的实验室。奥夫斯泰特有一周时间来完成他的实验。斯特里克兰向后倚在办公椅里，想要笑一笑。任务即将完成。更好的生活正等着他。这一周他应该好好放松放松了。发掘一下业余爱好。回到他去亚马孙之前的状态。也许该像莱妮念叨的那样，去找医生检查一下手指。他突然灵光一闪。观察手指让他想起了丛林里的那些腐坏。最好还是把手指藏在绷带下面，再等一阵子就好。

于是他提早回家了，要是蒂米和塔米到家时发现爸爸已经回来

了，一定会觉得惊喜的。奇怪的是，莱妮不在家。他坐在电视机前面等她。这可和他计划的正相反。他等待着，嚼着止疼片。这有什么意思？还不如回去上班呢。傍晚的时候，她终于回来了。直到那一刻，他也还是没闹明白。止疼片钝化了细节，后来就变得像霍伊特将军尖声啸叫的命令一样难以理解了： 斯特里克兰看到莱妮没有拿购物袋，她身上穿的衣裙看上去也很眼生。她看见他时显然被吓了一跳，然后就大笑起来，说她明天还得再去一趟商店，因为她忘了带钱包。

而斯特里克兰最擅长的就是观察，他能告诉你哪位科学家是左撇子，弗莱明上周三穿的袜子是什么颜色。莱妮说得太多了，斯特里克兰知道，这正是撒谎者最真实的话。他想起了埃莉莎·埃斯波西托，想起了她让人宽心的沉默。她永远也不会跟他撒谎，她没有那种能力，或企图。莱妮在掩饰什么。是恋情吗？他希望不是。因为从法律上讲，他处理了奸夫之后，对她，和他自己，可能都不太有利。

他把情绪压了一夜。第二天早上，孩子们都坐车走了，他和站在滚烫熨衣板后面的莱妮吻别，然后开着那辆雷鸟到了旁边的街区。他把车停在一棵大山毛榉树下。他不喜欢这个掩体：雨水的匮乏让树枝都干得瘦骨嶙峋了，但它还是有作用的。他早餐只吃了四片止疼片，但就得这样。他需要保持观察力的敏锐，所以只能削减体力。他暗自祈祷，希望莱妮不要出现在他面前的那条路上。这是他们的婚姻，这是他们的生活。拜托，待在家里吧，打扫厨房，收拾箱子，随便干什么都行。

十五分钟后，她出现在对面的街上了，看来熨衣服的活儿立刻就结束了。他感到了针扎般的羞耻。他曾经向她保证，说他的妻子

用不着乘坐公共交通工具。他用灵活变化的思维把那根扎人的针挤了出来。他们都做过承诺，不是吗？硬把结婚戒指戴回去、压得指根都肿起来的人，是他。他跟雷鸟搏斗了一分钟，才把车子发动起来，然后开出去，跟在他妻子身后，慢悠悠地驶过一个街区。她等公交车时，他没有熄火，公交车开走了，他便继续跟上。

公交车在杂货店门前停车下客，下车的人里面没有莱妮。斯特里克兰提醒自己，一个好的监视者需要开放的思维。也许她不喜欢这家店里的定价。当公交车从整个城市中心的购物区开过去，而莱妮还没下车时，斯特里克兰开放的思维猛地关闭了。如果他的妻子今天有什么特别的事要办，那么她有一整个早上的时间可以告诉他。不管她要干什么，都是背着他干的。他紧紧地握着方向盘，力气大得让一根受伤的手指都发出了啪嚓一声。也许是缝合用的黑线吧，从腐肉上扯断了。

这时车子发动不了了，也没有戏剧性的临终场面。它只是虚弱地咳喘了几声，最后几声，然后斯特里克兰就只能靠惯性往前滑了。他挂到空挡，想重新发动，但车子已经一点儿生命迹象都没有了。公交车发出一声巨响，就像那件标本疼得尖叫似的，接着转了个弯，回到了车流之中。斯特里克兰束手无策。引擎冒出的烟比莱妮的熨斗蒸汽要厚重得多，他就在这重重黑烟中把雷鸟往路边推。唯一空着的车位正在消防栓前面。完美。他猛地把车停住，从车子和消防栓之间挤出来，凝视着前方的路。车辆像黄蜂一样成群结队，人们像蟑螂似的川流不息。整个城市就是一个毒虫窝。

他猛踢车门，在上面留下一个凹痕。脚趾一阵剧痛，疼得他蹦着转了个圈，他大骂脏话，每个字眼都堪称粗俗的杰作。他发觉自己转过身来，正往街对面看。他看到一只白色的滚烫的火球，火球

底下是液态火焰铺成的巨大平板，上面淌着滑润的岩浆。过于强烈的光线让他的脑袋嗡嗡直响，他不得不半遮住眼睛来辨认那东西。阳光呲呲作响地射向旋转地球的标志、落地窗玻璃，以及无边无尽的镀铬装饰——一家凯迪拉克经销店。

斯特里克兰记不清自己是怎样穿过那条街的了，但他的确漫步于车流之中，置身于飘扬旗帜编织的花环之下。伴着身旁的一株真正的棕榈树，他凝视着那对被 V 形标志衬托得有些怒气的车前灯。他的手指拂过柴郡猫大嘴一般的前格栅网，那里面有着几百颗光滑的獠牙。他在其中一辆车前面驻足，将手掌按在滚烫的引擎盖上，感受着力量、灵动和凌厉，就连他受伤的手指都变得有力气了。他俯身向下，在引擎盖上方深吸了一口气。他喜欢金属发热时的气味，那气味像射击后的枪发出的一样。

“凯迪拉克威勒，人类有史以来最完美的机器。”

一个推销员迎向了斯特里克兰。斯特里克兰只记得这人头发稀疏，下巴上有剃刀的刮痕，脖子上的肉松松的，其他的细节似乎都融化在炽烈的阳光里了。这个人完全是自动化的，像他卖的车一样，是金属的。他侧身倚在那辆凯迪拉克上，仿佛跟着带轮毂盖的车轮一块儿转动起来；他的西装和裤子上的皱褶像车子的尾翼那样笔挺锋利；他抚摸着引擎盖，手表和袖口犹如镀铬合金一般闪闪发光。

“四冲程，火花塞点火，V-8 引擎。四挡变速。起步加速至 60 迈仅需 10.7 秒。直行最高时速是 119 英里。驾驶感很爽，就像百元美钞似的。调幅 / 调频立体声，整个伦敦爱乐乐团都在你的车后座上。配备所有豪华内饰，白色真皮，简直就是总统套房。那不是座椅，是沙发、安乐椅、贵妃凳、罗汉榻。空调既可让您喝上冰爽饮料，又可保证您的小美人温暖如春。”

他的小美人？她已经坐着车，沿着这条路，不知道往哪儿去了，抛下了他和他那份即将完成的奥卡姆的工作。不管他是要继续追赶莱妮，还是要自己开车，孤零零地离开这个可恶的地方，他都需要新车来取代违章停在对面的那堆垃圾。这个金属般的男人比他强，挣扎有用吗？他抗议了一下，因为谁在车行都会那么做，不过这抗议可怜巴巴的："我只是看看。"

"那么请看这儿，朋友。从这儿到那儿，车头到车尾，足有 18.5 英尺，这长度相当于两个篮球筐的高度。你觉得你能把球扔得那么高吗？再看看宽度，足够塞满整条车道了，是不是？看它的底盘多低啊，像头狮子似的。2.3 吨，它就有这么重。把这辆宝贝开出去，你就征服了整条马路，就这么简单。电动车窗，电动刹车，电动转向装置，电动可调座椅，一切都是电动的。纯粹的力量。"

听起来不错。这是所有美国男人渴望的东西。力量意味着敬仰，来自你的妻子，你的孩子，以及那些明白没什么比车子半路抛锚更惨的马屁精。他比他们都强。他要做的就是告诉他们，别挡路。他开始感觉好些了。不仅是"好些了"，而且是"很棒"。这可是长久以来的第一次。他又提出了异议，但任何好推销员都能听得出投降的意味，而眼前这个正是史上最好的推销员。

"这个绿色让我拿不定主意。"斯特里克兰说。

有很多证据能表明，不少凯迪拉克都有埃莉莎·埃斯波西托的鞋子的影子：星尘灰色，棉花糖粉色，树莓红色，油墨黑色。这一辆是绿色的，不过不是硬糖的那种绿玻璃色。这个绿色更柔和，就像某个几百年前就该死掉的生物在河床上围猎时透过河水看到的颜色。

"绿色？"推销员不高兴了，"噢，这可不是绿色，先生。我绝不会卖一辆绿车给您。这个颜色，朋友，叫青色。"

斯特里克兰心里一动。推销员给他指了条路：力量。作为丛林之神所拥有的神物，现在他仍然拥有它。他想起了莱妮的一位絮叨的牧师。上帝最初一次展示的神力是什么？是给事物命名。“丛林之神”也能给事物命名。他想让它们成为什么，它们就得成为什么。绿色成了青色，“峡流之神”成了样本，莱妮·斯特里克兰成了微末之物。

他俯下身子往车里看，一会儿他就能坐在里面了，感觉貌似还不错：仪表板上有上百个刻度盘和按钮呢。这是F-1，缩成了一个车座那么大。方向盘很薄，犹如睡衣的带子，他想象着自己的手指绕进去，让断指的血洒在白色皮座椅上，这也太简单了。推销员在他身后转来转去，像个情人似的窃窃私语。限量版颜色。十二层手工打磨的车漆。全美国有五分之四的成功人士都开凯迪拉克。忘掉人人都往天空发射的火箭吧。跟一辆威乐比起来，人造卫星算个屁。

“这可是我的老本行。”尽管已经就差签约掏钱了，斯特里克兰还是觉得有必要给这个人留下点印象。

“是吗？那，坐进去试试怎么样？”

“国防。新提案。空间应用。”

“厉害了。您可以调整一下座椅——好了，走吧。”

“太空。火箭。未来。”

“未来。真棒！您看起来就像个未来领袖呢。”

斯特里克兰用鼻子深吸了一口气。他不但是未来的领袖，他本人就是未来——或即将成为未来，只要把充当“丛林之神”的那件活儿干完，只要标本死掉，只要婚姻家事解决了，只要不再需要止疼片。他和他的车将合二为一，成为金属之人——就像这个推销员一样，在未来的装配线上合为一体。在那个未来，世界上的所有丛林，以及丛林中的所有生物，都将经由水泥和钢铁完成现代化。那

是一个摒绝了大自然疯狂的地方，是一个有交通标线、路灯、转向灯的地方，是一个可以让凯迪拉克、让他永远自由狂飙的地方。

18

克莱因 & 桑德斯广告公司里的所有人都是按项目风格着装的，审时度势是他们工作的一部分。这个老家伙穿的西装剪裁得太土气了，这身甚至都不算是西装，上衣和裤子极不相称。也许这都怪他视力不佳，他戴着一副歪歪扭扭的眼镜，镜片很厚，上面还沾着油彩。他的胡子上也有油彩。他的领结至少是干净的，不过她在这家公司从没见人戴过领结。领结自有领结的魅力，正如假发一样，不过她很怀疑，这魅力是不是他想要的那种。莱妮很想保护他，不让磨砂玻璃外面那些“狼群”伤害这个老爷爷。

她立刻就认出他了，他是贾尔斯·冈德森。

“你肯定就是斯特里克兰小姐了。”他堆上笑容，大步朝前走来。

他打电话的时候——打得很多——从来都是叫她“斯特里克兰小姐”，而不是“宝贝”“甜心”。这位冈德森先生礼貌而固执地请求与伯尔尼单独会面，这使他成了莱妮最喜欢的自由职业者，也是最不欢迎的。最喜欢是因为，和他说话就像和一位最最和蔼的老爷爷交谈；最不欢迎则是因为，她的工作就是替伯尔尼传递那些废话推托和假意道歉，而这时她总能听到——通过电话线传来的——冈德森先生骄傲碎裂的声音。

他伸出手，与她握手。这个姿势不同寻常。“噢，你结婚了。我该叫你‘斯特里克兰太太’才对呀。我太唐突了。”

“没关系。”其实她喜欢这个称呼，就像她喜欢这里的每个人都

叫她“伊莱恩”一样，“您肯定就是冈德森先生了。”

“叫我贾尔斯就好。你肯定看过我画的皇家游行了。纹章的刻法以及生动的场景。”

莱妮知道，做文书工作，不管是困惑还是尴尬，只要保持微笑就好了。冈德森先生——贾尔斯，多般配的名字——马上就感觉到了，歉意地干笑了几声。

“请原谅我的笨拙。大多数日子都是如此，没人接应得上我的胡说八道。这倒让我很受欢迎了。”

他笑了，笑得那么真诚，那么有耐心，丝毫没有别有用心的意味。她不得不两手交叠起来，要不然就要冲动得再去跟他握一握手了。她觉得自己很傻，低头看了看预约簿来掩饰脸红。

“我来看看。您和克莱先生约了九点四十五分见面。”

“是的，我早到了十五分钟。时刻准备出发，这是我的座右铭。”

“等他的时候我给您倒杯咖啡好吗？”

“要是你有茶的话，那就更好了。”

“噢！我想我们这儿没有茶吧，一向都只有咖啡。”

“那也不赖。他们过去有茶，可能是专为我预备的。咖啡是一种野蛮的饮品。那些可怜的、遭折磨的咖啡豆啊，发酵，剥皮，烘烤，研磨，没完没了。而茶呢？只是给干燥的叶子加点水。给我点水就行了，斯特里克兰太太。所有活物都需要水。”

“我从来没这么想过。”她的脑海中涌出一句很机灵的答话，通常她都不会说出来，但在这个男人身边，她觉得很安全。“也许从现在开始，我应该只供应茶，好把那些贪婪的‘猴子’都变成绅士。”

贾尔斯两手一拍：“好主意！哎呀，下次我再来的时候，你们这儿的广告商应该能打好领带，讨论板球的精妙之处了。我们只供应

茶，斯特里克兰太太，你得习惯这个高贵的‘我们’。”

电话铃响了，接着又响了，两条线同时来了信号。贾尔斯鞠了一躬，坐下了，文件箱蹲在他脚边，活像一只小狗。莱妮告诉伯尔尼的秘书，说贾尔斯已经到了，然后转接了电话。这时，一家洗涤剂公司的三位高管来到了她的办公桌前，一起清了清嗓子。在他们后边，又来了两个秃顶客户，他们的猫粮推广活动很令克莱因 & 桑德斯广告公司头疼。莱妮花了半个小时安排好这些人，才终于可以歇口气，却看到贾尔斯仍然坐在那儿。

大堂里颇有心机地没安装钟表，但莱妮的办公桌上有一个。她暗中研究着贾尔斯，认为他脸上毫不动摇的笑容肯定是他抵御无可避免的侮辱的方式。莱妮想去办公室里转转，看看是不是哪位秘书那儿有茶，那种天赐甘露也许能让贾尔斯放松下来。但她没动，而是等待着，等待着。伯尔尼迟迟未到给贾尔斯带来的羞辱，就像公交车排放的油烟一样盘桓在屋子里。三十分钟变成了四十分钟，油烟越来越浓，四十分钟向一小时逼近，犹如一条绳子，一点一点地磨损着。

每多一秒钟，贾尔斯的形象就高贵一分。他的举止有些似曾相识。莱妮恍然大悟，呼吸都哽住了。来克莱因 & 桑德斯广告公司上班的第一周，她在更衣室的镜子前面整理头发和妆容，练习针对捏屁股的防御措施，当时她的举止就和此刻的贾尔斯一样。那是她脱离丈夫塑造出的伊莱恩·斯特里克兰的一部分，是她现在仍然在塑造的伊莱恩·斯特里克兰。她高高地扬起下巴，高得都能看见自己的鼻子了，而那就是贾尔斯正在做的——竭尽所能地构建一个“我很重要”的宏大幻象。

他俩没有一点相像的地方——她是个年轻的太太，他是个衰老

的绅士，但在这一刻，莱妮却觉得地球上没有哪两个人比他俩更相像了。这太沉重了，她承受不起。她把暂时离开去方便时用的牌子放在桌上（请坐，马上回来！），然后想都没想就推开磨砂玻璃门，冲进了办公室。

19

“春天一过……”

“一切的……一切的……”

“所有的希望都破灭了。春天一过，所有的希望都破灭了。是契诃夫的？还是陀思妥耶夫斯基的？不，不。对傻孩子来说，这已经是个足够简单的句子了！”

被叫去和米哈尔科夫见面时，奥夫斯泰特总是不淡定。不过这一次，他却气急败坏，控制不了身体和舌头了。今天，出租车司机抱怨他从后面踢车座，而在工业园区等车来接时，他把鞋跟重重地踩在混凝土块上，都能在上面踩出两个坑了。“野牛”的出现并没有让他情绪好转。这个笨手笨脚的家伙明明足够聪明，能开着一辆克莱斯勒在巴尔的摩兜上一整圈，却永远记不住一句暗号。时间紧迫，却如此拖延浪费。

小提琴手们本来该休黑海节假的，却被叫去上班，一个个睡眼惺忪，衣衫不整。他们一看见奥夫斯泰特，就抬起没调过音的乐器让开地方，但奥夫斯泰特不等他们拉出那俄罗斯小调的第一个音，就用胳膊肘拨开他们挤了过去。龙虾水箱投下耀眼的蓝色，使包厢显出一片暗褐色，那模模糊糊的一团，正是米哈尔科夫。他就坐在他往常习惯的那个位置。奥夫斯泰特朝他跑过去，屁股撞到了桌角，

很疼，他脑海里浮现出了那生物身上的缝合线。

“这种蠢事必须终止！让我在公园里干等好几个小时，然后被你的走狗拉着四处转悠，必须终止！”

“早上好，”米哈尔科夫说，“来得真早，这么有活力。”

“早？你还不明白吗？”奥夫斯泰特急匆匆地穿过包厢拱门，站在米哈尔科夫面前，双手握成了拳头，“我不在奥卡姆的每一分钟，那些野蛮人都可能杀了它！”

“你的音量，拜托，”米哈尔科夫揉了揉眼睛，“我正头疼呢。昨天晚上，鲍勃，我完全没睡啊。”

“德米特里！”奥夫斯泰特的唾沫飞进了米哈尔科夫的红茶里，“叫我德米特里，浑蛋！”

这充分说明了奥夫斯泰特作为一个眼线的水平。他事后会想到，在这一刻之前，他还从来没有体验过一个受训于克格勃的人的全套本事。米哈尔科夫喊着头疼，目光下垂，没看奥夫斯泰特，却抓住他的手腕往下猛地一拽，宛如拉合百叶窗一般。奥夫斯泰特一下子跪倒，下巴磕在桌面上，牙齿咬到了舌头。米哈尔科夫把他的手腕拧到背后，往上一提，奥夫斯泰特的下巴又撞在桌子上。那些乐手，就在奥夫斯泰特的面前，紧闭着嘴巴，点一点头，开始演奏。

“看看这些龙虾，”米哈尔科夫用餐巾擦了擦嘴，“继续啊，德米特里。”

他的下巴像被人拧着似的疼，下巴或舌头流出来的血弄湿了桌子。他抬起眼睛，看着那水箱若隐若现，仿佛有一场海啸正从玻璃后面袭来。即便是被压制住了，奥夫斯泰特也能明白米哈尔科夫的意思。这些长着壳的动物通常都很迟钝，像藤壶似的在水箱底堆着。但今天它们却激动起来，摇晃着触角，挥舞着钳子，弯曲的腿和壳蹭着箱壁，爪子碰在玻璃上咔咔直响。

“它们就和你一样，不是吗？”米哈尔科夫说，“它们应该放松些，接受自己的命运。然而，不，它们有了了不得的想法。爬出去，逃跑。但这是浪费精力，它们根本不知道水箱外面的世界有多大。”

米哈尔科夫拿起一把叉子。奥夫斯泰特看着它。叉子是银质的，很干净，在黯淡的灯光下微微发光。米哈尔科夫把叉子尖顶在了奥夫斯泰特的肩膀上。

“只要轻轻一扭，钳子就能掉下来。就像切黄油那么简单。”他拖着叉子滑到奥夫斯泰特的脖子后面，“尾巴也是。很容易。一扭一拽，就了结了。”叉子又动了，尖头沙沙沙地拂过他的衬衫，最后停在了他的上臂。“腿也不难。用酒瓶子或者胡椒磨压平，肉就挤出来了。”他舔舔嘴唇，仿佛在品尝融化的黄油，“我可以教你怎么弄，德米特里。如何把一只动物大卸八块，这很值得学一学。”

他松了手，奥夫斯泰特瘫倒在地上，抱着扭伤的胳膊。尽管泪水模糊了视线，但他还是冲米哈尔科夫打了个手势，接着“野牛”的大手就把他拎起来，扔进了座位里。座椅的舒适感有一种莫名的古怪，在地板上扭动打滚更有意义。他摸索着拿过一张餐巾，按在下巴上。餐巾上有血，不过不多。列奥·米哈尔科夫很有分寸。

“我的上级告诉我，‘拔除’是不可能的。”米哈尔科夫往茶里加了两勺糖，“我说了你的观点，说得挺令人信服的，至少我觉得是。我跟他们说，苏联在很多方面并不领先于美国，但在太空领域，我们就是领先！奥卡姆的那件标本，会巩固这样的地位。”他喝了口茶，耸耸肩说，“但我这种粗人怎么懂这些事呢？我就是你说的那玩意儿：走狗。我们都是，德米特里，都是某人的走狗。”

奥夫斯泰特攥紧了血淋淋的餐巾，疼得直喘气。

“那它就要死了？我们就眼睁睁看着它死？”

米哈尔科夫笑了笑：“俄罗斯不会让它的人民无追索权的。”

他擦干净手，从坐垫上拿起一只小盒子。盒子很小，是黑色的，由工业塑料制成。他打开卡扣，掀开盒盖，里面有三件东西，嵌在开缝的保护泡沫里。米哈尔科夫取出了第一件。奥夫斯泰特对很多小工具都很熟悉了，但这件很陌生。它有棒球大小，由弯曲的金属管拼扣起来，就像自制的手榴弹，但焊接是专业的，布线是由干净的环氧油灰固定的，上面有一个红色的按钮，旁边是一盏没有亮的小绿灯。

“我们管这叫爆米花机，”米哈尔科夫说，“以色列人搞出来的新玩意儿。把它固定在奥卡姆中央保险丝之下十英尺的地方，按下按钮，五分钟之后，它就会释放出强大的电流，足以让整个电力系统瘫痪。灯、摄像机，所有的。相当高效。但我得警告你，德米特里，这个破坏是暂时的。保险丝一换上，电力就会恢复。我看你得在十分钟之内完成任务。”

“我的任务。”奥夫斯泰特重复道。

米哈尔科夫把爆米花机塞回泡沫里，然后像农夫伯伯抱小鸡仔似的拿出了第二件东西。这件奥夫斯泰特认得，因为他颇为遗憾内疚地使用过很多次。这是个装好的注射器。米哈尔科夫又拿出第三件东西：一个小玻璃瓶，里面装着银色的液体。他更加小心翼翼地拿着瓶子，并且对奥夫斯泰特露出了同情的微笑。

“就像你说的，如果美国人要弄死那个标本，那么我们也只有一种方案可行了。你必须抢在他们前头，把这种溶液注射进去，标本就会死掉。更重要的是，它会融掉标本的内脏，最后什么都剩不下，只有骨头，也许还能剩下点儿鳞片。”

奥夫斯泰特大笑起来，桌子上溅得到处都是唾沫、血和眼泪。

“如果我们得不到，别人也别想得到。是吧？”

“确保互相摧毁，”米哈尔科夫继续说，“你知道这个术语。”

奥夫斯泰特一只手撑着桌子，另一只手捂住了脸。

“它不想伤害任何人，”他抽泣着说，“几个世纪以来它也没伤过人。我们却要这样对它。我们把它拖到这儿来。我们折磨它。然后呢，列奥？我们毁掉的下一个物种会是什么？是我们吗？我希望是我们。我们活该。”

他感觉到米哈尔科夫的手搭在他的手上，轻轻拍了拍。

“你告诉过我，说他像我们一样，能感受到痛苦。”米哈尔科夫的声音软了下来，“那它就比美国人强。比我们都强。去吧，听赫胥黎的话。想想那生物的感受，把它从痛苦中解脱出来吧。等你干完了，我们等个四五天，沉一沉。然后我就带你，还有我自己，到大使馆去，把你送上回明斯克的船。想象一下，德米特里，那湛蓝的天空，是这里绝对没有的，太阳像雪中圣诞树顶的星星。等你看见它就都会好起来了。你会再见到它的，和你的家人一起。集中精力，心无旁骛。事情就快结束了。”

20

人人都认得那个前台姑娘，人人都很忙，但今天人人都停下手里的事儿，看着她经过。她那一向毫无差池的微笑变得严肃起来，娴熟从容的步态也变得焦急迅速，裙边都摆了起来。莱妮就是以这样一副模样来找伯尔尼的秘书的，以至于那个训练有素的秘书立刻防御性地回答她：“他不在。”莱妮整天对那些客户推三挡四，当然也知道那些托词都是怎么回事。她绕过秘书，抓住伯尔尼办公室的

门把手，一把拉开了。

伯尔尼·克莱仰着身子倚在皮椅上，脚踝交叉着搭在桌上，一只手上拿着威士忌，脸上挂着笑容。文案主管和媒体采购员舒舒服服地坐在沙发上，慌忙把像是饮料的东西推到一旁。虽然已经太迟了，但出于规矩，秘书仍然跟进来说了一句："伊莱恩·斯特里克兰要进来了。"伯尔尼的笑容变成了一脸困惑，他用酒杯指了指其他人。

"开会呢，伊莱恩。"

她会晕过去，会被炒鱿鱼，她太傻了，她在想什么啊？"冈德森先生……在等您。"

伯尔尼眯着眼睛，好像听到了中国话。

"好。但是这儿有个重要的会。"

文案主管哼了一声。莱妮看向沙发，所有的男人都面带讥讽。他们坐在那儿，半醉半醒，自以为是。莱妮愤怒不已，但仍然有冰凉的汗珠从她的背上滚落。她紧紧地攥住怨恨。如果要晕倒，那也让她晕得体面、晕得值得敬佩吧。于是她站稳了。

"他已经等了一个小时。"

伯尔尼摇晃着椅子，坐直了些。酒从杯沿骨碌碌地滑下来，落到了地毯上。这不是他关心的事，莱妮想，会有一个清洁工——另一个默默无闻的人跪下来擦洗。伯尔尼对那些人叹了口气，冲着莱妮努努嘴，好像在说，我先搞定这事儿。他们便站起来，扣上外套，丝毫不掩饰笑意，就像大学生看到自己的哥们儿碰上了一个难缠的女人。文案主管经过时，冲着莱妮挤了挤眼睛。媒体采购员从她身边蹭了过去，近得莱妮都觉得他能听见她的心跳。

"我给你推荐了一份全职职位，"伯尔尼说，"但别让它冲昏你的头脑。做好你自己的事，伊莱恩，别插手我的事。我准备好了自然

会去见冈德森先生。希望在下班之前可以，但还得看看再说。”

“他是个好人，”莱妮看不起自己声音里的颤抖，“他等了两周才约到……”

“我说的就是这个意思。你根本不知道你在说什么，不是吗？从那扇门走过来的每个人都有他的故事，你不也是吗？让我跟你说说那个和蔼的老绅士——冈德森先生的事。他过去在这儿上班，后来因为伤风败俗被捕了。惊讶吧，所以你跑到我的办公室里，当着其他人的面，说起冈德森先生，大家的想法就是这个。这可不是给你添光加彩的事。这座城市里愿意跟冈德森先生一起工作的人只有我了。我这么做完全是出自内心的善意。再让我跟你说点儿别的。他的画？根本毫无用处。是，他画得很好，但那都是老古董，卖不出去。两周前，他给我带来了这张红色怪物，我叫他换成绿色，因为我不忍心告诉他实话。他那一行已经完了，而我至少还会给他笔稿费。所以，伊莱恩，到底谁才是好人？”

莱妮也不知道谁是好人了。伯尔尼无奈地长嘘一口气，站起身来，用胳膊搂着她，把她送到门边，并且不耐烦地指示她，让她告诉冈德森先生，就说克莱先生有急事，把画留下来就行了。这样一来，铁石心肠的会计部就能把坏消息延后了。莱妮觉得自己就像个小孩儿，一个好女孩儿。她点点头，挤出笑容，堆笑的脸让她联想到了家里，联想到了餐桌——假装一切都很好。

她回到大堂，贾尔斯便站了起来，整整外套，拎着文件箱一摆一摆地大步走过来。莱妮溜回桌子后面，就像当兵的躲进了掩体。她从工作清单里选择了道歉的语气和相应的脚本：克莱先生正忙着处理一件意外事项。我也不知道，都是我不好，真对不起。把您的作品留在这儿好吗？克莱先生肯定会看的。她很想知道，这是不是

理查德的感受，每说一个字，心肠就硬一分。贾尔斯打破了僵局。他毫无异议地打开文件箱，接受了她明摆着的谎言。这不是因为他真的相信她的话，而是不想让她更困扰。忘了伯尔尼说的什么“伤风败俗”吧，贾尔斯·冈德森就是莱妮认识的最好的人。

“别拿了。”

听起来是她的声音，感觉起来也是她的声音，她感觉到了嘴唇发出的爆破音。可是，这种不顺从的声音，怎么可能出自一个被熨斗的蒸汽蒙住眼睛、被蜂窝头压得喘不过气来、被床头板撞击墙壁的声音震得耳聋的女人嘴里呢？但这个声音仍然在响，压过了此起彼伏的电话铃声和等候室里的喧闹。所以她——也许仅此一次——会优先接待这位从未被人优先对待的男人。

“他们不想要你的画。”她说。

“他们……”贾尔斯推了推眼镜，“不好意思，你是说？”

“他们不愿意告诉你，但他们不想要你的画，从来都不想要。”

“可是……他们让我换成绿色而且——”

“如果你把它留下，他们就会给你笔稿费。仅此而已。”

“——而且这已经是尽可能的绿了，绿得不能再绿了！”

“可我觉得你没有那个必要。”

“斯特里克兰小姐？”贾尔斯使劲儿地眨眨眼睛，“我是说，斯特里克兰太太——”

“你应该被更好地对待，应该有懂得你的价值的人。你应该到让你自己觉得骄傲的地方去。你值得的。”

莱妮突然明白了，这个声音让她感到自主、自立、至高无上，因为这些话并不只是对贾尔斯·冈德森说的，也是对伊莱恩·斯特里克兰说的——她应该受到更好的对待，她应该被人重视，她应该生

活在“骄傲”不是奇异礼物的地方。她值得。又一次，年轻的妻子和年老的绅士，有了相似之处：被贴上“缺陷”的标签，可贴标签的人其实并没有多高的资格来发起这种指控。克莱因 & 桑德斯广告公司是个开始，但也仅此而已：只是开始。

他摆弄着领结，在房间的角落里搜寻着借口，但她一直朝他点头，重重地点头，催促他做出正确的事：从这里走出去。他微微打了个寒战，低头看了看自己的文件箱。他猛地吸了一口气，直视着她，目光因泪水而显得锋利，胡子因勇敢的微笑而翕动。他拿起了文件箱。不是画，是整个箱子。

“送给你了，亲爱的。”

她不能接受，当然不能。但贾尔斯的胳膊颤抖着，就像她的声音颤抖着。他用他冲动的英雄主义与她的相配，恳求她从自己手上接过他生命中的繁重负累。莱妮接过了箱子，她的手指触到了凹痕。柔软的红色皮革上的凹痕，是他的手指经年累月的抚摸刻下的。贾尔斯走了，她看着他摇晃的影子，一直没有抬起头。她觉得那样只会让他更难过，而且她还得找个地方安置文件箱，免得这沉重、意义非凡的箱子击穿这三层大楼。

21

奥夫斯泰特最后一次检查了 F-1 那个水池的温度指标、气压以及酸碱度。他的助手们用手推车把设备从实验室里推了出来，一劳永逸，而他还没从震惊中恢复过来。他可能再也不能如此靠近“泥盆君”了——至少在它还有气时，不能了。折磨人的三天之后，到了周一，他将亲自把米哈尔科夫的毒药注射到它的身体里，将它的

内脏全部溶解。

难道是实验服做的防弹衣和公文包做的盾牌使他在这么长的时间里对别人的痛苦无动于衷？好啊，今天他没穿实验服。他把它扔到地上了，他憎恨那上面看不见的血迹。公文包？仅仅几天，它就成了他苦心维持的生活彻底崩溃的象征，里面装的不过是皱皱巴巴的笔记、饼干袋子和饼干渣。这一次，在F–1里，死亡与交接，二者之间没有任何专业上的区别。

奥夫斯泰特的牺牲品——想到“泥盆君”时，他不允许自己使用任何温和的词汇——在水池中央漂浮着，拴在金属桩上的锁链像棍子似的静止不动。唯一的生命迹象是它眼睛里放射出的光芒，犹如熔化的黄金，在水面上淌过。奥夫斯泰特想起了埃莉莎·埃斯波西托的舞蹈，想起了“泥盆君”欢乐的闪光，不觉被一股强烈的嫉妒攫住了。这不公平。她爱它，它爱她，而他却要背负上帝都不会宽恕的谋杀罪。他更换了气压计，努力想撇开所有的温情。温情只会让致命的毒针刺穿骨板时更加困难。

他没有理由觉得“泥盆君”对他还会抱有除了憎恨之外的感情。绝不会有。然而，当他听见助手们关上门出去了，却发觉自己抬起眼睛，目露乞求。如果埃莉莎能做到，那么他应该也能：交流，真真正正地和“泥盆君”交流。他极力自持，想要心安理得，却也一再重复着违反人道的行为。这最后的罪恶，他还能再一次原谅自己吗？

实验室里空无他人，寂静无声。奥夫斯泰特把笔记本放下，也不在意它会不会被沾湿——如果他精心记录的一切事实最终都会被含糊地抹掉，那么他又何必记录事实？他跨过了那道红色的警戒线，在水池边坐下来，只觉得一股湿气浸入了身体。他的双手习惯了什么也不拿，互相摩挲着，脊背却耷拉下来。这是一种忧郁的姿态，

就像在爱人面前弓身。又是人类的幻象。他没有爱人，在这片土地上，没有。就连“泥盆君”——这来自另一个世界的生灵——都能在这方面赢过他。

“请原谅我，”他轻轻地说，“非常非常抱歉。”

染着金黄色的水微微起伏，仿佛麦浪摇曳。

“你听不懂我的话。我知道，我习惯了。我的真正的声音——美丽的俄语——这里没有人懂。在这方面我们也算相似吧？或许我带上足够的感情来讲，你就能听懂了。”奥夫斯泰特拍了拍自己的胸膛，“我要让你失望了。我救不了你。尽管我的箱子里有文凭，尽管我的头衔受人尊敬。这一切不过是‘智慧’的标签。但什么是‘智慧’？‘智慧’是计数和运算吗？还是说，真正的‘智慧’必须包含道德的成分？每过去一分钟，我都更加坚信，这才是事实。因此，我确信我很愚蠢，很愚蠢，很愚蠢。这些锁链，这个水箱，就是你救我一命的回报。你不知道你救了我吧？你能闻见我血液里的气味吗？我本来把刀片都拿出来了，然后他们就找到了你。这就像我小时候读过的《阿法纳西耶夫童话集》，有魔力的野兽，神奇的怪物。是你，亲爱的‘泥盆君’，我等了一辈子要见的就是你。咱们的关系本来应该是奇妙的。我知道我这个世界干涸冰冷，可还是有很多能给你快乐的东西，我本来想展示给你看的。算了，我们之间没有任何关系，你甚至都不知道我的名字。”

奥夫斯泰特冲着自己模糊的黑色倒影笑了笑。

“我叫德米特里。见到你，我非常非常开心。”

他抽泣起来，滚烫的眼泪从他的脸颊滑下，潸然难抑，仿佛是他被注射了米哈尔科夫的毒药，是他的内脏正在溶解。他把身体倚在水池边，看着泪珠啪嗒啪嗒地掉进水里，像一场微型暴雨——巴

尔的摩几个月来都没下过雨了。

水突然一分为二。那是“泥盆君”的手，像鲨鱼的背鳍般向上划开，爪尖犹如五颗光芒四射的鳍尖。奥夫斯泰特撤开身子，摇摇晃晃地向后退，但他并不害怕。“泥盆君”距离他有三英尺远，它无声无息地游近，收回了胳膊。奥夫斯泰特屏住呼吸，看着那生物把手指伸进自己的嘴里，放在了舌头上。它在做什么，这是显而易见的。

“泥盆君”在尝他的眼泪。

奥夫斯泰特知道自己很幸运，他的研究团队没有谁在这一刻进入 F-1。他大张着嘴巴，无声地哭泣着，脸上泛着油光，涨得通红，整个身子都在颤抖。“泥盆君”的双重下颚上下咬合，尝到了他咸咸的眼泪，它的眼睛便从原先的金色变成了天蓝色。“泥盆君”从水中挺起身子，仿佛挣脱了地心引力一般，朝着奥夫斯泰特鞠了一躬。无法用语言形容。然后它就静静地潜入水下，长着蹼的脚最后摆了几下。在奥夫斯泰特看来，那既像“谢谢”，又像“再见”。

22

把它开出停车场就像一场梦。这辆威乐的轮子仿佛不碰路面，而是在白云上转动，在他的香烟烟雾的旋涡里转动。在等红灯时那些鬈发女孩投来的勃勃目光里转动。他要做的只是打开车门，那些姑娘就会鱼贯而入，高高兴兴地，心甘情愿地，明明白白地知道自己的位置：车后座。美国梦，他本来以为已经失落了，迷失在那些搬家打捆的箱子里了。但是，谁能想得到呢？那些聪明的底特律男孩儿又用钢铁把它造出来了。你要做的，先生，仅仅是掏出钱来，然后它就是你的了。

奥卡姆有很多停车位，但斯特里克兰挑了最外面的那一个，这样所有来停车的就都能看见他的凯迪拉克了，就连勤杂工乘坐的公交车也必须从那儿经过。他下了车，蹲在这位“青色美人”身边，仔细打量：车轮边上有些泥点，前挡泥板上有些沙粒。他掏出手帕，把泥沙擦掉，直擦得车子光亮如新。这会儿的感觉比早上好多了。莱妮有秘密，这是不可接受的，但这辆车帮了忙。这辆车只是部分解决方案。他抽出装止疼片的药瓶，往嘴里倒了几片。另一个解决方案，更好的方案，在奥卡姆里面。

他的情绪乐观起来了，竟然没有对着那些在装卸场吸烟的杂役大叫——他们本来应该在楼上大厅吸烟。他们吐掉烟屁股，一哄而散。斯特里克兰勉强笑了笑。这又有什么？就让普罗大众偶尔发泄一下吧。他甚至还把他们扔在地上的扫帚拿起来，靠在了墙上。他用自己的钥匙卡进了奥卡姆，漫步在熙熙攘攘的走廊里。科学家、管理员、助手、清洁工，是不是所有人都在看他？他很肯定，他们就是在看他。为什么不是？他觉得自己就像那辆威乐：庞大，闪光，吞噬着路和路上的一切。

第二个解决方案是埃莉莎。她得到半夜时才会来。斯特里克兰得在那之前保持良好的状态，按时吃药。他会减少药量的，一定会，但不是今天。他的每一项选择里都混合着预谋。他拂去安保监视器上的灰尘，动作轻柔得就像在擦拭他的凯迪拉克一般。他瞥见了眼睛肿肿的奥夫斯泰特，看来他可以大肆渲染一番即将到来的活体解剖了。他找了个纸板箱，开始着手收拾办公桌上的私人物品。他想象着奥卡姆，以及巴尔的摩，在凯迪拉克的后视镜里越来越小。华盛顿也是。坐在他旁边的会是埃莉莎吗？如果莱妮背着他做了什么，他为什么不能以牙还牙？他和埃莉莎要开着车，开到霍伊特将军永

远找不到的地方去。

十二点十五分，他按了话筒。

“请叫埃莉莎·埃斯波西托小姐到斯特里克兰先生的办公室来一下，我弄洒了些东西。”

弄洒了。他觉得应该真洒点儿什么。他环顾四周，看见了装硬糖的袋子。他不需要这么多糖了，反正只要不停药就用不着。他拍了一下袋子，看着圆形的糖球像绿色的老鼠一样滚进了黑暗的角落。太用力了，糖滚得太远了。要是她不买账怎么办？他笑了一声，觉得肚子里翻腾起来。他紧张了。他有很长一段时间不曾为一个女人紧张了。

门敲响了一声。他露出大大的笑容，抬起头来。她来了，像女学生一样准时，身上穿着清洁工的灰色制服。她像个韩国人拿武术棍子似的拿着拖把，下巴往里收紧，这是典型的不信任的姿态。他能感觉到冰凉的空气吹着自己的臼齿。他是不是笑得太猥琐了？他想把笑容收小一点儿，可这就像松开橡皮筋，要是一个不小心，可能就会绷到房间的另一边去。

“你好，埃斯波西托小姐。今晚怎么样？”

这女孩儿浑身紧绷，像猫似的。过了一会儿，她碰了一下前胸，然后向外伸出了手掌。斯特里克兰向后靠在椅子里，突然脑袋里一阵灵光乍现——是希望。他已然忘记了希望的感觉。他犯了太多错：和霍伊特将军搅在一起；放任莱妮踏上歪路，可能再也无法挽救。然而，此刻，在这显示器柔和昏暗的亮光之下，机会出现了。埃莉莎就是他想要的一切：静默，可控。

埃莉莎抻着脖子，往屋里看了看。这打破了斯特里克兰的遐思。她像是害怕有什么陷阱。她怎么会那么想？他都不怕麻烦地用新绷带包裹了难看的手指，还把那根“亚拉巴马－侬好”藏在桌子底下

了。他指了指地板。

“用不着拖把。我只是洒了些糖，从袋子里滚出去了。我可不想把虫子招来。只是一点儿小活儿。其实我可以自己弄干净的，但我有好多事得办，所以我才待到这么晚，日常公文什么的。”

他的桌子上一张纸也没有，他应该早想到这一点才对。趁埃莉莎查看手推车时，他随便抽了一份文件出来。埃莉莎拿着簸箕和刷子走进屋里，活像拿着一副双节棍。她很善于观察，这一点也像猫。她的眼睛盯着他临时拿出来的那份文件。他不喜欢这样，好像撒谎被人抓住了一样。但是他确实喜欢她看着他。她跪在角落里，用刷子扫出一颗糖。看着她干活儿也不错。斯特里克兰觉得有一股电流在涌动，就像在凯迪拉克里与车共振时的那种感觉。电动车窗，电动刹车，电动转向装置。一切都是电动的，纯粹的能量。

“我想我可能真的不习惯待到这么晚，很累，都有点儿迷糊了。不过你应该习惯了吧，是吗？对你来说现在是早晨，可能正是精力充沛呢。喂，你想吃糖吗？我不是说地上的那些，袋子里还有。”

她现在转到桌子前面了，正蹲在椅子之间。她抬头看他，目光停留了几秒钟。显示器灰色的灯光把她映得很美。她的头发像暴风雨中的浓云，她的脸庞上摇曳着淡淡的银色，她脖子上的伤疤仿佛夜色中起伏的波光。他爱那两道疤。他真想知道，女人身上还能有哪个部位，能让疤痕显得更漂亮，可能很多部位都行。埃莉莎摇了摇头：“不吃糖。不了，谢谢。”她移开了目光，但斯特里克兰却不想把目光从她的伤疤上移开。

“嘿，等一下。我有个疑问。”就在这时，他真的想出了一个问题，“你那时候说你是哑巴——唔，应该不是你说的，是那个黑人说的。你说不了话。”他笑了起来。她没笑。为什么不笑呢？这笑话又

不伤人。“反正，我一直在想，你是百分百的哑巴吗？我是说，如果你受了伤，会发出声音吗？这可不代表我想伤害你啊。”他又笑了起来。她没有反应。她怎么就不能放松些呢？“有的哑巴，你懂，能发出呃呃啊啊的声音。我只是随便想想。”

这话说得并不完美。他不喜欢说客气话。他又不是鲍勃·奥夫斯泰特，成天喋喋不休地说着各种道理，表示自己有多聪明。不过，听到这个问题，她还是应该点个头，或是比画一下之类的吧。可是埃莉莎却扭过头去，继续干活儿了，像是越快干完越好。斯特里克兰愣了一秒钟。如果有谁胆敢忽视他，那他们可就要后悔了。不过，在这个清洁工身上，这种忽视却只会进一步印证她那令人幸福的沉默。他又盯着她的屁股看起来，虽说穿上这身制服很难叫人有心动的感觉，但她的身材的确还不错。如果一直穿着这双鞋，那就真是非常棒了。这双鞋是豹纹图案的，豹纹。她穿着它们不就是为了取悦他吗？不然还能有谁？

每颗糖被扫进簸箕时都发出咔嗒声。就像丛林里的猎食者靠近时，树枝折断的声音。斯特里克兰站起来，踱着步子走到监视器前面，把它关上了。埃莉莎马上也站了起来。她没清扫完，也不打算继续清扫了，而是冲着屋门跑了过去。不过她没法儿跑得很快。簸箕里的糖滚来滚去，就像马戏团里的平衡术表演。斯特里克兰用右手按住了门。埃莉莎连忙停下，那些绿色的硬糖互相撞击，噼啪作响，犹如患了支气管炎的肺。

“我知道这听起来有点怪，”他说，“我是我，你是你，但我们之间的差异并没有那么大。我是说——你还有谁？你的档案里写着，你没有任何亲人了。而我呢，虽然我不是这样，但感觉是一样的。我的意思是，我的感受和你的一样。我们生活中都有些只要想做出

改变就能有所改变的东西。”

斯特里克兰简直不敢相信，但事实就是如此。他抬起左手，抚摸着她脖子上的一条伤疤。埃莉莎全身都僵硬了，她重重地吞着口水，脖子上的静脉像小鸟似的一跳一跳。他希望自己能触摸到她脉搏的跳动，但他的手指肿胀，缠着绷带，其中一根还被结婚戒指勒得麻木。那枚戒指是埃莉莎还给他的，就在这儿，在这间办公室里。他改变了手的姿态，用食指摸索着那道疤，半闭着眼睛，细细地感受着。这道伤疤就像丝绸一样柔软。她身上的气味很干净，像漂白剂。她惊恐的呼吸伴着咕噜噜的喉音，就像那辆凯迪拉克。

在亚马孙时，他的手下曾发现过一具南美泽鹿的尸体，鹿角上缠着美洲豹的肋骨。印第安勇士们推测，这两只动物纠缠着卡在一起，一连好几个星期，于是慢慢地一起死去，呈现出诡异的杂交物种般的骸骨。那就是他和埃莉莎，斯特里克兰想道。对立的两方，困在一起，要么找到共存的办法，获得自由；要么万劫不复，枯萎至白骨。他想，女人的大脑需要时间来思考。他的胳膊从门框上滑了下去。埃莉莎一秒都没等，跳出屋门，把簸箕塞到垃圾桶里，抓过手推车就走了。她走了，她走了。

“喂。”他叫道。

埃莉莎停了一下，走廊明亮的灯光映出她粉色的脸颊和涨红的伤疤。斯特里克兰感到一阵恐慌、失落和沮丧。他勉强换上笑脸，极力从内心表现出愉悦。

“你不能说话，这我不在乎。我想说的就是这个意思，我甚至还挺喜欢这一点的。”他的脑海里突然冒出了一句客气话。可以说吗？她会做出积极的反应吗？他的脑袋被止疼片弄得晕晕乎乎，又不敢错过机会。他那橡皮筋一般的笑容又展开了，简直快要绷断了。“我

打赌我能让你发出呃呃啊啊的声音，也许只有一点点？”

23

塞尔达看见埃莉莎进了斯特里克兰先生的办公室。正当的理由多得很：也许是因为斯特里克兰那肿胀的、绑着绷带的手弄出了什么乱子，或者是弗莱明在埃莉莎的品质控制检查表上添了那些平日里需要止步的房间。但在塞尔达和埃莉莎在奥卡姆共事的这些年里，她们可曾有过接受了弗莱明的特殊指示，却没跟对方分享，好一起猜测其内涵的事？埃莉莎什么都没说。这些天，塞尔达跟埃莉莎讲起布鲁斯特的逸事，埃莉莎也没接茬。塞尔达想问问到底怎么了，埃莉莎却假装没听见。每一次冷淡的沉默都在戳着塞尔达的肋骨，就像斯特里克兰的电牛棒那么硬。她身上的伤痕越来越多，就连在家时也不禁疼得哆嗦。布鲁斯特也注意到了，连布鲁斯特都注意到了，这就说明迹象已经表现得像焰火那么明显了。

“是因为埃莉莎。”她承认了。

“上班时的朋友？”

“她一向待我很好……噢，我也不知道。”

“给你帮忙什么的？”布鲁斯特问。

这就是布鲁斯特，他在电视机前面的时候你是绝对抓不住他的注意力的。此时，他这话像弹簧刀似的锋利，对塞尔达来说有些太尖锐了：一段维持了这么久的友谊，你不能任其像飘零的花瓣般随风而去。肯定有些她们两人之外的力量在起作用，肯定与 F-1 有关。那回，斯特里克兰差点儿抓到偷偷进入 F-1 的埃莉莎，在那之后，塞尔达又有两次看见埃莉莎从 F-1 的方向推着车过来。塞尔达给了

埃莉莎无数机会，可以让她一吐为快，从开放式的“你今晚看见什么有意思的事儿了吗？”到非常明确的“我很想知道 F-1 里发生了什么”。可埃莉莎一点儿口风也不漏，连耸耸肩膀都没有，这一点儿也不像她的性格。这太没礼貌了。塞尔达开始犹豫，是不是该听布鲁斯特的，尊重自己，别再理这回事了。

埃莉莎的友谊真的如此珍贵吗？自己如此害怕失去这份友谊吗？塞尔达觉得自己可以和其他夜班杂役打成一片，一点儿问题都没有。在装卸区上多抽几根烟，跟着一块儿笑——她完全可以跟上流行，听懂那些自己人的笑话。这的确有些伤人，但上班就是上班，而奥卡姆——她提醒自己——只是生活的一小部分。她有家人，有叔伯姑婶，他们各自都有吵闹的孩子。更不用说布鲁斯特那边还有一个庞大的家族了，什么二代表亲，三代表亲，还有那些她永远搞不清的七大姑八大姨。她还有邻居，其中有些都认识了十五年，她去参加他们的野餐会都能收获欢呼声。还有教堂，家人和邻居都会在教堂里大声歌颂，拥抱和哭泣，他们会彼此支持，彼此相爱，直到永远。

那就是这样了：一切证据都表明，塞尔达不需要埃莉莎。

但是，塞尔达想要埃莉莎。她固执起来了，就像一个被禁止跟朋友见面的十几岁的少女，但她不是少女。埃莉莎不是布鲁斯特，不是家人，不是教堂，可她是唯一一个在塞尔达的骄傲被践踏得不堪时可以说说话的人。也许友谊难以挽回，但如果她想再给她一个机会，她就会给。再说，当事关某个男人的时候，女人就会陷入疯狂——当然，男人也一样。所以原理就是这样的。埃莉莎·埃斯波西托肯定是坠入恋情了。如果事发地点是 F-1，那么对方应该是奥夫斯泰特博士吧，不是吗？那个对她们很和气的人？那个经常加班到很晚的人？那个没戴婚戒的人？

塞尔达并不反对她谈恋爱。哎呀，她忍不住想要祝贺她呢。自从塞尔达认识埃莉莎以来，还没见她跟哪个男人交往过。没错，恋情会让她被解雇，但也有一点可以肯定，如果恋爱成功了，那么她没准儿会和奥夫斯泰特博士一起离开奥卡姆。你能想象吗，埃莉莎嫁给一位博士？

然而，今晚，塞尔达看见埃莉莎从斯特里克兰的办公室跑出来，她就不那么确定了。当然，斯特里克兰也有 F-1 的钥匙卡。那个老拿着生锈电牛棒的讨厌的家伙，要是他在办公室里盯着埃莉莎的腿，然后又有进一步的举动，那会怎么样呢？埃莉莎很聪明，但涉及男人，她就没什么经验了。要是让塞尔达说说哪个男人会这样占女人的便宜，那就只有斯特里克兰了。

塞尔达的下巴、拳头、双脚都像楔入金属钉似的坚硬起来，而这种坚硬会让温顺的清洁工在奥卡姆这样的地方惹上麻烦。她做出了选择。她只需要跳过两个房间——比如灰尘很少的储藏室，然后在大夜班交班前的最后半个小时里跟踪埃莉莎就行了。塞尔达觉得自己就是个讨厌鬼。更糟的是，这一番侦探根本没发现什么线索。埃莉莎的制服和头发都整整齐齐的，不像是经历过什么身体接触。但是，斯特里克兰的办公室里肯定发生了什么：埃莉莎一连三次都没能把掸子挂在推车挂钩上。

换班的铃声响了，杂役们都往更衣室走。塞尔达盯住埃莉莎，加快速度换好衣服，好在打卡时排在她后面。直到她们出了门，顶着一轮橘黄色的朝阳，在暴土扬尘的公交车站等车时，塞尔达才暗自祷告一番，猛地抓住埃莉莎的袖子，把吓了一跳的姑娘拉到垃圾桶旁边，惊起了一群松鼠。埃莉莎的眼睛疲劳发红，她谨慎地眨了眨眼睛。

“我知道，亲爱的，我懂。你不想跟我说，你完全不想说。那就

别说，听我说。在车来之前，你听我说就好。”

埃莉莎想要躲开，但塞尔达用了平时很少用的方式：她的体形和力气。她一把把埃莉莎拉了回来，力气大得把她的屁股都撞在垃圾桶上了。埃莉莎生气地比画起手语来，塞尔达抓住了大意。都是借口，辩解，托词。她说她们谁也不需要道歉，可“道歉”就意味着她的确做了什么错事。

塞尔达伸出双手握住埃莉莎的手，温柔地抚摸它们，就像抚摸两只气鼓鼓的鸽子，然后把它们拉到了自己的胸前。

“你比画的东西不值得我浪费时间，你和我都很清楚这一点。”埃莉莎放弃了抵抗，但她的脸色依然僵硬——不是冷酷，只是僵硬，仿佛一面墙，要挡住的是一个大得无法与人分享的秘密。塞尔达一股脑儿地都吐了出来：“我不是一直都很努力地去理解你的烦恼吗？自打你来的第一天起？我记得你刚来的时候弗莱明在更衣室里挂了海报，上面画着玛丽莲·梦露用拖把打字，还用箭头标出了标语，什么‘双手随时等待效劳’‘双腿随时愿意多跑一英里’。记得吗？你记得咱们是怎样笑个没完吗？咱们就是那时候成为朋友的。你太年轻、太害羞了，我就想帮帮你。我现在也只是想要帮你而已。”

埃莉莎慌了神，皱起额头。她听到砂粒的嘎嘎声音吓了一跳。有五六个工人挪动着脚，从口袋里掏公交车币。这说明车快到了。塞尔达不能把她的朋友再拦在这儿了。她尽全力把埃莉莎的手紧握在自己的手里，能感觉到那鸽子翅膀温柔的沙沙声。

“如果你遇上麻烦了，不要担心，别害怕。我这辈子碰见过各种各样的麻烦。要是跟一个男人——”

埃莉莎的眼睛猛地看向塞尔达。塞尔达点点头，想鼓励她，但埃莉莎把头转回去了。公交车吭哧吭哧的声音也不能再装作听不见了。

塞尔达的视野突然模糊了，泪水奔涌一向是她瞧不起的，当她想表现出强大有力时，她不愿意流露出任何情绪。埃莉莎挣脱了，塞尔达又喊了一声。埃莉莎停住，半转过身子。塞尔达用手背抹了抹眼睛。

“我不能一直问你，亲爱的，”她抽泣着说，“我也有自己的难题，自己的生活。你知道，迟早有一天，我会离开这个地方，开始做我自己的事。我一直想象着你会跟我一起走。但我必须得知道：咱们只不过是一起打扫而已是吗？脱下制服之后，咱们还是朋友吗？”

徐徐升起的太阳给眼泪注入了一层光华——那也是埃莉莎脸上滚落的眼泪，完美地应和着塞尔达的泪光。埃莉莎的脸扭曲着，仿佛想要说话，但她却紧握住双手——这是她缄口不言的方式，然后摇了摇头，朝着公交车跑去。塞尔达转过身，任由阳光将自己晒得目眩。她颤抖着抬起胳膊，将湿漉漉的脸蹭干，却没有放下来——就让它挡住强光、悲伤、孤独，以及这一切吧。

24

这个城市里，广告大军中的每个人，都会在艰难的一日将近时，冲向酒吧猛灌，洗掉糟糕的霉运，咒骂自己选择这一行简直造了孽。但贾尔斯·冈德森会做什么呢？首先，他要把自怜自叹延期到第二天，因为他又老又累；其次，他冲向的不是啤酒，是牛奶；最后，他独自一人。

他觉得自己再也下不了床了。没有工作，没有钱，没有食物，没有朋友——如果埃莉莎还在生气的话。既然是躲不开的事，为什么还要拖延呢？这时，清晨的阳光穿透卧室的窗户，将玻璃映得犹如水晶，那剔透的虹光让他不禁想起了迪克西·道格馅饼店的镀铬

陈列柜。如果还有什么东西能将贾尔斯从厄运的荆棘丛中解救出来，那肯定就是布拉德的关心了——除非他没拿错工牌，其实名叫约翰。贾尔斯穿戴起来，这是他头一次穿得不那么个性洋溢，而只是随便拿了件旧衣服，然后戴上假发，也不怎么光彩。他试着不去理会“哈巴狗”里的拥挤压抑，把自尊的碎片重新粘好，这样就可以像往常一样神采飞扬地走进迪克西·道格馅饼店了。

然而布拉德不在。等候的队伍像一条响尾蛇似的，把他卷了进去。考虑到自己的拮据，不得不点菜时，他不动声色地向一位工牌上写着“洛蕾塔”的活泼年轻女郎笑了笑，然后点了菜单上最便宜的东西：一杯可怜兮兮的牛奶。尽管高脚凳坐着不舒服，但他还是坐在了柜台边，吞下牛奶，迅速逃离，继续等死吧。

他转向右边，用埋在塑料餐具堆里的黑白电视来转移注意力。信号乱七八糟，但静止的花屏道道掩盖不住那熟悉的画面：黑人们举着标语，围成一圈，抗议示威。贾尔斯嘴里的牛奶开始变酸了。噢，这正是他需要的！他想叫洛蕾塔调调频道，但那姑娘正在搔首弄姿地眨眼睛，把客人点的馅饼排成一支舰队。好在迪克西·道格馅饼店里播放的是西部乡村音乐，他尚能隐约听到新闻的片段，好像是关于“市郊生活的先驱”威廉·莱维特拒绝把房子卖给黑人之类的。镜头中的长岛莱维敦刺痛了贾尔斯。他想象着自己住在一所色彩柔和的房子里，在每个露水深重的早晨，都穿着睡袍出门去，给玉兰花浇水。这一幕永远也不会发生，他将在华盖影院上层那个老鼠横行的“鞋盒”里无限期地服刑——这还得够幸运才行。

一双手肘叠放在柜台上。贾尔斯抬头一看，啊，是一位天使从极乐世界飘来了。虽然布拉德松弛地弓着身子，却还是掩盖不住他的身高，比贾尔斯之前估计的要高很多，六英尺三英寸，至少得有六英尺

三英寸！布拉德斜靠在柜台上，闻着糖和面团的气味。他懒洋洋地伸出一根大大的手指头，指了指放在牛奶旁边的一盘鲜绿色的馅饼。

“我记得你特别喜欢酸橙派啊。”

布拉德又用了那装出来的南方口音，贾尔斯陶醉了。假的口音，假的头发，有什么区别？难道我们连一点点儿小虚荣都不能拥有吗，尤其是在它们可以取悦你在乎的人的时候？

“噢！”贾尔斯想到了他那空空如也的钱包，“我不确定有没有带足够的现金——”

布拉德哼了一声：“得了，这是免费赠送的。”

“这太慷慨了。我不会白吃白拿的，回头我会把钱送过来的。”他突然冒出个念头，危险的念头，但如果这已经是他人生的最低谷，不正该疯狂一把吗？“或者……你可以给我你的地址，我顺路送给你？”

“现在是谁太慷慨了啊？唉，在这地方上班就跟在酒吧没两样。你会认识些人，听听他们的故事。跟你说吧，先生，大多数人啊，跟他们聊天就像拎一口袋麦片似的那么简单。我们这儿像你这样的顾客不多——聪明，受过良好的教育。你还跟我说过大型食品发射器什么的，你有许多真正有意思的事儿可说，我挺感激的。你就尽管吃吧，伙计。”

伯尔尼肯定是对的，贾尔斯想。他老了，多愁善感，像是被困在了另一个时代。不然，他何以会在面对这种最微薄的慷慨时眼眶蓄泪呢？

“我无法告诉你，这意味着什么……我独自工作，你懂的，交谈……当然，我也会跟朋友说话，我最好的朋友，可是她……”临别时埃莉莎抛过来的手语仍然印在他的背上，“唔，她不太健谈，所以……我很感谢你，发自心底地感谢。你叫我贾尔斯就好。”他勉强挤出一个

微笑。这微笑似乎很脆弱，他的整个脑袋似乎都很脆弱，就像“安杰伊”那种易碎品似的，“你可不能送我个酸橙派还叫我‘伙计’。”

布拉德的笑容就是阳光，是柠檬水，是刚刚割过的青草。

“哎呀，要是你想听真话，我得说我还从不认得叫贾尔斯的人呢。”

贾尔斯看着布拉德的双唇间吐出了自己的名字，觉得这就如同他向自己坦白他的加拿大血统，流露出的是同样的轻松愉悦。在这之后，贾尔斯想，再也不用窥探什么蛛丝马迹了；再也不用像害了相思病的学生那样翻看电话簿；这空劳虚度的生活不再只是充满着羞耻的了。

“我想听真话。”他说，说得别有深意。

贾尔斯的真话就是：他疏远了他的知己；他向布拉德吹嘘的“受人委托负责的”广告项目以一幅拙劣的油画告终；他没有未来，没有希望；这一切都是他屈服于压抑已久的欲望的原因，就像一个孩子被太甜的馅饼齁得神志不清一样——他后来认为这是理所当然的。上一次和布拉德聊天时，他解释过“撩人的”这个词的词源：坦塔罗斯永远也够不着近在咫尺的果子，永远也喝不着水池里的水。现在，贾尔斯也伸手去够了。

他用自己的手握住了贾尔斯的手腕，他的手腕温热得像刚出炉的面包。

“我也喜欢和你交谈，”贾尔斯说，“我愿意多多了解你，如果你也愿意的话。你是真的叫……布拉德吗？”

布拉德眼睛里欢乐的光芒一下子消失得无影无踪，就像他整个人晕过去了似的。他站了起来，不是六英尺三英寸或六英尺四英寸，而是十英尺，一百英尺，一千英尺，远超可以计量的高度，直接耸入了平流层。

贾尔斯的手从那温热的皮肤上滑落，坠在冰冷的柜台上。那是

个干瘪的、长着斑的、皱皱巴巴、哆哆嗦嗦的东西。天上的神灵说话了，声音里浸着黄油糖浆般的口音。

“你在干什么，老东西？”

“可是我……你……”他疲惫无力，茫然若失，像个孤零零待在明亮灯光里的标本，“你送了我馅饼。”

“我送了所有人。”布拉德说，“因为我昨晚订婚了，就跟那边的那位年轻姑娘。”

贾尔斯喉咙发紧。布拉德用他的大大的、长满汗毛的、刚才指着免费馅饼的手指，指了指洛蕾塔——那个精明的小东西，她蹦来跳去，咯咯笑着，正是一个处于人生顶峰的正常人。贾尔斯看了看洛蕾塔，又看了看布拉德，然后又看了看洛蕾塔，来来回回地，就像一个无助的老人。排队的人群里有一家子黑人，妈妈、爸爸和孩子，他们正仰头看着挂起来的菜单，小声地互相讨论着关于馅饼的细节。贾尔斯注意到布拉德的脸红了，那是因为贾尔斯不得体的触碰让他觉得丢脸，而这种愤怒必须有个出口。

“嘿！”他叫道，“你们点外卖就行了，没座位了！”

一家人的闲聊戛然而止。他们转过头看，看着一腔怒火的布拉德，迪克西·道格馅饼店里的所有人也都看着他。排队的妈妈把孩子们揽到怀里，然后才回答：“明明有很多座位啊……”

“都预订了，”布拉德厉声说道，“整天。整个星期都有人订了。”

布拉德的怒火浇熄了那家人期待的神情。贾尔斯觉得恶心极了。他抓紧柜台，想让高脚凳别再转了，却发现凳子根本就没动。贾尔斯看见了布拉德身后模糊的电视画面，他接受了它的蔑视，因为他活该。人们每天都能在新闻里看到黑人抗议，可能熨衣服的时候就能看到，可大家还是毫无感觉。然而，贾尔斯受不了这一幕。这并

非出于同情，而是一种自我保护。他拥有特权，这种特权让他得以隐藏自己少数族群的身份，可如果他还有一点点骄傲，就不会在餐厅柜台上鬼鬼祟祟地去摸别人了。他应该和那些不怕被警棍打破脑袋的人站在一起。自己丢脸是一回事，任凭这些无辜的人连价格虚高、糖精太多的所谓馅饼都买不到，却是无法接受的。

“别那样跟他们讲话。”他说。

布拉德斜眼看着贾尔斯，冷笑道：“你最好也滚出去，先生。物以类聚。”门铃响了，布拉德抬头去看。那位父亲——可能早已习惯了咬破嘴唇的滋味——正带着家人远离伤害。布拉德脸上绽开了灿烂的笑容，这笑容，贾尔斯曾一度以为是自己专有的。他加重了口音：“都别看了！”

贾尔斯低头看着那块酸橙派，颜色和他画中的那块果冻一模一样，是一种人造的、超凡脱俗的绿色。他的目光扫过迪克西·道格馅饼店，那些一闪一闪的色彩和流淌的铬光都去哪儿了？这分明是廉价塑料制品的墓地。他站起身来，觉得也并没有那么不稳当。当布拉德再次看向他的时候，贾尔斯惊讶地发现，他幻想出来的这个人，其实一点儿也不高。真的，他俩的身高其实差不多。贾尔斯理了理领结，扶正眼镜，从外套上摘掉猫毛。

“你曾对我说过特许经营的事，”他说，“我承认，那确实让人印象深刻，室内装潢，运送馅饼，诸如此类。”

贾尔斯顿了一顿，对自己僵硬的声音感到一丝敬畏。其他用餐者也看着他，仿佛他们也有同感。尽管已是徒劳，但贾尔斯仍然希望那一家三口能听见他的话。他希望自己的父亲也在听，他希望伯尔尼·克莱、克莱因先生和桑德斯先生也在听，他希望每一个曾解雇他、拒绝他的人都能目睹这一幕。

“但是你知道吗，年轻人，真正的特许经营是什么？”贾尔斯摆摆手，指着整个餐厅说，“是愚蠢、懦弱、粗俗、贪婪的企图，想要伪造、包装、兜售一种无法售卖的魔力。这种魔力就是：一个人坐在另一个人的对面，一个真正重要的人。油滋滋的食物与人类的情感之间，那是一种炼金术，是你无法经营的。也许你从来也没有体验过那种情感。而我，体验过。有一个对我来说真正重要的人。而她，我跟你保证，她太聪明了，根本不会到这儿来。”

他转身向外，而布拉德扭脸朝向了电视机的斑点亮光，在食客中穿梭着。人们已经安静下来了，只有乡村音乐还在轻轻唱着。他走到了门口，这时布拉德开口回击了。

“不是布拉德，是约翰。臭基佬。”

他曾经被这个词轰赶回家。当时他说了几句有双重含义的话，试探了一个颇有前途的家伙，那些话本来还有第三层意思，为的就是在对方理解并拒绝后避免难堪。然而今天，这个词却追赶得不那么急了，反而像是一种燃料，推着他穿过整个巴尔的摩，走进华盖影院后面的停车场，爬上消防梯，经过自己的门前，飞快地敲了一下门便进了埃莉莎的公寓。他一进屋就发现埃莉莎并没有像往常那样补眠补觉，而浴室灯火通明，仿佛一座灯塔。他摇摇晃晃地走过去，看见她正跪在地上，守着肥皂水桶，双手并用地刷洗浴缸。她停下手里忙着的活儿看他。那刷得极干净的浴缸表面就像大理石一样闪着光，照亮了埃莉莎，照亮了整个房间，或许也照亮了楼下的整个影院，整座城市因此呈现出一种崭新的、透亮的、更美的光亮。

“那东西究竟是什么，根本不重要，”贾尔斯说，“重要的是，你需要它。所以我会帮你的。只要告诉我该做什么就好。”

25

埃莉莎瞥了一眼她的朋友，看见他正用画刷和手工雕刻的蜡纸模板往“哈巴狗”的推拉门上拓图案。他们除掉了板结的陈年老泥，用柠檬酸盐洗洁精清掉排气管上积了几十年的油污，然后用黏土擦洗货车——清洁工的小窍门。贾尔斯干这些活儿时，也穿着那件他往常埋首绘画桌时穿的千鸟格纹背心，也像画画时一样眯着眼睛。然而，看着他在春天清新的空气里放飞自我，就像看着他从地牢的枷锁中挣脱。周日下午的阳光暖暖地照着他的光头皮，上一次他不戴假发出门是什么时候？埃莉莎为此很是开心。这个周末，贾尔斯和以前不一样了，他不再那么犹犹豫豫、畏首畏尾的了。如果这是他们共度的最后一天，埃莉莎想，是计划实施，而后被捕、受审，最终被枪决之前的最后一天，那么这真是很美好的一天。

她不能一直盯着他，因为她的胳膊正哆哆嗦嗦地抱着一堆牛奶瓶。牛奶瓶都是清洗干净的，里面装满了水。她爬进了“哈巴狗”里。除了前排座位，货车里的其他东西都清干净了，腾出来的地方铺着一块地毯，上面乱七八糟地堆着盒子和篮子。埃莉莎放下怀里的牛奶瓶，把它们一个挨着一个地摆进垫着毯子的盒子里。瓶子相撞，叮当作响，她的胃也开始捣乱了。她坐下来，倚着车厢，气喘吁吁。

“你真该歇会儿了。”贾尔斯把目光从蜡纸上收回来，笑着眨了眨眼睛，“你太辛苦了，也太忧虑了。再过几个小时，一切就都结束了，不管结果是哪一种。专注于眼前的事儿吧。我唯一能确定的就是，生活中最难忍的就是‘不确定’。”

埃莉莎笑了。她惊讶于自己竟还笑得出来，但她的确是笑了。她用手语说：“你做好你的身份证件了吗？”

贾尔斯轻轻抖了抖颜料，把它吹干，然后把画刷横放在颜料罐上。他掏出钱包，浮夸地抽出一张卡片，像舞剑似的把它搭到另一只手的手腕上。埃莉莎拿过来仔细检查，然后又翻出自己那张真的奥卡姆身份证件对比着。质地和重量都不一样，如果有人凑得这么近来查看，那整个游戏就提前结束了。除此之外，其他的细节都像贾尔斯的画一样，令人信服。对他来说，这是一种新的画材，而他只用一天就画完了，这更令人感动。

她指了指证件上的名字："迈克尔·帕克？"

"我觉得这个名字显得善良、诚恳又值得信赖，"贾尔斯耸耸肩说，"当然了，我的朋友也可以叫我迈克。"

埃莉莎更加认真地查看着细节，然后笑着比画道："五十一岁？"

贾尔斯泄了气："不像？没头发也不像？那五十四岁怎么样？只添一笔，我就能老三岁，就这么简单。"

埃莉莎做了个鬼脸。贾尔斯叹了口气，捏过那张卡片，拿起画刷，把刷毛捻成细细的一撮，然后轻轻地在证件上画起来。

"行了，五十七岁，我真的尽力了。现在可别对老迈克尔·帕克这么不礼貌了。"

他继续干活儿，愁眉毕现。埃莉莎则因为一直紧张而觉得恶心、头晕，像是在游泳，又像是被一种特殊的暖意包裹着，仿佛这小货车里面是世界上最最舒适的地方。她曾认为自己生命中的大多数时间都是孤独的，但在这一刻，有太多证据表明，事实正相反。如果几个小时之后，他们被抓住了，她的第二大遗憾就是无法向塞尔达表示感谢了——她想要，甚至是央求着，想要帮她。埃莉莎不能让她帮忙，如果她和贾尔斯被抓住了，也绝不能把塞尔达卷进来。推开塞尔达，这感觉太糟糕了。不过，埃莉莎认为，她这辈子肯定是

做了什么好事，才赢得了如此忠诚的友谊。

贾尔斯往车上装东西的声音把她拉回了严酷的现实。风太干燥了，吹不走“哈巴狗”里这片汪洋中的一滴水，影院里隆隆作响的音乐，在她听来也像是不祥的预兆。埃莉莎爬出车厢，眯缝着眼睛，抬头望着黯淡的阳光。

“我为你骄傲。”

埃莉莎回过头看着贾尔斯。他正蹲在地上，冲洗着画刷。渐渐下落的夕阳逆光笼在他身上，她却能看清他那安详、深沉的神情。

“无论发生什么事，”他说，“反正我已经老了，就连另一个我——迈克尔·帕克，也是个老家伙。冒这种险对我们来说有什么要紧的呢？但你还很年轻啊，你的生活还在向前铺展呢，就像大西洋一样。可是瞧瞧，你一点儿都不怕。”

埃莉莎接受了赞美，因为她需要赞美，然后又想澄清一番，于是傻笑着比画起来。贾尔斯皱起了眉头。

“噢，你说你害怕？非常害怕？哎呀，别跟我说这个啊，亲爱的，我都要吓死了！”

他夸张地展现着恐惧，反而使即将真实发生的事情显得多少可控了。埃莉莎笑了，她很感激他的鼓励。她退后几步，在橙色和紫色的余晖中凝视着贾尔斯的拓印杰作，仿若音乐剧中的一幕。她屏住了呼吸。把一张伪造的身份证件装进口袋是一码事，在一辆上了牌照的汽车上画一张假招牌则是另一种程度的胆大包天：

米莉森特洗衣店

在这几个字后面，“哈巴狗”干净的车门在阳光下闪闪发光，幻化成一座水池。埃莉莎踏进去，沉下去，直至一个转身，被那生物

施予魔力，她开始游弋，甚至开始呼吸，不只是像煮熟的鸡蛋一样浮上水面，而是在这犹如急流的不可能完成的计划中穿梭。逼仄、肮脏的小巷子，被丢弃的、发臭的爆米花，尽管摆脱不了，可她还是相信，她能感觉到海洋中的所有生物都聚集起来，寻求着她的指引。那一刻即将来临。

26

瓶盖从汗湿的手指间落下，骨碌碌地滚过地砖，滚到了马桶后面。奥夫斯泰特很想跪下来，像个瘾君子似的去摸索。某个清洁工会发现它，某个科学家会从上面提取指纹，而斯特里克兰，那个拿着噼啪作响的电牛棒的家伙，会抓住他——奥夫斯泰特甚至都来不及预约“野牛”的克莱斯勒。然而没有时间了，星期一日夜换班的时辰就要到了，奥卡姆最混乱的三十分钟，就要到了。他必须稳住双手，稳住呼吸，稳住思绪，去做那件事。不是为了他自己，是为了孩子们，为了那些可能被自己默许的秘密医学研究毁掉性命的孩子们。而“泥盆君”，从某个层面上说，也是一个被虐待的孩子。奥夫斯泰特能够移除它的苦难，最终找到了一招了结的救赎方案。

他拔掉注射器上的卡子和橡胶头帽，扔进马桶，放水冲走，水声应和着他耳朵里脉搏跳动的声音。针头插进药瓶，活塞向上提起，马桶里的水溅到他的脸上，像瘤子似的挂在那儿。银色的液体打着漩儿，华丽地涌入针管。他明白自然的法则：美丽的物质只会是致命的。他把注射器放进实验服的口袋里，用袖子擦了擦脸，走出隔间，尽量不去看镜子里那张变异丑陋的面孔。曾经泰然自若、冷静超然的大学教授，已然成了红着脸、撇着嘴的杀手。

27

安东尼奥是要花上十年时间来找他的工卡吗？都是因为他的斗鸡眼，塞尔达想。上帝才知道他怎么能在不打翻所有东西的情况下把桌子擦干净。真是不友好的想法，但塞尔达觉得情有可原。埃莉莎花了整个周末来思考塞尔达的问题：我们是朋友吗？答案似乎是“不”。因为周一换班的时候，埃莉莎连一个字也没跟她说，甚至连看都没看她一眼。塞尔达不想忍了，至少她是这么告诉自己的：她受够了。或许布鲁斯特是对的，白人只在他们有需要的时候才拿你当朋友。然而她脑海里挥之不去的，却是今天晚上埃莉莎的表现：她的脸苍白得像鱼肚皮，她老是回头张望，双手控制不住地发抖，清洁用品拿一半掉一半。

约兰达戳了戳塞尔达的背。队伍向前蠕动，她也向前动了动。可是，当她要掏出自己的工卡——这个世界上最最普通的动作——她花的时间却仿佛比安东尼奥还要多，仿佛花了整整一生。那感觉就像在穿越一个无底洞。对塞尔达来说，无论她多么应该感到贬抑和愤怒，多么想要感受到贬抑和愤怒，这两样东西似乎都是难以捉摸的，就像这张工卡一样滑溜溜的。它在她的手指间一晃，就像折断的翅膀一样坠下去了。

28

“哈巴狗”沿着福尔斯路晃晃悠悠地跑着。贾尔斯必须按照埃莉莎的时间表准时到达，比真正的洗衣店的车提前一个小时出现，再早就会引起怀疑了。他迅速地穿过高压钠路灯的光晕，沿着琼斯瀑

布弯弯曲曲的河道往前开，经过德鲁山公园黑乎乎的树丛，又绕过巴尔的摩乡村俱乐部发紫的草坪。这座城市的这些地方，是他从来没有踏足过，也从来不想前往一探的。贾尔斯一紧张就会使劲儿踩油门，以至于在南大街左转弯时的速度太快，副驾驶那边的车轮都快从路面上飞起来了。“哈巴狗”猛地轧到了路面上的垃圾，后车厢里的一只盒子翻了，里面的牛奶瓶洒了出来，就像北极星潜艇发射导弹似的。贾尔斯骂了几声，控制住车子，在一幢名叫“快乐山岗儿童疗养院”的黑暗楼房前放慢了速度，这是开上奥卡姆路前的最后一个地标建筑了。

当年，他把十八岁的埃莉莎送到这儿来面试，自打那天之后他就再也没来过。什么都没变，道路两旁茂盛的树林仍然像是藏匿着食人巨魔，奥卡姆标牌上的发光时钟也仍然像是另一个月亮。他一直都后悔，觉得不该在埃莉莎谋得这份工作的过程中扮演推动者的角色，但今天却不然。今天她有了目标，这是件美好的事。他努力地记着：找到“装卸区”的牌子之前，先经过一个空荡荡的停车场。唔，也不是完全空荡荡的——他注意到那儿停着一辆巨大的绿色凯迪拉克威乐。随后，小货车的车灯就扫到了检查站的一名警卫，他抬起手示意贾尔斯停车，另一只手则握住了枪套里的枪。

29

安保监视器屏幕发出的灰色灯光，正是斯特里克兰需要的那种晨曦。他从地板上爬起来，坐到椅子上——在他无法面对莱妮的夜晚，地板就是他的床。他的肚子里叽里咕噜地响，那是消化止疼片的声音。内脏肯定工作得很辛苦，因为他咳出了血，还溅到了他办

公桌上的白色信封。他擦了一下，有点儿脏，但也还好。这使信封带上了郑重的意味。它的确很重要，里面装的是申请今天解剖标本的文件。他把文件拿出来，干净，漂亮，一个修改的错字都没有。他懒得细读，直接在横线上签上了自己的名字。他看了几眼图表。对这种号称“稀缺”的动物来说，尸体解剖程序挺标准的了：Y形割口；肋骨对半切开；取出器官；锯开头皮；大脑扔进托盘。他简直等不及了。

门外传来脚步声，斯特里克兰抬起头去看。这么早，他还以为是“写字板先生”。不过，不是弗莱明，是鲍勃·奥夫斯泰特。他看起来像坨屎，大汗涔涔，满面苍白，忧心忡忡。一个念头闪过他的脑海：有点儿像劳尔·罗莫·萨瓦拉·恩里克斯。斯特里克兰向后倚在椅子里，手指交叉叠在脑后。有点儿疼，但这个姿势值得一疼。接下来应该很有趣。

30

塞尔达跪下去捡工牌。排在她后面的约兰达都快急疯了，但塞尔达的耳朵里只能听见布鲁斯特在喋喋不休，说她本来就不应该相信别人。可他不了解埃莉莎，不是吗？他当然不了解。尽管她们的友谊延续了多年，她却从来没去过她家里，一次都没有。但塞尔达了解那个女孩儿，她知道自己了解她。她所了解的那个埃莉莎，不是这样的。

埃莉莎的工牌还插在卡槽里，没有打卡，但她明明很快就离开更衣室了。或许这只是个小小的细节，然而，把它添加到过去几天奥卡姆冒出来的一切小细节中，事情就不一样了。蒙着灰尘的设备

被推出了F–1，科学家们喝着咖啡、吃着甜甜圈握手道别。这种复杂的感觉，就像是大学四年级的最后一周：兴奋，恐惧，悲伤。塞尔达觉得整个建筑都像是缩紧了、防备着撞击似的。今天肯定要出什么大事，而埃莉莎——已经很明显了——也牵涉其中了。塞尔达是怎么知道的呢？证据就在她眼前，整整一夜，踩在地板上吱吱作响。

是埃莉莎的鞋子。她穿的是一双难看的、灰色的、胶底的运动鞋——显然是为逃跑准备的。

塞尔达捡起工牌，打了卡，不顾约兰达高声抱怨，找出埃莉莎的工牌，也打了卡。毕竟，工牌打卡，是弗莱明的首要证据，如果出了什么问题，他会以此判断谁在谁不在。塞尔达转过身，不小心撞到了约兰达，也没道歉，就急匆匆地朝实验室跑去。出问题？她的直觉是，很多地方都会出问题，出大问题，而且，很快就会发生。

31

奥夫斯泰特朝斯特里克兰的办公桌探了探头。注射器就在他的口袋里。米哈尔科夫永远不会知道，他永远也用不着知道：一半毒药是给斯特里克兰的，另一半才是给“泥盆君”的。必须先把前者杀掉，才能保证后者死得干净利落。奥夫斯泰特告诉自己：是这个邪恶、可恨的浑蛋活该。注射器的玻璃管油腻腻的，在他的手里滑来滑去。他把手指往口袋内侧蹭了蹭，更紧地握住注射器。他就快走到桌前了，别停下。

“出去，敲门。”斯特里克兰说。

这是无意义的词语。奥夫斯泰特的大脑跟“意义”连接着，就像计算机拒绝接收有缺陷的数据一样拒绝它们，然后做出了最糟糕

的事：停下。他就停在那由十六个监视器屏幕组成的围墙前面，被灰色的荧光闪得目眩。他抬起一只手遮住眼睛——这只手前一秒钟还拿着一支注射器，此刻却空空如也，只是个软弱、无害的东西。

“敲……？”

“程序，鲍勃。”斯特里克兰说，“我知道你很看重程序。”

“我想……再给你一次机会……”

“我？给我？鲍勃，我没听懂。你当然可以跟我再说说。但，先出去敲门。”

32

“哈巴狗”不是一辆敏捷的车，但它光秃秃的轮胎就像贾尔斯的血肉，正一点点地远离检查站，都能感觉到地上轧过的每一颗石子。当然，警卫被车身上的油彩骗了，没检查身份证件就挥手放行了。但检查站一向都是容易通过的，不是吗？贾尔斯从大楼后面兜了一圈，车速慢到仿佛爬行。有个人影斜倚在墙边，在两盏灯之间抽烟。贾尔斯擦了擦雾蒙蒙的挡风玻璃。对，就是这儿了：装卸区。他想把恐惧吞下肚子，嗓子眼儿却像砂纸一样粗粝。

他顺着地上画的黄线往里开。门卫猛地醒了，举着两只手，像在质问一个傻子。他晃了晃手指，贾尔斯才突然发觉自己的失误：他应该倒车开进去。显然，你不能从前面往车上装东西啊。他蹭蹭脸上的汗，重新掉头，转到三分之一的时候就开始往后倒。不好。噢，太糟了。他会选择多开上一英里来避免在公共场合平行停车的。可现在在这儿，在黎明前的黑暗里，当着一个警觉的门卫的面，他却得把车倒进一个狭窄的细槽里。贾尔斯往后视镜里看了看，只觉

得那门卫嘴上燃着的香烟像一只怀疑的红眼睛。他抓紧方向盘，开始倒车，心中默默地向通用汽车之神祈祷，祈祷发生倒车奇迹。

33

“啊，你好啊，鲍勃。今早有什么能为你效劳的？”

奥夫斯泰特觉得自己就像个正挨骂的小孩儿，而这正是斯特里克兰故意让他感受的。他敲了十次或十二次门，可斯特里克兰只是咧嘴笑着，大把时间就这么浪费了。他跌跌撞撞地走到那些屏闪着的安保监视器前面。他害怕得手足无措，几乎失去平衡，他的手伸进口袋，食指碰到了针尖，太近了。他干笑着，露出的牙齿间发出惊恐的咝咝声。

“我只是……想跟你确认……你是不是真想那么做。”

“这是霍伊特将军的命令。”斯特里克兰拿起最上面的一份文件，标本的草图像待宰动物似的穿着孔，打着洞，“我刚刚签了字。这意味着，从现在起，两小时四十五分之后，你和我就要像两个好样儿的美国人那样，把那条鱼切了。”

奥夫斯泰特想象着自己跳到桌子另一边。他知道很可能得这么办，毫无优雅可言。尽管这太不像他这个年纪的人会做的事，但正好能达到出其不意的效果。斯特里克兰或许会抬起胳膊自卫，或许会转过身子，这都无所谓，针头刺中任何部位都可以。奥夫斯泰特准备起跳了，大腿都绷紧了，但这时他注意到有东西在微微地动。也许是因为他的眼睛经过训练，可以观察到人类的一切最细微的细节，包括原始细胞和细胞器的纤毛。就在斯特里克兰的脑袋后面，第七个监视器屏幕上，摄像机的视角突然往上扬了，先是掠过一辆

停在装卸区的洗衣店的汽车，然后就对准了黑漆漆、空荡荡的天空。

奥夫斯泰特把注射器扔回了口袋里。他回答着“好的”，他会在实施安乐死的时候跟斯特里克兰碰面的。但其实，他那彬彬有礼的声音已经被心里的苏联国歌盖住了：“光荣啊，祖国！我们为你自豪！”米哈尔科夫——他成功了，任由奥夫斯泰特孤军奋战十八年之后，俄罗斯人终于来帮忙了。

34

埃莉莎冲进了洗衣房。事情是这样的：她瞥见贾尔斯的小货车往装卸台那儿倒车，倒出了一趟蛇形路线，惹得警卫都跑过去了。这可有点儿麻烦，不过倒也掩护了埃莉莎。她拿起扫帚，把安保摄像机向上推起，然后匆匆离开。她扑向工业洗涤池，堵上排水口，同时拧开了冷水和热水龙头，接着从垃圾桶里抓起毛巾，把它们按进水里。这么多年来，埃莉莎和塞尔达一直都在嘲笑弗莱明的品质控制检测表，但现在她却得承认它的了不起了：这些动作已经在她的脑袋里扎了根，让她可以在害怕得崩溃的时候还能继续干活儿。

她从洗涤池里捞出浸湿的毛巾——沉得像泥巴一样，扔进最近的一辆空洗衣车里。她不停地捞、扔，制服也变得湿漉漉的，车子装满一半时，她便关上水龙头，握紧了车把手。她使劲儿一推，洗衣车纹丝不动。她的骨髓霎时凉透了。她又试了一次，龇牙咧嘴，肌肉紧绷，运动鞋狠劲儿踩着。最开始的一英寸总是最艰难，但挪动一英寸之后，车子便向前冲去，轮子滚了一圈，两圈。她原本停跳的心脏好不容易复苏了，却又咯噔了一声：这是辆嘎吱作响的推车，叫声响得像只公猫，可现在已经没时间再换一辆了。

35

警卫的手指关节抵着车窗，贾尔斯连连往后缩。警卫的手掌往下压了压。贾尔斯不知道该怎么办，只好照做，摇下了车窗。警卫的模样一下子明晰了：昏昏欲睡的棕色眼睛，不加修剪的蓬乱胡子，多毛的耳朵。他皱着眉头，用手电筒照着贾尔斯的衣服。这让贾尔斯猛地回忆起了二十二年前的一幕：导致他被克莱恩 & 桑德斯广告公司解雇的那个晚上，他在同性恋酒吧被捕，那些留着胡子的警察用手电筒照着他的身体，犹如围殴。

“你不是洗衣店常来的那个人啊。”警卫说。

“谢啦。”这才是司机会说的话，贾尔斯想，才不是什么“谢谢你，好先生”。

警卫没接他的茬：“证件呢？”

贾尔斯咧着嘴笑，笑得夸张，好像牙齿都要笑掉了似的。他假装翻找钱包，希望这个又冷又累的警卫就此拉倒算了。可警卫一声不吭，贾尔斯别无选择，只好拿出了身份证件。他举着它，觉得这样警卫不用碰着它就可以看到上面的字了。但是，没用。警卫一下子就把证件抽走了，毕竟他们也没有那么困啊。手电筒的光把证件照得像半透明的薄纸片。警卫用拇指指甲刮了刮，贾尔斯都能看见正面的那个“七”——用墨水给迈克尔·帕克增加的年纪——被刮掉了。

“噢。”贾尔斯说。

“下车。”警卫说。

这时，奥卡姆航空航天中心所有的灯全都熄灭了。

36

灯熄灭的时候，塞尔达就在洗衣房。六年前，她那套复式公寓遭了抢劫，两层都被抢得精光。她永远也忘不了，当时自己一下子就意识到出事了。她刚从车里出来，布鲁斯特都还没松开方向盘。门前的草坪什么都没缺，因为那儿也没什么可抢的。可是，就是出事了。草坪不对劲，上面的鞋印不是他们两口子的。门也不对劲，门把手拧得很古怪。而最重要的是，空气不对劲，一半被陌生人的呼吸卷走了，另一半则被搅动成了混乱的蜂窝。

此刻，塞尔达盯着地板上的水渍，心里也有同样可怕的确定感。没有什么明显的问题：只是水流到了地上。可她为什么会徘徊犹疑，像个研究血泊的侦探呢？因为，只要凑近细瞧就知道，这些水渍本身就是证据。它们不是那种表面张力很大的圆水珠，而是泼洒出来的斜线，讲述的是“匆忙”——埃莉莎的“匆忙”。即便头顶上的灯熄灭了，即便置身于黑暗之中，她仍然能看清这些另有含义的图案。

这是一种必须经历过才能明白的经验，用不着一分钟就能确定。奥卡姆从来没有过黑暗时刻，就连衣橱里的灯都是从来不关的。四壁传来精疲力竭的一声呻吟，而后寂静笼罩下来——真正的寂静，流淌着白噪声的寂静。塞尔达独自一人留在那里，身体仿佛一架机器，内里重重地撞击着。不——不是独自一人。在黑暗的走廊里，遥远的尽头，她能听见那儿有一辆轮子坏掉的洗衣车，正发出尖厉的叫声。

37

要不是已经摸到了 F-1 的门，埃莉莎根本不知道自己还要在一片漆黑中走上多久。她使劲儿推着洗衣车，走近安静的实验室，坏

掉的车轮在静默中狂叫着。直到她的眼睛渐渐适应了微弱的光线，她才能按照一直以来的梦境大致估计出它的模样——她不得不想象着黎明的微光透过一楼的窗户外，像袅袅烟雾一般，从以前没留意过的通风管道里悠然飘起。

洗衣车一路通畅地直接推到了水池边。摇曳的水闪着灰色的光，劈开黑暗，犹如甩出的匕首。他能看见她吗？在黑暗中，她以祷告般的热诚打着手语，唯愿他能看懂这些单词。“来。”“游。”“动。”她张开四肢，俯身趴在水池边，继续比画。水溅在她的脸上，她仍然比画着，不停地比画着。谁也不知道为什么会停电，但停电会引起慌乱，慌乱会驱使人们跑来保护这最重要的标本。如果现在、此刻，那生物再不“来”“游”“动”，那么他和埃莉莎就再也没有机会了。

两只金色的眼睛从水中升起，犹如一对金色的太阳。埃莉莎一时无语，而下一秒，她的鞋子已经脱掉，双腿浸入水中，制服像冰凉的触手缠绕着她的大腿。她颤抖着，张开双臂，艰难地向他靠近。那双金色的眼睛充满警觉，当然会如此——他曾被人追杀。埃莉莎又走了一步，池底的水剧烈地摇晃起来。水突然淹到了她的下巴，她奋力地呼吸着，可沉甸甸的湿衣服却拖着她越沉越深。她扑腾着，双手描摹出的信号，只是一个溺水女人绝望而徒劳的抓挲。

38

在静电的作用下，监视器屏幕啪的一声关闭了。没有一下子全黑，渐渐暗下去的灰色，仿佛十六只垂死的眼睛。什么都看不见了，什么都不会被录下来了。经历过新兵训练营、韩国和亚马孙之后，斯特里克兰最想要的东西就是“控制”——控制他的家人，控制他自

己的命运，但现在，“控制”被砍断了，就像大砍刀砍断了丛林里的树根。他猛地站起来，膝盖磕到了办公桌，磕得很重，好像都能听到木头裂开的声音。他疼得差点儿跌倒，连忙用坏死的手指头顶住屏幕墙，好稳住自己。可这也很疼，他松了手。办公室简直就是黑暗的月球表面。他的脚踹翻了垃圾桶，他的肩膀撞到了墙壁。他费了九牛二虎之力往门口走，仿佛那是一个给狗用的狭小狗洞。

脚步声急促而蹒跚，犹如雨点落地般地在走廊里响起。一束光掠过了黑洞洞的空气。

“斯特里克兰？”是弗莱明。这个蠢老百姓，一点儿用都没有。

“到底——”斯特里克兰突然感觉一阵疼，浑身都疼，“到底怎么了？”

“不知道啊。保险丝断了？”

“好吧，打电话，找人。”

“电话线也断了，没法儿打。”

与人接触时，斯特里克兰的直觉最准。他的拳头像弹弓似的挥了出去，一把攥住了弗莱明的衣领。除了初次见面时的握手，这是他们唯一的直接的身体触碰。但威胁总是影影绰绰、若有似无的——一个浑身浸着血和硝烟的男人，对另一个摆弄铅笔写字板的男人的威胁，不是吗？斯特里克兰的肱二头肌一绷，弗莱明衣领上讲究的缝线便扯开了。

“去找人，马上去。我们遭到入侵了。”

39

有个东西抵住了埃莉莎的后背。它很大，不太像一只手，但它弯曲的样子却很像，只不过手掌像摇篮，手指像立杆。另一只手按

着她的前胸，五根爪尖戳着她的胸腹，却几乎没有一点儿疼的感觉。这双手有足够的力气，完全可以把她捏死，却仿佛托着一只蝴蝶似的，将她的头托出了水面。她向后漂浮，漂到了比较浅的水域，她咳嗽着，头抵着宽大肩膀上隆起的肌肉。她的思绪连不起来了：他正拥抱着她；她的双手之下就是他的鳞片；鳞片柔软得像绸缎，又锋利得像水晶；尽管一个字都没有说，却仿佛说了千言万语。

她的身体一震。他被锁链锁住，只能把她送到这里。她猛然清醒过来，伸腿站稳，从已经湿透的围裙口袋里掏出了她和贾尔斯能搜罗到的最好的工具：一把螺栓割刀、一把钳子，都是她藏在大衣里带进来的。那生物浑身的凹槽突然闪现一片红光，但只是一瞬之间。他凝视着她，距离她只有几英寸之遥，然后他直立起来，露出了胸膛，好让她打开链子上的锁。离开了水，他的鳃翕动起来，但这绝没有怀疑的意味。他理解了，他相信了。他，也像她一样，再没有什么可失去的了。

40

她想用螺栓割刀夹住链条，却突然发觉自己犯了一个致命的错误。链条太粗了，割刀卡不住它，就像一个人再怎么张大嘴巴也咬不住一个篮球。埃莉莎把链条紧紧地按在刀刃上，想把它磨断。可是，除了一点儿浅浅的划痕，根本就没有任何效果。她把割刀放回口袋，用钳子的尖嘴插进一环链条里，想把它撬开。这个办法也毫无优势可言。她的手一滑，工具就掉进了水里。她没有去捡，捡起来也没意义。她竭尽全力，以身犯险，在F-1的水池里浮浮沉沉，而贾尔斯正等在外面。然而，把铁链打开，放走这生物，根本没有

办法。这时，黑暗中响起一个男人的声音，听来仿佛一种仁慈。

“住手。”他说。

贾尔斯确信，自己马上就得扮演“解不开安全带先生”，然后来一出好戏了。但这时，灯灭了，不仅是装卸区的两盏灯，而是所有的灯都灭了：办公室的窗户、人行道、草坪、遮阳棚、停车场，全都黑了。警卫退后几步，看了看整座大楼，然后接通了无线电对讲机。

“我是吉布森，装卸区的。里面还好吗？完毕。”

埃莉莎根本没提过关灯的事。贾尔斯抓住机会，从后视镜里看了看装卸区的大门。他希望她赶快出现，他也希望她别出现，起码暂时不要。这个警卫还没走，得把他的注意力引开。贾尔斯探出车窗，清了清嗓子。

“先生？”他暗自骂了一句，这可不是司机会说的词。于是他又开口道：“伙计？”

警卫调试着对讲机：“我是吉布森，装卸区的。完毕。”

“证件的事儿实在是抱歉啊，”贾尔斯说，“我怕是对自己的年纪有点儿害羞。看见了吗？这是假发片。我可能是个虚荣的人，但我跟您保证，这绝对不影响我送衣服啊。”

警卫转向他，熟练地抽出了枪。

“我再说一遍，帕克先生。请你下车。”

41

奥夫斯泰特冲向池边，扑进水里，抓住了埃莉莎的肩膀。那生物嗞嗞出声，仿佛冰在刮擦，但这一次，死亡吓不住奥夫斯泰特了。

“你是谁的人？”

他之所以这么问，是因为他仍然无法相信，音乐和舞蹈，这些使“泥盆君”得以活命的前瞻性的策略，是这个名不见经传的清洁工自己想出来的。但是只要花上一秒钟，看着她绝望的眼睛，就能确定，她就是世界上最稀少的那类人；她是个真正独立的特工，除了自己所认知的“正确”，不受任何组织条框的约束。

“是你动了装卸区的摄像机，是吗？”他说，“你想带它离开这儿，是吗？”

她点点头，而他的思绪飞速旋转。根本不是什么俄罗斯人。他刚刚用米哈尔科夫给的“爆米花”弄坏了奥卡姆的电网。这里唯一能帮他的，就是这个骨瘦如柴、不会说话的女人。这种尴尬情形注定会被人笑话，但他想起了自己过去跟学生说过的话：想象你是一颗行星。他会告诉人们，别笑，试着想象一下吧。永世孤独，然后有一天，你运行到了椭圆轨道的顶点，距离另一颗行星只有瞬息之遥。那么，难道你不会竭尽全力地靠近它吗？难道你不会为此而燃烧、发光、爆炸吗？这就是埃莉莎·埃斯波西托和鲍勃·奥夫斯泰特：两个孤独的人，两个完全不同的身体，就在这珍贵的一刻，紧紧地抓住了对方。

“告诉它，别伤害我。”奥夫斯泰特说，“我给它开锁。”

42

斯特里克兰跌跌撞撞地退回他那黑漆漆的办公室里面，安保摄像机屏幕一个个冷冰冰、死气沉沉。他大发雷霆，破口臭骂，乱踢乱打。他觉得自己像是瞎了，像是残疾了。像那生物，几乎没法儿

在正常的空气里呼吸；像埃莉莎，没法儿开口说话。他挥动着两只手，打翻了桌子上的电话机。电话机落到地上，可怜兮兮地响了一声。他不知道是不是红色的那台——霍伊特将军。要是霍伊特知道了，斯特里克兰这一辈子也别想说清了。

好吧。他那只没受伤的手握住了大砍刀光滑的橡木刀柄。不，是“亚拉巴马–依好”。想要保持规行矩步越来越难了。钢轴撞击着它所藏身的那个金属柜子，他用拇指推开了开关，“亚拉巴马–依好”嗡鸣起来。他一边挥动着它一边朝屋门的方向走。这次他什么也没撞倒，仿佛整个办公室都怕他了。

走廊被拂晓的透亮微光照着，只有尽头隐约有些脚步声和说话声回响着。烧断保险丝的人很清楚他们这儿的情况：换班是发起袭击的最佳时机。电梯口拥挤不堪，前门大厅一片混乱，但在走廊和实验室里，却只会有很少几只早起的鸟儿。谁会知道这些呢？刚才出现在他办公室里的那个人——鲍勃·奥夫斯泰特，那个俄罗斯人。斯特里克兰以最快的速度沿着走廊往前冲，呼出一口“亚拉巴马–依好”烧焦的发臭空气。

“标本！”他大叫道，也不管有没有人在听，“锁好标本！”

43

一个瘦瘦小小的女人，一个四十多岁的生物学家，两个人谁都不是干体力活儿的料。洗衣车简直就像装满了煤渣矿料，但奥夫斯泰特却相信推进力和动量的属性，他们必须得让车子动起来。可埃莉莎却松开了车把手，俯下身子，用湿毛巾更好地盖住那生物。她是那样充满爱意，奥夫斯泰特真不想斥责她，可他还是开口了。这

个女人发动了一场阴谋行动，就连苏联政府都认为风险太大，可这的确值得真真正正地努力一把。她连忙抽回身子，一起推车。那生物似乎很害怕，把毛巾弄得沙沙响。车轮吱吱嘎嘎地抗议着，总算转动起来了。

据奥夫斯泰特估算，走到实验室的大门那儿，已经花了他整个职业生涯那么长的时间。外面的走廊里仍然黑暗一片，但他知道这持续不了太久，正如米哈尔科夫所说，“爆米花”能破坏保险丝，不过任何一个有点儿脑子的房主都能想办法修好。他们使劲儿地推着洗衣车往装卸区的方向走，仅有的声音就是车轮的吱嘎声，他们自己紧张的咕哝声，以及毛巾底下那生物的呼吸声。然而，隔壁走廊里传来了粗哑的、愤怒的吼叫声：

“标本！锁好标本！”

奥夫斯泰特立刻就明白自己该怎么做了。他从口袋里掏出一瓶药片，塞进埃莉莎手里：“每隔三天就往水里加一片。你能理解我的意思吗？它的水必须保持75%的盐度。”她迷惑不解地看着他。“饮食上只能用蛋白质，生鱼、生肉，懂吗？”她一直摇头，而他把那只注射器也递了过去。“如果你没能成功，那就用这个。别让他们把它切开，拜托了。它拥有的秘密是我们不该知晓的。”可能，他想，这个清洁工除外。“它只能在水外待30分钟。快走，快走吧！”

她点点头，但是动作很重，仿佛她的脑袋就要从脖子上掉下来似的。他还有好多东西得告诉她。那些详尽的信息和细细的叮嘱，值得他说上一辈子，可他只有这么几秒钟的时间。他冲进黑暗里，循着斯特里克兰的声音去了。

44

埃莉莎用力地推。她腿上的肌肉颤抖着，胳膊上的肌肉都要爆开了，可洗衣车只是一寸一寸地往前挪动，地板上每一颗小小的砂粒都仿佛是必须费劲翻越的巨大减速带。她听见奥夫斯泰特在叫斯特里克兰了。这叫声，还有那生物嘶哑呼吸的声音，都像是在她脚下点了一丛火。她推着车往前蹭，这太难了。不过更难的是，在一个面露困惑的男人走近时尽量表现出正常的样子。这个男人穿着白大褂，手上还端着一杯咖啡——在这节骨眼上还这么“正常”简直令人憎恶。他只瞥了一眼埃莉莎，这是当然的，像她这样的女人就和隐形的一样。埃莉莎从来没这么感激过这种轻视。

她到了通向装卸区的那个左转的急弯，她都能看见双开门门缝外面的晨光了，可这倔强的轮子纹丝不动，推车转不了弯。人们就要来了。她听见脚步声了，比往常更响、更多的脚步声，还有足以叫人发疯的说话声。她狠踢车轮，却脚下一滑，差点儿摔倒。洗衣车正在漏水，把这一片地板都弄得滑溜溜的。她再次抓住车把手，决心用十足纯粹的蛮力，一鼓作气地把它推走。可她的脚踩在水洼里，根本站不稳。她双膝跪地，悬在那辆洗衣车上，就像卡在游戏方格架里、害怕掉下去的孩子。

这时，有人握住了她的胳膊。

45

塞尔达把埃莉莎拎了起来。这姑娘疯了，挣扎着，都快把自己的身体扯断了，还在口袋里摸索着什么东西。塞尔达紧紧地扶住了

她。埃莉莎不只是在发抖，她抽搐着，呼吸急促，眼睛一眨不眨，目光狂乱。她的手从口袋里抽出来，扬起了像是皮下注射器的东西。针尖挂着的一滴银色的液体，在黎明泛红的微光里熠熠生辉，宛如一颗宝石。塞尔达缓缓地把目光从针尖移到埃莉莎身上。

“亲爱的，”她轻声说，“冷静。”

她的声音制造出的效果，是仅仅看见她这张脸所不能比拟的。埃莉莎把注射器塞回口袋，一把抓住塞尔达的制服，倚着她往下瘫倒。塞尔达心里有一种既生气又悲伤的感觉——通常只有在葬礼上才会任由这种感觉蔓延。塞尔达用双臂搂住了埃莉莎的后背。她的制服湿了，湿透了。塞尔达越过埃莉莎的肩膀，看见了那车湿漉漉的脏衣服：白色的毛巾、白色的实验服、白色的床单，以及——

一只金色的眼睛。

“噢，我的老天哪，”塞尔达哽住了，“上帝啊。”

埃莉莎撤开身子，抓住塞尔达的前臂，颤抖着恳求着。或许用手指说话是她的本事，但不知为何，其中透露出了所有的答案：她为什么会冷落塞尔达，为什么她要拒绝她们的友谊。就是因为这件事，她不希望塞尔达因为这件事受牵连。而正是她面对友谊做出的牺牲使塞尔达抛开了一切直觉和判断力，转而握住了推车的把手。

“你真是疯了，”塞尔达说，“推啊。”

46

斯特里克兰知道那影子的形状是奥夫斯泰特，就像他能认出俄罗斯人的平稳步态。他抓住他了。斯特里克兰跑得更快了。一扇窗子透进来的晨光就足够亮了，这帮了他的忙。他一路朝着走廊中央

去，也没理那个给他敬礼、向他请求指示的保安。可才走了几步，斯特里克兰就非常意外地发觉，奥夫斯泰特并没有躲避逃跑，而是径直向着他迎过来了。斯特里克兰停住了，他用拇指戳了戳电牛棒，把它摆在身侧预备着，然后张开嘴巴想要大喊大叫。不过，奥夫斯泰特抢了先。

“斯特里克兰，它跑了！我进去做准备时，它把我拽进水池里了！”

“你以为我会信——”

奥夫斯泰特抓住了他的外套。斯特里克兰往后一撤，想让他尝尝“亚拉巴马－侬好”的滋味。可他这一招来得太突然，太令人费解了。

“不是我干的，理查德！有人闯进来了！把它带走了！”

“你就是那个闯进来的红鬼——”

“如果真是我干的，那我还会告诉你吗？我们得封锁整个大楼！”

奥夫斯泰特的脸离得很近，近得两人的鼻子都要挨上了。斯特里克兰瞪着他，想从科学家的眼睛里看出点儿什么。真相就在眼睛里。他威慑过的人，杀过的人，他都能从他们的眼睛里看见真相。要是也能看见这一个的就好了。

这时，老天垂怜：全宇宙的灯都亮了。

47

坠入黑暗是件柔和的事，就像闭上眼睛入睡一样。但当光明重回奥卡姆时，那种亮度堪称体育场级。钨丝灯灯光破窗而出，犹如回燃的大火，停车场里灯亮光涌，好似流淌的熔岩。那名警卫遮着眼睛，转过身子，仿佛大楼本身就是伏击的入侵者。贾尔斯的一条腿已经跨出了驾驶室的车门，他迟疑着，也快被光亮闪瞎了，但不

知怎么回事，他仍然能透过闭合的眼皮看向正确的方向，看见那扇双开门开了，埃莉莎出现了，跟计划中一样，不同的是有一位魁梧的黑人女士在帮她推车。

贾尔斯知道自己不是个行动派。这个缺点一次又一次地害了他，夺走了他本应拥有的生活，但今天不会了。警卫还在盯着大楼发愣，而贾尔斯有了个主意，他不允许这个主意再被自己上升到观念尺度去衡量后果了。他两只手抓住车门，使出全身力气把它掴向了警卫。小货车岿然不动，金属车门砸到人的脑袋的声音很可怕，身体撞向人行道、骨头折断的咔嚓声也很可怕。贾尔斯就这样完成了这辈子的首次暴力行为，尽管感觉不怎么样，但他知道，暴力事件有的是，尤其是在这儿。

48

洗衣车沿着坡道一路往下滑，直接撞上了小货车的尾部。埃莉莎紧随其后，而塞尔达关上了坡道口的大门，好掩盖她们的行踪。埃莉莎打开一扇车门，把湿毛巾往车里扔，露出了推车里的生物。他像胎儿一样蜷曲着，一只大手遮住了眨动的眼睛，抵挡着洪水般倾泻而下的强光。她把手伸进去，架起他的胳膊，想把他扶起来。他随着她动，但只动了一点点。他的鳃鼓鼓的，身体扭着，几乎站不起来。

塞尔达——她的朋友再一次出现了，她抬起这生物的另一只胳膊，满脸厌恶和抗拒。她摸到了他冰凉的、锁子甲一样的身体，和埃莉莎一起把他推进小货车的车厢。她和他的触碰不到十秒钟，但就是这十秒钟，使塞尔达脸上露出了领悟的错愕。这不只是一种生物，不只是超大号蜥蜴，而更像是，一个人——一个各个方面都更

大、更好的人。他是比她们更高级的生物，此刻却被困在寒冷干涸的沙漠里，而他根本无意踏足其中。

“快走！”塞尔达喘着粗气说，“快走啊！”

没有时间表达感激后道别了。埃莉莎指了指安保摄像机，用手语说了一句“他们看不到你”，然后就把塞尔达往门口那里推。现在还没有人看见她，她仍然可以回到大楼里，假装什么都不知道。可塞尔达还是站在那儿，震惊而呆滞地看着埃莉莎砰地关上车门，看着小货车驶出装卸区。那车轮的巨响，比洗衣车坏掉的轮子声可大多了。

49

斯特里克兰跑起来了。他憎恨这种行为。在办公室里狂奔，是他失去控制的最终证明，但他没有别的选择了。他冲过走廊，把周围的人重重地撞倒在地，然后爬上公用楼梯，穿过前厅，撞开大门，停下来寻找方向。斯特里克兰后面跟着两名保安，再之后是弗莱明。大楼外面，天已经大亮。科学家们打着哈欠，慢悠悠地走着来上班。秘书们停下来，对着镜子补几下唇膏。一切都正常极了。

不过，有个声音，是一辆车。离这儿很近，因此开不了太快。斯特里克兰转向右边，穿过草坪，绕到了大楼的一角。就是它，像从珠穆朗玛峰上滚下来的巨大雪球，一辆白色的洗衣店货车朝他冲了过来。

“开枪！”斯特里克兰大喊。但保安们还没跟上来，他这个手上只拎着一根电牛棒的人，显然无法跟超速行驶的庞然大物抗衡。检查站的警卫连忙躲开让路，但货车还是猛然转向——这表明司机并不愿意造成伤亡，倒挺令人意外的。那边的停车场里只停着一辆轿

车，货车直接扫了过去，撞得轿车的车尾都瘪了。那是一辆修长的、华丽的、青色的凯迪拉克威乐。

“不。”斯特里克兰的胸口一阵疼，仿佛是他自己的身体被撞了。他听见自己的声音打着旋儿往上飘，像个小女孩儿似的又尖又细，“不，不，不！”

50

货车猛颠，轮子打转。贾尔斯能感觉到埃莉莎的身体重重地撞上了他的椅背。烧焦的橡胶气味浮了上来。他们停住了，在距离自由只有一步之遥的地方，困住了。他的视线越过小货车的引擎盖，看见前保险杠卡进了一辆青色的凯迪拉克的车尾。他听见了一声崩溃的大叫，他还以为是个女人在叫，但朝着货车冲过来的明明是个男人。

他身材魁梧，像银背大猩猩似的甩着步子，手上还拎着个蝙蝠似的玩意儿。

贾尔斯骂了几句，调转挡位，猛踩油门。小货车猛地往后冲了足有一码，金属发出尖厉的摩擦声，玻璃像烟花似的炸开来。那个狂奔的男人跑得很快，已经把距离拉近了一半。贾尔斯调回前进挡位，使劲儿踩下油门踏板。镀铬的轮毂嘎吱嘎吱，挤瘪的保险杠呜呜咽咽。他抬起头，看见那些荷枪实弹的人正举起枪，大喊着叫那个冲过来的男人让开地方，好让他们开枪。但那个男人好像疯了，他跳过一道路障，吼叫着些没人懂的话。贾尔斯连忙摇起了车窗——这可怜兮兮的防卫。

幸亏他这么做了。那个男人举起“蝙蝠”击中了车窗，玻璃裂成两半。贾尔斯大叫着把方向盘往右转，同时加大油门，接着又往左

转，再猛踩踏板加速。那人又狠击了一下车窗，玻璃裂成了网状。然后又是一击，玻璃彻底碎了，坚硬的小碎片雨点般地扑向了贾尔斯的脸。就在这个时候，小货车的保险杠掉了下来，那男人不得不向后跳开，免得被扫到身侧。当小货车终于从凯迪拉克的车尾撤开时，贾尔斯仿佛看见了火花，那绿色的车漆四射飞溅，好像刮掉了好多层。

51

他的鳃张得大大的，露出了里面层层叠叠令人目眩的红色鳃丝，它们颤抖着，就像踏不着地面的蜈蚣腿。他的呼吸很急促，间隔越来越长。他的胳膊从湿漉漉的脏衣服里伸出来，像小孩儿装鬼那样无力地垂着，手蜷着，往上伸，仿佛他的上半截身体就要升入天堂似的。

埃莉莎抓住他的手腕往回拉，但他却挣扎着又伸出来了。她恍然大悟：水，这是要水的信号。她只顾着用湿毛巾包住他，根本没听见那些滚来滚去的瓶子发出的叮叮当当声。它们随着贾尔斯的转弯倾斜、翻滚，她抓过一个，拧开盖子，把水往这生物的脸上、眼睛上、鳃上浇。他弓着背，凑近水流。水经由他皮肤上的凹槽往身体里面渗——那些凹槽已经变成了惨淡的棕色，水沾上去几秒钟就消失了，而他还是干涸的，还在急促地喘息。

“它还好吗？还活着吗？”贾尔斯嚷嚷道。

埃莉莎用两只脚踢了踢车厢，这是她能做出来的最接近“快点儿”的动作。

“现在是早上！堵车！我尽力了啊！”

她踢了又踢。奥夫斯泰特说过，这生物至多坚持三十分钟，而现在都过去十五分钟了，可能二十分钟都没了。时间正在流逝。她的注

意力跳回那生物身上，他正发出窒息般的声音，可埃莉莎只知道安慰人类的办法——真是可悲的局限啊，她现在算明白了。她用一只胳膊撑着他，让他坐起来，另一只手又抓过一只瓶子，把水往他身上倒。

他吸吮着，吞咽着，他刚刚沾过水的眼睛，正对着车窗，从金黄色变成了枯黄色。尽管快要憋死了，他显然还是对车外铺展的世界惊讶不已。埃莉莎也看向外面，思索着，这座城市是否也拥有丛林魔法的只言片语。灰色的脚手架上，熄灭的霓虹灯染上了橙色的太阳光。有轨电车犹如腾跃着的黄色鲸鱼。可口可乐广告牌上有一个男人和一个女人，他们就像埃莉莎和这生物一样，依偎在一起；那女人握着一只可乐瓶，正如埃莉莎拿着一瓶水。片刻之间，她突然想到，巴尔的摩并不是她强迫自己接受的那个虚无的、密集的蚁冢，这城市拥有它自己的故事的虬结、神话的沼泽、精灵的仙林。

"哈巴狗"冲进华盖影院的后院，一下子失去了控制，尽管贾尔斯踩住了刹车，可已经没了保险杠的左前盖还是撞上了垃圾桶。谁也顾不上管车子了。贾尔斯掀开车厢后门时，埃莉莎已经给那生物身上披了一件湿的实验服，头上罩了一条湿的床单，准备就绪。爬消防梯的过程简直就是一场臃肿、笨拙、粗俗的闹剧，与秀兰·邓波儿和罗宾森的演出相比，实在是令人难受。

他们总算爬到了顶层，穿过了走廊，进了埃莉莎公寓的房门。贾尔斯在浴室门口松了手，因为门框太窄，只够埃莉莎自己扶着那生物进去。他们全都筋疲力尽，几乎就要跌倒。他那两条派不上用场的腿抵住浴缸，向后一倒，倒进了事先预备好的水里。溅起的水花扑向了埃莉莎的脸，正像小货车那些瓶子里的水扑向那生物的脸：涤净，洗礼。他把公寓的浴缸衬得很狭小——但大部分男人都会嫌这浴缸小，埃莉莎暗自想道。她打开了热水龙头，因为放了一整夜，

浴缸里的水早就凉了。水管嘎吱嘎吱地响着，颤着，水直接浇到了那生物的头上。水面迅速上升，淹没了他的脸。埃莉莎等待着呼出来的泡泡，可什么也没有。她把手伸进水里，试着温度，好和 F-1 水池里的水保持一致。

“给你帮忙的那个女人是谁？”贾尔斯在后面气喘吁吁地问，“你雇了一大堆搞破坏的人是吗？”

对了，水池。她想起了自己是怎样滑进水里去，嘴巴里又是怎样灌满了盐水。她从口袋里掏出了奥夫斯泰特给她的药瓶。这时，另一件东西滑了出来，掉到了地板上。

“我的天哪，”贾尔斯说，“那是注射器吗？”

每三天一片，奥夫斯泰特是这么说的吧？还是每一天三片？那生物像一块沉没的石头，无声无息。没工夫细想了，她直接往水里倒了三片药片。药片嗞嗞响着溶解开来，她用手搅拌着，把盐水往那生物的脸上、脖子上泼。突然，她吓了一跳，动不了了。她抓住了那生物的手，那又大又厚的、长着蹼的、鳞片上闪耀着流转虹光的手。她把另一只手也伸进了水里，与那带着利爪的指头交握。她紧紧地攥着他的双手，仿佛外科医生用力地挤压一颗心脏。

贾尔斯的影子映入了水中。

“你是对的，”他屏息道，“他真美。”

那生物的手更加用力，像一条蛇吞下啮齿动物似的，把她的手整个儿包裹起来。这是垂死的痉挛，埃莉莎抽泣着想。但这时，浴缸里的水开始发光，先是一闪一闪的钴蓝色，像一眨一眨的眼睛，而后光点绽开，蔓延成灼烧般的蓝宝石色。狭窄、潮湿、没有窗户的小房间，变成了无边无垠的水族馆。他们就在其间游着，潜着，荡着——活着。

四 别再困乏汝心

TROUBLE YOUR HEART NO MORE

I

办公桌上放着一个托盘，托盘上放着一个小玩意儿，还在冒着泡泡。斯特里克兰盯着它，一连看了好几个小时。这是一截金属管，被某种炸弹炸开了。一个红色的斑点，看起来像是烧过的塑料。黑色的粗糙脉络，之前可能是电线之类的东西。实情就是，一点儿线索也没有。他甚至都没有试着去找线索，他就只是盯着它看。

无论这究竟是哪种炸弹，反正它把一切都熔了。现在，他的生活也是如此，不是吗？一切都熔化了——为人父亲的努力，家庭安宁的假象，甚至还有他的身体。他瞥了一眼手上的绷带，已经好几天没换过了，它们都发灰、变黏了。棺材里的尸体就是这样——消融成黑色的淤泥，他的手指里也进行着同样的进程。他感觉到腐肉正侵蚀着手臂里的动脉，那些朽烂的触须已经攀上了他的心脏。这样的繁殖扩张，在亚马孙比比皆是，根本阻止不了。

有人敲门。他盯着托盘盯了太久，以至于眼珠动一动都觉得疼。是弗莱明。斯特里克兰模模糊糊地记起，他确实曾要求到访。弗莱明之前回家睡觉了。睡觉？发生这种级别的灾难之后？斯特里克兰就没想过要离开奥卡姆。他自我开解，想着这与处理方式无关，但他就算想回家，也得先去评估一下那辆凯迪拉克的损坏程度。弗莱明清嗓子的声音打断了他的思绪。安保摄像机屏幕发出的灰光就像

X射线，斯特里克兰都能看见他松散的内脏，细弱的骨头，以及恐惧的脉搏。

“有什么进展吗？”弗莱明问。

斯特里克兰没有怒目相向——瞪眼还需要一点点尊重呢。弗莱明用写字板遮遮掩掩，但斯特里克兰仍能看见他脖子上的瘀痕——是他在黑暗中掐出来的。这该死的，像烂果子一样软塌塌的。

弗莱明又清了清嗓子，看了看他的写字板：“我们有很多油漆碎片可以查，这应该能告诉我们不少信息。制作，呃，模型，最最重要的是，我们捡到了整个前保险杠。我们可以马上派出搜查队去找一辆没有保险杠的白色货车。其实，如果联合地方警察的话，这事儿会容易得多。不过我明白你不想那么办的理由。现在我们已经用绳子把整个现场围起来了，这样就能测量轮胎面了。”

“轮胎面，”斯特里克兰重复道，“油漆碎片。”

弗莱明咽了口唾沫：“我们还有监控录像。”

“唯独没有拍得着的那个摄像机的。我说得对吗？”

“我们还在整理录像。”

“也没有一个目击证人能说点儿有用的东西。”

“我们才刚开始走访。”

斯特里克兰的目光又落回了托盘上。食物才应该放在托盘上。他想象着自己去咬那个东西，他的牙齿楔住金属碎片，吞下去，碎片重重地坠入胃里。他可以把自己变成炸弹，但问题是，爆炸时，他要给自己选个什么地方才好。

“如果你不介意的话，我得说，”弗莱明继续道，“我相信和我们周旋的对手是训练有素的精英，资金充足，装备精良，整个入侵只用了不到十分钟。我个人的意见啊，斯特里克兰先生，我觉得这是

红军特种部队干的。”

斯特里克兰没回答。俄罗斯特务？可能是吧。第一颗卫星，第一只飞上太空的动物，第一个飞上太空的人。和这些丰功伟绩比起来，世纪大盗根本算不得什么。而且，奥夫斯泰特就在这儿。斯特里克兰找不出任何蛛丝马迹能证明奥夫斯泰特昨晚有什么问题。除此之外，这整个袭击过程，感觉也并不像苏联人干的，太拖泥带水了。斯特里克兰用“亚拉巴马–侬好”猛击的那辆货车，简直就是由一堆破板子堆起来的，车里的司机也是个疯疯癫癫的老头子。斯特里克兰需要花时间好好思考。他现在想起来了，这才是他把弗莱明叫来的原因。他坐直了，抓过止疼片，倒进嘴里嚼着。

“我想说的是，”他严正说道，“我想明确的一点是，在我准许之前，目前的情况仅限于奥卡姆内部知晓。我需要控制事态。没人需要知道这些，目前还不需要，懂吗？”

“除了霍伊特将军？”弗莱明问。

腐烂的感觉爬上了斯特里克兰的胳膊，就像冬季的树液，僵住了。

“除了……”斯特里克兰说不下去了。

“我……”弗莱明像是需要保护似的，用写字板护在胸前，“我给将军办公室打了电话，当时就打了。我以为——”

最后一波融解迅速发生了，血肉变成了液体，封住了斯特里克兰的耳朵。这份即将完成的、奥卡姆的工作，在亚马孙拼力寻获的一切。这些本来足以充当筹码，让他摆脱霍伊特的控制。可现在这些还算什么？霍伊特知道他失败了。被霍伊特驱赶着攀上去的职业生涯高峰，竟然是一座断头台。斯特里克兰身首异处地从上面坠落，落在软绵绵的东西上——水田里的黏液。粪肥的臭味让他窒息，过路的牛车迸出愚蠢得意的笑声把他震聋。噢，天哪，天哪，天哪，

他又回到了韩国，又回到了一切开始的地方。

在韩国，霍伊特的任务是带领数万韩国人南下疏散，而斯特里克兰是他的贴身副官。当时是在永同，麦克阿瑟将军命令他们的小分队原地待命。霍伊特拽着斯特里克兰的衣领，指着一辆卡车，叫他开。他照做，开车，穿过热气蒸腾的银色的雨，跟着那些懒洋洋的苍鹭，从一片水田跃向另一片水田。

他们到了一座废弃的金矿，矿井里堆满了脏衣服。斯特里克兰知道，霍伊特是要把那些衣服烧了，就像他们之前放火烧毁村庄，好让朝鲜军队拿不到一点儿战利品。但当斯特里克兰又靠近些，他才发现，那不是脏衣服，是人，五十人，也许有上百人。矿井内部布满了弹孔。军队里最可怕的谎言成了真：一场针对韩国无辜平民的大屠杀。霍伊特笑了，温柔地握着斯特里克兰被雨淋湿的脖颈，用大拇指抚摸着。

█████他说。

斯特里克兰现在再回忆起那一幕，只觉得霍伊特的话是尖叫般刺耳的屏蔽码。不过，要点他还是记得很清楚。一名侦察员向霍伊特送来消息，说矿井里的人并不是全都死了。对霍伊特来说，对美国来说，这都很糟糕。如果幸存者爬出来，把故事一讲，美国可就要陷入大麻烦了，不是吗?

斯特里克兰绝不会在霍伊特面前又哭又闹的。他把步枪从肩上拿下来，那感觉就像把自己的一条胳膊扯下来似的，但霍伊特却伸出一根手指，压住他的嘴唇，然后在雨中晃了晃。只有他们两个人出来了，在这儿引人注意可不是什么明智的事。霍伊特从腰带上抽出一把有着黑色锋刃的卡巴刀，把它递给斯特里克兰，还眨了眨眼。

在闷热的雨中，皮质刀柄握起来就像腐烂的肉，发出嘎吱嘎吱

的声音。那些尸体也闷闷的、湿湿的，堆得有五六英尺高，四肢弯曲、歪扭、交缠。他把一个女人推开，那女人脑壳上的洞里喷出了脑浆。他从矿石堆里刨出一个男人，那男人的肠子涌了出来，呈现一坨浅蓝。是具尸体。二十具。三十具。他在这场冷酷的大屠杀里刨挖，犹如钻进了尸体的子宫。他完全迷糊了，浑身又黏又滑又臭。大部分人已经死了，但确实还有几个是活着的。他们轻声细语，可能是在求饶，但更有可能是在祷告。他用刀劈向每一个找到的喉咙，只是为了保险。这儿一个活口也没有了，他对自己说，就连理查德·斯特里克兰也死了。

他最初听到那个声音的时候完全是不相信的，你怎么可能相信地狱里发生的一切呢？但那声音一直响，尖尖的，呜呜咽咽的，从一个女人身子底下传来。女人已经死了，但尸体变成了严严实实的庇护所，保住了她的孩子。这个婴儿还活着，真是个奇迹。或者，是奇迹的反义词。总之，没了遮挡的婴儿哭起来了，哭声很大，正是霍伊特不想要的。斯特里克兰费力地想把卡巴刀上的毛发和软骨蹭掉，这样才能干净利落地砍下去。可他颤抖得厉害，颤抖得无法相信自己。这一切的意义不就是这个？相信？相信霍伊特？相信暴力？相信战争？相信作恶就是行善，屠杀就是怜悯？

那儿有个水洼，里面一半是雨，一半是血。斯特里克兰轻轻地把婴儿的脸按进了液体中。或许，他祈祷着，这个婴儿的确是个奇迹，也许他能在水中呼吸。但这种生物是不存在的，整个世界都没有。抽搐了几下之后，婴儿死了。斯特里克兰希望自己也能就此死掉。他跪着立起身子，把那些尸体抛诸脑后。霍伊特走了过来，揽过斯特里克兰的脑袋，让他靠在自己圆胖的肚子上，拍了拍他血淋淋的头发。斯特里克兰屈服了，紧紧抱住霍伊特不放。他努力地想

要听清霍伊特在说什么，但血和人体组织把他的耳朵堵死了。

那时，是耳语；现在，是尖叫。他做过的事是一场暴行，是战争犯罪，一旦被人揭露便会登上世界每一份报纸的头版。这件事把他和霍伊特紧紧地捆在一起，除非一人死去才能得解脱。多年之后，独自坐在奥卡姆的办公室里，斯特里克兰才终于明白霍伊特那震耳欲聋的尖厉号叫究竟是什么——他怎么就没注意到其中的联系呢？那就是猴子的叫声啊，彻头彻尾的一回事。他这一辈子，都是被这原始的声音推着，去接受虚饰出来的、蒙着壳子的那个自己。这就是“鳃神”必须被抓住的理由，这就是“丛林之神”必须毁灭“峡流之神”的理由。旧神被杀，新神才会擢升。他应该一直听霍伊特的话，至于那些猴子，别被它们的命令吓到了。

服从就好。

2

碳棒在他手里就像炸药。这不是很常用的工具，你总不会选用碳棒来画《礼仪防腐除臭霜》和《丹琪夏日胭脂》。碳棒这种不洁净的感觉可不是这类商品想要的，而且，黑色会引起人的警觉，那就一点儿想买的心情都没了。啊，但确实有段时间，他除了碳棒什么也不用。那时候他主要用它来画裸体，因为碳棒是原始的，画的主体也是原始的。用碳棒画画就像施展巫术，就连他没留意过的纸面都会栩栩如生起来，呈现出倾斜的颧骨，隆起的额头，突出的锁骨，圆润的臀部，侧躺的腹部。细致的五官没入炭灰，又复苏重生，进化的故事就这样在两个维度上展开。

那时候他太年轻了，完全不怕犯错，甚至还急切地想要上赶着抓住错误，把它当作令人惊喜的艺术的催化剂。贾尔斯不知道自己是否还拥有这种巫术。他这双疼痛的老朽的手，会不会妨碍他把颜色从黑色调成石南色，再调成烟色、雾色？他衰老的颤抖的手指，会不会拖累他画不出粗麻布、斜纹布、丝绸和绒面革的质地的区别？劫囚事件已经过去一天了，他的耳朵里塞满了警笛声，唯一能让他的思绪——还有双手稳定下来的，就只有工作。他选了一支中粗的铅笔，它在烟盒做的“棺材”里躺了几十年，都有点儿发黏了。他短短地画了几笔，磨出颜色，然后就把它摆到了那张纸上面——纸放在画架上，画架放在他的腿上，他坐在盖着盖子的马桶上。

那生物在浴缸的水面之下看着，它还在学习怎样在华盖公寓的水中呼吸，不过除了翻滚几下，也做不了别的。它翻来翻去的挺舒服，就像一个不打算离开床铺的年轻人。他朝它笑了笑。他老是朝它笑。一开始，他还得向这不可捉摸的斯芬克斯保证自己没有恶意，但现在，贾尔斯的笑是真诚的，而且还是哈哈大笑。相比之下，他那些猫的眼睛是多么肤浅空洞啊！而在这生物不断变幻的眼睛的光彩中，能读出的东西太多了。它对贾尔斯还有他那些五颜六色的铅笔很感兴趣——这里面没有哪一根是手术刀，也没有哪一根是电牛棒。也许就是因为这个，它才信任贾尔斯，甚至还有点儿喜欢他。

不，不是它——是他。埃莉莎对此态度坚决，贾尔斯也乐于服从。这生物太迷人了，是由十亿颗耀目的宝石塑造成的人形，是比贾尔斯更有才华的艺术家的杰作，承认这一点也没什么伤人的。贾尔斯认为油彩或丙烯酸树脂都无法重现这样的炽烈光华，水彩或水粉也完全不能捕捉那暗暗低语，所以，就选最简单的工具：碳棒。贾尔斯回忆着《圣母经》，咕哝着画下了第一笔：背鳍的S形曲线。

“哎呀。”他提着气感叹，而后又迸出一声惊讶的大笑，“哎呀！”

他坐的这个角度看不见洗手池上方的镜子，但他觉得自己仿佛又回到了三十五岁，甚至二十五岁——还是那么胆大包天，勇敢无畏。他又画下一条线，接着又是一条。这不是艺术创作，他警告自己，这只是一幅素描，为的是让老旧的原液重新流动起来。然而，他还是不禁感到这些粗糙的线条是他接受赫兹勒百货公司那份工作以来画过的最生动的线条。赫兹勒是克莱恩 & 桑德斯之前的一家公司，从那之后，他渐渐忘记了一切在乎的东西。

斯特里克兰小姐——斯特里克兰太太——她难道是位涂着唇膏、顶着蜂窝头的预言家吗？是她把真相告诉了贾尔斯。不只是伯尔尼根本不想买他的画，还有他不应该在这个过程中贬低自己。“你应该到让你自己觉得骄傲的地方去，你值得的”。她这么说。那个地方就是这里，就是这个地方，在他最好的朋友的家里，与他所见过的最伟大神奇的生物近在咫尺的地方。

埃莉莎几乎不知道关于这生物的来龙去脉，但这不要紧。贾尔斯能感知到这生物的神性。无论有没有练习过素描，神圣的事物，都是最最需要专注来描绘的艺术主题。拉斐尔、波提切利、卡拉瓦乔——年轻时，他曾在图书馆中研读过这些大师的作品，深知描绘庄严圣物的回报与风险一样高。这需要个人的牺牲，不然，米开朗琪罗怎么可能在四年之内就完成西斯廷教堂的壁画？把自己与米开朗琪罗相提并论真是可笑，但这其中确实有相似之处。他们都触到了世人从未见过的东西。就算警笛真的响个不停——上帝啊，这还是值得的。

他比画了几下，想让那生物稍微转过身来，但紧接着就为自己荒谬的要求大笑起来。肖像画家的特权倒是恢复得挺快！然而，那

生物真的做出回应了。他调整了高度，把左眼露出了水面，仿佛想要更好地看清贾尔斯的手语。贾尔斯屏住了呼吸，决定把自己的要求表达完整。那生物随着贾尔斯转动的手指而动，就像在自己的故土追逐着飞虫或飞鸟，平静地观赏，没有丝毫敌意。他眨眨眼睛，鳃轻轻地翕动。

犹如一位心甘情愿的模特，他转过身来了。

3

百货公司何时把天花板上的灯换成了超新星？被挑出去扔掉的果子为自己的美丽哭泣了多久？从什么时候开始，烘焙食品叹息着释放出甜味的秘密，让那云朵滴下幸福的泪珠，落在了她的脸上？那些举着大钱包、推着购物车、百般嫌弃她的女人们，怎么对她笑脸相向了？怎么非得让她先挑，还赞赏起她挑的菜了？也许她们也看到了埃莉莎看到的东西，看到了她映在肉铺柜台玻璃上的影子：不是一个驼着背、掩饰脖子上伤疤的胆小女人，而是一个脊背挺得笔直、直接指出自己想要的鱼和肉的女人。两样都买多了，肉贩可能会这么想，但那有什么不行？这样的女人家里，肯定有一个饥肠辘辘的男人在等着啊。她就是这样的女人。埃莉莎大笑起来，她就是。

光是肉还不够，还有鸡蛋，装上。购物车里堆满了鸡蛋，纸板箱纵横交错，像做游戏似的，惹得其他顾客都笑话起她的勇气了。还要买几袋盐——奥夫斯泰特的药片不够一直用下去。她花了一会儿工夫才找到，但她不介意。为另一个人买东西，真是太棒了。贾尔斯提议由他来购物，但她拒绝了。她觉得只有她才能凭直觉知道这生物需要什么。她乘坐了公共交通工具，也没理会那些穿制服的

警察，她提醒自己，不会有人发现蛛丝马迹，不会有人知道她做了什么，她就这样径直到了埃德蒙森村。塞尔达一向对购物中心的丰饶赞不绝口，她是对的。塞尔达，埃莉莎有好多话想跟她说。她会说的，在下次换班的时候——要避免遭到怀疑，那就一次换班都不能请假。一想到塞尔达，埃莉莎的心就满满的，仿佛要从她的胸腔里涨出来了。

她惊讶地发现，百货店前面有一片花店。她被吸引过去，任由伸展的枝丫和垂下来的常春藤拂过自己的脸颊。这正是那生物需要的。过去，他需要这些来填补实验室里的荒芜，现在，他需要这些使浴室里尖锐的边缘顺滑起来。她挑了最茂盛的植物：两盆厚实的蕨类，用来遮住大部分陶瓷和瓷砖；一株蒲葵，叶子像那生物的手掌，也许这样能让他不那么孤独？还有一棵高高的龙血树，能挡住水池上方的灯，或许可以把整个房间映成绿色。

植物堆在推车里，冒出来的枝叶戳得她鼻子发痒，直想笑。她该怎么把这些东西弄回家呢？距离出口最近的那辆推车，她得直接买下来才行。这是一笔意料之外的开支，但就算再多花几美元又能怎么样呢？她这辈子从来都是数着钢镚儿过日子的，今天是第一天没那么干。她下决心要沉迷放纵一次。她能感觉到自己笑得很灿烂，好像整个人变成了一顶花哨的帽子。她应该尽量收敛点儿，任何一个脑子正常的警察看见这么一个乐疯了的女人狂买食品杂货，都会举起红旗的。

推着一大车植物走来走去很难，也很好玩儿。转向收银台的那条走道时，她撞上了一个陈列台，挂钩上的上百个空气清新剂纸夹翩翩起舞。她伸出手指拨弄着它们，它们的形状像小树，每一棵都散发着不同的香味：粉色的是樱桃味，棕色的是肉桂味，红色的是

苹果味，还有好多绿色的，是真正的松树的香味！用玻璃纸包着！

她以为自己不会笑得更灿烂了，可她就是笑得更灿烂了。她从陈列台上摘下一个——不，她把所有的绿色纸夹都从钩子上摘下来了。一共六个，虽然没有丛林里的树多，但这是个开始。

4

即便有泪水落在纸上，贾尔斯也能使它入画。他用手的侧面涂抹它，往粗糙的线条里注入液体流淌般的柔软，就像那生物的鳞片。他对着这灵光一现的启发微笑，并且希望这只是许多灵感和启发中的第一个。眼泪，血滴，一吻留下的唾液：这生物会用他的魔法把这些全都变成艺术，变得优雅。

贾尔斯抬起手，摆摆手指，那生物便动了动，转过身，给他摆出另一个角度的姿势。他伸展着那华丽的脖子，几乎有点儿扬扬自得了。贾尔斯大笑起来，尝到了咸味，他舔掉眼泪，画啊，画啊，画啊，就像一个饿肚子的人到了宴会上，担心会被侍从随时带走。他开口说话时，自己并没有注意到，因为那低低私语就像碳棒在纸上涂抹发出的沙沙声。

“埃莉莎说你一直很孤独，你是你们族群里的最后一个了，诸如此类吧。”他咯咯笑道，“我挺努力的啦，可还是不能抓住她说的所有意思。一开始我根本不相信，这也是当然的了。谁会信啊？后来我看见你了。恕我直言，你本人真的很有说服力。希望你能原谅我之前的沉默寡言——甚至还有同情。当你第一次见识一艘军舰的内部，或是被人带到一辆坦克里面去，你会怎么想呢？不过我无法想象你的思绪会迎合人类。世事多变啊。”

那生物眼睛上方的突起：他把它画得灰蒙蒙的，毫无防备意味。

“但后来埃莉莎找到了你。这就又来了，对吧，变化。她肯定是变了。那么你呢，我猜，也变了？也许觉得我们人类并不都是坏的？如果这样的念头曾掠过你的脑海，那真是感谢你，尽管我得提醒你，这个评估可能过于慷慨仁慈了。”

他胸前层层叠叠的鳞甲，像花瓣一样光滑，每一片都涂上了更深的银色。

“既然我已经认识你了——噢，对了，我叫贾尔斯，贾尔斯·冈德森。习惯上应该握一握手，但是你看，我们都到了在浴室里裸裎相见的地步，握手这事儿还是算了吧。现在遇见了你，我发现好像回到自己的起点。我不确定是不是该赞同咱们的埃莉莎的观点。你是一直都很孤独吗？真的很孤独吗？因为，如果你是一个异类，那么我其实也是。”

透明的鳍画成尘云般的灰，骨骼则是砍削般的黑。

“这很傻，但我真觉得自己也像是个异类，从自己的归属地被谁拽出来了，或者，因为我出生得太早了。我还是小男孩儿时就感觉到……那时候太年幼了，根本不懂，这感觉也太不合时宜，没法儿真做些什么。现在我懂了，好吧，我也老了。看看这玩意儿，它困住我的躯壳。我的时间就要用完了，可我觉得自己根本没有拥有过时间。没有真正拥有过。”

头颅的形状，最最柔和，笔触像羽毛。

“但我不能算是孤独，不是吗？当然不是了！我并没有多特别，像我这样的异类全世界多得是。所以，什么时候异类才能不是异类，而只是自自然然的寻常呢？如果你和我都不是族群里的最后一个，而是第一个，那又会怎么样呢？更好的世界，更好的生物，其

中的第一个。我们可以心怀希望，是吧？我们不代表过去，而代表未来？”

贾尔斯举起画，伸直胳膊端详。作为一幅人物素描，还不赖。但为什么要画人物素描呢？因为它是创作更庞大的作品前的练习。贾尔斯又笑了起来。这就是他的计划吗？天哪，他可几十年都没这么老成了。

他深吸一口气，把画纸转向了浴缸。那生物把头扬起来，另一只眼睛也露出了水面。他盯着这幅素描看，然后歪着头，看了看自己浸在水里的身体，像是在做比较。奥卡姆的那些人或许会坚持认为这种生物不可能拥有自我意识，但贾尔斯会告诉他们不是那么回事。这生物知道自己被画出来了，而且这画面和河里的倒影不一样。这就是，简而言之，艺术的魔力。主动与艺术家配合，就是承认自己的精华能被艺术捕捉一二。上帝啊，贾尔斯想，这是真的——他们之间没有太大的不同。笼罩在适当的光线下，沉浸于合适的水波里，贾尔斯也许，仍然是美的。

5

两轮购物车比埃莉莎的清洁工专用推车更灵活，但巴尔的摩的人行道可比实验室里光滑的地板更粗粝。现在已经是傍晚了，她一直也没睡过觉，却还是不觉得累。拥着那生物缩在小货车里，似乎给她的身体里注入了什么——与奥夫斯泰特给她的那支注射器里的东西作用正相反。她像是被充了电。她提前几站下了公交车，这样她就能走路回家，一边看看风景，一边消耗掉紧张的能量。尽管她非常想再见到那生物，但帕塔普斯科河口咸咸的气味却引着她往前

走，就像新鲜出炉的饼干吸引小孩子一样。

她咣当咣当地拖着购物车，经过了一座禁止入内的凸式码头和一座装卸码头，接着找到了一座窄窄的行人码头。走上去不犯法吧？她现在最不想见的就是警察了。不过这儿也没有任何禁止通行的标志。她沿着码头来到了河面之上，城市建筑的影子像睡衣似的从她的背后围拢。这儿没有护栏，没有围墙，只有一个写着“禁止游泳！禁止钓鱼！水深三十英尺可入海！”的牌子。她一向反感钓鱼，“之家”里也从没有人教过她游泳，但她很明白这牌子是什么意思：如果雨一直下，一直下，水位一旦到达水泥柱子上的“三十英尺”标志，运河就能直接通向海湾和大海。

埃莉莎停下购物车，踮着脚站上了码头的边缘。她闭上眼睛，迎着扑面而来的咸咸飞沫。水波翻涌，似乎暗示着这一天并不像她以为的那样宁和。这也就解释了公交车上的人们何以竖起衣领，姿态僵硬，因为这样就不会感觉到衣服本身的寒意。这或许也能解释，坐在走道对面的那个女人，何以没注意到埃莉莎的灿烂笑容，直到她做了三次尝试才终于有所回应。

那个女人很漂亮，要是没有前一晚发生的事，她就是埃莉莎想要成为的模样，就是埃莉莎想象中朱莉娅鞋店的那位朱莉娅的模样：身段苗条，但曲线玲珑有致，撑得起一身条纹法兰绒连衣裙；裙子以莱茵石搭扣为主要装饰，另外作为搭配，还戴着胸针、手镯、耳环和结婚戒指；只有金色的蜂窝头有些过时。由此埃莉莎可以推断出，这是一位职业女性，而在埃莉莎看来，职业女性都是很忙的。

当埃莉莎终于把那个女人的目光吸引过来、两人四目相接时，她犹豫了一下，才笑了笑。和其他人一样，她似乎也被埃莉莎的快乐吓着了。她低下头瞥了一眼埃莉莎的手，像是着意观察，看到埃

莉莎没戴结婚戒指。让埃莉莎惊讶的是，她并没有表现出轻蔑，而是如释重负，笑容也变得不那么虚浮，而是更加真诚了。埃莉莎有一种感觉：自己欣赏这个漂亮的职业女性，这个女人反而更欣赏自己。更疯狂的是，埃莉莎甚至能听到这个女人内心的声音：按照你的心意去做，无论何种代价，听从你的内心。

埃莉莎最终那么做了。但是在这儿，在世界的边缘，在温度一秒一秒下降的地方，埃莉莎发觉这个女人憔悴的表情让自己不太舒服。如果一个拥有一切的女人都这么不开心，那么她这个上大夜班的清洁工、勉强交得上房租的穷人、几乎没什么社交的哑巴、浴缸里躺着高度机密两栖男的女人，还能有什么希望？

埃莉莎睁开眼睛，转过身，向着北方眯起眼睛。毫无疑问，今天就是个灰暗的、不祥的日子，证据就是远处华盖影院的灯光招牌。为了节省开支，阿佐尼安先生要等到天黑才会把它打开。埃莉莎的胃开始翻腾。她站在这儿就能看见华盖影院，这意味着，那生物距离这条河也很近。这样的接近使她心烦意乱，她抓过购物车，掉转方向，以最快的速度往家走。

她发现贾尔斯坐在马桶盖上睡着了，轻轻打着呼噜，两只手黑得像炭。她不想吵醒他，于是悄悄地伏在那块破地毯上，胳膊交叠着趴在浴缸边，下巴抵着胳膊。她凝视着那生物的眼睛——它们在水下依然明亮，听着他呼吸时发出的轻柔的咕噜声。他眨眨眼睛，像打招呼。她伸直胳膊，食指在水里划来划去，碰到了他的手背。出乎她意料的是，他把手翻过来了，让她摸到了他的手掌——他的手指就像一朵巨大的、蒙着露水的、含苞待放的花的雄蕊。现在她想听听自己的呼吸声，却什么也听不见。手，是他们两个交谈的方式，但这？这是触碰。埃莉莎想象着公交车上的那个女人，她坐得

多么僵硬，谁也不碰。没有恐惧，可能会被误当作幸福，埃莉莎意识到，但这二者不是一回事——差得远呢。

6

看着整个世界倒转，时间后退，退得越来越快，灵魂被磨得粉碎，像一把刀碾着鱼鳞，直到所有的虹光都消失不见。停。享受磁带拉扯变薄的毕剥声。进。无限延展的走廊，穿白大褂的克隆人，像血小板似的滑来滑去。挑出有嫌疑的人。切换，切换。把磁带切分成一秒一秒的，半秒半秒的，四分之一秒四分之一秒的。人不再是人，是抽象的形状，你可以像修道士研究《圣经》手稿一样研究它们。科学家口袋里的阴影，可能是一切生命的奥义。僵硬脸庞上的模糊笑容，可能是魔鬼的头盖骨。十六台摄像机。无边无际的线索。倒，停，切换。这条走廊，那条走廊。没有走得出去的路，因为所有的路线最终都回到了这儿——他的办公室。没有靠近真相，也没有远离真相。他被困住了。

斯特里克兰觉得自己的眼睛就像两条胀鼓鼓的香肠，都快爆开了。从雨林带回来的那些绿色糖块，要是都换成一瓶一瓶的玻化岩就好了。只要几滴，就能让他看清藏在录像带里的一切。一个小时又一个小时，一连好几个小时他一直在看录像带。占领回放操控台只花了一小时。M1 加朗步枪，凯迪拉克威乐，录像机平台——内里其实全都一样。你把手放在上面，让它变成自己的一部分就行了。中午的时候，他已经感觉不出按钮和拨盘了，好像可以用他的思维直接指挥磁带似的。这就是秘密，他想，让镜头像水那样流淌，探手进去，亲自抓住一条大鱼。

来了，大鱼。七号摄像机，装卸区。最后一盘磁带录下了停电前的最后几秒钟。摄像机头是不是向上扬起了？就那么关键的几英寸？斯特里克兰切换着。向前，向后。向前，向后。

他从椅子上站起来。走廊——他发誓比之前更亮了，他用一只手挡着眼睛。也许保安们以为他疯了，但谁还在乎这个？他走过F-1，来到装卸区——就是那生物被偷走时的路线。

他推开了双开门，放下手。没有太阳，现在是晚上，他又感觉不出时间了。坡道上什么都没有，只有几个油污坑洼。他转过身，看了看七号摄像机，然后又看了看七号摄像机底下。

那儿有四个人，全都一脸震惊地站着发愣，每个人手上都拿着烟。他们都穿着制服，姿态吊儿郎当，肤色深浅不一，共有的特点就是懒散。自打标本被盗以来，他一直在办公室里拼命，而这些人五分钟就得歇一歇，跑到这儿来抽烟。这不是违反规定的吗？但是，斯特里克兰此刻需要信息。他艰难地挤出僵硬的笑脸。

“抽根烟歇会儿，是吧？”

弗莱明是不是专门雇用哑巴？不，不是，他想，他们只是吓呆了。

“别担心，不会有麻烦的。”他又笑了笑，觉得自己那蜡像一般的嘴巴就快裂开了，“见鬼，我应该加入你们才对。我本来也不该在里面抽烟的，但要是不那么干，就会被人讨厌了。”杂役们偷偷地瞄了一眼堆得老长的烟灰。“反正，跟我说说吧。你们是怎么挪动摄像机，好让自己不被拍到的？”

他们的名字就缝在制服上，就像狗身上戴着的狗牌。

“约——兰——达，”他念道，“你来告诉我吧，美女。我只是好奇。”

深棕色的头发，浅棕色的皮肤，黑色的眼睛，还有那种爱顶嘴的薄嘴唇——不过在他面前不会。她明白自己的地位。斯特里克兰

让自己蜡像般的笑容融化了一点儿。起作用了。他能闻见她混合在漂白水气味里的香水味。她垂下目光，像做了叛徒似的，避开她那些刷厕所的同伙，指了指他们身后的一样东西。它并不像炸断保险丝的装置那么复杂，那只是一把扫帚！

斯特里克兰的脑袋就像录像带。它快进，停止，播放，回放，切换，很快就要接近最关键的那一帧。

“话说，”他想装出轻松愉悦的语气，但听起来其实一点儿也不轻松愉悦，“你们有没有谁见到奥夫斯泰特博士到这儿来过？”

7

塞尔达在奥卡姆前面下了公交车，她踏出的第一步并不稳当。她瞥见一对戴头盔的保安，以为他们要来把她抓走，直看得脖子发酸。她的脚踝摇摇晃晃，随时准备着被人扑倒在地，扣上手铐。她想了一整天：来上班？还是请病假？还是光荣引退？她甚至心态崩塌，告诉了布鲁斯特，为了让他相信，还编了一些瞎话，半真半假地说埃莉莎偷了一件可能挺贵重的东西，而她并不知情，却也卷进去了。布鲁斯特的意见很坚决：把埃莉莎供出去，因为如果事情有了别的走向，那么你就成了那个倒霉的家伙。

她看见埃莉莎就在前面的人行道上，于是大大地松了一口气。这是个好迹象。埃莉莎可以离开，逃离这座城市，撇下塞尔达，让她自己去应对可能出现的一切难题。但是，她没有：她来了，准时来了，穿着漂亮的鞋子，大步流星地穿过洒满月光的过道，来到前厅。塞尔达跟着她走了一小段路，按着布鲁斯特的提醒，搜索着蛛丝马迹，比如埃莉莎是不是想要引起上司的注意啦，诸如此类的。

然而，通通没有。埃莉莎走进了更衣室，塞尔达没有别的办法，只能也坐在了长凳上。这是她们第一次没有彼此对视打招呼，可塞尔达却能感觉到那辆手推车——轮子吱嘎乱响的那辆——挡在她俩中间，沉甸甸地载着那超凡的重负。

埃莉莎换完衣服就进了储藏间，往她的手推车上装东西。塞尔达跟着她，也往手推车上装东西。她瞥见埃莉莎的手抽出了一卷垃圾袋，她也照样做了一遍。接着，塞尔达又添了点儿玻璃清洁剂，她把罐子往回放的时候，埃莉莎却接了过去。她们以两种不同的频率各自忙碌，但动作却渐渐地趋于同步。塞尔达伸手去拿新的狐尾毛刷，好把她之前用秃了的那把换掉，可埃莉莎也迅速伸出手来，抓住了同一根刷柄。

塞尔达很清楚埃莉莎的手推车里都有什么，就像了解她自己的那一辆。这姑娘从来也不用狐尾毛刷，肯定也用不着换什么新的。埃莉莎的手指攥住了塞尔达的手。手指，有几根是棕色的，有几根是白色的，但相同的经历让它们在其他方面全都一致：擦擦洗洗磨出来的老茧，脏兮兮的指甲，被腐蚀性清洁剂灼得发红，以及奥卡姆制服污浊的袖口。塞尔达立刻就觉得鼻酸，但她忍住了，也不管这屋里满是有毒的化学气体。

这是一种无声的、隐形的原谅。更衣室里还有别的人，外面还有弗莱明和斯特里克兰，到处都是摄像机和保安。塞尔达握住埃莉莎的手指，轻轻挤压，这就是她唯一敢做的“拥抱”了。关节抵着关节，握了又握，然后埃莉莎松开了狐尾刷柄，推着手推车出去了。塞尔达却仍然闭着眼睛，深深地呼吸着。这手指交握，就是她等了好几个星期的大拥抱。这就是搂着脖子彼此安慰时落下的热泪。这就是承认、赞许、歉意、感激。“我们能挺过去，”交握的双手这么说

道，“你和我，我们一起，渡过难关。”

8

我们崛起 / 太阳消失 / 依旧不见这儿只有假太阳 / 全都是假太阳 / 我们已经感受过很多轮回 / 我们不喜欢假太阳 / 假太阳令人疲惫 / 但是没有假太阳 / 女人就要变成瞎子了 / 所以我们努力地去喜欢 / 就是为了她 / 为了她 / 为了她 / 这座洞穴里的水流很小 / 但我们已开始疗愈 / 这些水比之前的水好 / 水不应带来疼痛 / 水不应是平的 / 水不应是滑的 / 水不应是空的 / 水不应有形状 / 水没有形状 / 这座洞穴里只有男人和女人和食物 / 但是饥饿是好的 / 我们没有过强烈的饥饿 / 自从有了河流 / 自从有了草原 / 自从有了树木 / 自从有了太阳 / 自从有了月亮 / 自从有了雨 / 饥饿即生命 / 所以我们崛起 / 而假太阳靠近男人 / 离开时 / 没有将假太阳藏起 / 我们想念男人 / 男人是好的 / 他坐在细小的水边 / 用黑色的石头造出了另一个我们 / 很久以前河边的人 / 造出了另一个枝丫树叶和花。

另一个都是好的 / 另一个使我们永恒 / 现在河边的人走了 / 我们很悲伤 / 但男人是好的 / 整日都在制造另一个 / 这使我们更加强大 / 更加饥饿 / 女人在这座洞穴里植下了树 / 外面的洞穴传来真太阳的光 / 现在我们触摸植下的树 / 植下的树也触摸我们 / 它们很开心 / 我们爱这些树 / 女人在洞壁上植下了另一些树 / 小而矮的树 / 它们闻起来不是树的气味 / 它们不开心 / 没活力 / 但女人植下了 / 我们也要爱这些小而不开心的树 / 为了她 / 为了她 / 为了她 / 自由移动 / 没有金属藤蔓牵绊我们 / 我们自由移动 / 它已经历了许多轮回 / 这座小洞穴变成更大的洞穴 / 里面的男人拿着他造出的另一个我们 / 他的眼睛闭着 / 他的呼吸是生命的形式 / 他发出入睡的声音 / 这是好的 / 我们饥饿 / 但我们不

会吃掉男人 / 因为他是好的 / 我们闻见了女人的气味 / 气味强烈 / 这里有另一座洞穴 / 她的洞穴 / 我们进去 / 女人不在但她的气味活跃 / 她的皮肤 / 她的头发 / 她的体液 / 她的气息 / 最强烈的气味是她挂在洞壁上的鳍 / 太多颜色的鳍 / 我们爱她的鳍 / 我们担心她失去了鳍 / 但是 / 这里没有血的气味 / 没有疼痛的气味 / 没有恐惧的气味 / 我们迷惑不已 / 饥饿 / 我们于是经过男人 / 来到有气味的地方 / 它很平 / 很高 / 很白 / 我们想把它举起 / 但它太沉 / 我们想把它打开 / 但是找不到缝隙 / 我们推啊拉啊 / 它开了 / 气味 / 气味 / 气味 / 这是一座非常小的 / 有气味的洞穴 / 它有自己的假太阳 / 我们捡了一块石头 / 但那不是石头 / 我们用力攥它 / 它裂开了 / 变成乳汁 / 乳汁流淌着 / 我们把它举起 / 喝下 / 乳汁味道很好 / 我们嚼了石头 / 味道不好 / 我们不要它了 / 我们捡起一块新的石头 / 石头裂开 / 变成了蛋 / 很多 / 很多蛋 / 我们很开心 / 我们吃蛋 / 它们不是女人给我们的 / 那种 / 固体蛋 / 它们是液体蛋 / 不过它们很好 / 蛋壳也很好嚼 / 我们能寻找好食物 / 很多很多好食物 / 男人发出幸福沉睡的声音 / 我们很开心 / 又有一个很平很高很白的东西 / 我们认为它里面有更多食物 / 我们同样地推啊拉啊 / 它打开了 / 但是里面没有食物 / 里面有一条通道 / 通道里传来气味 / 外面的气味 / 还有鸟儿的声音 / 昆虫的声音 / 我们不想错过返回的女人 / 但我们是探索者 / 我们的天性是探索 / 我们吃饱 / 更加强壮 / 自探索以来 / 我们已经历太多轮回 / 于是我们继续。

9

那台红色的电话一直响。斯特里克兰不会接的，他不能接。在他好歹掌握住一点点儿局面之前，不能。它会响个五分钟，然后过

三十分钟——如果他运气好，就过一个小时——它就会再响起来。他必须集中精力。奥夫斯泰特——这个“左”倾的托洛茨基分子。他瞥着电话，好像没见过这种红色似的，好像这和他老家的红旗不是同一种颜色。斯特里克兰把奥夫斯泰特给他的文件又粗粗地看了一遍。这只是个姿态，为的就是让这个“白大褂”冒汗。他其实就读了开头的那几句话，他那坏死的手指已经感觉不到纸页了。无所谓，不用再在意了。纸是给人用的，不是给“丛林之神”用的。

“你要接电话吗？”奥夫斯泰特问，“如果你需要，我过会儿再来……”

“你哪儿也别去，鲍勃。”

电话还在响。猴子们挖了一条路，也钻进这个声音里去了，号叫着发出它们的指令。斯特里克兰收起那张纸，咧开嘴笑了笑。奥夫斯泰特躲着他的目光，看向别处，冲着那些显示屏点了点头。显示屏有一半亮着，另一半昨天就暂停工作了。斯特里克兰的感觉也一样，一半活着，另一半死了，血管里塞满了藤蔓，却还得绝望地去搜寻“峡流之神”。

“调查怎么样了？”奥夫斯泰特问。

“挺好的，非常好。我们有线索了，非常有希望的线索。”

“唔，那就……”奥夫斯泰特推了推眼镜，“那就太好了。”

“你生病了吗，鲍勃？你脸色有点儿暗啊。”

“没有啊，没生病，可能是因为天气有点儿阴吧。”

“是这样吗？你是从俄罗斯来的，我看这样的天气应该和你老家的差不多吧。”

电话——猴子，一直吵着。

“我也不知道。我很小就离开那儿了，没回去过，当然。”

“来这儿之前你在什么地方？”

“威斯康星。”

“再之前呢？”

“波士顿，哈佛。”

“再之前呢？”

“你确定不接——”

“伊萨卡，对吧？还有达拉谟。我记性很不错呢，鲍勃。”

“是啊，不错。”

“相当不错，我可是说真的。你档案里还有一件事，我记得，就是你有终身职位。那是人们很努力地想要得到的东西，对吧？”

“我想应该是吧。”

“可你却放弃了，到这儿来了。”

“是的，是这样。”

“这很了不起啊，鲍勃，让我这种地位的人感觉很不错。”

斯特里克兰把手里的纸页刺啦一声撕了，奥夫斯泰特吓了一跳。

“想必这就是让我惊讶的原因，”斯特里克兰说，“你放弃了那么多荣誉，就是为了加入我们的这个小项目。现在你却要走？”

红色的电话不响了。钟声又响了，持续了十二秒。斯特里克兰一边数着，一边观察奥夫斯泰特的反应。这位科学家的面色的确很难看。不过这些日子以来，奥卡姆里人人都这样。他必须找到更好的证据才行。要是把这么严重的事赖在他们的明星科学家身上，最后又弄错了，那红色电话就只能响得更厉害了。他呼吸着，觉得鼻孔都要被原始丛林的热气烤焦了。他打起精神，细究奥夫斯泰特的眼神——躲躲闪闪的，但他的眼神总是这样躲躲闪闪。他还冒汗，

不过这些书呆子里有一半人只要看见保安就能晕过去。

“我确实希望回去搞研究。”

“噢，是吗？什么类型的研究？”

“我还没想好。要学的东西太多了。我一直在考虑分类树的多细胞性问题。我也可能会按自己的兴趣来，去研究随机的、不以意志为转移的不确定性事件。至于天体生物学，我也绝不会厌倦的。”

“真能说啊，鲍勃。嘿，教教我怎么样？最后那个，天体什么玩意儿的。”

“唔，那你想了解些什么呢？”

“你是教授啊。开学第一天，学生可全看着你呢。你会跟他们说什么呢？”

“我……我过去都是教他们一首歌，如果你想听真话的话。”

“我想听真话，我想知道真相。我可一直都不知道你是个低吟歌手啊，鲍勃。”

“很短小，是首儿童歌曲……”

“要是你以为你不唱几句我就能让你从这儿出去，那可真是疯了。”

现在，奥夫斯泰特真的开始冒汗了。斯特里克兰真的咧嘴笑了，他用一只手捂住嘴巴，免得那些发狂的猴子的叫声从自己的喉咙里冲出来。奥夫斯泰特试图笑笑混过去，但斯特里克兰却不通融。奥夫斯泰特缩了缩，盯着放在膝盖上的双手。再这样一分一秒地拖延下去，只会更让人难受吧。他们俩心知肚明。斯特里克兰乐不可支，因为奥夫斯泰特清了清嗓子，开始唱了。

“星星的颜色，你们可确信，源自其温度。”

走调，颤音，比平时讲话更能暴露出他的俄罗斯口音。奥夫斯泰特也很清楚这一点，绝对是，因为他重重地咽了口唾沫。斯特里

克兰拍了拍手，他那坏死的手指头耷拉着，像塑料的一样。

“真是美妙，鲍勃。要是你不介意，我挺想问问，唱这个有什么意义？”

奥夫斯泰特猛地向前一冲，速度快得足以一招致命。斯特里克兰吓了一跳，向后仰倒，伸手去抓他的大砍刀——如果真被他藏在桌子底下的话。他骂了自己一句：永远、不要、低估猎物。不过，武器尚不需要。暂时不需要。奥夫斯泰特只是坐在椅子边上，并没有冲出来。他的声音依然颤抖着，但并不是出于恐惧。羞辱使人愤怒，愤怒就像悬崖边的岩石一样锋利。

“意义就是，这是真的。”奥夫斯泰特一字一句地说道，“我们都是由星尘构成的，斯特里克兰先生。氧、氢、碳、氮和钙。如果我们当中有人做得过了头，如果我们的国家发射了导弹核弹，那么我们就都要还原成星尘了，我们所有人。那么星星会是什么颜色的呢？这就是问题。应该问问你自己的问题。”

友好的闲聊结束了。两个男人怒目相向。

“这是你在这儿的最后一星期了，”斯特里克兰慢悠悠地说，“我会想念你的，鲍勃。”

奥夫斯泰特站了起来，他的膝盖咔咔直响——至少感觉上如此。

“如果这边有什么进展，当然，我会马上回来的。”

“你认为会有吗，进展？”

“我不知道。是你说的有线索了。”

斯特里克兰笑了：“是啊。”

奥夫斯泰特都还没走出他的视线，红色的电话就又响了。猴子尖叫起来，这次是不满的控诉。斯特里克兰的右拳重重地砸在桌子上，震得话筒都跳起来了。很疼，但也很令人满足，就像砸扁天

牛、行军蚁、狼蛛，以及所有的亚马孙虫子。砸第二下的时候他换了左手，这样觉得疼的手指就少了，几乎没什么感觉了。他砸了一下，又砸了一下，再砸了一下。他觉得有一根手指发出“噗”的一声，是另一根黑色的线绷开了，就像“峡流之神”身上的外科缝合线。谁会先分崩离析？谁能比对方坚持得更久？

他拿起电话——不是红色的那部——拨通了弗莱明的分机。弗莱明或许是霍伊特将军的走狗，但他也得听斯特里克兰的指挥。铃响一声他就接起了电话，斯特里克兰听见了他放下写字板的声音。

“奥夫斯泰特博士今天下班后，”斯特里克兰说，“你派人跟着他。”

10

光像玩耍的动物 / 从脚下的林木间跳跃 / 闪现很多漂亮的颜色 / 鸟儿的颜色 / 蛇的颜色 / 蟑螂的颜色 / 蜜蜂的颜色 / 江豚的颜色 / 我们想要抓住它 / 可它只是光和声音 / 女人称它为音乐 / 这与我们的音乐不同 / 但我们喜欢它 / 我们发光 / 表达爱 / 我们追随着它 / 光和音乐随通道延伸 / 直到我们又看见一个很平很高很白的东西 / 我们推啊拉啊进入其中 / 这是一座洞穴 / 闻起来是那个好的男人的气味 / 他的皮肤 / 他的头发 / 他的体液 / 他的呼吸 / 他的病痛 / 病痛是存在的但是很微小 / 男人还感觉不到它 / 也闻不到它 / 我们为此悲伤 / 但是这里也有好的气味 / 男人用来制造另一个我们的 / 黑色石头洞穴里到处都是 / 另一个我们 / 太多太多了 / 我们触碰另一个我们 / 我们的爪子染上了黑色 / 我们去舔黑色 / 黑色的味道不好 / 这里有一个男人的头骨 / 上面盖着头发 / 头发像假太阳一样假 / 这使我们孤独 / 河流里到处都是死去的头骨 / 这很好了解 / 死才能了解生 / 这很好 / 这里很好闻 / 是食物的气

味 / 最好的食物 / 活的食物 / 我们感觉到了洞穴里的动物 / 所有动物都是我们的朋友 / 它们从藏身之地走出来 / 有尖尖的耳朵 / 厚厚的胡子 / 长长的尾巴 / 它们的眼睛 / 像我们的一样明亮闪烁 / 它们向我们鞠躬 / 它们献上了自己 / 它们真的很美 / 我们喜欢它们 / 于是 / 接受了牲礼 / 我们挑出一只 / 紧压所以没有痛苦 / 我们吃掉了我们的朋友 / 很好 / 血 / 毛 / 筋 / 肌 / 骨 / 心 / 爱 / 我们吃掉了 / 我们更强壮 / 我们又感知到了河流 / 所有的神羽毛 / 神鳞甲 / 神甲壳 / 神毒牙 / 神利爪 / 神钳 / 神树 / 神 / 我们都是网的一部分 / 没有你 / 没有我 / 只有我们 / 我们 / 我们 / 我们 / 我们 / 噪声 / 难听的噪声 / 开裂的声音像坏的男人 / 他的疼痛刺过来 / 闪电刺过来 / 我们嘶嘶示威 / 我们转过身子 / 我们发起进攻 / 那个坏的男人发出疼痛的声音 / 可是 / 我们弄错了 / 他不是那个坏的男人 / 他是那个好的男人 / 好的男人 / 返回他的洞穴 / 发现我们吃掉了他的长着尖耳朵 / 厚胡子 / 长尾巴的朋友 / 我们很抱歉 / 我们变成了抱歉的颜色 / 抱歉的气味 / 抱歉的液体 / 抱歉的姿势 / 我们不是故意进攻的 / 我们不是敌人 / 我们是朋友 / 朋友 / 朋友 / 那个好的男人朝我们笑 / 但是他的气味变坏了 / 好的男人抬起胳膊 / 看着他的胳膊血流下来了 / 很多很多血 / 像下雨一样。

11

项目负责人可以随意进入奥卡姆的任何一个房间，只有一个例外：女士更衣室。可奥夫斯泰特就在这里。这里——荣耀归于上帝——没有摄像机，他现在觉得摄像机就像盘桓在高处、拍打着翅膀的夜行神龙，记录着他的一举一动。在更衣室门口溜达会被人贴上“变态”的标签。最后几天了，这也可以接受，只是会激发更进

一步的调查罢了，所以他偷偷溜了进去，闻出这是一间堆放杂物的旧淋浴房，于是他躲在了一堆工业清洁剂后面。

刺耳的铃声宣告着夜班结束。他听见这些在四班倒里上大夜班的女人们疲惫地走了进来。他觉得一阵头晕。一定是因为氨气的气味，或者是因为恐慌。这个星期只剩下几天了，他念叨着，只要坚持下来就好。他第一次跟米哈尔科夫撒了谎——但愿也是最后一个，说注射针剂起作用了，“泥盆君”已经死了。米哈尔科夫奖励了他，并清晰给出了指令：这个星期五，奥夫斯泰特的电话会响两次，他要前往通常接头的地点，由“野牛”送他上船，这艘船将把他送回故乡明斯克，送回等候他的父母身旁。米哈尔科夫甚至还对奥夫斯泰特多年来艰苦卓绝的工作大加赞赏，他还叫他“德米特里”。

奥夫斯泰特摘下眼镜，揉了揉因化学气味而灼热的眼睛。他是不是要晕过去了？他凝神听着更衣室里的动静。他天生就善于分类，然而，对于和女性相关的声音，他却不怎么了解。柔软的沙沙声。放肆的咔嗒声。精致的叮当声。这些都是他从来不知道的生活的辅证——也许以后能知道，前提是他能活到星期五。

“嘿，埃斯波西托。”这个女人讲话带着拉丁口音，声音就像换班的铃声一样刺耳，“你有没有告诉那个男人我们在外面抽烟的事儿？”一阵停顿，是埃莉莎用手语回答。“哎呀，你明明知道是哪个嘛，就是那个老看你的。”停顿，“好吧，有人告诉他，我们挪动了摄像机，而我们当中唯一不抽烟的就是你。”停顿。“你比画得很无辜嘛，但不是那么回事儿吧。留神点儿，埃斯波西托，要不然我可就要替你留神了，懂吗？”

脚步声渐渐消失了，随后响起了充满同情的轻声低语——奥夫斯泰特认定是那个名叫塞尔达的女人在说话。他屏住呼吸，等待着

塞尔达从埃莉莎身边离开的动静。可是，楼上和大厅里传来了轰隆隆的声音，这说明白班下班的时间就要到了。来不及了。奥夫斯泰特手脚并用，在湿漉漉的地砖上来回挪动，最后躲在拐角后面偷偷往外瞥。埃莉莎坐在长凳上，塞尔达站在她旁边，对着更衣室里的镜子帮她梳头。他得抓住这个机会。他挥了挥手，想引起埃莉莎的注意。

她的头朝他所在的方向一晃。虽然穿了衣服，但她还是本能地护住了自己的身体，一条腿向后收拢，准备站起来。她穿着一双令人惊异的鞋子——缀满金属亮片的绿色鞋子，鞋跟踏在地砖上，声音很响。塞尔达一转身，看见了奥夫斯泰特。她胸脯起伏着正要大叫，埃莉莎却拽了拽她的裙子。她从长凳上一跃而起，拉着塞尔达躲进了淋浴室黯淡的水光之中。她的另一只手快速地比画着，毫无疑问是一连串的发问。奥夫斯泰特举起双手，恳求让他先说句话。

“它在哪儿？”他小声问。

“他们发现了，”塞尔达哽住了，“埃莉莎，他们发现我们了——”

埃莉莎朝着她简短地做了个手势，截住了她的话头，然后又向奥夫斯泰特比画了一串手语，要塞尔达翻译。

塞尔达满心疑虑地看了看奥夫斯泰特，简短地答道：“在家。”

“你必须把它弄走。马上。”

埃莉莎打了手语，塞尔达翻译道：“为什么？”

“是斯特里克兰，他快查出来了。我不能保证会不会供出来，因为如果他用上——他有那个警棍啊……”

就算他看不懂手语，也能理解埃莉莎的惊恐。

“听我说，”他哑着嗓子说，“你有办法把它弄到河里去吗？”

埃莉莎的神情很复杂。她垂下头，凝视着那双仿佛镶满了宝石

的鞋子，又或许是在凝视鞋子之间露出的地砖接缝。过了一会儿，她举起两只手，仿佛托着重物一般，带着悲伤和不情不愿，生硬地打着手势。塞尔达一个词一个词地把她的话翻译出来。

“码头。入海。三十英尺。”

塞尔达无奈地看着奥夫斯泰特。她不明白这些词的意义，但奥夫斯泰特明白。这个看似柔弱的清洁工其实拥有着不可估量的智慧，她住的地方肯定离河边很近，可以把“泥盆君”带到某个码头上去。但这还不够。今年春天如果再旱下去，那生物可能就会搁浅，一条鱼挣扎扑腾，快要憋死了，比拴在斯特里克兰的柱子上强不到哪儿去。

“有没有办法？到底有没有？”他央求道，“那辆小货车，就是你把它带走时用的那辆小货车，你能不能把它送到海里去？”

她像小孩子似的摇着头，抗拒着，睫毛上挂满了眼泪，脸颊和脖子都涨红了，只有那两道隆起的伤疤还保持着平和的淡粉色。奥夫斯泰特想抓住她的衣服，猛烈地摇晃她，摇晃她脑壳里面的那颗大脑，把她的自私全都摇出去。可是他没这个机会了：电话响了，有人接了起来，那个拉丁口音的女人生气地嚷嚷着，震得整个更衣室嗡嗡响。

“找埃莉莎的电话？简直是我听过的最傻的事儿。她到底要怎么接电话啊？”

“是谁打来的，约兰达？”

这一声大嗓门足以把奥夫斯泰特从惊骇的遐思里拽出来。是塞尔达。奥夫斯泰特原本还以为她被炒鱿鱼或更糟的后果吓呆了呢。眼下的境况糟透了，三个人当中，正是这个女人冲出来，像母狮子一样去保护埃莉莎。而这也给了奥夫斯泰特小小的、珍贵的厚

礼——比细胞膜还薄、比亚原子粒子还小的礼物：希望。

塞尔达棕色的眼睛看着奥夫斯泰特，充满了警告的意味，然后，这一次换她拽着埃莉莎的胳膊，把她拉走了。奥夫斯泰特别无选择，只能让步，可没过多久，他就发觉自己必须从更衣室逃出去，因为白班换班的人马上就要进来了。他知道之后的三天还得顶着这样的压力，知道今天晚上肯定睡不着了，除非埃莉莎能答应采取那个唯一明智的办法。也很有可能，他再也没机会睡觉了。他躲回了装清洁液的瓶子后面，听见约兰达最后抱怨了几声。

“我是埃莉莎的朋友塞尔达，我替她回答。不是电话公司。杰瑞？杰瑞米？贾尔斯？这怎么记得住啊？”

12

埃莉莎来过贾尔斯的公寓几千次了，每次看到的都是满眼的粗花呢棕和白蜡青灰色，现在却是鲜艳的红色。地板上有血，墙上也有，冰箱上按着一个血手印。埃莉莎冲得太快，来不及躲开，只能眼睁睁地看着自己的绿色鞋子在毯子和油布上蹭出一道道红色的印记。她一把抓住贾尔斯的绘画桌稳住自己，惊得两只猫跳开了。她强撑着观察那些血迹，想确定它经过的方向。可是，每个方向都有啊。

就连门外面都有。她循迹而去，发现从贾尔斯的门口到她的公寓门口，有一条细细的血痕。她冲了进去，看见贾尔斯倒在沙发上。她扑到他旁边，双膝就跪在那张黑色的、沾着血的素描上。贾尔斯脸色苍白，极慢地眨着眼睛，颤抖不已。他的左臂胡乱地包着，蓝色的浴巾已经被血染成了紫色。

“他不见了。”贾尔斯声音嘶哑。

埃莉莎用双手捧住他的脸。他身上还很暖，不凉。她用疑虑的眼神向他提问，而他虚弱地笑了笑。

“他很饿。我吓着他了。他是个野物，我们也不能指望他的行为多得体。”

想做就快做，她对自己说。她抓着毛巾，把这黏糊糊的东西从他的胳膊上撕了下来。从手腕到肘部，有一道非常细的伤口，细得像蛛网一样，肯定是那生物尖尖的爪子抓出来的。伤口很深，还在淌血，但也没有汩汩地往外冒。埃莉莎跑到卧室里，从架子上扯下一张干净的床单，然后冲回去，开始包扎。床单犹如一汪布料的旋涡，把手臂卷进了大海的泡沫里——哪怕在这儿，哪怕现在，她也还是难以自持，总能看见水。贾尔斯缩了缩，可脸上却还是挂着笑容，像戴着一副廉价的面具。他用湿乎乎的手掌摸了摸她的脸。

“别担心我了，亲爱的。快去找他，他走不远。”

埃莉莎也不知道该怎么办。她冲到走廊上，关上了身后的门。血迹太刺眼了，想避开它们去看别的东西也太难了。但她强迫自己仔细看，终于发现有一道红色的印记渐渐分开，单独延伸向了消防梯。这不可能，她想，他肯定吓坏了。这时，楼下的影院里传来了响亮的小号声，这和她在F-1里播放的唱片没什么不同，不是吗？她跑起来了，从金属楼梯上往下猛冲，快得就像乘坐电梯往下坠，都有点儿头晕了。她匆匆穿过小巷，来到了华盖影院的人行道上。这条小道就像一条丝绒绳子，让人在招牌的灯光下有些晕晕乎乎。

在这样亮的光线下，血迹——现在只有几滴了——显眼得像珠宝一样。它们一路向着放映厅去了。埃莉莎瞥了一眼售票处，阿佐尼安先生自己就在那儿值班，但他打着瞌睡，昏昏欲睡，埃莉莎也没有犹豫。她看了看自己的脚，看了看那双祖母绿的、装饰着大搭

扣的、有着古巴式后跟的玛丽珍鞋——穿它跳舞很不赖。她假装自己就是调小了电视音量的罗宾森，舞动着闪过了阿佐尼安，就像她舞动着闪过奥卡姆那些心不在焉的男人。

鞋子之下，磨破的地毯变成了纳瓦霍图案的水磨石地板。埃莉莎伸长脖子，走到那沾满灰尘、画着壁画的圆顶底下——据阿佐尼安说，他四五十岁时，曾在这儿迎来送往，明星、政客、工业巨头比比皆是。当然，那时候，华盖影院还很有地位，楼上的办公室也还没被改造成老鼠笼子大小的公寓。时光和落寞并不能抹杀美丽，埃莉莎打心底里相信这一点。不过，大厅实在太亮了，埃莉莎知道，那生物会寻找暗处。

尽管电影一闪一闪地亮着光，埃莉莎也无法在一千二百个座位之间找出一个特定的后脑勺。不过没关系，银幕、包厢、天花板上星群一般的灯，都赋予放映厅一种大教堂般的威严。她小时候不就在这儿做过礼拜吗？正是在这儿，她找到了构建幻想中的美丽生活的材料，同样是在这儿——如果她足够幸运，也能抢救出美丽幻想生活中仅余的部分。

她虔诚地弯着身子，悄悄地沿着走道往前走。《路得记》还会最后再放映几天，这是个圣经故事，但她只知道其中声音最大的一段对话和所有配乐。她在一排排阴暗的座位之间左顾右盼地搜寻着，眼睛扫过了银幕，上面正上演着一群汗流浃背的奴隶，在巨大的横眉立目的异教神像下敲打石头。所以这就是基抹了。透过震动的地板，她常常听到的就是这个名字。如果她的水中生物也是一位神灵，那可远没有这么吓人。

她做噩梦似的胡思乱想着他在巴尔的摩乱走的情景，这时，在第一排和第二排座位之间，她瞥见了一个挣扎的黑影。她躲在投影

仪的光束底下细看。那就是他，俯着身子，胸膛起伏，胳膊抱着头。埃莉莎连忙跑了过去，急切得忘了要轻声细气，鞋跟踏出咔嗒咔嗒的声音，惹得那生物嗞嗞低吼。自打她拿着鸡蛋靠近他，就从来没有听过这样的警告，这是一种充满野性的声音。她停住了，一股恐惧的寒意袭遍全身。无数猛兽曾在这样的声音之下甘愿袒露肚皮，奉上生命，而她也不比它们勇敢多少。

痛苦的哭声呜呜咽咽地冒了出来，就像那些人用扬声器播放的丛林录音。那是奴隶搬不动石雕、后背挨了鞭子发出的声音。那生物的双手使劲儿地抱着自己的头，好像要把颅骨压碎一般。埃莉莎慢慢地跪了下来，爬过黏黏糊糊的地板。灯光投下瀑布般的五颜六色，把他的眼睛映得犹如万花筒。他缩了回去，摇摇晃晃地跪着，呼吸很急促。

震耳欲聋的声音引得埃莉莎不由得去看：基抹神像倾覆，压住了惊恐尖叫的奴隶。那生物像小狗一样害怕得呜呜叫，一直发抖，也许是害怕自己也引发了银幕上那样的痛苦。他不再后退，朝着埃莉莎靠了过来。她在地板上滑了过去，把他抱进怀里。他凉凉的，干干的。他的鳃翕动着，蹭着她的脖子，粗糙得像砂纸。三十分钟，奥夫斯泰特警告过，他只能支持这么久。这儿有个紧急出口，正好能通到小巷。她要把他带出去，上楼，回到安全的地方。她只希望能再多拥抱他几秒，这美丽、忧伤的生物，在这个世界上，再也没有安全感可言了。

13

她的手一直比画着“医院”，都比画得有点儿疼了，但贾尔斯不会去的，她也知道这是为什么。医生一看见这些伤痕就会知道，那

是被爪子抓出来的，他们会根据限制饲养宠物的协议去见阿佐尼安先生，搜查华盖影院的公寓，以确保房客没有窝藏什么危险的猛兽。然而，她和贾尔斯都很清楚当地政府会如何处置这些“危险的猛兽”：它们会被带离不称职的主人，然后一觉睡过去就完了。

于是她答应了贾尔斯的要求，全凭猜测，用碘酒和绷带给他治疗了一番。她每做一步都会遭到他的嘲笑——这是他的方式，表达他并不为此忧心。可这安慰不了她。贾尔斯的一只猫被吃掉了，他的伤口也可能发生种类不明的感染。贾尔斯年纪大了，身体也不怎么强壮，如果真的出了什么事，那就是她的罪过——她和她控制不了的内心的愧疚。她的心，也是一只野性的动物。如果动物管控中心的人找上门来，第二只要被关起来的活物就是她。埃莉莎正盯着贾尔斯，确保他把她准备的汤和水都喝掉。这时，他们听见了水滴进浴缸里的声音。他们对视了一眼。他们现在已经知道，那生物无论是没入水中，还是冒出水面，都可以是无声无息的，所以这就意味着，他是故意告诉他们，他从水里站起来了。贾尔斯的手紧攥住勺子，像握着一把刀，这让埃莉莎心碎。大家都变了，却没有谁变得更好。

整整一分钟之后，那生物才从浴室里出来。他慢慢地迈着步子，脸朝着地面，鳃老老实实地合拢着，那双能要人命的大爪子藏在大腿后面。他那长着鳍的背驯顺地缩着，一侧的肩膀抵着墙壁，仿佛把自己锁在了斯特里克兰的水泥柱上。埃莉莎相信，在这生物永生不老的一辈子里，他从未体会过后悔的痛苦。于是她站起来，张开双臂，急切地想要接受他的歉意，正如她并不愿意原谅自己。

他不敢看她，垂头丧气地从她的胳膊旁边走了过去。他剧烈地颤抖着，身上的鳞片都抖落到了地板上，莹莹闪烁，就像放映厅天

花板上的灯。他慢悠悠地蹭到屋子的另一边，活像基抹那些挨了鞭子的奴隶。他的头垂得低低的，和坐在桌边的贾尔斯齐平。贾尔斯连连摇头，举起两只手。

“别这样，”他说，“你没做错什么啊，孩子。”

那生物把两只手从背后露出来，慢慢地，慢慢地——几乎看不出来——把爪子半缩进指头里，伸向了贾尔斯缠着绷带的胳膊。贾尔斯看了看埃莉莎，埃莉莎也看了看贾尔斯，两个人同样困惑，却又充满希望。他们看着那生物从桌子上抬起贾尔斯的胳膊，动作轻柔得像抱着一个婴儿，然后把它放到了自己的面前。尽管他的姿态很温顺，可这动作却着实令人不安：看起来，他像是要吃掉贾尔斯的胳膊，就像挨了骂的孩子硬要把晚餐吃完。

可接下来发生的事一点儿也不恐怖，反而非常神奇：他伸出了舌头，这生物的舌头比人类的更长、更平滑，舌头从两颚间伸出来，轻轻地拍打着绷带。贾尔斯的嘴巴动了动，可他实在惊讶，连一个完整的词都说不出来。埃莉莎也很意外，两只手垂着，没能比画出一个字母。那生物一边舔，一边转动着贾尔斯的胳膊，把整条绷带都舔湿了，直到他的唾液沾到了贾尔斯的皮肤，融化了干涸的血迹，最后全部舔掉。他把这亮晶晶的胳膊放在贾尔斯的膝上，然后慢慢俯下身子，像是临别赠吻一般，舔了舔贾尔斯的头顶。

整个仪式就这样突兀地结束了。贾尔斯朝他眨了眨眼睛。

“谢谢你？”

没有反应。埃莉莎觉得他可能是太羞愧了，不好意思动。但是，对一个只有沉浸在水里才能获得安慰的生物来说，这一天真的太漫长了：他的鳃开始翕动，胸脯也开始起伏颤抖。埃莉莎想给贾尔斯洗一洗胳膊，重新涂上碘酒，然后重新包扎。她也绝不想慢待那生

物，她走近他，一只手放在他拱着的背上，轻轻地把他往浴室推。他同意了，但只肯倒着向后退，虽然踉踉跄跄，却仍然保持面向贾尔斯俯身屈膝的姿势。在他所有的姿态里，这是她见过的最不优雅的一种，经过浴室门口时，她得拉着他胳膊才行。他的肩膀一歪，还撞到了那棵空气清新剂纸夹搭成的树。

她把他扶进了浴缸。灯没开，他的脸没入了水下，但他的眼睛依然闪闪发光。埃莉莎没理会，往水里加盐，却还是能感觉到他的凝视。从小到大，她总是能感觉到街上的或是公交车上的男人会盯着自己看，但这不一样，这样的注视动人心魄。她把手伸进浴缸，搅一搅刚撒的盐，这时他们的目光相遇了。虽然只有一秒钟，但就在这一秒钟里，她读出了感激和惊讶。这念头很古怪。她让他觉得惊讶。这怎么可能？古往今来，他才是最最令人惊讶的生物啊。

埃莉莎搅好了盐水。她的手就在他的脸旁边，动一动，很简单，所以她就动了动手，用手掌托住了他的脸颊。很光滑。她敢打赌，那些科学家的数据里根本就没记下这一点。

他们只记录他的爪子、牙齿、棘突。她却在抚摸他，手滑过他的脖子和肩膀。水使他的体温和空气的温度一样，也许正是因为如此，她才感觉不到他的手也正滑过自己的胳膊，摸到了她肘窝里柔软、发青的肌肤。他手掌里的鳞片就像又拖又拽的小人国居民，在她的皮肤上闹着玩儿似的划来划去。他用爪子戳了戳——当然绝不会戳破——她的大臂，在那里留下一道道白色的痕迹。

之前给贾尔斯包扎完伤口，埃莉莎就换了一件薄纱布衬衫，这衣服可以追溯到“之家”的年代了，当那生物的手从她的胳膊挪向她的胸前，棉布就像被施了魔法似的，立刻洇湿了。先是一侧乳房，

然后是另一侧，湿衬衫紧贴着她的皮肤，让他的抓握显得很重。她感觉自己犹如赤裸一般，坦陈在他的双手之下，胸前一波一波的战栗袭来，让她几乎无法呼吸，可这里面没有一丝不正当的意味。他在她面前一直都是赤身裸体的，她其实早该加入他这天然之态的行列。

房间里透出了楼下影院里的灯光。《路得记》，她想，机器准备重新放映一遍。可是并没有音乐传来。是这生物。他的身体发出的亮光将水染成了粉色，像火烈鸟，像矮牵牛花，像其他不为人知的动物和植物，而她只从那些丛林录音里略得一二：吱吱吱，嚓咔呵，咕噜咕噜，嘻嘻嘻嘻。她拱起后背，把全身的重量都压在了这双手上。这手掌足够宽厚，撑得起她的整个胸膛。

远处的某个地方，贾尔斯疼得咝咝作声。埃莉莎发觉自己闭着眼睛，连忙睁开了。她发现自己的整个身体都挪动了，往前倾着，伏向浴缸，头发都垂进了水里。她很想继续向前靠，向前倾，像她无数次在梦境里那样整个儿浸入水中。可贾尔斯受伤了，是她造成的，她得重新帮他包扎才行，尤其是伤口刚刚被舔过了。埃莉莎费了好大的力气才终于挺起了后背，那生物的手顺着她的腹部一路向下，收回了水里，没弄出一点儿声音和水花。

埃莉莎用浴袍遮住了湿衬衣，然后走出浴室，但她却没走向贾尔斯，而是经过他身边，穿过整间公寓，来到了厨房的窗户前。她的前额抵着玻璃，双手按着玻璃，视线一片模糊。可这不是因为她哭了。窗户上有水，小小的水珠挂在玻璃上，一颗颗地坠落，留下一道道湿漉漉的水渍。是啊，可能，她还是哭了。

下雨了。

14

他用那只没受伤的手拧着旋钮，图像不清楚，颜色也不对。这一大坨垃圾真叫见鬼，是在一个叫“科修斯科电器”的地方买的。是电源线的毛病，还是内部线路的毛病？是不是他的哪个孩子把果汁泼上去了？他挺想把电视机的后盖一把扯开，好指出罪魁祸首，但他没那么干，因为他毫无理性地担心，电视机的内部会有点儿像那个把整个奥卡姆弄得焦头烂额的小玩意儿。他一直都没能确认那究竟是什么东西，又凭什么以为自己能修得了电视机？

也许是天气干扰了信号。在搬来巴尔的摩的这段时间里，这还是他第一次见到雨，他发誓。倾盆大雨下了一整天。屋顶上装着一根天线，活像个蜘蛛。他在奥卡姆偶尔瞥见的太空舱收发器也是这模样的。爬上去调整天线，这念头挺诱人的，尤其是还下着雨。遥望暴风雨越来越猛烈，冲着闪电大声嘲笑，这种身临险境的感觉只有男人才懂。

然而，眼下却是这样的境况：废墟一般的客厅，一家子都像是被雷劈了一样，可你却不知道灼伤痕迹在哪儿。塔米喋喋不休地说着什么小狗的事儿，蒂米想看《伯南扎的牛仔》，莱妮叨叨着胶冻糕，说她很为自己骄傲，因为她把那些橙色糊糊从盒子里倒了出来。这些天来，他们的饭菜都是从盒子里倒出来的。为什么？斯特里克兰很清楚这是为什么。因为她整天整天地不着家，谁知道都干了些什么事。他就不该回家来，他就应该在办公室里再睡一晚。毕竟，霍伊特将军四个小时前才往奥卡姆打过电话，更糟的是——他找的是弗莱明，传来的口信像玻璃一样清楚。

斯特里克兰还有二十四小时来寻找标本，找不到的话，他的职

业生涯便就此告终了。

“告终”是什么意思？军事法庭？军事审判？还是更坏的？什么可能都有。斯特里克兰并不害怕，于是他爬上了他那辆瘪一块鼓一块的卡迪拉克——他发誓奥卡姆的人都在窃窃私语、肆意嘲笑——然后开回了家。刚到家，弗莱明就打来电话了。他按照斯特里克兰吩咐的，像个行家似的，跟着奥夫斯泰特。斯特里克兰用不着惊讶，因为弗莱明就是一条狗，而狗鼻子总能闻到屎味儿。弗莱明说他拍到了奥夫斯泰特在一幢没有家具的房子里收拾行李，他认为奥夫斯泰特和一位名叫米哈尔科夫的苏联大使馆随员有关系。“峡流之神”可能还在国内，甚至还在这座城市里。斯特里克兰现在就应该出门，在夜里，在雨里，找到那个生物，把这事了结，完成他的使命。

可是，他却仍然在转动电视机的旋钮。《伯南扎的牛仔》到底在哪个台？

“《伯南扎的牛仔》是给大人看的，”莱妮说，“让他们看《学府趣事》好了。”

斯特里克兰一愣，他肯定是自言自语地说出声了。他瞥了一眼莱妮，他简直不愿意看她。她昨天是顶着新发型回家的，蜂窝头不见了，仿佛被亚马孙的大砍刀削掉了，取而代之的是更平顺的、更具少女感的、长及脖颈的S形波浪鬈发。可她不是个少女了，对吗？她是他孩子的妈妈，她是个该死的妻子。

“但是爸爸说我们可以看《伯南扎的牛仔》！”蒂米嚷嚷着。

“如果蒂米能看《伯南扎的牛仔》，”塔米争辩道，“那我就可以养小狗！”

《基戴尔医生》《梅森探案》《摩登原始人》，三个差不多的节目，一堆没信号的频道，他看到的就这些了。他感觉到一阵雷鸣，看向

窗外。什么也没有，只有雨，扑向窗子，像扑向挡风玻璃的虫子一样炸开，只是内脏都被冲掉了。他的内里也被冲掉了。他的职业生涯，他的生活，都冲掉了。这正是对美国式幸福的讽刺。该死的胶冻糕，想象中的小狗，在哪个频道都找不着的西部节目。

“谁也不能养小狗。”他说，“你们知道小狗会变成什么？会变成大狗。”

医生、律师、原始人，他把节目里的人物和自己映在屏幕上的倒影混在一起了。他是那个医生，他是那个律师，他是那个原始人。他开始退化，衰败。他能感觉到自己身体里的文明正在剥落崩溃，原始的嗜血欲望正在冉冉升起。

“理查德，”莱妮说，“我记得咱们说过至少可以——”

“狗是野物。你可以试着驯化它，你想怎么试都行，但是有朝一日，狗总会显露出它的本性，它会咬人。这就是你想要的？”

他思忖着：“峡流鳃神”是狗，抑或他自己是狗？

“爸爸！”蒂米挥着胳膊，“你调过台了！”

“我刚才怎么说的，蒂米？”莱妮训斥道，“那个电视剧太暴力了。”

人们死在手术台上，死在监狱里，整个物种都在慢慢作死。三个频道飞快地换过去了。鬼魂般的频道，幽灵般的信号，炼狱般来源不明的静电干扰，他止不住地继续拨动旋钮。

“《伯南扎的牛仔》并不暴力，”他怒道，“这个世界就是暴力的。要我说，这就是该看的，唯一该看的。你想成为真正的男子汉吗，蒂米？那就要学会正视问题，然后解决它。如果有必要，那就朝它脸上开枪。”

“理查德！”莱妮倒吸了口冷气。

啪！旋钮掉了，正落在他手里。斯特里克兰盯着它，目瞪口呆。

装回去是没戏了，塑料断了。他把它扔在地毯上，没听见一点儿声音。孩子们全都不作声了，莱妮也是，他们全都成了哑巴。终于都哑了，终于都合了他的心意。唯一的声音是旋钮卡在空白频道上发出的沙沙声，听起来就像下雨的声音。是的，雨。雨林。那才是他的归属。他懦弱地跑到这儿来了，可那里才是他真正的家。

他走向前门，一把拉开。啪啦啪啦的声音变成了狂啸。好，好极了。如果他凑近去听，就能听见那些猴子——霍伊特的信使——在潮湿的树间荡来荡去，发出刺耳的屏蔽打码声，指挥他该做些什么，就像斯特里克兰在永同的那座金矿里被尸体遮蔽时一样。好的，长官。他会撕开血肉和错位的骨头，直至找到可供呼吸的空气。至于被撕扯的是谁，已经不再重要了。

片刻之后，他出门了。只是走到那辆凯迪拉克威乐那儿，他就已经浑身湿透。雨水猛击着钢铁车板，像丛林里的食人族擂出疯狂的鼓声。他用手指抚摸着引擎盖上的装饰，仿佛那是某种原始崇拜的偶像。格栅里的利齿之间，有血一样的液体滴落。尾翼太锋利了，直接把雨滴劈成了两半。那个卖车的，那个笑容可掬、脸上带着剃刀印的靡菲斯特是怎么说的来着？纯粹的力量。

他用手蹭了蹭那片被撞坏的车漆。湿漉漉的绷带散开，掉了。那些接合的断指，黑得就像深夜。他皱了皱眉。连结婚戒指都看不出来了啊。他用另一只手按了按其中一根感染的手指。没有感觉。他更用力地按了下去。指甲盖下面流出了黄色的液体，淌到了车后，又被雨水冲掉。斯特里克兰眨眨眼睛，甩掉沾在上面的水。他是真的看见了吗？

莱妮突然出现了。她在他身边，撑着一把伞，缩着身子。

“理查德！快回去！你吓着——”

斯特里克兰猛地用双手攥住了她的衬衫，疼痛沿着他的手指一下子蹿上了胳膊。他狠狠地把她压在被撞扁的车尾上。一阵风掳走了她的伞，抛进了夜色中。在莱妮身体的撞击下，凯迪拉克几乎毫无反应。这工艺，顶级的悬架，完美校准的减震器。莱妮死死地盯着从天而降的瓢泼，雨水把她脸上的妆容冲得乱七八糟，少女感的发型也被浇得软趴趴的。他动了动手的位置，抓住了她细细的小脖子。他不得不俯下身子，好让自己的声音压过雷声和雨声，被对方听到。

“你以为你比我聪明？”

“不是……理查德，请你……”

“你以为我不知道你每天都进城，不知道你背着我干的那些事？”

她极力地想把他的手从自己的脖子上掰开，指甲抠进了他黑色的手指。越来越多的液体渗了出来，发臭的黄水滴在她的脸颊上、下巴上，映着街灯闪闪发亮。她大大地张着嘴，里面灌满了雨水。如果他再不动一动，就这么一直卡住她，她肯定会呛死。

“我不是……故意的……那只是……”

“你以为别人不会发现吗，在这个屁眼大的小破城市里？他们看得见，莱妮，就像他们能看见这辆被撞了的车子一样。他们会怎么想？他们会觉得我不配住在这儿，觉得我无法掌控自己。我的麻烦已经够多的了，明白吗？”

“明白……理查……我不能……不能……”

“毁了这个家的人，是你。不是我，不是我！”

斯特里克兰差点儿就相信了这些控诉。他用两只手掐住她的脖子，越来越使劲儿，为的就是增强这种相信。她眼球里的血管开始

扩张，就像红色墨水滴落在纸上。她猛咳着，喷出的东西就像一条带血的舌头，简直恶心透了。他把她的身体向后一撇，轻松得犹如踢开一个足球。他听见她的身子撞在车库的门上。那声音和猴子的尖叫相比，是很轻柔的。雨水让他的衣服紧贴着身体，变成了第二层皮肤。又是赤身裸体了，就像在亚马孙一样。他能感觉到口袋里的车钥匙，硬硬的，像一截断裂的骨头。他把它们抽了出来。他满意地往前走，走了一辆凯迪拉克那么长的距离，走了整整一生的距离——仿佛仍可挽救的一生。

他打开车门，跌坐在驾驶座上。车里面是干爽的，洁净的，闻起来还是簇新的。他打着了火。当然，车子发动的时候会发出呻吟声，但它会带他到该去的地方去。他想象着办公桌下那个上锁的抽屉，那里面是他的 70 型伯莱塔——就是他用来打粉色河豚的那支。他会想念“亚拉巴马 – 侬好”的。男人总是会越来越喜欢自己的工具，而且那真的好用。不过，是时候更新换代了。他一脚踩下油门，脑海里描绘着后轮飞转带起的泥浆，喷得车库门上全都是，喷得莱妮身上全都是。郊区变得丑陋不堪，可任何一个有脑子的人都不会觉得这有什么好奇怪的。底层的一切本来就很丑陋。

15

早上到了，可天还没亮。水满外溢的排水沟上戳着交通路标，像一颗颗锥形的牙齿。辅路上用锯木架围成警戒线。她乘坐的这辆公交车劈开一英尺深的积水，朝前行驶，轮胎被一波一波的水冲刷着。这些，这一切——大地的涌动，无边的黑暗，都映照着她内心的痛苦。自从暴雨开始以来，她每天都要查看两次河水水位，这样

的行为，其实无异于把她的心一点一点地往外挖。明天，奥夫斯泰特博士就能如愿了。她和贾尔斯会把那生物装进“哈巴狗”里，然后开到防波堤脚下，让他到水里去。所以，今天这一天一夜，将是她与他——这个比任何人都更懂得她的生物共度的最后时光。难道这还不是爱吗？

她低下头看着自己的脚。哪怕是在昏暗的公交车里，她也能看清自己的鞋子。这双鞋子啊，她到现在都无法相信。昨天，赶在上班之前，她焦心地勉强睡了几个小时。而在那之前，她实现了一个梦想。她走进了朱莉娅鞋店，尽管被那辛辣的皮革味儿吓了一跳，她还是飞快地转向橱窗，抓起那双摆在象牙色台子上的低跟、方头、镶着金银线的鞋子，然后把它们送到了收银台。

事情也清楚了：她长久以来想象中的那位朱莉娅——拥有商业头脑、令人敬畏的大美女其实并不存在。她问了，是登记处的女人告诉她的，那只是个听起来好听的名字。这番话让埃莉莎感到很欣慰。她回了家，让这双闪闪发光的鞋子温柔地包裹着自己的脚。如果朱莉娅不存在，好吧，那她就是朱莉娅了。养护那生物已经花光了她的存款，这笔奢侈的花销更让她濒临破产。她从不在乎，现在也不在乎。这双鞋是一对美丽的蹄，就在这一次，在这最后一天，她也想成为一个美丽的生物啊。

埃莉莎下了车，撑开伞，可感觉不对劲：这真是人类的蹩脚发明。她把伞扔进了排水沟，仰脸向天，沉迷在水中，试着去呼吸。再也不要变回干巴巴的模样了，她下定了决心。回到家时，她身上湿透了，可心里很高兴。她沿着走廊往里走，水滴从衣服上噼噼啪啪地滴下来，聚成一个个小水洼，她希望它们永远也不要干涸。她以前是从不锁门的，直到那生物偷跑到楼下影院去。她摸到了自己

藏在一盏坏灯里面的钥匙，把它插进了锁孔。

贾尔斯不在他往常待的地方。她出发去奥卡姆之前，他曾告诉她，他想完成那幅画，那幅用炭笔画的素描。他说他心如火烧，说他自打年轻时就从没这么有灵感过。埃莉莎毫不怀疑他的话，但她也不傻。贾尔斯其实也很清楚，结局近在眼前，他是想给她空间，让她好好道别。

他走了，可收音机还是开着的，埃莉莎在桌边磨蹭了一会儿，听了听政治、体育赛事比分、无聊的地方新闻，这些都与她生活中不听话的幻想形成了鲜明的对比。她就让它开着，不停地播放。昨天，那生物裹着湿毛巾，和她一起坐在桌子旁边。这是他第一次坐在椅子上，背上的鳍和短短的、带甲板的尾巴都弄得他挺不舒服。他那模样就像个刚洗完澡的女人，逗得她大笑起来。他虽然不太可能明白她为什么笑，却还是亮起了光——这就是他笑的方式：胸膛闪着金色的光，鳃摆动着。

她用手指搅了搅拼字卡片，她一直想教他认识印刷文字。前一天，她下班时带了一本杂志回家，让他看了些他绝无机会看到的东西：一架 727 飞机，纽约爱乐乐团，索尼·利斯顿狠揍弗洛伊德·帕特森，伊丽莎白·泰勒在《埃及艳后》中的精彩剧照。他学得多起劲儿啊。他原本惯于用爪子撕扯猎物，而此刻却细致微妙地伸出长长的食指和拇指，捏起了伊丽莎白·泰勒的那张剧照，放在 727 飞机的图片上，然后又把这两张放在了纽约爱乐乐团的图片上面。接着，他就像个玩玩具飞机的孩子，把那张 727 飞机和剧照推到了桌子的另一边，放在了另一张《埃及艳后》的剧照上面。

这意思很清楚：伊丽莎白·泰勒想从纽约到埃及去，就必须乘坐飞机才行。

这么一条信息，当然是他用不着的。他这么做，她很肯定，就是为了看到她的笑容，听到她的笑声。

可这些都不能代表他的状态就很好。一种灰蒙蒙的色调笼罩着他，就像工厂里的沙砾的颜色。他那艳丽的鳞片失去了光泽，钝化成青色，犹如躺在人行道的一枚旧旧的硬币。简而言之，他似乎在逐渐变老，而她很害怕，这是她犯下的不可饶恕的罪行。就算没有几个世纪那么久，只有几十年，这生物也不曾失去一丝一毫的生机。奥卡姆至少有过滤器、温度计，还有专业的生物学家队伍。可这里，能支撑他活下去的东西一样都没有，只有爱，这终归不够。他正在慢慢地死去，凶手就是她。

“预计今天东部沿海地区将有暴雨，”收音机嗡嗡响，“巴尔的摩将持续受此影响，午夜之前，水位线还将上涨五到七英寸。这场暴风雨是避无可避的了，诸位听众。”

她从桌上拿起一支黑色记号笔——那是他们上语言课时用的。桌子上还有一本日历，每一天每一页上都写着一句过时的励志名言。她没法儿忍着眼泪再看下去了。她摘掉记号笔的笔帽，如果不写下来，不把它变成实实在在的东西，不亲眼看着，她就不知道自己能不能坚持下去了。记号笔在纸上划动，犹如小刀划过她的皮肤。

午夜——码头

今天晚上，她会打电话请个病假，这么多年来，这还是第一次。即便弗莱明觉得这不太正常，也为时已晚。星期一，她还会再回奥卡姆去上班吗？这个问题真是老掉牙了。或许不会吧——她不确定自己能不能承受得了。至于之后要怎么挣钱，她还没想过。这种忧虑也是老生常谈的了，仿佛被她抛在了脑后。那天，贾尔斯来找她，

说他到时候可以帮忙把那生物送走。他脸上露出了某种神情，她觉得自己肯定也是同样的一副表情——仿佛说了“再见”之后，就再也没有什么重要的、可失去的东西了。

她最怀念的快乐是，她离开一阵子之后再见到他时的悸动。这是她最后一次享受这种意乱神迷的战栗了，所以她很慢很慢地走进浴室，仿佛她是一簇凉水，一寸一寸地向里淌。他亮起了光，就像一片未被人类打扰过的海面之下的缤纷珊瑚。她根本没有力量抗拒他的召唤。

埃莉莎关上门，往前走，愁肠百转得几乎要晕过去。她感受到一种令人泪下的悲伤，接着是一股更强烈的来自喉咙的拉力，以及可以定义为“激情”的情感。一瞬之间，她要做什么，都变得无可置疑、无可惊讶。她突然意识到，结局其实一早注定，从她看向F–1的水箱，并被拉进去的那一刻起——或许不是物理上地被拉进去，而是通过其他方式，比如他鳞片间的星团，他眼睛里的超新星——就注定了。

塑料浴帘垂在墙边，她猛地一拽，金属环就绷出来了。她又这么拽了十一次，金属环从墙上一一掉落，滚进了树叶间。浴帘上的每一次撕扯，都是令人震惊的、不可逆转的破坏，这个星球上任何一个上大夜班的清洁工都不敢这么干。她像往床上铺被子那样把浴帘铺在地上，用它塞住护墙板，塞住门底下的缝隙。她尽可能地把塑料浴帘绷紧，塞牢，然后站了起来。虽然不能像那生物一样控制水，但她也有一样还不错的东西：现代化的管道。

埃莉莎按下洗手池里的塞子，打开了水龙头，水流了出来。她又在浴缸前俯身，做了同样的事。把所有的水龙头同时开到最大是穷人绝不会做的事，但她不是穷人，今天不是。今天她是这个世界

上最富有的女人，她拥有了她想要的一切：她爱着，也被爱着，并且像那生物一样拥有无限——他既不是人类，也不是动物，而是一种感觉，一种力量，在过去与未来，为一切美好的事物所共享。

她脱掉制服，如同基抹采石场里的奴隶从肩上卸下了石料。她解开胸罩，脱掉内衣，仿佛挣脱了被同类强加的枷锁。每一件掉落的衣服都没有弄出声响。洗手池和浴缸里的水都溢出来了，漫过了铺在地上的浴帘，像一只温暖的手，拍打着她的脚踝，又拂过她的小腿。她只穿着那双银色的鞋子，她把一只脚放在浴缸旁边给他看。他曾在她的卧室里看过那些漂亮的“蹼”，但这双比那些更绮丽，也是她拥有的唯一一件像他一样明亮美丽的东西。这是她摆过的最大胆的性感姿势，她能听见女总管骂她没用、愚蠢、难看，是个婊子。这时他从满溢的浴缸里浮现，成千上万条静默的瀑布从他的身体上倾泻而下，越过浴缸边缘，落入她等候的臂弯里。

他们交缠着，她的身体在他的身体里找到了对应的空间，他的身体也进入了她的。她的头没入水下，感觉真是奇妙。他们徜徉翻动：她在上，喘息着，水从头发上往下泼；他在下，沉溺在摇曳的水下。想要吻他，她就必须把头埋下去，而这样的吻令人心醉神迷，让她僵硬的世界里那些单调乏味的线条也变得柔软了，洗手池、马桶、门把手、镜子，甚至包括墙壁，全都失去了原有的形状。

水面之下，吻在回荡。不是人类嘴唇发出的那种讨厌的、湿黏的啧啧声，而是仿佛隆隆巨响的雷雨，灌入她的耳朵，流进她的喉咙。她用手捧住他覆着鳞片的脸，手掌蹭着他搏动的鳃，用力地吻他，唯愿将他们掀起的风暴变成一场海啸，好让洪水来得再猛烈些。也许能救他的不是雨，是她的吻。她向他的嘴里呼气，气泡擦过脸颊，一阵阵发痒。呼吸，她祈祷着，学会呼吸我的空气，我们就能

永远在一起了。

但是他学不会。他用强壮的双手把她托出水面，好让她不会被呛死。出于各种原因，她大口大口地喘息，用双手按着胸口，帮它重新适应氧气的存在。她发现自己的手上沾着他亮闪闪的鳞片，她为之深深着迷，把手拂过自己的胸膛和腰腹，让鳞片覆上身体，希望这才是她本来的模样。她曾在楼下的影院里听过一段对白，已经听过几百遍了：别再困乏汝心。坚强度过这段时日。因为你儿子的寡妇必将诞育孩子，为你延续子孙后代。是啊，为什么不要呢？她睫毛上的每一滴水珠都自成一个世界——她在科学文章上读到过这样的内容。它们中的某一滴，难道就不能成为他们的后代，繁衍出全新的、更好的物种吗？

她在浴缸里体验过的一切幻境都无法与此刻相较。她摸遍了他所有的隆起和凹陷。他有性器官，就在应该在的位置，而她也有，也在应该在的地方。她把他拉进自己的身体里，在涤荡着的水中，这并不难，就犹如海底的构造板块发生了移动。影院里的灯光穿透地板和塑料，发出耀目的光，但和他剔透色彩的明灭节奏相比，这光也显得黯淡。仿佛他们身下就是太阳，一定是，必须是，因为他们此刻身在天堂，在上帝的沟渠里，在基抹的矿渣里，所有神圣的与卑劣的在此刻合一，超越了性，将善信播种。他在她的身体里植入痛苦与欢愉的古老历史，这历史不仅将他们联结起来，也将万事万物联结在一起。在她的身体里的，不仅仅是他，而是整个世界，反之亦然，她也在整个世界之中。

生命就是这样交换，突变，出现，存活，一个生命就是这样，经由成为另一个物种，使自己本物种的罪恶获得了赦免。或许奥夫斯泰特博士能够理解。埃莉莎只能窥豹一斑，只能瞥见峰峦的山脚，

冰川的一角。她觉得自己很渺小，在这巨大而神奇的宇宙之中，自己是如此微末，于是她在水中睁开眼睛，提醒自己不要忘记现实。植物的叶子飘过，像蝌蚪，浴帘撕裂，拍向他们，像虔诚的水母。

现实世界中，外面狂风暴雨，叠加着《路得记》中的狂风暴雨——那场终结了《圣经》中大干旱的风雨。她跟随着感觉抽动身体，每一次都像松开紧攥的拳头。是的，干旱终结了，终结了，终结了。她笑了，水灌满了她的嘴。她终于起舞，真正地舞蹈，在这被水淹没的舞池中舞蹈。她不怕跳错舞步，因为她的舞伴正紧紧地揽着她，将带她去往任何她必须去的地方。

16

他用画刷猛蘸颜料。伯尔尼喜欢绿色？真惨，他永远也看不见这幅啦。这种绿色是贾尔斯做梦都梦不到的绿色。他是怎么调出来的呢？他记得他是用加勒比蓝色当作底色，加了淡淡的葡萄色，点上几笔丰收时的橙色，抹上几道稻草黄色，乱涂了些日暮时的靛蓝色，签名用的是黏土红——还有什么来着？他不知道，也不在乎，他完全是凭着冲动调出来的。这颜色令人振奋，但也蕴含着宁静平和。他的大脑无法集中注意力了，它漫游闲荡，伸张舒展，把毫不相干的线条缠绕在一起——就像百货公司的那些闪亮亮的蝴蝶结。

伯尔尼，老伙计伯尔尼·克莱。贾尔斯想起了最后一次见到他时的情景。回头想想，当时他身上其实已经显露出种种压力的迹象了：衣领发黄，好像用多少漂白剂也洗不干净了；大肚子把衬衫都顶起来了——伯尔尼一直是一焦虑就会大吃的那种人。贾尔斯原谅他了，他从来没有过如此宽容释然的感觉。长久以来，病态的愿望就像胆

固醇似的——这是他最近在新闻里读到的一种不太吉利的东西——堵住了他的动脉，而今天，胆固醇被冲掉了，剩下来的只有爱，它流入了所有陈年沟壑般的伤口。在芒特弗农酒吧里逮捕他的警察，那个逼迫他丢掉工作的阴谋小团体，迪克西·道格馅饼店里的那个布拉德——也许是约翰。每个人都在生活裹挟的不安宁和不确定中挣扎着啊。

而他竟然花了六十三年才发觉生气是毫无用处的。怎么会这样？斯特里克兰太太，那个年纪只有他一半的女士，是什么时候凭本能发现这一点的呢？贾尔斯不敢相信，自己竟然没机会专程向她致谢。就在今天早上，他还往克莱因 & 桑德斯广告公司打过电话，想告诉她她的坦率有多么意义重大，是如何迫使他打开了勇气的宝库——他根本就不觉得自己还能有什么勇气。可是，接电话的不是她，对方也不知道她为什么没去上班。

贾尔斯并不着急，他有积累了一辈子的耐心可以用。除了斯特里克兰太太，另一位激励他重新振作起来的就是那生物了。贾尔斯惊讶得自己也笑了。埃莉莎的浴缸已经成了一扇通向“不可能”的大门。对贾尔斯守着他坐在马桶盖上画的那幅画，他实在心存感激，因为他确信，那种神圣的灵感通常只有最伟大的艺术大师才配拥有。

然而这生物不属于任何人，任何空间，任何时间，他的心向着埃莉莎，所以贾尔斯留下他们两个共享最后的时刻。再说，贾尔斯还得把他的画画完呢。毫无疑问，这就是他这辈子最好的作品了。知道自己经过努力，最终实现了潜能，这是一种存在意义上的解脱。他现在只想赶快完成这幅画，好赶在那生物离开之前给他看，这就需要夜以继日地画。

然而，画画本身并不是问题。他已经连续画了二十个小时了，

感觉仍然棒极了，像个十几岁的小年轻一样毫无懈怠感。他仿佛被一种神奇的药物驱使着，唯一的副作用就是信心过猛，像外面的暴风雨一样澎湃。他不停顿地画下最大胆的线条，最精密的细节，全然不受关节炎的影响。他这半天连洗手间都没去过——最近一次连续两小时不撒尿是什么时候来着？

他大笑起来，瞥见一块晃来晃去的布，那是埃莉莎裹在他胳膊上的绷带。他画画的动作太大，把它给绷开了。奇怪的是，他竟然没注意到。而更奇怪的是，自打上一次睡醒后，他就不再需要服用阿司匹林来止痛了。也许根本就抓得不深。不过，绷带会沾到没干的颜料，这可不行。于是他叹了口气，只好把画刷放下了。飞快地修整一下吧——也许可以趁重新绑绷带的时候刷牙，然后就立刻回到画架前面来！他几乎一刻都不能等啊。

贾尔斯欢快地吹起了口哨，小调都快结束了才回过神来。他将这种稀里糊涂归咎于速度太快：他拆开绷带的动作活像钓鲇鱼时的猛甩钩。他停下来，小心地把剩下的绷带脱到水池里。没有血。是不是因为太累了，所以看错了，看的是胳膊的另一面？他转动胳膊，还是什么都没找到，甚至连伤口都没有。而他上一次查看时，明明还有条粉色的、皱巴巴的口子啊。

他握起拳头，看着手腕上的血管往外凸起。它的搏动渐渐趋于平稳，他也从震惊中渐渐恢复。消失的不只是伤口，他的胳膊上以前有雀斑，还有当年与棉布织机相撞时留下的疤痕，这些，也全都被光滑无瑕的皮肤取代了。贾尔斯看了看另一只胳膊。它还是和原来一样衰老、皱巴。

贾尔斯不可置信，语无伦次，听起来就像在大笑。这是面对超自然现象时的恰当反应吗？他抬起头，看看镜子，果然，他脸上的

深深皱纹都因为喜悦而弯曲起来了。他觉得这副样貌看起来很不错，他心里很清楚，自己已经好多年都没有过这种念头了，久得都记不得了。他的眼睛往上扫。啊，原因在这儿呢，他竟然现在才发现。

他的脑袋上全是头发！贾尔斯伸出手去摸，但是动作非常慢，仿佛头发会被吓走。他拍了拍，头发并没有像蒲公英的绒毛似的四处飞散。它们短短的、厚厚的、浓浓的棕色里带着熟悉的金色和橙色。不仅如此，这些头发还很有弹性。他都忘了年轻时头发的弹性，忘了那种想挣脱束缚的张扬。他抚摸着它，被那缎子般的触感惊呆了。真是勾魂啊！他觉得，这可能就是年轻人都很好色的原因吧：他们自己的身体就是春药啊。他这么想了一通之后才注意到水池好像被什么东西压着。他往下一看，看见自己的睡裤向外撑开了。他勃起了。不，这个词太学术了，青少年才不会这么形容如此轻微的性的念头呢，应该是“那话儿硬了”。他能感觉到青春使自己全身的每一个分子都变得轻盈、敏捷、柔软、勇敢。

就在这时，有人敲门，是砰砰地砸门，显然是隔壁发出的紧急信号。贾尔斯了解自己，他预料到自己会生发出一种病态、沉沦的感受，那影响了他身体的东西，也影响了他的精神。他所感觉到的惊惶已经行将结束，他更倾向于接受挑战，而非缓缓躲开。他跌跌撞撞地往门口走，相当明确地意识到自己的阴茎像钟摆似的，傻里傻气地左右晃，于是就抓过一只枕头挡在身前。决不能让埃莉莎看到自己这模样！他不顾一切地笑出声来。

他打开门，看到的却是阿佐尼安先生汗涔涔的大红脸。

“冈德森先生！”他叫道。

“啊，房租，”贾尔斯叹了口气，“有点儿迟了，这是真的，不过我确实——”

“下雨了，冈德森先生！”

贾尔斯顿住了，听了听消防通道上擂鼓般的雨声。

“哦，是啊，这我倒是没法儿反驳你。”

“不是！是我的影院里！我的影院里在下雨！”

“呃，你是邀请我一起见证奇迹吗？还是说，漏水了？”

“是，漏水了！埃莉莎的那间公寓漏水了！她没关水龙头！要么就是水管裂了！她不肯开门！水从天花板渗出来，都流到顾客身上了，他们可是付了钱的！我可是有钥匙的，冈德森先生，要是水再不止住，我就要亲自打开她的房门！我得下楼去了！想办法让水别再流了，冈德森先生，要不然你们俩都别想再住在这儿了！”

他说完就走了，气哼哼地下楼去了。贾尔斯用不着枕头了，反手把它扔到沙发上，鞋也没穿，只穿着袜子就跑到了隔壁公寓门前。他从灯罩里抽出钥匙，灵巧地插进锁孔——这灵活劲儿让他挺高兴的，然后他就进去了。他也不知道自己在期待什么，更多的血？愤怒导致的毁灭？没有什么异常，只是浴室附近的地板好像最近没怎么擦过吧，那一片都覆盖着半英寸深的水。他快步走过去，踩过浅浅水洼时，袜子都洇湿了。这种情况可顾不上敲门了，他直接拉开了浴室的门。

水喷涌而出，一直淹到了贾尔斯的膝盖。要是在一天之前，水的流动——更不用说强烈的冲击力了——肯定会把他拍翻，然而今天，他的双腿就像生了根似的，站得稳稳的，身后那些立式台灯和茶几都被水和夹杂其中的乱七八糟的植物冲倒了。

浴帘——肯定是用来防水的——像蛇皮似的缠住了他的袜子。埃莉莎和那生物就躺在浴室地板中央。他们俩此刻的姿势真应该用大理石雕出来，贾尔斯想道，让某个会雕塑的人来做，比如罗丹啊，

多那泰罗啊。埃莉莎浑身湿漉漉的，亮闪闪的，沾着黏腻的泥点、莹莹闪烁的鳞片，一丝不挂。那生物也是——虽然他一向都不穿衣服，但他此刻的姿态中含着一种不顾后果的需要，让人觉得他就是赤裸的。他的双臂双腿紧紧扣住她的双臂双腿，他的脸紧紧贴着她的脖子。她的左手抚摸着他的头，捧着他的后脑，那正是他的鳍开始隆起的地方。他的状态似乎不太好，一直以来都不太好，但他看上去有着某种满足，仿佛他已选定了自己的命运，哪怕即将面临死亡的痛苦，也绝不会后悔。

贾尔斯放宽了视野，壮观的场面随之铺展开来。这间屋子不再是浴室了，这是一座丛林。他眯起眼睛，忽然意识到自己的视力已然恢复了完美，即便不戴眼镜也看得清清楚楚。是不是他们的性爱——无论以何种形式——激发了普通的霉菌孢子，使之绽放成一片翠绿的热带雨林？不，不是的。经受了这通大水的植物都软趴趴、湿漉漉的，甚至还有点儿撩人，是那些拼成树形的空气清新剂纸夹把这间屋子变成了超越想象、色彩迷人的荒野。三叶草的绿色，唇膏的红色，小亮片的金色……埃莉莎是从哪儿搞来这么多颜色的？墙壁的每一寸都覆着色彩。南瓜的橙色，咖啡的棕色，黄油的黄色。清新剂纸夹背后蕴含的低成本的创意与心灵手巧，使这一切更令人惊叹。紫水晶的紫色，芭蕾舞鞋的粉色，海洋的蓝色。这不仅是埃莉莎的家、那生物的家，而是独一无二的、专为他们两个而建的天堂。

好一会儿之后，埃莉莎才注意到贾尔斯。她半闭着眼睛，半梦半醒。她心不在焉地抓起浴帘，像拉起床单似的，把它盖在两人身上。贾尔斯假设自己扮演的是“没敲门的家伙”的角色，等待着那种“撞破非自然的行为”带来的厌恶感。像他这样的人，曾多少次背过这样的形容词啊？而今天，一切都是正常的，一切禁忌也全都不存

在。也许阿佐尼安先生会把他们轰出去。但贾尔斯没法儿强迫自己去关心那些了。因为在这个世界里，阿佐尼安先生同样也是不存在的。

贾尔斯跪了下来，拉起浴帘将他们围拢。新邻居啊，他对自己说，这对年轻的恋人啊，还有重返年轻的自己，一定是真正的、永恒的朋友。埃莉莎冲着贾尔斯眨了眨眼睛，她伸出一只胳膊，上面沾着亮闪闪的鳞片。她用手指轻轻地摸了摸他新生的头发，仿佛在问：我跟你说过什么来着?

“我们能留住他吗？”贾尔斯叹了口气，“多留一会儿也好啊。”

埃莉莎大笑起来，贾尔斯也大笑起来。笑声嘹亮，在紧闭的小屋里发出阵阵回音，将前途未定的静默阻隔在外。这样他们就可以继续假装，这样的幸福可以永远延续下去，假装奇迹一旦发生，就可以装瓶保存起来。

17

电话响了两次，自打午夜时起，奥夫斯泰特就在等待这个信号了，因为他不确定内行如米哈尔科夫会如何定义星期五。然而，当电话终于在下午响起时，铃声却宛如一头黑豹，猛扑了过来。奥夫斯泰特连忙张开双臂双腿自卫，歇斯底里的尖叫声冲上了他的喉头。第一次铃响很长，长得可笑，奥夫斯泰特差点儿以为那是弗莱明打来的，询问他最后一天的旷工，或者是斯特里克兰打来的，说他把整件事都弄明白了。

第二次铃响却很简短，它是被打电话的人挂断的，响声粘在光秃秃的墙上，空荡荡的柜子里，钢骨床架之间，还有那些餐具上。他希望这是孤独生活的最后一声呻吟。他本应欢天喜地，此时却茫

然无力，仿若瘫痪。他无法吞咽，必须得强迫自己呼吸才行。一切都按计划进行着，一切细节都准确无误：松动的地板已经用胶水粘上了；他的护照和现金都塞在夹克内侧的口袋里，鼓鼓囊囊；他唯一的行李箱已经合上了，他站在门口，不耐烦地等待着。

他从记忆里的号码中挑了一个，叫了辆出租车，然后就又回到了厨房里的椅子上——过去十四个小时他都坐在这儿。只不过是再熬十四个小时，他告诉自己，那时他就已经回到明斯克了，在那里开始新的职业生涯：遗忘。那个清洁工有没有把“泥盆君”送到河里，还是把它养死了？在明斯克高大洁白的雪堤上，他可以把这些疑问永远地埋葬，努力摆脱悲观的预感——如果“泥盆君”那样的生物也不得不死，那么整个地球都是注定要走向毁灭的。

出租车按喇叭了。奥夫斯泰特深吸一口气，站起身，稳了稳发抖的膝盖。这一刻太沉重了，它也是避无可避的。热乎乎的泪水漫上了他的眼睛。我抛下你们，自己置身事外，他想，真的非常非常抱歉。那些他很喜欢的学生，那些差点儿与他成为朋友的人，那些或许可以给他带来幸福的女人。他们曾有交集，但什么都不曾发生。在一切时间与空间里，再没有什么比这更悲哀了。

奥夫斯泰特拎起行李箱，拿上伞，走了出去。出租车停在那儿，像大雨倾倒下的银色云雾里的一抹黄色。人人都说这天气讨厌，但奥夫斯泰特却能看到每一处美，并且为之感动。这里是美国，他要道别了：在瘦骨嶙峋的树木间醒来的绿色嫩芽，再见了；门前草坪上等待着活力复苏的鲜艳的塑料玩具，再见了；窗外挤眉弄眼的小猫小狗，你们是物种共生的证明，再见了；邻家坚固的砖瓦、温馨的电视亮光、舒心的笑语，再见了。奥夫斯泰特抬起胳膊肘蹭掉了眼泪，不过其中也夹杂着雨水。

他以前见过这个司机，这违反了他自己的行动准则。但这是最后一趟了，又有什么关系呢？他跟司机说了目的地，然后望向窗外。他擦掉了玻璃窗上的雾气，不想错过任何景致。他也会想念美国汽车的，想念它们荒谬的形状，傲慢的志气，花里胡哨的颜色。对面那辆空转的青色凯迪拉克威乐，尽管车尾被撞了，可终归是一台华丽的机器啊。再见了。

18

这是个离开的好日子。莱妮忍不住如此想着。她拉开她曾经颇为得意的芥末色打褶窗帘，凝视着街上像弹珠一样崩落的雨幕。巴尔的摩，这泥土与水泥的世界，现在到处都是水。水不但从天空中倾泻，也从各个地方冒出。雨从屋顶上的排水渠冲下来，从树上泼下来，从栏杆上流下来，在过往的汽车后面打着漩儿。雨重重地落下，仿佛是从倾倒的陷阱向外射击。在如此瓢泼大雨中，你无法看得太远，但你可以走进去，在里面失神几秒钟。这就是她的念头。

蒂米的背包里满满地塞着玩具，他两只手才抱得住，连眼泪都顾不得擦。塔米的包也撑爆了，但她一滴眼泪也没流。莱妮很想知道，这是不是因为塔米是个女孩儿，是不是因为她已经懂得“永不逃避难题”的男性格言其实是句屁话。（莱妮发现自己最近常常暗暗骂街，这也是个让人兴奋的进步。）塔米抬头看看妈妈，眼睛干干的，眼神却很敏锐。这个小姑娘一向热衷于绘本课，动物有脚，鸟有翅膀，鱼儿有鳍，都是因为逃离所需。

莱妮今天早上才意识到自己有脚，意识到它们的潜能。理查德踉踉跄跄地穿过屋子，两眼浮肿，肩膀撞得楼梯扶手咔咔响。他那

坏死的手指无法打结，于是领带被扯开，扔到了地上。她像以往一样站在熨衣板后面，放板子的那块地毯都压出永久的坑了。西屋电气的蒸汽熨斗喷出蒸汽，洒在理查德的一件正装衬衫上。昨天他回家很晚，她感觉到床的另一半往下沉，于是紧紧抓住床垫，不想滚进他那边的无底深渊。今天早上，他一身大汗地醒来，滑腻腻地翻身下床，也没冲个澡就穿上了衣服。他的手老是往外套口袋里伸，那里面似乎装了个沉甸甸的东西，就和她的熨斗一样沉。

她对着不停变换的电视画面，脸上保持着笑意。那些新闻不比其他日子的好，也不比其他日子的坏：运动员们又赢了，各国领导们又演讲了，黑人们又游行了，军队又集结了，妇女们又携起手来了。除了发展、进步，这些事一件件的根本毫无关联。每个暴露在聚光灯下的个体都更好了、改善了、优化了。也不知道是几点，理查德走了，前门砰的一声重重关上，权作他的吻别。地板颤了又颤，那震动传到了熨衣板上，她的拇指从刻度盘上滑了下来。她就只是站在原地，突然确信，全世界唯一一个不动弹的人，就是她自己。

熨斗太沉了，立不起来。别无选择，她只好就把它那么放在理查德的衬衫上。在十秒钟之内，一切尚可挽救，尚可恢复正常，只要她动动手腕就行。但是烟开始冒出来了，“西屋电气”熔进了“涤纶混纺”，一如思想在头脑中渗透。莱妮任由烟变得更浓，任由有毒难闻的气体冲进鼻子。直到孩子们冲下楼来，皱着鼻子闻着烟味，她才把熨斗从熔化的烂木头里拽出来。与此同时，她转过身，微笑着，告诉他们：“我们要去旅行，快去把你们最喜欢的东西收拾好。”

此刻，她的肩上扛着三个沉重的大包，一条胳膊已经麻了，可她不在意。麻木——想和理查德一起生活下去就只能靠这个。那位人所周知的“斯特里克兰太太”是个穿着紧身胸衣、戴着围裙、涂

着唇膏的盾牌，抵挡的是被抛弃的可能所带来的刺痛。利用这面盾牌达到自己的目的，仅此一次是让她兴奋的。她调整了一下包带，指尖擦过脖子上被理查德掐出来的凹痕。人人都能看见这些瘀伤。人人都会知晓发生了什么。她深深地呼吸，告诉自己：你要做的，就是诚实。真相摊开，自由生发。

一辆出租车停在房子前面，车轮在积水中哗哗作响。莱妮在纱门后面朝它挥了挥手。

“来吧，孩子们，快走吧。”

“我不想去，”蒂米噘着嘴，“我想等等爸爸。”

“外面很湿，”塔米说，“大雨会淋湿我的裙子！”

莱妮确实有些遗憾，因为她必须得通过打电话来辞职了，从佛罗里达，或得克萨斯，或加利福尼亚，或他们落脚的任何地方，而这会显得她很不专业。不过，她会跟伯尔尼好好解释辞职理由的，伯尔尼会原谅她的，甚至还会考虑雇用她推荐的人。另一个遗憾是，她没有记下冈德森先生的地址，不然她就可以在内心迷茫、前路未卜的时候给他写信了，她想告诉他，在他递过文件箱的那一刻，她就明白人可以用他们相信的东西来改变自己，让自己变得更好，不管什么时候都不晚。其实，她肩上背着的三个包里，有一个就是他的文件箱。事实证明，这个箱子真的挺能装。

但是，最让她感到遗憾的是，她花了这么久才奋斗到门廊。这就是怠懒的代价。孩子们看到了一些事，听到了一些事，那些耳闻目睹对他们的成长不利。蒂米解剖石龙子的事仍然悬而未决，让人不安，所幸两个孩子都还很年幼。莱妮不是奥卡姆航空航天研究中心的科学家，但她知道个体的成熟不是沿着一条直线，她要对孩子们施以影响，路还很远。她把右肩上的包拿下来，三个包都挎在左

肩上，然后跪下来，胳膊揽着塔米，向蒂米俯过身子。

“跑吧，”她轻声对他说，“跑过那些水洼，踩得越脏越好。”

他皱着眉，低头看了看干净的裤子和鞋子：“真的？”

她点点头，咧嘴一笑。他也笑了，然后就呼哧呼哧地冲下台阶，在院子里疯跑，从这边跑到那边，又从那边跑到这边。塔米当然吓坏了，但这正是莱妮搂住她的原因。她把女儿抱起来，托着她的屁股，用脚踢开门，来到遮阳篷底下——遮阳篷曾经代表着许多承诺，但如今却承载着太多失望，她甚至担心它会被失望压塌，把她闷在底下，直至崩溃。

蒂米已经跑到了出租车旁边，浑身湿透，开怀大笑，两脚蹦着，催她也快去。莱妮也大笑起来，她意识到，不，她不会被压垮，再也不会了。她跑进了水的世界，她喜欢雨水清脆地落在自己的短发上，喜欢雨水从卷曲发梢上滑下来。出租车司机接过了她的包。她尖叫着一头冲进后座，任由雨滴在她背上滚落。她给蒂米擦了擦帽子上的水，又帮塔米拧了拧发梢，两个孩子都是又哭又笑的。她听见车厢门关上了，司机跑进驾驶舱，像湿漉漉的小狗似的甩了甩脑袋。

“要是雨还不停，我们可就要一路漂到廷巴克图了，”他呵呵笑着，“您要出远门吗，夫人？”

他从后视镜里看着她，眼睛往下垂，视线扫到了她脖子上的瘀痕。莱妮一点儿也没有退缩：真相摊开，自由生发。

“我想租辆车。你知道在哪儿可以租到吗？”

“机场旁边的租车行是最大的。”他的声音软了下来，“我的意思是，如果你想找一辆没被人预约的车，如果你想尽快开车走的话，那儿最合适。”

莱妮看了看他的名牌：罗伯特·纳塔涅尔·德·卡斯特罗。

“好吧，德·卡斯特罗先生。谢谢你。”

出租车从路边滑出，朝着马路中间驶去。

“开得这么慢，真是抱歉。今天路有点儿难走。不过别担心，我会把你们安全送到目的地的。”

“没关系，怎样都好。”

“你们好像很开心啊，三个人都很开心，真不错。有些人啊，下点儿雨，身上湿了一点儿，这一整天就要毁了。今天早些时候，我就接过这么一个家伙，送他去伯利恒钢铁厂那边的那个工业园。这是我第二次送他去那儿了，那儿什么都没有啊——完全没有，所以我又兜回去看他。我有点儿担心，你懂吧？他就在那儿，坐在一个水泥堆上，淋着雨。确实有人一脸不开心，还要叫一辆车出门。他那样子，活像等待世界末日似的。光是看着他的表情，我都差点儿也以为末日要到了。”

莱妮笑了笑。出租车司机继续聊着，让人开心地转换了注意力。孩子们把脸贴在玻璃窗上往外看，她用下巴抵着塔米的头——这小脑瓜闻起来甜丝丝的。外面好像一片汪洋，出租车仿佛从悬崖上坠落，沉入其间。要在水中活下去，她想着，就必须学会在水中呼吸，适应水，变成另一种不同的生物。真是奇怪，她竟然相信自己能做到。这个世界处处漫延着小溪、水湾、河流、池塘、湖泊，她会在其间游啊游啊，一直游到适合他们的那片海，哪怕她需要很久才能长出鳍来。

19

雨滴落下，像未干的水泥。奥夫斯泰特撑着伞，辟出一根干燥的圆筒，四周缭绕着他自己呼出的白雾，看起来就像冒烟，仿佛他

正被绑在火刑柱上灼烤。伞之外的一切都难以看清：灰色的呼吸，灰色的雨，灰色的水泥，灰色的砾石，灰色的天空。但他知道应该往哪儿看。他焦虑地等了很久，好像就要永远等下去了，这时路上又腾起了一层灰色，那辆黑色的克莱斯勒破水而来。

奥夫斯泰特很想钻进那热烘烘的皮革后座，但执行任务十八年的成就并不意味着可以免于那些愚蠢的规矩。他拿起行李箱，从水泥堆上站起来，踮起脚尖，兴奋得都有点儿头晕了。此刻，他已经很接近了，马上就可以握住爸爸颤抖的手，马上就可以张开双臂拥抱妈妈，马上就可以开始全新的生活来弥补旧日的缺失。

驾驶室的门像往常一样，被砰地打开了。“野牛”也像往常一样，车还没停住就跳了下来，举着一把黑色雨伞，配他的一身黑色西装。接着，不太寻常的事发生了：副驾驶的车门也开了，第二个人自己撑开伞，出现了。他冷得直哆嗦，往围巾里缩了缩，也不管会不会压烂别在钮孔里的花。奥夫斯泰特觉得脚下一沉，就像是从水泥堆上滑了下来，却发现底下根本没有地面。

“你好，”列奥·米哈尔科夫说，“鲍勃。”

雨点砸在奥夫斯泰特的雨伞上，震耳欲聋。他告诉自己，声音是靠不住的。“你好”是冰冷客气的问候，“德米特里”怎么又变成“鲍勃”了？一定是哪里出了问题。

“列奥？你来这儿是要——”

“我们有些疑问。”米哈尔科夫说。

“要做任务报告？在雨里？”

“其实只有一个问题，花不了太多时间。你给标本注射溶液之后，它在死前都有什么反应？”

奥夫斯泰特觉得天旋地转。他想伸手扶住水泥堆，抓住克莱斯

勒的格栅，或是任何可以救他一命的东西。但如果松开手里的伞，他肯定会在雨里呛死。他努力地思考。那银色的溶液，有可能是什么东西呢？他应该知道啊，这是他的研究领域。其中一种成分肯定是砷。另一种是氯化氢吗？那种银光会不会是因为含有水银？这种混合鸡尾酒又会对“泥盆君”的机体造成怎样的破坏呢？要是雨声不这么让人迷糊，他也许还能推断出答案。但是，没有时间了，他只能开口，然后祈祷。

“瞬间的事。标本出血严重，即刻毙命。”

雨一直下。米哈尔科夫盯着他。地上泛起泡沫，犹如熔岩。

“正确。”米哈尔科夫的声音柔和多了——在黑海餐厅最里面的包厢里可能显得突兀，但在暴风雨里的午后茶会中就很柔和，“你荣耀了你的祖国，一向如此。你会被铭记的。极少有人能赢得这种奖赏，我也未必能行。从这一层面上讲，我是嫉妒你的。”

像米哈尔科夫这样的克格勃特工，提早十年就能察觉捕鼠器慢慢闭合的动静，但奥夫斯泰特现在这一刻才看见。他不是对“泥盆君”说过，说自己并没有真正的智慧吗？他在美国待得太久了，如今要踏上苏联的土地，会让莫斯科方面很不舒服。重要的是他的任务有没有完成。相信其他许诺本身就是自我陶醉、沉迷幻想。他的爸爸、妈妈可能确实还活着，像他们承诺过的一样，但只是作为人质活着。现在可以除掉了，子弹直穿头骨，尸体绑上石块，沉入莫斯科河。奥夫斯泰特飞快地跟他们说了再见，说他极度地抱歉，说他爱他们，非常非常爱。这一切都发生在片刻之间，紧接着“野牛”就从后腰掏出了一把左轮手枪。

奥夫斯泰特大叫起来，本能地将伞扔向“野牛”。枪声响起的瞬间，雨伞遮蔽了世界，奇点吞噬了人、枪、雨、一切。他们都是

训练有素的杀手，而他只是个笨拙的学者，钢铁一般的拳头砸在他的下巴上，就像滚烫的石头在他脸上炸开了花。牙掉了，他想道。他转来摆去，两颊充血、肿胀，舌头黏糊糊的，沾满了喷溅的血肉。

他倒在地上，嘴里喷出一口血，像泼洒了一碗番茄汤。冰凉的空气从左向右直穿过他的脸，这感觉真是古怪。他的脸上挨了枪子儿。妈妈肯定会很难过吧，她的儿子毁容了，一口漂亮的牙齿都碎成了渣。他努力着想要跪起来。他觉得要是能让米哈尔科夫看看自己伤得多重，他可能就会罢手了。但他头重脚轻，膝盖在泥里一滑，便仰面倒下了，雨直直地落进他的眼睛里，像一根根银箭。

“野牛”黑色的身影还撑着伞，遮住了所有的光。他像以往一样毫无个性地低头看了看，用左轮手枪对准了奥夫斯泰特的头。这嘹亮的枪响是听不见的，真怪，他想，因为这是杀死自己的那一枪吧。但更奇怪的是，“野牛”退开了。枪响了第二声，“野牛”手里的雨伞掉了，正落在奥夫斯泰特身上，仿佛泥土填入敞开的坟墓。奥夫斯泰特花了好一阵工夫才挖开那些土，用胳膊肘撑起自己，雨水混合着血和唾液，从他的胸前热乎乎地淌了下来。

他看到“野牛”一动不动地倒着，红色的血泊被大雨冲刷得粉扑扑的。奥夫斯泰特的眼睛无法对焦，但他尚能辨认出形状。米哈尔科夫高高的魁梧的身影匆忙而不稳，与他平日里的举止大相径庭。他是在拿自己的枪——这一点就算看不清也能知道，但也许是吃惯了龙虾和鱼子酱，长久以来的虚荣让他不肯扔掉雨伞。而就在这关键的几秒钟里，奥夫斯泰特的救星——不管他是谁——冲了上去。他的枪刚刚打死“野牛”，还在冒烟呢。看来也不是个业余的。手枪是用两只手握住的，在暴风雨里也稳稳的，扳机扣一次就够了。

米哈尔科夫扑到了车上。现在他终于扔掉了雨伞，也扔掉了枪。他的衬衫上晕开一片殷红，就像钮孔上多了一朵花。他很快就会死去，很快就会被遗忘，正如他之前预言的那样。奥夫斯泰特在雨中眯起眼睛，看见那个枪手跪在尸体旁边，确认对方已经死亡，然后猛地站起来，像蜘蛛似的朝着他冲了过来。雨掩盖了这个人的身份，直到他来到奥夫斯泰特身边，居高临下，才被认出来。奥夫斯泰特觉得，这也是不可置信的。

“斯特里克兰？”他的声音黏黏的、软软的，“噢，谢谢你，谢谢你。”

理查德·斯特里克兰伸出没拿枪的那只手，把拇指戳进奥夫斯泰特脸上的弹孔里拽了拽。他拽得很用力，拖得奥夫斯泰特整个身子都在泥里打转。疼痛姗姗来迟，剧烈而尖锐，扯开了休克带来的麻木。奥夫斯泰特大叫起来，他觉得自己的脸颊像锯齿似的被撕开了。他叫着，一直叫着，直到肩膀拱起的泥土填满了他的眼睛和嘴巴。他瞎了，哑了，什么也不是了。

20

恢复知觉，就犹如踏入了一场噩梦。雷鸣般的吼声吞没了一切。奥夫斯泰特的眼睛向上翻起，本以为迎接他的会是暴雨，但上方竟是一张锡制的屋顶，所以才发出了隆隆轰鸣。他此刻置身于一条水泥门廊，似乎属于一座工棚。他看见厚密的雨点击打着碎砖块和氧化锈蚀的铁。这么说他还在工业园里。有个影子在他的眼前晃。他眨眨眼睛，挤走里面的液体——是雨，还是血？在水泥地上来回踱步的是斯特里克兰。他手里抓着一个小小的东西——是药瓶。他往嘴里倒了倒，但瓶子是空的。他骂了几句，把药瓶扔进雨里，然后

低头盯着奥夫斯泰特。

“你醒了，”斯特里克兰咕哝道，“很好。我还有事要办呢。”

他蹲下来，手里没拿他那根走到哪儿都带着的橙色电牛棒，而是掏出一把手枪，把枪口塞进了奥夫斯泰特右手手掌。枪筒又凉又湿，就像小狗的鼻子，奥夫斯泰特想道。

“斯特里克兰，”奥夫斯泰特一说话，他那受伤的脸颊，那些炸断的神经，就又有了感觉，“理查德。很疼。去医院。求你。”

“你叫什么名字？”

他已经撒了二十年谎，完全是本能地回答：“鲍勃·奥夫斯泰特。你认识我啊。”

枪响了。一颗子弹击中了水泥地面，发出响亮的撞击声，听起来出奇地有弹性。奥夫斯泰特感到手上震了一下，他抬起来，看见手掌中央有一个整整齐齐的、烧穿的洞。他本能地想要蜷起手指，试试它们还能不能动，因为还有好几千页的书得翻，一大堆试验分析得写。但他只是把手掌翻过来了。子弹穿出的伤口由于掀起的皮肉形成了不规则的锯齿状，血管从洞里冒了出来。他知道就要流血了，于是把手放在了胸膛上面。

斯特里克兰用手枪戳了戳奥夫斯泰特的另一只手掌。

“你的真名，鲍勃。”

“德米特里。德米特里·奥夫斯泰特。求你了，理查德，求求你。”

“好吧，德米特里。现在把突击队成员的名字和军衔告诉我。”

“突击队？我不知道什么——”

枪声再一次响起。奥夫斯泰特大叫起来。他把左手也按在了胸膛上，看也没看一眼，尽管那焦肉里冒出的阵阵黑烟根本无法忽视。他的双手——仅余的残肢——交握着，那些再也无法去做的事情在

他的脑海里一一闪过：自己吃饭，自己洗澡，上完厕所以后自己擦屁股。他抽泣起来，眼泪流进了脸颊上的那个洞，落在舌头上，尝起来咸咸的。

“情况是这样的，德米特里，”斯特里克兰说，“那两个是来接应你的人吧？别人很快就会发现他们死了。事情瞬息万变啊，我是无能为力了。现在我再问你一遍。”

奥夫斯泰特感觉到自己的膝盖被坚硬的枪筒顶住了。

“不，不要，求你了，理查德。求你了，求求你。”

“姓名和军衔，突击队成员的，劫走标本的那些人。”

在狂烈的剧痛中，奥夫斯泰特终于明白了：斯特里克兰认为是苏联人偷走了“泥盆君”，而且不是他奥夫斯泰特博士这么一个单独的特务干的，是携带高科技工具的特工队伍干的，他们在通风管道里迂回，锁定了目标。奥夫斯泰特的喉咙里咳出了奇怪的声音。肯定是疼得哼哼了，奥夫斯泰特想道。但紧接着又是一声，他这才意识到，自己是在笑。斯特里克兰的想法真是太搞笑了。此时此刻，当他生命的灯芯行将燃尽，他实在想不出还有什么声音能比笑声更令人讶异，也更讨人喜欢。他松开下巴，一边吐着血沫，吐着牙齿间的石子，一边让笑声通通倾倒出来。

斯特里克兰涨红了脸，他开了枪。奥夫斯泰特叫唤起来，他能从视野底部扫见自己的下半身正在水泥地上扭动，但叫声马上又变成了大笑声。他真是太得意了。斯特里克兰嘴巴一撇，接着又是一连几枪。奥夫斯泰特的另一边膝盖、两个胳膊肘、两侧的肩膀，同时爆发出剧痛。疼痛不断加剧，渐渐变得原始、纯粹，放大了他选中的最后休止符：笑。这欢乐的声音从他的嘴巴里冒出来，穿过脸颊上的洞，在全身所有的伤口间回荡着。斯特里克兰站起身，用枪

托猛凿奥夫斯泰特的肚子。

“姓名！军衔！姓名！军衔！说！”

“军衔？”奥夫斯泰特大笑道，“清洁工。”

奥夫斯泰特突然一阵后悔，像又挨了一颗子弹似的——或许他不应该说出来，但他整个人轻飘飘的，已经完全无法思考了。肠子里的食物顺着他的躯干往下流，热气涌上鼻孔，盘绕卷曲，仿佛是对斯特里克兰发起抗议的小小拳头。他在讲台和课桌后面待了一辈子，过去的一幕幕在他脑海里飞速闪回，而他直到最后时刻都是个学者，仍然固执地想起了他最喜欢的哲学家皮埃尔·泰亚尔·德·夏尔丹的话——除了专业的学者，还有谁会喜欢什么哲学家？而且是在阴霾里流着血的时候。“毕竟你我皆一体，一起受难，共同存在，永远相互依赖。”对，就是这样！一辈子孤孤单单没什么了不起的，因为他的最后时刻并不孤单。他和你、和你，还有你，在一起，如果没有“泥盆君”，他是发现不了这一点的。这就是最终的示现，经由牺牲加快了速度：找到上帝，那个狡黠的精灵，他藏在我们最想象不到的所在，不是教堂里，也不是石碑上；他就在我们的身体里，靠近心脏的地方。

21

大门被踢开前的几秒钟里，塞尔达正在干什么来着？固定插销的木头绷开来，变成了匕首，锁链吊在那儿，像被抢劫犯揪断的项链，荡来荡去。那时她在做什么呢？她觉得应该是在做饭。她经常会在上班前给布鲁斯特准备好第二天的食物。她闻着熏肉、黄油、球芽甘蓝的香味儿，还听着音乐，是一位嗓音低沉的歌手。她肯定

是一直在听歌。她不知道自己当时是不是挺自得、挺开心的。记住这些细节是非常重要的，因为她能确定，这种闲适是最后一次了。

到目前为止，塞尔达生命里最不真实的一幕，就是F-1的那个标本从埃莉莎的洗衣车里望着她。那一幕很诡异，很可怕，那个有智慧的猛兽，竟然就藏在脏抹布堆里。但那一幕和眼前的一切相比也要苍白许多：理查德·斯特里克兰，那个可怕的家伙，从上班的地方跳进了她家客厅，眼睛死死瞪着，浑身沾着血，手里还拿着枪。

布鲁斯特正在他的老地方待着：没什么活儿的时候，他就斜倚在那张苏丹式躺椅里，两只脚搭在脚踏上，手里松松地拿着罐啤酒。斯特里克兰挡住了电视。布鲁斯特略略不安地打量了他几眼，就好像这个活鬼是从沃尔特·克朗凯特的新闻主播台后面冒出来的，而不是出现在他们的公寓里。斯特里克兰哼了一声，吐了一口唾沫，里面混着雨水和血。他跨过那摊污物，鞋底上压成薄片的泥巴一片片地掉在干净的地毯上。

塞尔达用不着问就知道这是怎么回事。她把双手举高，挡在面前，这时才发现自己拿着一把炒菜铲。

“你们家还真不错。”斯特里克兰含含糊糊地说。

“斯特里克兰先生，”塞尔达恳求道，“我们没有任何恶意，我发誓。”

他皱着眉头看了看墙壁。那一刻，塞尔达仿佛透过这个男人狰狞、发红的双眼看见了自己家里那些欢快的模样：无足轻重的琐事，乏味做作的纪念品，愚蠢的小摆设，处处都显摆着幸福，但事实上也许没那么幸福。斯特里克兰懒洋洋地一挥手，枪筒打碎了相框的玻璃，一道闪电形的裂痕蒙上了她妈妈的脸。

“你们把它放在哪儿了？”他像喝醉了似的摇摇晃晃，“地下室？”

“我家没有地下室，斯特里克兰先生，我发誓。”

他用枪扫过架子上的一排陶瓷雕塑，它们一个一个地掉落在地，一个一个摔得粉碎，每摔碎一个，塞尔达就哆嗦一下：拉手风琴的小男孩儿，大眼睛的鹿，新年天使，波斯猫。都是些小玩意儿，她暗暗告诉自己，没有什么真正的意义，可这是撒谎啊，它们明明有意义。它们是她三十年来生活过的证明：她偶尔会攒下些钱，买些没用的但是看上去很美的东西——确实是那些硬性规定的老牛排、普通谷物、政府救济奶酪之外的东西。

斯特里克兰转过身来，沾着泥的脚后跟碾过碎瓷片。他用手枪指着她，仿佛那是一根控诉的手指。

“先生，我是布鲁斯特太太。您在记人名方面真成问题。”

“布鲁斯特，”布鲁斯特一听见自己的名字就像被戳了一下，“那就是我。”

斯特里克兰没看他，只是晃了晃脑袋：“噢，对。塞尔达·富勒，塞尔达·D. 富勒，黛利拉。”他从墙边冲过来，迅速靠近塞尔达，吓得她手里的炒菜铲都掉了。“我一直没能讲完那个故事呢。”他举着枪，挥舞着胳膊，又毁掉了塞尔达祖母的一个花瓶，“我记得，是黛利拉出卖了参孙，让他被非利士人弄瞎了眼睛，还饱受折磨，所幸最后一秒得救了。是上帝救了他。”他用手枪捅破橱柜的玻璃，砸碎了塞尔达母亲漂亮的瓷器，“他为什么能得救呢？因为他是个好人，黛利拉。他是个正派的人。这个男人用尽了最后一丝力气，为的就是做正确的事。”

他反手一拍塞尔达旁边的炉子，震翻了平底锅，熏肉的油脂溅到了她的手语手册上。油脂嗞嗞作响，把书页烫出了一个洞。塞尔达愤怒极了，她环视着自己被毁得乱七八糟的家，这场粗暴的破坏极尽所能地摧毁着她的每一次奋斗和努力。斯特里克兰就站在几英

尺之外，可能马上就会朝着她的脸开枪。无所谓，她扬起下巴，能扬多高就扬多高。她不会被吓趴下的，她绝不会抛下她的朋友。

斯特里克兰瞥了她一眼。他的嘴角边堆着一层白沫，似乎是呕出来的阿司匹林。慢慢地，他伸出了左手。尽管可怕得让人发愣，塞尔达还是避开了那恶心的一幕。她和埃莉莎在地板上发现那些手指之后，就再也没见过它们。现在，绷带不见了，手术看起来像是失败了。那几根手指黑得发亮，就像烂掉的香蕉，肿胀得鼓鼓的，似乎马上就要崩裂开来。

“上帝将参孙的力量赐还给他，”斯特里克兰说，“所有的神力。于是参孙就将灾殃如雨般地降到非利士人头上。他抱住了圣殿的柱子，诸如此类。”

斯特里克兰把枪抽到腋下夹着，抓住了那两根坏死的手指。

“然后呢？柱子塌了。”

斯特里克兰扯断了两根手指，它们就像事先打过孔似的断裂开来，发出一连串噗噗噗的声音——简直像掰豆子，塞尔达想着，大叫起来。她听到砰的一响，是布鲁斯特的啤酒罐掉了，接着吱嘎一声，躺椅弹了起来。斯特里克兰挑着眉毛，颇为惊讶地看着棕色的液体从手指裂缝里喷出来，直喷了有两英寸远，然后就顺着手指往下淌，像泼洒的肉汤。他发觉自己手里还捏着那两截死肉，于是就把它们扔到了厨房的地上，结婚戒指从其中一根手指上掉了下来。

“是埃莉莎，”布鲁斯特脱口而出，“她就叫埃莉莎，那个哑巴，就是她。”

静默之中，只能听见敞开的大门外，雨沙沙作响，电视机叽里呱啦，倒在地上的啤酒罐咕噜咕噜冒着泡。斯特里克兰转过身去。塞尔达伸出手扶着炉子，好撑住自己，然后朝她的丈夫摇了摇头。

“布鲁斯特，别——”

“她住在一家电影院楼上，”布鲁斯特继续说道，“塞尔达是这么说的。华盖影院，就在河的北岸，只隔着几个小区。从这儿去很方便，五分钟就能到，肯定的。”

那把手枪的分量似乎陡增了一倍。塞尔达看着它慢慢下垂，最终指向了地面。

“埃莉莎？”斯特里克兰轻声说，“是埃莉莎干的？”

他盯着塞尔达，一脸震惊，仿佛遭到了背叛。他的双臂微微颤抖，仿佛在等待一个拥抱来支撑他。塞尔达不知道该怎么办，所以既没说话也没动。斯特里克兰低下头，冲着那两根弄脏了油毡的坏死手指撇嘴，好像很想把它们捡回来似的。他站着喘气，起初是浅浅的，后来就呼吸得越来越深，接着他仰起头，展开肩膀——这人毁了，身上剩下的只有军人的模样了，塞尔达想道。

他拖着脚走过地毯，鞋子里的泥巴拖来拽去。他举起电话，似乎电话也有砖块那么沉，拨号键都是黏土做的。塞尔达瞪着布鲁斯特，布鲁斯特瞪着斯特里克兰。塞尔达听到听筒里传来咔嗒一声，对方接电话了。

“弗莱明，”斯特里克兰的声音里一丝活气儿都没有，塞尔达不禁瑟瑟发抖，“我……我弄错了，是别人干的——埃莉莎·埃斯波西托。她把标本藏在华盖影院楼上了。对，就是那个电影院。重新布置追踪围堵吧。我直接去。”

斯特里克兰小心翼翼地把听筒放回支架上，然后转过身。他仔细地查看着玻璃、瓷器、陶片、餐具、纸张、肉——这些东西这么快就成了碎片。他沉迷不醒的样子让塞尔达觉得，他或许永远都不想离开了，或许会变成她家的一件家具，而她只能把他和其他的破

烂粘在一起。但斯特里克兰是一只上了发条的手表，身体里的齿轮驱动着他转身、往前，拖拖拉拉地从布鲁斯特和电视机中间走过，从洞开的大门出去了。

接着一晃，他就不见了，消失在大雨中。

塞尔达立刻冲过去拿电话。可这时，布鲁斯特终于从他的躺椅里站了起来，速度之快，她连见都没见过。躺椅前后摇晃，空空如也，塞尔达回过神来，发现她丈夫抱着胳膊，挡在了电话前面。

“布鲁斯特，拜托，让开。”

“你不能卷进去。咱们不能卷进去。”

“他要去她家里了，都是因为你，布鲁斯特！我得通知她！他有枪！”

“就是因为我，咱们才保住了性命。要是他们没抓住你那个朋友，接下来倒霉的会是谁？你以为他们就能忘了这茬？忘了搅和在里面的黑鬼？我们就修修大门，把那个……他扔在门边的东西弄走，然后坐下来，看电视，就像普通人一样，就行了。”

“我真不该告诉你。我真不该跟你说一个字……”

“你继续做饭，我去弄些苏打水刷地毯……”

“他们彼此相爱，你不记得了？你不记得爱是什么样子了？”

布鲁斯特垂下胳膊，但是没有让开。

“我记得，”他说，“就是因为记得，我才不能让你打这个电话。”

他的棕色眼睛——总是半闭着、被电视闪得发呆的眼睛，此刻睁大了，清亮了。塞尔达能从里面看到斯特里克兰留下的烂摊子的倒影。其实，她还看到了很多别的东西。她能看见布鲁斯特奋斗与失败的过往，屡败屡战的过往，哪怕是塞尔达沉溺于离开奥卡姆、自己创立一番事业的幻想时，他都没有彻底放任过。从这个角度看，布鲁斯特也是勇敢的。他活下来了，此时此刻仍然在这里，努力着。

他是个好人。

但她也是个好人，或者说，想要当个好人。这种特别的成就，是以距离衡量的——布鲁斯特放车钥匙的零钱罐和大门之间的距离，大门和布鲁斯特停在雨中的那辆福特汽车的距离。她知道自己能做到，布鲁斯特会吓一跳，顾不上追赶。她知道自己能一路把车开到埃莉莎家，哪怕是在《旧约》里那般暴虐的暴风雨中。她不知道的是，到了那儿之后她还会做些什么，或者会有什么后果。但这些事一向是人们所不知道的，不是吗？世界千变万化，或一成不变，你都得努力去做对的事，并且心甘情愿。至少，这是塞尔达·D. 富勒所做过的最佳计划。

22

埃莉莎熟悉她这片丛林里的每一片树叶，每一条藤蔓，每一块石头，就连投射下来的阴影里也没有恶意。她睁开温暖、湿润的眼睛，享受着水有趣的阻力，试着想在每根睫毛上都沾上一滴。水一滴滴地滑落，不情不愿，没精打采。是贾尔斯，客厅的灯光映出了他的影子。

他站在浴缸旁边，温和地笑着，眼睛里含着泪水——她不知道这是不是因为浴室里湿热的环境。

“时候到了，亲爱的。”他说。

她迷迷糊糊地张开双臂，环抱着那正在瞌睡的生物，不愿意去回忆，却也控制不住地去想：就在几个小时之前，也可能是几千年以前，她敲响了贾尔斯的房门，请他帮忙——这是她拜托他的最大的、也是最可怕的一件事。她简短地用手语表达了自己的请求，免

得悲伤又要延长。她请他在午夜前，进入她的公寓，从浴缸里把她叫醒，不要理睬她的任何抗议。她注意到浴缸里的水已经凉了，却还是不想离开。怎么已经这么晚了呢？这怎么可能呢？她有一整天、一整夜的时间来跟他道别，可她还什么都没说呢。

贾尔斯双手撑着膝盖，正要蹲下来，又顿住了。他手里正拿着一支画刷——尖头的，画细节用的，但他好像忘了这回事，绿色的颜料沾满了裤子。他失声大笑，把画刷插进了胸前的口袋里。

“我画完了。”他掩饰不住声音里的骄傲，埃莉莎也很乐于看到他的骄傲，“这并不等同于拥有他，甚至也不太像。但我相信，这是最接近他的。送给你，埃莉莎，你看到这幅画就会想起他。待会儿出去的时候就给你看看——给你们两个看看。现在，快点儿吧，亲爱的，已经不早了。拉住我的手好吗？”

埃莉莎笑了。这位朋友现在拥有着满头浓密的头发、男孩般活力四射的脸色、散发健康色彩的皮肤，这一切都使她的心里满怀敬畏。他的神情很温柔，但也暗含坚决。她看了看他伸过来的手——汗毛上沾着颜料，指甲上沾着颜料，毛衣袖口上也蹭着一圈颜料。她的手刚离开那生物的背，探出水面，他的棘刺就竖了起来，把她搂得更紧了。埃莉莎犹豫了，她的手迟疑地悬在水的婚床和贾尔斯的陆地之间，她也不知道该怎样弥合两者之间的沟壑。

什么东西相撞了，就在街上，很近，被撞的就是他们这座楼房。接着是巨响：金属、玻璃、塑料、蒸汽……埃莉莎感到自己的身体一震，恍然醒过神来，明白了。她明白自己拖延得太久了。贾尔斯也心中有数，他的手跨越两个世界，抓住了她的手腕。就连那生物也明白了：他的爪子像指尖，在爱人的背上轻轻挠着。他们同时起身，水从浴缸边缘漫了出来，洗手池里的植物倒了下去，纸夹树在

墙边摇摇欲坠。他们被发现了。

23

都怪这场大雨。积水足有两英寸深，把他直往排水沟那儿吸。一条条水练泼向挡风玻璃，让他头晕目眩，这才会看错了该转弯的地方。电影院出现在视野中，成千上万道灯光投射在大雨中，犹如无数条晃眼的黄色油彩。他在电影院旁边的小巷那里猛打方向盘，指望广告里大肆宣传的动力转向能起作用，但为时已晚。被撞瘪了的车尾影响了最普通的制动，他的凯迪拉克——他挚爱的青色凯迪拉克威乐，2.3 吨重、18.5 英尺、起步加速至 60 迈只需 10.7 秒、配置着调幅 / 调频立体声的豪华旅行车——撞上了影院的侧墙。

斯特里克兰挤了出去。他想关上车门，这完全是习惯性的动作，但他还没习惯的是，自己少了两根手指。他根本没碰着车门，手在雨里空划了一下。他估算了一下这一撞的损失：前盖撞瘪了，车尾也撞瘪了，美国梦的两端都毁了。没关系，他现在是“丛林之神”了，猴子们扯开了他那愚蠢的人类脑袋。他踩着及踝深的积水往前走。这时一个戴着工牌的人从售票处出来，朝他跑过来，沮丧地指了指那些散落在人行道上的碎砖块。

在丛林里，这种人只不过是嗡嗡乱叫的飞虫罢了。斯特里克兰抽出他的伯莱塔，对准了那人的鼻子猛砸。血像一面三角旗似的扑动着，混着雨水泼在人行道上。斯特里克兰昂首阔步地从那扭动的受害者旁边走了过去，在华盖之下那些沾着水汽的炫目灯光下搜寻。终于，还是在刚才的那条小巷里，他发现了——一扇凹进墙壁里面的、通往楼上公寓的门。埃莉莎，他的静默的幻想，他的未来的希

望，他的背叛者，他的猎物，就在那儿。凯迪拉克堵住了小巷的入口，他不得不从凹陷的引擎盖上爬过去。分支排气管喷出阵阵尾气，斯特里克兰就在那里面停住了。亚马孙的炎热，肮脏不洁的黏腻，蛇在蠕动，水虎鱼搅起漩涡……这一切击垮了他，把他变成了一副坚硬的、利落的、锋锐的、高效的骨架。

小巷的另一端，蚊虫闹哄哄的灯光底下，那是什么东西？一辆白色的小货车，前保险杠不见了，车身上漆着“米莉森特洗衣店”。斯特里克兰从湿热的尾气中挣脱出来，咧嘴笑着，头顶上仿佛有百万颗硬邦邦的雨滴砸落。

24

他们在消防梯的最上头摇摇晃晃，两人中间夹着那生物。埃莉莎以最快的速度换衣服出门，穿着那件破破烂烂的粉色浴袍，以及那双第一眼扫到的鞋子——朱莉娅鞋店的那双银色的鞋子，被她当作了护身符。果不其然，脚下一滑，她半个身子都飞出了护栏。那生物一把把她拉了回来。他身上只披了条毯子，根本遮挡不住自己。埃莉莎看见了停在楼下的小货车，但她还看见了一辆撞毁的轿车——一台青色的大汽车，正卡在小巷里，堵死了小货车唯一的出路。在他们正下方，视线之外，埃莉莎听见华盖公寓的大门把手被人使劲儿拧动，然后是鞋子踢门的声音，接着一声巨响，仿佛震得所有雨滴都凝固了一秒钟——火药燃起的红光把每一滴水都染成了末世般的血色。

脚步声朝着楼上冲来。贾尔斯拉着埃莉莎往消防梯下面走。一个星期前，他们慢吞吞地扶着那生物往上爬，与这方向正相反。身

体疯狂地摇晃，脚下不停地打滑，身体和身体撞在一起。埃莉莎只能把头埋在那生物的颈窝里，紧紧抓住贾尔斯湿透的毛衣。他领着他们往前冲，迅速，无畏。他新生的头发贴在前额上，插在胸前口袋里的画刷滴着绿色的颜料，渗进了他的衬衫。他的心脏，她想，如果被刺中了，也会流出绿色的血吧。

他们心惊胆战地到了小巷里，所幸谁的骨头也没摔折。

“咱们只能走着去了！”贾尔斯在大雨中喊道，“就几个小区！咱们能行的！别讨论了！快走，走啊！”

小巷像往常一样坑坑洼洼。埃莉莎从来没有在意过，但这一刻却不同了：每走一步，都有可能踩中一个坑一个洼，把他们中的某个拖进油腻的积水里。想脱掉银色的高跟鞋也没时间了。他们就像坏掉的活塞似的，一脚高一脚低地往前挪。他们费了好半天的劲，好不容易才来到那辆撞坏的轿车前面，被它的车灯晃得目眩。埃莉莎先从那瘪掉的前盖上爬了过去，然后和贾尔斯一起把那生物拖过去。贾尔斯断后，他捡起掉落的毯子披在那生物身上，推着他们继续往前走。埃莉莎回过头，看见阿佐尼安先生愣愣地站在人行道上，一只手紧紧地捂住受伤的鼻子，也许在想，银幕上最最诡异的电影成了真。

25

斯特里克兰闻到了“峡流之神”的气味，记忆的潮水从亚马孙奔涌而回。“鳃神”的气味，是由海水、水果、淤泥混合的气味。在奥卡姆的实验室里，杀菌清洁剂把它除掉了，真是个失误。人类竟然自己撇掉了最重要的防御意识，多蠢啊。他知道这该怪谁。怪清洁工。她们的肥皂水、漂白剂和氨水并没有清掉这个世界里的污垢，

反而遮掩住了另一个世界，另一个正在占据优势的世界。斯特里克兰必须迅速行动，将它终结。

这儿有两扇房门，他选了第一扇。他懒得用手拍用脚踹，而是用那支伯莱塔对准门把手开了火。这扇门的质量比黛利拉·布鲁斯特家的还要差，一枪下去，中间的三分之一直接碎成锯末了。斯特里克兰踢开尖尖的铰链，用肩膀撞了进去。他举着枪，就像在永同矿底时一样，时刻准备着杀死任何还在喘气的东西。

“峡流之神”，庞大的、瑰丽的、耀目的“峡流之神”，就矗立在这间狭小逼仄、积满灰尘的公寓中央。斯特里克兰错了，他以为他准备好了，其实并没有。他大叫起来，双膝跪地，扣动扳机，接着又是大叫，开火，大叫。子弹穿透了“峡流之神”的身体，但它毫无反应。斯特里克兰手里的枪都发烫了，连续射击让他的双臂直战抖。他猛地退到墙边，捂住了脸。“峡流之神”居高临下地凝视着他，不厌其烦，一如既往。

斯特里克兰抹掉眼睛里的雨水，开始明白过来了。这个“峡流之神”不是真的，不是他杀得死的东西。那是一幅画，比真的大，但细节画得很混乱。然而，以某种角度来说，这的的确确是“峡流之神”，仿佛是用“峡流之神”的血和鳞片涂在了它洞穴里的一块石头上。斯特里克兰歪了歪脑袋，画中的“鳃神”便抬起了臂膀，似要拥抱——某种视觉上的把戏。斯特里克兰拒绝回忆，但回忆还是硬冲进脑海：他追踪“峡流之神”，把它驱赶到那命中注定的河口；他把它堵在洞穴里；它向他张开双臂，接受了他的暴戾、愤怒、困惑；它明白他身上背着他那位上帝——霍伊特将军的债。而作为回报，斯特里克兰用鱼叉刺向了它。直到现在，他才发现鱼叉的另一端刺中了自己。他们两个，伤口连着伤口，永永远远地绑在了一起。

26

埃莉莎不能否认，这确是一种奇迹。这天晚上，她没有别的办法，只能带着那生物穿行在公共场所，但夜色却被倾盆大雨包裹，街上空无一人。汽车都在停车场里停着，司机们希望等暴风雨过去再走，心里却在怀疑这雨永远停不了了。可怜的行人挤在公交车站的棚子或商铺的遮阳篷底下，看着积水越涨越高，没过了他们的鞋子。人行道没法儿走了，埃莉莎和贾尔斯只好沿着路中央地势最高一处的干地走。那生物夹在他们两人之间，在雨中张开了鳃。

拖着湿透的浴袍，她几乎走不动了。贾尔斯虽然精神焕发，但毕竟是个老人。他们走得太慢了，华盖公寓里的那个人会追上来的。埃莉莎不住回头去看，总觉得会听见那辆被撞烂的凯迪拉克轰隆隆地、像坦克似的从他们背后碾过来，或是会看见斯特里克兰拨开雨幕，懒洋洋地笑着，再一次对她说："我打赌我能让你发出呃呃啊啊的声音，也许只有一点点？"

就算不是斯特里克兰，是某个好心的市民赶过来帮忙，也照样会一切完蛋。埃莉莎发疯似的四处张望，头发上的水甩来甩去。他们需要的是另一个奇迹：一辆插着钥匙的、没人要的车，一位仍然坚持运营的癫狂的公交车司机。埃莉莎朝着贾尔斯打手语："太慢了。"但他没看见。她隔着那生物，伸过手，抓着贾尔斯的胳膊比画。他却只是拍拍她的手，没有回答。他想让她留意，于是突然停下了。那生物猛晃了一下，埃莉莎则差点儿被那双银色高跟鞋绊倒。停下来是最糟的主意啊，她瞪着贾尔斯，但他盯着路边，迎着瓢泼大雨，眼睛睁得大大的。

在他们的右边，阴沟里聚着一团黑乎乎的东西。是淤泥吧，埃

莉莎想，大雨把下水道里的泥冲出来了。但那东西在动，在瀑布似的大水中游着，在潮湿的路面上乱爬。埃莉莎后知后觉地认出了那些东西。是老鼠，从漫水的下水道里涌出来了。远处，有人也发现了，惊恐地尖叫起来。老鼠争前恐后，挤在一起，粉色的尾巴甩动着，像沥青似的泼在路上，湿漉漉的皮毛在街灯下闪着光。埃莉莎看向左边，那儿也一样，挤着一群群黑色的老鼠。她感觉到自己的手被贾尔斯握紧了。老鼠朝着他们围了过来，她吓得大气也不敢喘。更恐怖的是，成群的老鼠停下了，和他们保持着五英尺的距离，黑眼睛瞪着，鼻子抽动着。现在有几百只了，似乎只等一声令下……

"亲爱的，我承认，"贾尔斯说，"我也不知道该怎么办了。"

埃莉莎感觉到那生物在湿透的毯子底下动了一下，一只巨大的、长着利爪的手伸了出来。尽管他努力地呼吸、身体起伏着，这只手却很稳。它平平地摊开，微微地弯曲，犹如赐福一般，雨水便汇聚到这布满鳞片的手掌上。地上湿淋淋的鼠群颤抖起来，一个挨一个地，小小的身体上下浮动，形成了一种奇异的唰唰声，与暴雨的轰鸣抗衡着。是擦蹭的声音，埃莉莎反应过来了，那是上千条细小的腿爪在人行道上后退的声音。她擦了擦眼睛里的雨水——没看错，毫无疑问。

鼠群向两侧分开，辟出一条路，让他们通行。

那生物垂下手，重重地往下瘫倒，埃莉莎和贾尔斯连忙紧紧地抱住他，免得他摔下去。

"'无论是人是兽，今晚都不宜外出。'"贾尔斯颤抖着念道，"W.C. 菲尔茨的台词。"他咽了口唾沫，冲着前方点点头说，"那么，咱们一起去吧，投入战斗吧。"

27

滚烫的眼泪灼烧着斯特里克兰的脸，凯迪拉克喷出的蒸汽快要把他烫死了。他再也无法恢复成一个人了。要想改变，就得爬回母亲的肚腹，删除他的所有历史，承认这一辈子毫无意义。不可能了，不管他有多渴望，也不可能了。猴子尖叫着，他顺从照做，强迫自己直视着“峡流之神”。仅仅是油彩，仅仅是画布。他站起来，站稳了。好，这就对了。如果确有必要，他可以再拽掉两根手指，或是一条胳膊，甚至整个儿脑袋，随便什么，只要能看着血流出来，证明到底哪一幕是真实的，就行。

斯特里克兰穿过那扇四分五裂的门，沿着一条雨水连绵的走廊，来到了第二间公寓门前。最好节省几颗子弹。踹了六七脚之后，他闯进去了。这儿比莱妮没拆箱子的那个家还要糟，完全就是臭虫的洞，邋遢死了。埃莉莎·埃斯波西托就是这个德行。那个黑人告诉过他，说埃莉莎是在孤儿院长大的，他当时就该想到这一点嘛。以前从来没有，将来也永远不会有谁想要她。

他循着她的气味，走进了一间乱糟糟的卧室。床对面的墙壁上挂满了鞋子，而让他惭愧的是，这其中有很多双，他都认得。他的裤裆里起了反应。他简直想把那玩意儿也扯下来，就像扯掉手指头一样。或者，过些时候再扯吧，等他办完事回来、烧掉整座房子的时候再说。“峡流之神”的气味也很重。他慌忙冲进浴室，发现浴缸上沾满了发光的鳞片，空气清新剂纸夹做成的小树覆盖了所有墙壁。他们到底在这儿干了些什么？他脑海里正在形成的念头让他一阵恶心。

斯特里克兰晃晃悠悠地走进客厅，视线转来转去。他们不在这儿，标本还是溜了。那支伯莱塔在他手里越发沉重，它坠着他向右

歪，向右歪，打了个转，接着又转了一圈。他头晕目眩地转起来了。埃莉莎的世界——他曾经想要得到的那个世界——打散成碎片，旋转着，形成难看的棕色的旋涡。他瞥见了什么东西。他只剩下一点点感知能力可以去注意它了。他只好用手枪抵住一张破桌子，好止住令人呕吐的旋转。

是一本日历，在今天的那一页上，写着“午夜，码头”。斯特里克兰看了看桌子上方的钟，还不到十二点。还有时间。只要他别再打转了，只要他能走直线，就还有时间。他从桌上的架子上抓起电话，用一根手指头拨号——失去了好兄弟的它，显得长长的，像条虫子。弗莱明接了电话，斯特里克兰费力地告诉他重新布置追踪围堵，把所有人都从奥卡姆调来，调到这条街尽头的码头上去。他也不知道自己的命令是不是说完了，他的声音不再像他自己的了，而是：

28

一开始，她只注意到了老鼠，因为它们的数量实在庞大。踏上防波堤时，她茫然惺忪的眼睛已然接受了那些令人胆战心惊的地下居民。猎物和掠食者并肩而行，跨越物种的和谐似乎是在模仿埃莉莎和那生物。毛蓬蓬的松鼠，红眼睛的兔子，笨乎乎的浣熊，脏兮兮的狐狸，一蹦一跳的青蛙，摇摇摆摆的蜥蜴，滑动潜行的蛇，而在它们底下，蠕动着一层虫子、蜈蚣、蛞蝓。啮齿动物上方，翻腾滚动着飞虫，那黑色的道道斑纹，即便在暴雨中也不会被冲散。最外一圈是生活在地面之上的动物：狗、猫、鸭子，还有一头奇怪的猪，它

们往前挤，往前冲，仿佛是要向它们心中一直期待着的神俯首参拜。

动物们从防波堤上让开，让他们三个通过。防波堤和埃莉莎记忆中的一样短，大概只有四十英尺，但这也足够了。水位已经高高地超过了那道“三十英尺”标志，只有柱子顶端还露着。水位只比防波堤低几英寸，河水在暴风雨中汹涌翻滚着，往木板上泼溅。那么，就是这儿了。万事俱备。但埃莉莎一动不动地站着，任由雨打在身上。她的呼吸变得急促、粗糙，她发现，这就和那生物拍动着鳃、在空气中呼吸一样费力难受。她觉得有只手放在了自己湿漉漉的背上。

“快点儿。”贾尔斯轻声道。

她哭了。但天空也在哭。整个宇宙都在啜泣，人和动物，陆地和水，万物都在为两个相异的世界近乎毫无缝隙的合一，以及这合一终究无法存续而落泪。埃莉莎的手垂在身体两边，她感觉到他冰凉的、潮湿的手滑向了它们。他们握着彼此的手，最后一次合二为一。透过牢狱般的雨幕，埃莉莎望着他美丽的面孔。大大的、玛瑙般的眼睛回望着，没有流露出丝毫渴求入水的意思——尽管离开了水他就会死。只要她希望，他就愿意永永远远地站在这儿。

所以她走了。为了救他的命，她走了。一步，两步，蹚过摇曳的水。在疯狂暴雨之中，她竟能分辨出动物们向后退开的沙沙声，以及贾尔斯——她唯一的伙伴的噗噗的脚步声。四十英尺不长。埃莉莎已经走到了防波堤的另一边，走到了尽头，银色鞋子的方形鞋头对齐了防波堤的边缘。那生物的双脚也并拢起来，脚尖上的利爪探了出去。几英寸之下，黑色的河水翻涌着。埃莉莎深深地吸了一口带着咸味的空气，然后转过身面对着他。天启一般的狂风袭来，攫住她的粉色浴袍，扯开腰带，让衣服像蝴蝶翅膀一般在她赤裸的身体上飘动。

他闪着绿色的光。他的光芒在雨中跃动，犹如一座灯塔。即便

是现在，埃莉莎也惊叹得无法呼吸。她极力想要微笑。她冲着河水点点头。他看了看水的深度，绿色的光变得更亮了，翕动的鳃暴露了他的渴望。他回头望着她，脸上淌着湿湿的东西。他也会哭吗？她相信他会，尽管他的抽泣并不是从胸腔里发出来的。头顶之上，雷声隆隆：那就是他在哭。他松开了她的手，慢慢地，小心翼翼地。他比画着她的名字，他最喜欢的那个词：埃莉莎，然后收拢起手指间的蹼，用食指指自己的前胸，又指指河水，然后画了一个逆时针的圆圈。

他比画得很笨拙，但意思很清楚："独自去？"

埃莉莎的心，碎了又碎。他已经有多久没见过同类了？他已经孤单地游了多久？她不能胆怯。于是她点点头，指了指河水。他又比画了一个手势，简单的手势："不。"她沮丧地垂下胳膊。他继续用手语表达，动作更快了，他已经学会了很多单词："我需要——"但她不能让他说完，她承受不了。她也需要啊，可他们两个的需要无法调和。她推了推他，他的身体一扭，几乎就要掉下水去。他蓝色的眼睛里泛起了绿色，肩膀向里缩着。他低下头，凝视着河水，面对着河水。她很高兴，因为她不愿意让他看见自己的手指——它们虽然垂在身体两边，却仿佛不受控似的，用手语说着："留下来。留下来。留下来。留下来。留下来。"

"埃莉莎，"贾尔斯突然叫了起来，"埃莉莎！"

29

夏季，干旱的季节，结束了。雨季，带着它神秘的名字、神秘的目的，回来了。这是毫无疑问的，绝不会弄错。老鼠、蜥蜴、蛇、苍蝇……活物、呼吸着的东西，组成了整个世界。它们眨着邪恶的

眼睛，长着有毒牙的嘴巴，朝他扑来。他脑袋里的猴子尖叫着，命令着，每一声都带着神秘。他是个忠诚的战士，他才是标本，它们的标本。他咆哮着，奔跑着，踢打着扒住他裤子的松鼠，甩掉疯狂啃噬他小腿的老鼠。它们阻止不了他。他——丛林之神——降下惩罚，用脚后跟碾碎不堪一击的头骨，用双手掐断细小的、吱吱叫的脖子。

然后他登上了防波堤，扯断了最后一只老鼠的腿。波浪拍击着路基，两侧升起水墙，犹如一对对军刀搭成的拱廊。黑暗的隧道将他的视线引向尽头。埃莉莎·埃斯波西托和"峡流之神"就站在那儿，背对着他，凝视着脚下河水的漩涡。斯特里克兰只花了几秒钟就冲到了那里——尽管水波泼洒，他的步子还是很稳。那儿还有个老头儿，在一旁等着。斯特里克兰认出了他，他就是那个开小货车的司机。他们一块儿送上门来了。这可真是件大好事啊。

那个老头儿看见了斯特里克兰，便开始大叫："埃莉莎！"但斯特里克兰的动作太快了。那老头儿做了一件让斯特里克兰万万想不到的事：他朝他冲了过来。斯特里克兰必须停下，但他的脚在光溜溜的木板上打滑，在旋转的涡流间摇摆，他只能甩起手里的那支伯莱塔。手枪砸在那老人的头上，他重重地倒了下去，身体飞出了防波堤，眼看就要坠入汹涌的河水。或许还有别的可能，比如说，他死命地抓住潮湿的木头，但那是不可能的。他头朝下落入了翻滚的波浪中。

现在，埃莉莎看见他了。斯特里克兰站直身子，手枪对准了"峡流之神"。他离它只有十英尺。但他的眼睛瞥向了埃莉莎。她的睡衣没系带子，几乎赤身裸体。还有一双鞋。当然，必须有鞋子。那闪闪发光的银色高跟鞋，是故意在折磨他。这个妖精，这个荡妇，这个骗子。原来她才是真正的黛利拉，引诱他，转移了他的注意力。然而，他偏要让她见证"峡流之神"的最后时刻。从现在开始，"鳃

神”已经是过去了。而他，理查德·斯特里克兰？就像那个凯迪拉克推销员说的：“未来。真棒。您看起来就像个未来领袖呢。”

有一件事让他觉得心满意足，那就是他猜对了，他终于让那个哑巴姑娘发出了呃呃啊啊的声音。她想警告“峡流之神”小心即将发射的子弹，就只有这一个办法。她大口大口地吸着潮湿的空气，脖子上青筋暴露，尖叫起来。斯特里克兰能肯定，这是她那怯懦的喉咙头一次发出声音。那几乎撕裂了她的声带的声音，其实很小很弱——在“约瑟菲娜”号上，那只秃鹰被恩里克斯的航行日记噎死时，也发出了同样的声音。

但这声音太特殊了，足以穿透呼啸的狂风。“峡流之神”转身了，闪电在“鳃神”蓝绿色的光芒里劈开白色的光带，可是太迟了。斯特里克兰，这个代表未来的人，张扬着代表未来的武器。他扣动了扳机，一下、两下。在风和雨之中，枪声听起来很干脆：砰，砰。“峡流之神”的胸前被击穿了两个弹孔，他摇晃几下，跪倒在防波堤的边缘。血喷洒而出，和雨水混在一起。

跨越两个大洲、强手之间的史诗般的追捕，就这样颇为令人失望地告终了。然而，捕猎的本质就是如此。有时候，你的猎物在死亡中狂怒逆转，从而成为传奇。但也有些时候，它眨眼间就能消失得一干二净，比童话故事强不了多少。斯特里克兰甩掉脸上的雨水，用枪对准“峡流之神”低垂的头，再一次扣动扳机。

30

在那一瞬间，埃莉莎突然理解了那些狂怒：一个男人可以为他的战友挡住手榴弹，做母亲的宁愿为了孩子献出生命，身在爱中的

人恨不得放弃一切，好让所爱的人得以活下去。但是，没机会了。她抬起胳膊，好像这样就能挡住子弹，可她能做的就只是如此。一切都发生在转瞬之间。

斯特里克兰开火的时候，身体突然往左边歪了一下——一支尖尖的、细细的画刷柄刺穿了他的左脚。贾尔斯被人拽出了水面，紧贴着防波堤，刚好在斯特里克兰身后。那人紧接着掏出他口袋里的画刷，刺伤了斯特里克兰。是塞尔达，不可思议的塞尔达，在这世界的尽头出现了。她趴在人行道上，浑身透湿，沾着泥，手里还攥着那支画刷，滴滴答答的颜料把她的手都染成了绿色。

斯特里克兰伸手去摸脚，踉跄着单膝跪下了。埃莉莎心里突然有了希望。但紧接着，她就发现，这根本不是希望。她自己也跪了下去，就和斯特里克兰一样。她的大腿抖个不停，她用两只手撑着，不想再往下瘫倒。这样不行！她的身子往前倾，四肢着地地趴着。河水泼到了她的脸上，溅到了她的手指上。水是黑色的，是蓝色的，是紫色的，是红色的。她猛然看向自己的胸前——胸膛正中央，有一个整整齐齐的弹孔。血喷涌而出，溅到木板上，便立刻被冲刷得一干二净。

她的胳膊肘像纸做的，她渐渐地缩了下去。她的视野开始倾覆，她看见了一个颠倒的世界：黑炭般的云层里，闪电就像一丝丝血管，倾盆大雨无边无尽地落下，附近船只亮起了警示灯，斯特里克兰摸索着他的枪，塞尔达攥着拳头狠击他的背，贾尔斯爬上码头，抓住他的脚踝……埃莉莎看见了绿色、蓝色、黄色；接着颜色变幻得更快，紫色、猩红色、殷红色；接着更快，蜜桃色、橄榄色、淡黄色；接着，更快，所有认识的和不认识的颜色一一出现，令暴风雨相形见绌。是他，是他身体上那些神奇的凹槽放射出的绮丽光芒。他把她搂进怀里，他的血涌向她的血，她的血泼向他的血。生命的液体

将他们联结，尽管死亡正在来临。

31

一个浪头打过来，那支伯莱塔就要被卷进深水。但斯特里克兰的动作更快。他爬过去，抓住它，两只手紧紧地把它扣住。现在得把缠着他的两只“老鼠”甩掉。他一翻身踢中了那老头儿的脸，然后把黛利拉·布鲁斯特往防波堤之下推，一连推了几英尺。斯特里克兰浑身上下都是伤，脚上喷着血，眼睛也快要被雨淋瞎了，但他仍然用胳膊肘撑起自己，迎着大雨张开嘴巴。现在，这是他的雨了。他坐起来，抻着脖子，把雨水吸进了肺里。

“峡流之神”的身体涌动着各种颜色，犹如喷泉。它透过锋刃般的雨幕，视线越过怀里的埃莉莎，凝视着斯特里克兰。它慢慢地把她放在木板上，让水波抚摸着她。“鳃神”站了起来。斯特里克兰眨着眼睛，想弄明白眼前的一幕。它的胸前挨了两枪，却还能站起来？还能走路？“峡流之神”沿着防波堤向前，身体犹如夜色里的一支火把——那是无限的，而斯特里克兰这愚蠢的人类，还以为可以把无限变为有限。

斯特里克兰不死心。他摸索着，朝上开了枪，击中了“峡流之神”的胸膛，击中了它的脖子，击中了它的肚子。“峡流之神”只是用手摸了摸那些弹孔，伤口就像随着雨水流走了似的，消失了。斯特里克兰使劲儿地甩甩头，甩掉脸上的水。是这条充盈起来的河给了它力量吗？还是那些聚集过来的动物在以生命供养它们的神？他永远也不会明白，他也不想弄明白了。他哭了，号啕大哭，撕心裂肺——他从来都不允许塔米这么哭。他垂下头，看着防波堤。他羞

于直视“鳃神”那双永恒的眼睛。

“峡流之神”在他面前跪了下来。它用一只爪尖勾住了扳机扣环，轻轻地把枪从斯特里克兰手里拿开，放在了码头上。一股黑色的水冲上防波堤，卷走了手枪，一口吞没。还是用那只爪尖，“峡流之神”托着斯特里克兰的下巴，让他扬起了脸。斯特里克兰抽泣着，想闭上眼睛，却无济于事。他们的脸只相隔着几英寸。眼泪顺着他的脸颊往下淌，淌过“峡流之神”的指缝，滴落在它灿烂的鳞片上。斯特里克兰张了张嘴——他很高兴，因为终点将至的时候，他终于又听见了自己的声音。

“你真的是神，”斯特里克兰轻声说，“对不起。”

“峡流之神”歪了歪头，仿佛是在考虑这恳求的分量。它不经意似的动了动爪尖，从斯特里克兰的下颚划过脖子，一直划到喉咙。

斯特里克兰感觉到自己敞开了。这其实不赖，他已经闭合得太久、太紧了，他想。他觉得脑袋轻飘飘的，于是低下头，只见鲜血正从他裂开的喉咙里喷出来，溅到胸口上。这下，一切都成空了。猴子，霍伊特将军，莱妮，孩子们，他犯的罪。剩下来的，只是“理查德·斯特里克兰”——最初的时刻，刚降生的时刻，那个除了“可能”一无所有的他。他往后仰倒。不，是“峡流之神”引领着他向下，向那毯子般柔软、温暖的水中沉溺。他很开心。雨在他的眼窝里积聚，他能看见的，就只有水。结束了。但他死去的时候在笑，因为死亡也是开始。

32

贾尔斯目睹了文明在自然的野性中重新掌权的一幕：汽车闪着浮夸的灯光，发出婴儿般的哭闹声；穿着制服、配着雨具的人冲向

码头，双手扶住皮带上挂着的各种设备。他们在防波堤底下聚集着的动物前面停住了——虽然现在不像刚才那么多，但也足以令人震惊了。普通老百姓也渐渐聚了过来。人们本来是没有勇气在这种风雨肆虐的天气出门的，但去凑热闹看看码头上那些奇异瑰丽的色彩就另说了——没准儿是哪个疯子在瓢泼大雨中放烟花呢。

他咳嗽着，肺里的水呛了出来。他差点儿就死了。他记得自己撞到了河床，拼命扑腾才浮上水面，却又被湍急的水流卷走，往海湾那边拖。就在这时，有人抓住了他的手腕，把他拉回了防波堤。这样手抓手本来很容易滑脱，但这双手掌却抓得很牢，因为那上面布满了老茧，都是被百洁布和拖来拖去的扫把、拖把磨出来的，就像埃莉莎的手一样。

肯定是那个黑人女人了。干那桩惊天大案时，贾尔斯在奥卡姆的装卸区见过她。他猜不出她为什么会来这儿，不过话说回来，他对她的了解十分有限：魁梧，中年，关键时刻总会露面，拥有无限的勇气。他一抓住防波堤，她就从他的口袋里抽出画刷，去跟拿枪的男人拼命。现在，那个男人死了，喉咙里涌出的血实在太多，就连汹涌的水浪也冲刷不净。

贾尔斯费劲地用胳膊肘撑起身子，哆嗦个不停。那女人把他拉近了。他们的呼吸渐渐平稳，透过雨幕看着那生物站起来，轻轻甩掉爪尖的血，然后迈动长蹼的脚，朝着倒下的埃莉莎走去，每走一步，身上的奇光就黯淡一些。

“她是不是……”贾尔斯哽住了。

“我不知道。”那女人说。

“举起手来！”有人喊道。那生物理也不理，把埃莉莎从防波堤上抱了起来。那些人又叫着“把那女人放下！”可依然没起任何作

用。它在原地站了会儿，映着泛着泡沫的河水和银白色的雨水，仿佛美国陆地尽头一抹高而强大的黑色影子。贾尔斯实在精疲力竭，被悲伤压得发不出声音，但他还是吐出了“再见”两个字——和那生物道别，是他神奇的触碰治愈了他的沮丧，给予了他免于溺死在今夜的力量；和埃莉莎道别，她是他最好的朋友，给予了他免于溺死在过去二十年的记忆里的力量。

没有一点儿声响，没有一丝水花，那生物抱着埃莉莎，沉入水中。

人们终于走近了，鞋子踏在防波堤上，溅起雨水。那些带着枪的人径直往水边走，他们在狂风里压住头上的帽子，想要分辨出水中一晃而过的亮光。那些背着医疗箱的先去看了看死者，然后来看贾尔斯和那个女人。一个医生用手摸了摸贾尔斯的头和脖子，又检查了一下他的身体。

“你受伤了吗？”

“他当然受伤了，”那个女人扶着贾尔斯，破口怒道，“我们都受伤了。”

贾尔斯咯咯笑了起来，自己也吃了一惊。他会想念埃莉莎的，噢，他该多想她啊，晚上像早上，早上像晚上，每个晨昏颠倒的日子，每个忘了吃饭、肚子咕咕叫的时刻。他爱过她。不，不对，他爱着她。反正他知道她没有离开，永远也不会离开。那这个女人呢？他的救命恩人呢？他可能也是爱她的吧。

“你肯定就是贾尔斯了。”她说。医生正检查她的身体。

“那你，”贾尔斯说，“一定就是塞尔达了。”

在这种天启末日般的场景下，正式的自我介绍简直荒谬。两人都因此笑了起来。贾尔斯想起了伊莱恩·斯特里克兰——他还没告诉她，她之于他的意义，她就消失了。他不会再犯同样的错误了。他

抓住了塞尔达的手，咸咸的水在两只手掌之间滑动，将它们黏合得更紧。她把头靠在他肩上，任雨点重重地落在他们身上，将他们融化——至少感觉是这样——融为一体。

“你认为……”塞尔达开口了。

贾尔斯想帮她说下去：“他们是不是……”

“我的意思是，在那底下，”她说，“他们是不是可能还……”

两个人都没有说下去，这样就很好了。他们都知道那是个什么样的问题，也都知道，他们永远也不会有确切的答案。贾尔斯紧紧握住塞尔达的手，叹了口气。他看着自己呼出来的热气——竟然依旧强劲——消失在雨中。雨终归会渐渐收敛、停歇，他相信。他披上了医生送来的毯子，执意和塞尔达坐上了同一辆救护车，直到连塞尔达也忘记了那个问题的时候，他心里才有了关于答案的最好的揣测。

33

埃莉莎下沉着。波塞冬的怀抱拥着她向前、向后翻滚，就像鳄鱼攫住猎物翻转身体。她曾两次挣扎着浮出水面，看着巴尔的摩——她的故土渐渐消失成星点光亮。她中了枪，不能踢打，这滑落将是最后一次。在这儿，水之下，漆黑一片，没有氧气，只有水的压力，就像几十只手按压着她的躯体，想要止住出血。血从身体里涌出，在水中四散开来，犹如一件殷红色的长衫，取代了那身已然漂走的浴袍。

埃莉莎张开双唇，冰凉的水灌了进去。

黑暗中，他来了。她还以为那是一群闪闪发光的鱼，可那数不清的光点，正是他的一枚枚鳞片。这是属于他的水下的太阳。在这

光辉里，她看见他以不可思议的方式游移着。他并非身在水中，而是水的一部分；他像走在人行道上一样穿行其间，像摆脱了地心引力、被风吹起飞舞的花瓣。太奇妙了！他迎向她，温柔地吻了她，用双臂将她包裹，让她沐浴在这海底阳光里。他宽大的手掌抚上她的背，攀上她的肩膀，探入她的两胸之间。他把她揽在身边，带着她一起摆动身体，好像她是个刚开始学骑自行车的孩子。

埃莉莎眨眨眼睛，眼皮将四周的水推开。她胸前的弹孔消失了。让她惊讶的是，她一点儿也没觉得惊讶，而是只感受到一种轻松愉悦的认可。她抬起头，看见他已经游到了她的身侧，只抓着她的一只手。埃莉莎明白，他要松手了。她连忙摇头，头发像飘摇的水草。她还没准备好。她伸出另一只手来打手语，想表达她的忧虑和恐惧，但是人类的肢体在水中运动的能力太差了。他松开了她的手，她向下沉去，下沉，下沉。然而，在无尽的黑暗虚空中，要确定自己是在下沉真的很难。也许，她是在向上浮，向上，向上。她踢了踢腿，朱莉娅鞋店的那双漂亮的银色鞋子从她身边掠过，像奇异的鱼。她不再需要它们了。

他再次从深水中浮现。他们面对面地站着，四周别无他物，只有水；他们焕然一新，赤身裸体，这海洋就是他们的伊甸园。他的鳃一张一合，埃莉莎便也随之呼吸。她不明白自己是怎么做到的，也无意于去深究，因为水中的“空气”太奇妙了！尝起来甜甜的，有草莓的味道，使她全身充满了前所未有的能量。她实在忍不住了，大笑起来，气泡从她的嘴巴里冒了出来，而他调皮地拍打着。她伸出手，抚摸着他柔软的鳃。她觉得自己能永远这么看着他。

或许真的可以。她发觉自己内心有什么东西在扩张。她突然意识到，正是这些东西，让女总管称她为“畜生”——可能女舍监才是唯

一知晓真相的人。埃莉莎并不恨她。她知道在这里，在水中，憎恨毫无意义。在这里，拥抱敌人，使之成为朋友。在这里，并不是要成为某一个个体，而是要成为个体的集合，成为所有，成为上帝和基抹，以及二者之间的一切。她的改变不只是精神上的，还有身体上的，她的皮肤和肌肉都变了。是的，她抵达了，她完整了，她完美了。

她迎向他，也迎向自己，这没有区别。她现在懂了。她拥抱他，他拥抱她，他们拥抱彼此。万物皆黑暗，万物皆光明，万物皆丑陋，万物皆美丽，万物皆苦痛，万物皆悲伤，万物转瞬即逝，万物永世长存。

34

我们等待 / 我们注视 / 我们倾听 / 我们感受 / 我们很有耐心，一向很有耐心 / 但对我们爱着的这个女人来说 / 却已经太久了太久了 / 她才懂得去理解 / 去观看 / 去感受 / 看着她挣扎 / 我们很难受 / 看着她疼痛 / 我们很难受 / 但我们也在挣扎 / 都在挣扎 / 疼痛和挣扎很重要 / 如果想要痊愈 / 疼痛和挣扎是必需的 / 我们皆已痊愈 / 皆已帮她痊愈 / 就是现在了 / 就是现在了 / 有了理解 / 有了美 / 她很美 / 我们很美 / 这一幕很美好 / 这一幕很幸福 / 她脖颈上的线 / 她以为是伤疤的线 / 它们不是伤疤 / 它们开裂变成了鳃 / 这一幕太美了 / 它们开裂变成了鳃 / 在水中张开了 / 这一幕太快乐了 / 现在她知道自己是谁了 / 她知道自己从来都是谁了 / 她是我们共同交谈 / 我们共同感知 / 我们游向远方 / 游向结尾 / 游向开端 / 我们欢迎一切追随者 / 我们欢迎鱼儿 / 我们欢迎鸟儿 / 我们欢迎昆虫 / 我们欢迎四足的兽 / 我们欢迎两脚的人 / 我们欢迎你。

来吧！

致谢

诚挚感谢理查德·阿巴特、阿曼达·克劳斯、里卡多·罗萨、格兰特·罗森堡、纳塔利娅·斯米尔诺夫、朱莉娅·史密斯、克里斯蒂安·特里默。

FONGHONG
凤凰联动出品

U0895023